ro
ro
ro

ro
ro
ro

Maiken Nielsen

IM NAMEN DER KÖNIGIN

Historischer Jugendroman

Rowohlt Taschenbuch Verlag

Für Morgaine und Sam

Originalausgabe

Veröffentlicht im Rowohlt Taschenbuch Verlag,
Reinbek bei Hamburg, November 2007

Lektorat Christiane Steen
Umschlaggestaltung any.way, Barbara Hanke / Cordula Schmidt
(Illustration: Marc Alexander Schulze)
Satz Trinité No2 PostScript, InDesign, bei
Pinkuin Satz und Datentechnik, Berlin
Druck und Bindung Clausen & Bosse, Leck
Printed in Germany
ISBN 978 3 499 21440 0

1. Kapitel

Der Mann galoppierte auf seinem riesigen schwarzen Hengst direkt auf sie zu. Unter dem donnernden Hufgetrappel bebte die Erde. Sie wollte beiseitetreten und den Reiter an sich vorbeistürmen lassen, aber eine unsichtbare Macht zwang sie, in der Mitte des Weges stehen zu bleiben. Sie konnte nichts anderes tun, als den Reiter anzusehen, der von Herzschlag zu Herzschlag größer wurde. Sein Gesicht funkelte in der Sonne, und erst jetzt begriff sie, dass er eine Rüstung trug. Er zog sein Schwert. Sie sah es hoch über seinem Kopf aufblitzen, und die Bewegung war eine weißgleißende Schleife, die ihr entgegenwehte, und dann war da nur noch Schmerz und Schwärze, tiefe Nacht.

In der Finsternis erklang eine leise Flötenmelodie. Die Musik weckte Sehnsucht in ihr, aber sie hätte nicht sagen können, wonach.

Langsam öffnete sie die Augen. Sie lag auf einem Bett, das mit Fellen bedeckt war, aber den Flötenspieler konnte sie nirgendwo entdecken. Sie konnte überhaupt nichts sehen, weil es im Raum so dunkel war. Dann bemerkte sie eine Bewegung. Es war die Wand, die sich bewegte. Nein, keine Wand, ein Vorhang, durch den nun ein Lichtstrahl fiel. Sie erschrak. In der Mitte des Vorhangs erschien eine Hand.

Sie versuchte, sich aufzurichten, aber ihr Kopf bebte davon, und das Bett mit den Fellen begann sich unter ihr zu drehen, also blieb sie einfach, wie sie war.

Hinter der Hand erschien ein Arm, und dann ein Kopf. Ein zweiter Arm folgte. In der Hand hielt die Gestalt eine Kerze, deren blakender Schein den Raum erhellte.

«Du heiliges bisschen», sagte die Gestalt, und an der Stimme konnte sie hören, dass ein Lächeln darin war. «Bist du endlich aufgewacht!»

Sie versuchte zu antworten, aber es gelang ihr nicht. Das Licht der Kerze warf tanzende Schatten an die Wand. Immer noch erfüllte die Musik den Raum.

«Du musst keine Angst haben», fuhr die Stimme fort. Ein Ton darin verriet ihr, dass es eine Frau war, die zu ihr sprach.

«Ich ...» Sie schluckte. Es war so schwer, die Worte aneinanderzureihen. Sie auszusprechen. «Ich habe ... keine Angst.»

«Dann ist es gut.» Die Frau stellte ihre Kerze auf einer Kiste ab, die neben dem Lager stand. «Weißt du, wo du bist?»

Sie schüttelte den Kopf. Sofort schoss der Schmerz dorthin zurück.

«Du bist auf Rügen. Kennst du Rügen?»

Diesmal versuchte sie gar nicht erst, den Kopf zu bewegen. «Nein», krächzte sie.

«Rügen ist eine Insel im Meer. Hier gibt es hohe Felsen und Wälder und Seen. Und viele Tiere. Magst du Tiere?»

Sie überlegte. Mochte sie Tiere? Sie versuchte, sich die Tiere vorzustellen, die sie kannte. Der große, schwarze Hengst fiel ihr wieder ein, wie er auf sie zugaloppierte. Und noch ein Tier. Ein Hund mit dichtem, schwarzweiß gemustertem Fell. Nein, kein Hund. Ein Wolf. Der Wolf richtete den Blick auf sie, knurrte und fletschte die Zähne. Dann wandte er sich jemand anderem zu. Einem Menschen, der ihr nahestand. Eine Angst durchschoss sie, glühend heiß. Sie wollte schreien und brachte keinen Ton hervor.

«Wie heißt du?», fragte die Frau leise.

Nebenan verstummte die Flötenmelodie. Ganz still wurde es auf einmal. Da war nur noch das Geräusch ihres Herzens, das laut zu hämmern begann. Eine entsetzliche Verzweiflung stieg in ihr hoch, eine Panik, die Schweiß auf ihre Hände perlen ließ. Sie versuchte, Luft zu holen, aber die Luft ging überhaupt nicht hinein, und dann schossen ihr die Tränen in die Augen. Da, wo sie in ihrem Kopf ihren Namen vermutete, war nichts als ein schwarzes Loch.

Die Frau legte den Arm um sie und hielt sie fest. «Mein armes, armes Mädchen», murmelte sie. «Armes Mädchen.»

Sie roch gut, die Frau. Sie roch nach Kräutern und Essen und Zärtlichkeit. Das Mädchen konnte sich hineinfallen lassen in diesen Duft. Noch immer wirbelte die Angst in ihr, aber die Arme der Frau hielten die Angst ein bisschen fest.

«Weißt du, wie der Ort heißt, aus dem du kommst?»

«Ich weiß gar nichts mehr», flüsterte das Mädchen. «Nichts.»

«Es ist nicht schlimm», raunte die Frau. «Es wird alles wiederkommen, du wirst schon sehen. Alles wird wieder gut. Hast du Hunger? Magst du etwas essen?»

Das Mädchen dachte nach. Ja, sie hatte Hunger, und auf einmal auch so etwas wie Hoffnung. Sie spürte, dass es gut war, wenn sie nachdachte und dabei zu einem Ergebnis kam. Die Panik verebbte ein bisschen. Sie riss sich zusammen. «Ja», sagte sie. «Das habe ich.»

Vorsichtig stieg sie von ihrem Lager. Als ihr nackter Fuß die Holzbohlen berührte, fuhr sie zusammen: Der Boden war eiskalt! Sie sah an sich hinab und stutzte. Sie trug lange Hosen und eine wollene Weste. «Warum trage ich Jungenkleider?», fragte sie.

Im zuckenden Schein der Kerze bemerkte sie, wie die Frau sie anstarrte. «Das habe ich mich auch gefragt, als ich dich gefunden hab.»

«Gefunden?», wiederholte das Mädchen. «Wo denn gefunden?»

«Draußen beim Schloss des schwedischen Gouverneurs. Du lagst bewusstlos im Schnee. Aus deinem Kopf kam Blut. Ich dachte, du wärest tot. Dann habe ich deinen Atem gespürt.» Die Frau machte eine kleine Pause. «Ich hab dich mitgenommen, um dich gesund zu pflegen. Mein Name ist Margarethe Siebenhorn.»

Erst jetzt bemerkte das Mädchen, dass die Frau alt war. Tiefe Furchen durchzogen ihr Gesicht. Ihr Rücken war gekrümmt. Alles an ihr schien zusammengefallen zu sein, wie nach großen Erschütterungen. Das Mädchen setzte sich wieder hin. Nahm die Hand der Alten und hielt sie fest. Die Hand fühlte sich rau an, mit Schwielen bedeckt. «Danke», flüsterte sie. «Danke, dass Ihr das für mich getan habt.»

«Ich habe es auch für mich getan», sagte die Frau. Und starrte sie weiter an.

«Was ist?», fragte das Mädchen.

«Du bist wie sie», raunte die Frau. «Eine junge Frau in Männerkleidern.»

Das Mädchen hielt den Atem an. «Wie wer?», fragte sie leise.

«Wie unsere Königin», antwortete die Frau. «Königin Kristina von Schweden. Solange du nicht weißt, wie dein richtiger Name ist, werde ich dich Kristina nennen, einverstanden?»

Sie nahm das Mädchen an die Hand und betrat mit ihr die Stube. Der Schein einer Ölfunzel leuchtete ihr entgegen, sodass sie kurz die Augen schließen musste.

«Das hier ist Kristina.» Die Frau hatte eine Hand auf ihre Schultern gelegt.

Das Mädchen öffnete die Augen wieder. Vor ihr verbeugte sich ein Mann. Das musste der Flötenspieler sein.

Er war riesengroß und trug eine Uniform. Als er sich wieder aufrichtete, bemerkte Kristina, dass er mit dem Kopf fast an die Decke stieß.

«Freut mich, deine Bekanntschaft zu machen», sagte der Riese. «Mein Name ist Sven Svensson.» Er musterte sie kurz, und dann fügte er eine Frage hinzu: «Vil du äta kvällsmat?»

Kristina brauchte nicht lange, um sich die Worte zurechtzulegen. «Ja», antwortete sie in der Sprache des Riesen. «Ich will gerne zu Abend essen.»

Der Riese fuhr triumphierend zu Margarethe herum. «Siehst du!», donnerte er. «Ich hab es dir doch gesagt! Das Mädchen ist eine Schwedin!»

«Und wie kommt es, dass sie dann Deutsch mit mir spricht?» Margarethe ging zum Herd hinüber und nahm einen Kessel, der an langen Ketten über dem Feuer hing.

«Jaha», lachte der Riese. «Ich kann wohl genauso fragen, warum sie Schwedisch versteht!»

Kristina blickte zwischen den Erwachsenen hin und her. Margarethe trug den Kessel in die Mitte eines langen Holztisches und stellte ihn darauf ab. Das Geräusch erschreckte ein Huhn, das vom Tisch auf eine der Bänke flatterte.

«Erklär mir mal, Mädchen!» Der Riese setzte sich hin und nahm ein Tuch zur Hand, das er sich in den Kragen seiner Uniform stopfte. «Bist du Deutsche oder Schwedin?»

Wieder war da dieses dunkle Loch, wieder stieg die Angst

in ihr auf. Wieder hatte sie das Gefühl zu schwimmen, in einem großen dunklen Meer, in dem es keinen Halt gab, nicht mal Namen. Sie flüsterte: «Ich weiß es nicht.»

«Lass sie, Svensson», brummte Margarethe, während sie das Essen in Schüsseln füllte. «Sie kann sich an nichts erinnern. Wir müssen ihr Zeit geben. Es wird sich schon alles klären.»

Ein herrlicher Geruch entstieg der Schüssel, die Margarethe ihr nun reichte. Sofort drängten neue Bilder in ihren Kopf. Sie sah einen Acker, dessen Erde zu harten Krusten gefroren war, und ihr war schrecklich kalt, aber das Essen wärmte sie ein bisschen. Um sie herum lagen tote Männer. In der Ferne tönte das Grollen und Donnern von Kanonenkugeln. Jemand sang ein Lied, dessen Töne seltsam fröhlich über die Toten auf dem Acker wehten, und jemand anders schlug ein Tamburin. Der Rhythmus mischte sich mit dem Gedröhn der Kanonenkugeln. Sie hatte ihr Essen aufgegessen und musste aufstehen und weitergehen.

«Das sind Steckrüben», erklärte Margarethe.

Kristina blickte zwischen Margarethe und dem Riesen hin und her. «Seid Ihr Mann und Frau?», fragte sie.

Es war der Riese, der als Erstes sein dröhnendes Lachen ertönen ließ. Er warf den Kopf in den Nacken und lachte, dass der Tisch wackelte. «Das sieht man doch, oder?», lachte er.

Margarethe wand sich ein bisschen. Sie öffnete den Mund, wie um etwas zu sagen, und ließ es dann doch.

Kristina überlegte, wie sie weiterfragen konnte. Ein Hunger war in ihr erwacht, der nichts mit dem Hunger zu tun hatte, gegen den Steckrüben halfen. Es war ein Hunger nach Wissen. Über die Welt, in der sie aufgewacht war. Über die Geschichte dieser Welt. Über sich selbst. Die Fragen kamen alle gleichzeitig, zu Tausenden. Sie begann mit der naheliegendsten. «Wo sind denn Eure Kinder?»

Sofort verebbte das Lachen. Margarethe senkte ihren Blick, schluckte und schwieg. Lange saß sie so da, ohne zu sprechen. Als sie endlich doch sprach, klang ihre Stimme heiser. «Meine Söhne sind tot», sagte sie. «So wie mein Mann. So wie fast alle Männer hier in den Dörfern.»

Kristina schluckte. «Waren sie krank?», flüsterte sie.

«Sie sind im Krieg gestorben.»

Wieder fielen Kristina die toten Männer auf dem Acker ein. «Krieg», wiederholte sie hilflos.

«Ja, Krieg», sagte Margarethe. «Verfluchter, langer Krieg. Ich war ein Kind, als er begann. Nicht viel älter als du. Jetzt ist der Krieg vorbei, und ich bin alt.»

Kristina wusste nicht, was sie sagen sollte. Sie wusste auch nicht, ob sie weiteressen konnte. Es fühlte sich falsch an, zu essen, während einem jemand erzählte, er habe alles verloren, was ihm lieb war, und sei darüber alt geworden.

«Es tut mir leid», sagte sie endlich. An der Wand ihr gegenüber bemerkte sie einen dünnen Mann aus Holz, den jemand auf ein Kreuz genagelt hatte. Seine Augen waren geschlossen, und er sah kränklich aus.

«Was siehst du den Jesus da so an?» Margarethe beobachtete sie.

«Ist der Jesus ... ist das Euer Sohn gewesen?», fragte Kristina scheu.

Margarethe öffnete den Mund, aber es kam kein Ton heraus. «Du weißt nicht einmal, wer Jesus ist?», brachte sie schließlich hervor.

«Ich ... Nein. Ist er ... tot?»

«Ja, sicher. Er ist für uns gestorben.»

«Für uns?» Kristina blickte zwischen Margarethe, Svensson und dem Huhn hin und her. «Woher kannte er uns denn?»

An dieser Stelle brach Svensson in schallendes Gelächter aus. «Du weißt wirklich gar nichts, oder?», stellte er fest. «Jesus ist Gottes Sohn. Er hat vor 1600 Jahren gelebt und ist sehr wichtig für uns Protestanten.»

«Uns Protestanten ...» Kristina tat, als wüsste sie, wovon Svensson sprach.

«Sie versteht es nicht, Sven», mischte Margarethe sich dazwischen. «Erklär es ihr.»

Svensson räusperte sich. «Also gut, dieser Krieg, der hatte auch was damit zu tun, was die Menschen glauben. Mit Religion. Eigentlich war es ein Krieg zwischen uns Protestanten auf der einen Seite und den verdammten Papisten auf der anderen. Auch Katholiken genannt.»

«Warum sind die Papisten oder Katholiken verdammt?», wollte Kristina wissen. Und wunderte sich im nächsten Augenblick über sich selbst. Sie konnte nämlich die meisten Wörter bestimmten Bildern oder Gefühlen zuordnen, und doch hätte sie nicht sagen können, welche dieser Bilder und Gefühle sie selbst erlebt hatte. Es war alles sehr verwirrend.

«Verdammt sind sie, weil sie diesen Kerl im Süden verehren. Den Papst. Das konnten wir nicht zulassen. Darum haben wir diesen Krieg geführt.»

«Verfluchter Krieg», murmelte Margarethe. «Wenn du mich fragst, Kristina, dann war das alles für die Katz. Tausende von Menschen sind gestorben, und was hat's verändert? Nichts!»

Kristina blickte zu Svensson hinüber. Er hatte sich zurückgelehnt, sodass sein Gesicht im Dunkeln lag. Die Ölfunzel hinter ihm erhellte nur seine riesenhafte Silhouette und warf einen strahlenden Schein auf sein Haar. Kristina fühlte eine Berührung und zuckte zurück. Margarethe hatte ihre Hand auf die ihre gelegt. «Willst du rausgehen?», fragte sie. «Sehen, wo du hier gelandet bist?»

Kristina spürte die Erleichterung fast körperlich. Margarethe schien ihre Gedanken lesen zu können. «Ja», sagte sie.

Die Welt war wie mit Diamanten bestreut. Alles funkelte und glitzerte. Schnee rieselte in Bällchen vom Himmel, eiskalt und leicht. Kristina streckte beide Hände nach ihm aus. Er schmolz auf ihrer Haut, und sie musste lachen.

«Du liebst also Schnee.» Margarethes Stimme klang seltsam gedämpft hier draußen.

Kristina nickte lächelnd. Erinnerungen durchzuckten sie. Von einem Mann, der sie auf einem Schlitten zog, es war dunkel, so wie jetzt, das Mondlicht brach sich auf der weißen Pracht, und sie flog und flog und flog. Kristina schloss die Augen. Sie versuchte, sich das Gesicht des Mannes vorzustellen, aber es gelang ihr nicht. Sie öffnete die Augen wieder, und erst jetzt sah sie, wo sie sich befand. Es war ein kleiner Hof, dessen Dach sich unter der Last der Schneewehen bog. Zu ihrer Linken lag ein Wald, und zu ihrer Rechten fiel die Erde ab, auf eine riesige glatte Fläche, die sich bis an den Horizont erstreckte.

«Das ist die Ostsee», erklärte Margarethe, die ihrem Blick gefolgt war. «Sie ist im Winter zugefroren. Dann müssen die Schiffe im Hafen bleiben. Wenn du willst, können wir morgen hinuntergehen.»

Kristina reckte ihr Kinn. «Ich würde gern jetzt schon gehen.»

«Nein.» Die alte Frau schüttelte den Kopf. «Heute Abend bin ich zu müde. Außerdem ist es gefährlich, in der Nacht die Klippen hinabzusteigen. Lass uns bis morgen warten.»

«Was ist auf der anderen Seite?», wollte Kristina wissen. «Da, wo die Schiffe ankommen, wenn sie über die Ostsee fahren dürfen – was ist da?»

Margarethe zögerte. Sie schien zu überlegen. «Da ist die große Stadt», sagte sie endlich. «Aber du kannst sie nicht von hier sehen. Das Schiff muss viele Tage in den Norden hochfahren. So weit fort ist diese Stadt.»

«Wie heißt sie – die Stadt?» Kristina fühlte Aufregung in sich emporsteigen. Sie wusste, was eine Stadt war! Sie hatte ein ganz klares Bild davon vor Augen: Häuser aus Holz, die dicht beieinanderstanden. Menschen, die sich zwischen den Häusern hindurchbewegten, auf Pferden oder zu Fuß.

«Stockholm», erklärte Margarethe.

«Stockholm? Wohnt da nicht die Königin?»

Margarethe blickte überrascht zu ihr hin. «Ja. Woher weißt du das?»

«Ich ... ich habe es mir einfach so gedacht.» In ihre Aufregung mischte sich Verwirrung. Sie wusste ja selbst nicht, warum sie manche Dinge wusste und andere nicht.

«Du bist schon einmal dort gewesen, in Stockholm. Oder?»

Kristina zog die Schultern hoch. «Ich weiß es nicht. Es klingt irgendwie vertraut.» Sehnsüchtig blickte sie auf die schimmernde Fläche hinaus. Die Kälte tanzte durch ihren Körper, und sie fühlte, wie sie jetzt wach wurde, mit jedem Augenzwinkern mehr. Da war auf einmal ein Gefühl in ihr, das sie nicht beschreiben konnte. Sie fühlte, dass sie aufbrechen musste, jetzt sofort, dass sie noch etwas zu erledigen hatte, aber sie kam nicht darauf, was es war. Der große Hunger brach wieder in ihr auf. Sie musste so viele Dinge wissen, über die Welt und über sich, und auf einmal stiegen ihr Tränen in die Augen. Es sah alles so schön aus hier, der Hof im Schnee, das Gefunkel, das vom Himmel herabrieselte, das Meer da draußen, aber sie war verloren in all der Schönheit, weil sie nicht wusste, wer sie war.

Der Wald leuchtete blau. Es musste um Mittag herum sein, wenn die Sonne sich als blasse Scheibe am Himmel zeigte. Marit zögerte. Vor dem Baum, an dem David ein Haus aus Ästen und Schnee gebaut hatte, waren Spuren zu sehen. Sie beschloss, den Spuren zu folgen. Vielleicht war es ja ein Tier, das sie mit ihrem Pfeil und Bogen erlegen konnte, ein Schneehase oder ein Vogel. Sie hörte, wie ihr Magen knurrte. Der Hunger machte sie allmählich verrückt.

Links und rechts von ihr erhoben sich die schneebedeckten Berge. Riesige Felsbrocken waren auf die Ebene herabgestürzt, in der ihr neues Zuhause stand. Es war nicht ganz leicht, sich einen Weg zwischen all den Brocken zu bahnen, zumal sie vereist und zugeschneit waren. Marit legte sich mit dem Rücken auf einen der Steine, rollte sich herum und sprang auf der anderen Seite wieder auf die Füße. Das war lustig. Sie versuchte es gleich beim nächsten Stein noch einmal. Leider hatte sie nicht damit gerechnet, dass die Erde uneben war. Sie plumpste tief auf eine vereiste Fläche, schlitterte darauf herum und wurde endlich durch einen weiteren Stein gebremst. «Verflixte Hölle», fluchte sie und rieb sich den Arm. In diesem Moment hörte sie ein Geräusch.

Vorsichtig legte sie ihre Waffe an. Es war noch sehr ungewohnt, damit zu hantieren, David hatte ihr den Umgang damit erst vor ein paar Tagen gezeigt. Sie spannte den Bogen so, dass der Pfeil abschussbereit war. Erneut ließ sie ein Laut zusammenfahren, und sie sah sich um. Wusch! Eine Ladung Schnee, die von den Zweigen einer Tanne hoch über ihr kippte. Und in diesem Augenblick sah sie ihn: Er hatte ein schwarzweiß gemustertes Fell und eisblaue Augen. Sein Anblick ließ ihr das Blut gefrieren. Stocksteif stand sie da, den Pfeil noch immer angelegt.

Sie unterdrückte das Bedürfnis, nach David zu rufen. Ein falscher Ton, eine falsche Bewegung, und der Wolf würde sie anfallen. Sie beobachtete, wie er seine Ohren aufrichtete und sie dann nach hinten bog. Jetzt trat die Sonne zwischen ein paar Zweigen hervor. Ihr Licht ließ die Spitzen seines Fells erstrahlen, tauchte sie in Silberschein. Seine eisblauen Augen bohrten sich unverwandt in ihre. Schließlich drehte der Wolf sich um und glitt zurück, in die Schatten des Tals hinein, aus dem er gekommen war.

«Puh», machte sie und lockerte ihre Muskeln. Augenblicklich schoss der Pfeil davon, dem Wolf hinterher. Marit erstarrte von neuem. Jetzt würde der Wolf zurückkehren, rasend vor Wut, weil sie auf ihn geschossen hatte. Sie spürte, wie sie am ganzen Leib zu zittern begann. Doch nichts geschah, alles blieb ruhig. So vorsichtig sie konnte, kehrte sie zum Haus zurück.

«Wo bist du gewesen?» David war aus dem Schneehaus getreten, ohne dass Marit ihn bemerkt hatte. «Ich hab mir Sorgen um dich gemacht!»

Marit überlegte. David hielt sie schon so für einen großen Tollpatsch, was angesichts ihrer fortlaufenden Missgeschicke auch nicht weiter verwunderlich war. «Bin ein bisschen rumgelaufen», erklärte sie.

David sah sie misstrauisch an. «Rumgelaufen?»

«Ja. Während du geschlafen hast. Mir war so kalt.»

«Ich wollte dich schon suchen gehen.» David schulterte den Korb mit seinen Pfeilen. «Ich habe vorhin einen Wolf heulen gehört. Ich möchte nicht, dass du so allein umherläufst!»

Marit lächelte. Seit ihrem Zusammentreffen, einen Tagesmarsch von Marits Dorf entfernt, hatte sich die Welt verändert. Sie hatte David kennengelernt, David mit den grünen Augen und den nussfarbenen Haaren und dem Schatten eines Barts im Gesicht. In den Wochen, in denen sie gemeinsam die Wälder durchstreift hatten, waren sie unzertrennlich geworden. Sie spürte, wann ihr Freund Hunger hatte, wann er müde war, wann er Furcht oder Freude empfand. Das Einzige, was sie störte, war, dass sie nichts über Davids früheres Leben wusste. Warum er in den Wald gekommen war. Warum er in die große Stadt in den Norden wollte, so wie sie. Warum er so verschlossen war. Was hatte ihr die Mutter über Männer gesagt? «Sie sind anders als wir. Aber nicht so anders, dass wir sie nicht verstehen könnten.»

«Was ist?», fragte David. «Du guckst auf einmal so traurig.»

Marit fühlte, wie sich ihr Hals vor Traurigkeit zusammenzog. Die Mutter hatte sie ihr ganzes Leben lang begleitet, zwölf Jahre lang, bis vor drei Monden noch. Wo sie gewesen war, da klaffte jetzt ein Loch. Und dieses Loch würde niemals jemand füllen können, das wusste sie.

«Nichts», sagte sie leise. «Lass uns weitergehen. Wir könnten versuchen, Wintererbsen zu finden oder Wurzeln ...»

David legte den Arm um sie. Mit seinen sechzehn Jahren war er drei Jahre älter und erfahrener als sie selbst, und dieser Altersunterschied gab ihr das Gefühl, beschützt zu sein.

Mittlerweile war es so dunkel geworden, dass sie keine Hand vor Augen sehen konnte. Darum schrie Marit auf, als sie über etwas Weiches fiel. Sie bückte sich und spürte Fell. Das Fell war warm.

David kniete sich in den Schnee. «Es ist ein Tier», sagte er. «Und es ist tot.» Er fuhr mit seinen Händen auf dem Tier herum. Marit spürte, wie er sich neben ihr aufrichtete.

«Da steckt ein Pfeil. Du hast nicht zufällig vorhin geübt? Bei deinem Waldspaziergang?»

«Geübt?» Marit schüttelte den Kopf. «Nein, geübt auf keinen Fall.»

«Du weißt, dass das gefährlich ist in der Dunkelheit! Du könntest mir aus Versehen ein Auge ausschießen oder so.»

Marit schauderte. «Das würde ich niemals tun!»

«Ich mein ja nur. Weil du manchmal ein kleiner Trottel bist.»

Die Wolkendecke über ihnen riss auf. Im Licht des Vollmonds konnte Marit Davids Gesicht erkennen, seine grünen Augen und den Mund mit den schönen weißen Zähnen. David lächelte.

Dann sah sie es. Es war der Wolf. Ihr Pfeil steckte in seinem Hals.

Davids Lächeln wurde breiter. «Jetzt sag nicht, dass du dieses Tier erlegt hast!»

«Tja ... Er stand auf einmal vor mir ...»

«Dann kann ich wohl von Glück sagen, dass nicht ich auf einmal vor dir stand!»

«Du hast recht.»

«Komm, hilf mir, den Wolf zu unserem Haus zu tragen.» David richtete sich auf. «Ich glaube, das Problem mit dem Hunger wäre erst einmal gelöst!»

Als Kristina zum zweiten Mal erwachte, war es Tag. Eine fahle Wintersonne schimmerte durch das Fenster. Sie richtete sich auf und bemerkte, dass sie allein im Bett war. Sie reckte die Arme zur Seite, wackelte mit den Zehen und drehte den Kopf vorsichtig umher. Er tat immer noch ein bisschen weh. Dann warf sie die Decke von sich. Unter dem Nachthemd zeichnete sich ihr Körper ab. So war sie also: ein Mädchen oder eine junge Frau, deren Brüste sich wölbten und deren Arme und Beine schlank und muskulös aussahen. Wie alt sie nur war?

Während sie darüber noch nachgrübelte, bemerkte sie ein kleines Bild, das an der Wand ihr gegenüber hing.

In der Dunkelheit der Nacht hatte sie es nicht gesehen. Das Bild zeigte das Porträt einer jungen Frau mit großen, nachdenklichen Augen und einer leicht gebogenen Nase.

Aus der Wohnstube nebenan drang das Gackern der Hühner und ein Laut, den sie sich nicht erklären konnte. Vorsichtig lugte sie durch den Vorhang nach nebenan. Die Haustür klapperte in ihren Angeln. Erst jetzt bemerkte sie, dass der Türrahmen so verzogen war, dass der Wind von draußen hereinblies. Margarethe stand in der Mitte der Stube. Sie hatte sich über ein Schaf gebeugt und blickte ihm ins Maul.

«Guten Morgen, Margarethe», sagte Kristina.

«Guten Morgen, junge Dame! Geht es dir heute besser?»

«Viel besser.»

Margarethe hob den Kopf und lächelte. Dann wandte sie sich wieder dem Schaf vor ihr zu. «Ich fürchte, Bogislaus der Vierzehnte ist krank.»

In diesem Moment wurde die schiefe Tür aufgerissen, und Svensson trat mit einer Ladung Holz im Arm herein. Der Windstoß brachte das Kaminfeuer in Bewegung. Er bemerkte Kristinas verständnislosen Blick und lächelte. «Sie benennt alle ihre Tiere nach Fürsten und Königen», erklärte er mit Blick auf Margarethe. «Dieses Schaf trägt den Namen des letzten Pommernfürsten, und die Hühner heißen Eleanora und Gustav Vasa.»

«Gustav Vasa?» Etwas an diesem Wort rief in Kristina eine Erinnerung wach. «Wer ist das noch gleich?»

Svensson ließ das Holz neben dem Kamin fallen und richtete sich auf. «Mit deinem Kopf ist wirklich nicht mehr alles in Ordnung, wenn du nicht mal unseren großen schwedischen König kennst. Gustav Vasa war der Vater unserer Kristina. Er fiel vor zwanzig Jahren in der Schlacht von Lützen. Er war der größte Feldherr aller Zeiten.»

Da war etwas an Svenssons Worten, das Kristina beunruhigte. Hatte der Schlag auf ihren Kopf tatsächlich etwas in ihr kaputtgemacht? Etwas, das man nur schwer wieder reparieren konnte – so wie diese Haustür, die in ihren Angeln klapperte, weil sie nicht mehr in den Rahmen passte? Was, wenn auch sie, Kristina, in keinen Rahmen mehr passen würde? Was sollte sie dann tun?

«Vor siebzehn Jahren», wiederholte sie langsam. «Welches Jahr schreiben wir denn jetzt?»

«Wir müssen Claus Ebermann holen», murmelte Margarethe statt einer Antwort. Sie klappte dem Schaf sein Maul wieder zu und hob nun sein rechtes Vorderbein an. Prüfend betrachtete sie es.

«Wer soll Claus Ebermann sein?», fragte Svensson.

«Der Scharfrichter von Bergen», erklärte Margarethe. «Hast du noch nie mit ihm zu tun gehabt?»

«Margarethe», versuchte Kristina es erneut. «Welches Jahr schreiben wir jetzt?»

«Weiß nicht», murrte Margarethe. «Hab aufgehört zu zählen.»

«1652», erklärte Svensson. «Also, nun heraus mit der

Sprache, Margarethe! Warum willst du, dass Bogislaus hingerichtet wird?»

Margarethe lächelte. «Ebermann kann mehr als foltern und henken. Er kann Bogislaus gesund machen. Als Scharfrichter weiß er, wie so ein Wesen zusammenhängt!»

«O ja.» Svensson runzelte die Stirn. «Bestimmt. Schließlich dürfte er schon genügend Wesen auseinandergenommen haben. Aber ganz ehrlich, ich mag keine Scharfrichter im Haus! Kannst du Bogislaus nicht einfach einen Tee kochen oder ...»

«Bogislaus ist kein Mensch.» Margarethe erhob sich. «Folglich trinkt er auch keinen Tee! Und dies hier ist immer noch *mein* Haus, und ich kann ...»

«Oh, jetzt ist es auf einmal *dein* Haus!» Svensson trat mit seinem Stiefel gegen den Stapel Holz, dass es krachte. Kristina fuhr erschrocken zurück. Dabei berührte sie mit dem Arm ein langes Stück Metall, das an der Wand gelehnt hatte. Das Metall fiel klirrend zu Boden.

«Ah, das!» Svensson drehte sich zu ihr um. «Vielleicht kannst du uns auch endlich erklären, was *das* zu bedeuten hat!»

Kristina blickte verwirrt auf. Warum klang Svensson so wütend? Was hatte sie getan? Ratlos blickte sie auf den Gegenstand, der zu ihren Füßen lag. Es war ein kleiner Degen, dessen Klinge im Schein des Feuers blinkte. Vorsichtig nahm sie den Degen in die Hand. Wie im Traum spürte sie mit dem Daumen über den Griff, und ein vertrautes Gefühl stieg in ihr auf. Sie kannte das Metall. Diese

Vernietung auf dem Knauf und den Griffbügel – das hatte sie schon einmal berührt. Sie kannte auch die Vertiefung in der Schneide, über die das Blut ablief, wenn man seinen Gegner traf.

«Es ist ein Degen», flüsterte sie.

«Natürlich ist es ein Degen!», polterte Svensson. «Ich habe selbst einen Degen, ich weiß, wie so was aussieht!»

Kristina blickte ihn verständnislos an.

«Svensson will wissen, was ein Mädchen mit einem Degen zu schaffen hat. Auch wenn es sich bei deinem offensichtlich um einen kleinen Degen handelt.» Margarethe streichelte zärtlich ihr Schaf.

Kristina hob die Schultern und ließ sie wieder fallen. «Ich ... ich weiß nicht», stammelte sie.

«Wir haben den Degen bei dir gefunden, als du bewusstlos warst», fuhr Margarethe leise fort. «Du hattest ihn in der Hand.» Sie machte eine Pause. «Wir glauben, dass du fechten kannst.»

Kristina fühlte, wie ihr ein Schauer über die Haut krabbelte. «Warum denkt ihr das?», wisperte sie.

«Weil an der Klinge Blut war», erklärte Svensson.

Kristina umfasste den Griff ein bisschen fester. Eine Erinnerung stieg in ihr auf, der Hauch eines Bildes, das ihr ganz kurz vor Augen stand, so kurz, dass sie nichts darauf erkennen konnte. Und dann wusste sie auf einmal etwas. Sie wusste, dass es jemanden gab, vor dem sie sich in Acht nehmen musste. Sie kam nur nicht mehr darauf, wer das war.

2. Kapitel

Svensson marschierte im Stechschritt durch den Schnee. Nach zehn Schritten wandte er sich abrupt nach links. Kristina brauchte ein paar Augenblicke, um zu erkennen, dass er dabei war, ein Viereck in den Schnee zu stampfen.

«Das ist unsere Mensur», erklärte er. «Der Raum, in dem wir beide unser Gefecht austragen werden.»

Kristina versuchte, das mulmige Gefühl in ihrem Bauch nicht weiter zu beachten. «Aber ihr wisst doch überhaupt nicht, ob ich wirklich fechten kann!», wiederholte sie.

«Genau deshalb machen wir ja den Kampf», erklärte Svensson. «Danach *werden* wir es nämlich wissen.»

Kristina umklammerte den Griff ihres Degens. Trotz der Kälte war das Metall warm und feucht. Sie versuchte, sich daran zu erinnern, wie Fechten ging, doch statt Erinnerung war da wieder nur das schwarze Loch. Hastig löste sie ihre Hand, um den Schweiß, der sich darin gesammelt hatte, an ihrer Leinenhose abzuwischen. Sie war noch immer wie ein Junge gekleidet. Einfach deshalb, weil es in Margarethes Haus keine Mädchenkleider gab.

«Was ist?», fragte Svensson. «Bist du bereit?»

Kristina nickte tapfer. Was, wenn Svensson sie mit dem ersten Stoß niederstreckte? Sie spürte, wie sich alles in ihr sträubte, dieses Gefecht durchzuführen.

Margarethe schien auch diesmal wieder ihre Gedanken zu erraten. «Svensson», sagte sie. «Ich weiß nicht, ob es eine gute Idee ist ...»

«Weiber», knurrte Svensson. «Wollt ihr mal aufhören, euch so anzustellen? Ich habe nicht vor, Kristina Schaden zuzufügen. Ich will nur herausfinden, wie viel sie kann!»

«Du heiliges bisschen, meinst du nicht, es gibt eine andere Art, um das herauszufinden?» Margarethes Stimme klang ehrlich zweifelnd.

«Wenn ich das meinen würde, hätte ich es ja wohl ausprobiert!» Svensson schoss Margarethe einen wütenden Blick zu.

Kristina schluckte. «Also gut.»

Sie warf einen letzten Blick auf die glitzernde Fläche unter ihr, von der Margarethe behauptet hatte, sie sei das Meer, auf dem die Seefahrer zur großen Stadt hinüberführen. Die Sonne schimmerte als riesige Scheibe durch einen Wolkenhimmel, der sich allmählich rot färbte. Auf einmal spürte Kristina, wie ihre Haare, die sie irgendwie ineinandergeschlungen hatte, im Nacken auseinanderfielen. Sie stieß den Degen neben sich in den Schnee, um sich einen festen Zopf zu flechten. Als sie fertig war, reichte ihr der Zopf fast bis zum Ellenbogen. Im Licht der untergehenden Sonne erkannte sie seine Farbe, ein leuchtendes Braun.

«Jetzt vielleicht noch zu einer Garderobiere?», schnaubte Svensson. «Mal was Elegantes ausprobieren?»

Kristina überlegte. Sie konnte sich nicht daran erinnern, was eine Garderobiere war, aber aus Svenssons Tonfall schloss sie, dass der Begriff nichts mit Fechten zu tun hatte. «Nein», entgegnete sie tapfer.

Wie in Trance betrat sie das Viereck, das Svensson in den Schnee getrampelt hatte. Aus den Augenwinkeln bemerkte sie, wie Margarethe die Hände ineinanderschob. Wie ihre Augen sich gen Himmel hoben und sich ihre Lippen bewegten. Nun trat Svensson vor sie hin. Er grüßte sie, als sähe er sie zum ersten Mal. Verwirrt grüßte sie zurück.

Und dann wusste sie auf einmal, wie sie sich bewegen musste. Sie hob die Fußspitze ihres rechten Fußes und tat dabei einen Schritt nach vorn. Den linken Fuß hielt sie abgewinkelt. Ging in die Knie. Reckte ihren rechten Arm nach vorn.

Wie ein Blitz hatte Svensson seinen Arm ebenfalls gereckt. Seine Degenspitze deutete schräg herunter auf ihre linke Brust, und sie tat instinktiv einen Schritt zurück, um auszuweichen. Ihr wurde bewusst, dass Svensson, der sie um mindestens zwei Köpfe überragte, im Vorteil war bei diesem Kampf. Von seiner erhöhten Position aus konnte er ihre Bewegungen erkennen, noch bevor sie sie zu Ende ausgeführt hatte. Schnelligkeit war jetzt gefordert. Eine Schnelligkeit, von der sie nicht wusste, ob sie sie beherrschte. Sie fühlte, wie ihr der Schweiß ausbrach.

«Nicht die Mensur verlassen», presste Svensson hervor, während er begann, das Stoßgefecht einzuleiten. Kristina wich weiter vor ihm zurück. Schon war sie mit dem linken Fuß auf die Linie getreten. Svensson ließ seine Waffe sinken. «Hast du irgendwann auch mal vor, dich zu wehren?», fragte er entnervt. Dann schüttelte er den Kopf. «Mädchen», sagte er. «Ich hätte es eigentlich wissen müssen!»

Kristina biss sich auf die Lippe. «Na gut», sagte sie. «Dann geht es eben los!»

Svensson hob seinen Degen und machte erneut einen Schritt auf sie zu. Kristina parierte mit einem Umgehungsschlag in die rechte Zwischenlage, dem sie eine Reihe rasend schnell geführter Scheinstöße folgen ließ. Plötzlich war es an Svensson, ein paar Schritte zurückzutun. Sie hörte, wie Margarethe neben ihr nach Luft schnappte. Kristina tat erneut einen Schritt auf Svensson zu. Schon hatte sie ihn an die Linie getrieben, die seine hintere Begrenzung war. Sie wich mit dem Oberkörper nach links aus, um einen Stoß von ihm ins Leere gehen zu lassen, und parierte mit einer Finte, die ihn fast hintenüberfallen ließ. Und dann ging alles so schnell, dass Kristina Mühe hatte, ihren eigenen Bewegungen zu folgen. Es war, als hätte sich ihr Körper verselbständigt, als würde er einer Stimme gehorchen, die aus einem anderen Kopf als dem ihren sprach, mit Befehlen, die punktgenau und grausam klangen. Immer schneller führte sie ihre Stöße aus. Und dann bemerkte sie erschrocken, wie sich die Spitze ihrer Schneide in den ledernen Koller bohrte, mit dem Svensson seinen Oberkörper schützte.

Kristina riss den Degen in die linke Umgehungslage, und der Koller segelte in den Schnee. Svensson senkte die Waffe. Auch Kristina ließ den Degen sinken. Ein Schwarm Krähen schoss kreischend in den Himmel. Sie fühlte den Blick ihres Gegners, fühlte, wie er sich in ihr Gesicht bohrte, sah, wie Svensson den Mund zum Sprechen öffnete, und dann erst bemerkte sie, wie sehr ihr die Beine zitterten. Und dann sah sie noch etwas. Einen Mann, der ein riesiges, schwarzes Pferd an der Hand führte. Sie wusste nicht, von wo er aufgetaucht war und ob sie ihn kennen sollte. Der Mann starrte sie eindringlich an, und dann hörte sie seine tiefe, raue Stimme, und ihre Haare richteten sich vor Entsetzen auf. «Wer bist du?», fragte der Mann.

Svensson löste sich als Erster aus seiner Starre. «Wer», fragte er, «seid *Ihr*?»

Der fremde Mann deutete eine Verbeugung an. «Claus Ebermann ist mein Name. Margarethe hat mir ihre Nachbarin geschickt. Ich soll ein Schaf kurieren. Doch diese kleine Vorstellung hier fasziniert mich weitaus mehr. Vor drei Monaten wurde vor dem Schloss des schwedischen Gouverneurs ein Mann schwer verletzt. Der Beschreibung nach war er in einen Fechtkampf mit einem äußerst wendigen Jungen verwickelt. Ich denke, diesen Jungen jetzt gefunden zu haben. Ich bin der Scharfrichter von Rügen und nehme den Jungen hiermit in meine Gewalt.»

David erwachte von Marits Schreien. Der ganze Wald hallte von ihren Schreien wider.

«Scht», machte er und nahm sie unter dem Schaffell in den Arm. Meistens schlief Marit dann mit einem anderen Traum weiter. Die Berührung beruhigte sie. Aber nicht in dieser Nacht.

«Sie brennt!», schrie sie wie von Sinnen. «Sie brennt! Seht doch, wie sie brennt!»

David rüttelte sie sanft an der Schulter. «Wach auf, Marit!», sagte er. «Du träumst.»

Marit fuhr so rasch empor, dass ein Stück festgeklopfter Schnee von der Wand brach. «Was?», fragte sie verwirrt. «Ist was passiert?»

«Du hast geträumt», erklärte David. «Und dabei geschrien.»

«Tut ... tut mir leid.» Marit legte sich wieder hin. Als sie die Augen schloss, stürmten die Traumbilder wieder auf sie ein und vermischten sich mit dem, was sie vor nur drei Monden selbst erlebt hatte. Die Mutter, gefesselt auf dem Scheiterhaufen. Das ganze Dorf, das schweigend zusah. Sie sah den Scharfrichter wieder vor sich, wie er das Feuer entzündete. Die Augen der Mutter waren dabei die ganze Zeit auf sie gerichtet gewesen, auf sie, Marit, ihre geliebte, einzige Tochter. Und dann hatten die Flammen an den Füßen der Mutter geleckt. Sie hatte einen kleinen Schmerzenslaut ausgestoßen, und dann hatte Marit die Augen geschlossen, weil sie es nicht ertragen konnte, zuzusehen. Als sie sie wieder öffnete, war die Mutter tot gewesen.

Noch immer fragte sie sich, ob sie den Blick hatte verschließen dürfen. Ob die Mutter ihr vielleicht gern in die

Augen gesehen hätte, als sie starb. Die Erinnerung daran suchte sie vor allem nachts heim, wenn sie schlief. Auch tagsüber verging kaum ein Moment, in dem sie nicht an ihre Mutter dachte. Doch im kurzen Licht der Sonne dachte sie weniger an ihren Tod als vielmehr an ihr Leben. An das, was ihr die Mutter beigebracht hatte: mit den Tieren zu sprechen, essbare von giftigen Pilzen zu unterscheiden und Heilkräuter zu sammeln, mit denen sie Schmerzen lindern und Wunden kurieren konnte. Marit hatte im Lauf ihres dreizehnjährigen Lebens viele Kräuter kennengelernt. Aber sie hatte keines gefunden, das ihr die Trauer nahm.

Sie fühlte Davids Arm um ihre Schultern. Gut fühlte sich das an und warm. Sie schob sich dichter an ihn heran und nahm seine Hand. Nur wenige Augenblicke später war sie wieder eingeschlafen.

Kristina starrte den Scharfrichter an. Er war groß und breit, wenn auch nicht so groß wie Svensson. Auf dem Kopf trug er einen breitkrempigen Hut mit einer leuchtend roten Feder. Da war etwas in seinem Gesicht, das ihr überhaupt nicht gefiel. Sie fühlte, wie Margarethe an ihre Seite trat und ihre Hand festhielt.

«Dieser Junge ist nicht der, den Ihr sucht», erklärte sie mit fester Stimme.

Der Scharfrichter grinste höhnisch. «Ach, nein? Und woher wisst Ihr das so genau?»

Margarethe riss Kristina den Hut vom Kopf. «Weil dieses Kind hier überhaupt kein Junge ist», erklärte sie. «Seht es Euch doch mal genau an! Kristina, mach deinen Zopf auf!»

Kristina gehorchte widerstrebend. Während sie die Strähnen löste, die sie miteinander verflochten hatte, fühlte sie den Blick des Scharfrichters auf ihren Brüsten ruhen. Und dieser Blick gefiel ihr überhaupt nicht.

«In der Tat», nickte Ebermann, als die Haare sich endlich locker über ihre Schultern und Arme ringelten. «Ein Mädchen. Leider beweist dieser Umstand noch lange nicht ihre Unschuld, liebe Margarethe Siebenhorn. Ich werde sie mit mir in die Fronerei nach Bergen nehmen.»

«Einen Teufel werdet Ihr tun, Ebermann.» Margarethe schob sich vor Kristina. «Ich habe Euch gerufen, damit Ihr Euch mein Schaf anseht, nicht meine Nichte!»

«Eure Nichte, so, so.» Ebermann kniff die Augen zusammen. «Von dieser Nichte habt Ihr mir bislang aber noch gar nichts erzählt! Woher kommt sie denn?»

«Aus Stralsund», erklärte Margarethe. «Wir haben sie vergangene Woche aufgenommen, weil ihre Eltern verstorben sind.»

«*Ihr* habt, ja?» Ebermann blickte grinsend zwischen Margarethe und Svensson hin und her. «Habt Euch mit unseren schwedischen Besatzern gut arrangiert, was, Margarethe?»

«Wir sind keine Besatzer!», fuhr Svensson auf. «Rügen ist Teil des schwedischen Königreichs, und das seit über zwanzig Jahren!»

«Ja, aber wie lange noch?», gab der Scharfrichter langsam zurück. «Das ist doch die Frage, die uns alle interessiert! Aber wir wollen nicht über Dinge reden, die allein die hohen Herren angehen. Gebt Ihr mir das Mädchen jetzt freiwillig, oder muss ich Gewalt anwenden?»

«Es sind nicht nur hohe Herren an der Sache beteiligt!», bemerkte Margarethe. Kristina konnte ihr Gesicht nicht sehen, aber sie war sicher, dass Margarethe nur ablenken wollte. Dass sie einen Scheinstoß auszuführen gedachte, sozusagen.

«Wie bitte?», fragte der Scharfrichter dann auch verwirrt.

«Ich sagte, es sind nicht nur hohe Herren, die sich mit Politik beschäftigen. Es ist auch eine Dame dabei – unsere Königin!» In Margarethes Worten schwang Bewunderung mit.

Der Scharfrichter machte eine abfällige Handbewegung. «Ach, Dame nennt Ihr die?»

Im Nu hatte Svensson seinen Degen gereckt. «Vorsicht, Scharfrichter! Ihr beleidigt die Königliche Majestät!»

Ebermann streckte eine Hand aus. «Her mit dem Mädchen – nun macht schon!»

Svensson nahm Kristina bei der Hand. «Ihr bekommt das Mädchen nur über meine Leiche!»

Ebermann klopfte sich auf seinen eigenen Degen. «Über Eure Leiche? Das ließe sich arrangieren, Soldat.»

Margarethe stampfte mit dem Fuß auf. «Schluss, Ebermann. Ihr könnt Kristina nicht so einfach mitnehmen!

Ihr braucht dafür einen Haftbefehl – das wisst Ihr ebenso gut wie ich!»

Ebermann beugte sein Haupt. «Wie Ihr wünscht – ich werde dann eben einen Haftbefehl erwirken. Und wenn ich den habe, komme ich wieder, das verspreche ich Euch. Und für Euer Schaf müsst Ihr Euch nun jemand anderen suchen. Gehabt Euch wohl. Auf bald!» Er wandte sich zu Kristina um und musterte sie scharf. «Sehr bald, wenn ich das sagen darf.»

Mit einem Satz war er in den Sattel seines schwarzen Pferdes gesprungen. Kristina sah, wie er mit der Peitsche ausholte, um sie dem Pferd in die Flanken zu knallen. Eine Wolke von Schnee wirbelte auf, wurde kleiner und verschwand.

Ganz still standen sie so da, Kristina, Svensson und Margarethe. Die Sonne war mittlerweile untergegangen. Wieder glitzerte der Mond auf dem Schnee. Margarethe drehte sich zu ihr um. «Es tut mir leid», sagte sie. «Wir werden dich verstecken müssen.»

Svensson blickte immer noch in die Richtung, in die der Scharfrichter verschwunden war. «Sie ist hier nicht mehr in Sicherheit, Margarethe. Wir müssen sie fortbringen. Ganz weit fort.»

David drehte sich beim Gehen zum letzten Mal zu seinem Schneehaus um. Er war stolz auf seine Arbeit. Das Haus hatte keine Feuchtigkeit durchgelassen. Je stärker der Wind geblasen hatte, umso dichter waren die Mauern aus

Schnee geworden, die das Haus gegen die Kälte schützten. Es war ein gutes Zuhause gewesen. Doch sie konnten ja nicht ewig bleiben. Sie mussten weiterziehen. Den Wolf hatten sie aufgegessen, und neue Nahrung war nicht in Sicht. David wollte in Richtung Osten wandern. Er wusste, dass im Osten das große Meer lag. Und dass man nur an der Küste des großen Meeres in Richtung Norden weiterziehen musste, um irgendwann in die große Stadt zu kommen. Stockholm. Er hatte viel von Stockholm gehört, schon damals, als er noch mit den Eltern und der Schwester zusammengelebt hatte. Er wusste, dass in Stockholm eine junge Königin regierte, die Hoffnung versprach. Die die Völker in Europa wieder miteinander vereinen wollte. Die auch andere Religionen als die protestantische gelten ließ. Und die wollte, dass alle genügend zu essen hätten. Wenn sie erst mal in Stockholm wären – davon war er überzeugt –, würde alles gut werden. Der Hunger hätte ein Ende, und auch die Angst, wieder verjagt zu werden.

Ein Geräusch neben ihm ließ ihn zusammenzucken. Marit war über eine Baumwurzel gestolpert, hatte dabei einen kleinen Luftsprung gemacht und lag nun der Länge nach im Schnee.

«Hast du dir weh getan?», fragte David.

«Ach was.» Marit sprang wieder auf. «Wollte nur mal eine andere Gangart ausprobieren.»

David unterdrückte ein Lachen. Ihm war ein bisschen albern zumute. Er fühlte sich leicht im Kopf vor Hunger. Mal hatte er zwar Angst, selbst hinzufallen, aber dann wieder hatte er das Gefühl, dass es überhaupt nichts ausmachte, wenn er hinfiel, weil er ja immer noch schweben könnte. Der Wald sah unwirklich aus, wie durch einen Schleier. Auf einmal kam es ihm so vor, als ob jemand sie beobachtete. Er meinte ein Murmeln zu hören. Täuschte er sich, oder funkelten ihn zwischen den Baumstämmen hindurch Augen an? So fest er konnte, funkelte er zurück. Dann erkannte er, dass es keine Augen waren, sondern ein Wasserfall, der beim Sturz über die Berge festgefroren war. Sein Eis glitzerte silbrig im Licht des Mondes, und darunter gluckerte ein schmales Wasserband.

«Denkst du an Stockholm?», fragte Marit, während sie ihren Stock auf die andere Schulter wechselte. An dem Stock hing ihre Habe, die sie in einem Tuch zusammengeknotet hatte.

David hob die Schultern.

«Nie rückst du mit der Sprache raus!» Marit setzte ihre fellbesetzten Schuhe mit den geraspelten Sohlen fester auf, um sich warm zu treten. Die Frostbeulen, die sie an den Füßen hatte, taten ihr zunehmend weh, aber sie versuchte, den Schmerz auszublenden. Wenn sie abends rasteten, entzündete David ein Feuer, über dem sie ihre Schuhe trocknen und die Frostbeulen wärmen konnten, doch am nächsten Tag nässte der Schnee ihr Gehwerkzeug von neuem.

«Ich habe nun mal keine Lust dazu.» David sah weiterhin geradeaus. Er musste sich getäuscht haben. Da waren keine Augen. Aber dafür etwas anderes.

«Sieh mal!» Er deutete mit dem Finger auf ein Licht,

das zwischen den Birkenstämmen vor ihnen aufflackerte. «Das muss ein Haus sein, dort, wo das Licht schimmert! Ein warmes Haus! Jemand hat ein Feuer angezündet! Lass uns anklopfen und fragen, ob wir die Nacht darin verbringen dürfen!»

«Ich weiß nicht.» Marit spürte, wie sich etwas in ihr gegen den Vorschlag sperrte.

«Wenn wir ordentlich anklopfen und dann ganz höflich fragen, können sie uns eigentlich nicht böse sein.» David begann, auf Zehenspitzen zu gehen.

Das Häuschen war in eine Lichtung des Birkenwalds gebaut. Die Stallung ließ darauf schließen, dass die Besitzer Tiere hielten, Hühner vielleicht oder Schafe. Marit pirschte sich an die Haustür heran und beugte sich vorsichtig vor, um ihr Ohr an die Haustür zu legen. Dabei rutschte sie aus und fiel gegen die Tür. Die Tür brach aus ihren Angeln und schlug krachend auf.

«Ach, du Elend», machte Marit. «Ich ...»

Ein verhutzeltes altes Weib erschien im Rahmen. «Was ist das für ein Radau? Was macht ihr mit unserer Tür? Malle, komm schnell, wir haben zwei Einbrecher hier!»

«Wir sind keine Einbrecher!» David bemühte sich um Schadensbegrenzung. «Wir sind zwei einsame Wanderer, und wir wollten fragen, ob Ihr uns wohl für eine Nacht beherbergen würdet.»

«Damit ihr uns den Rest des Hauses auch noch auseinandernehmen könnt?» Ein greiser Mann war neben dem Weib aufgetaucht.

«Es … es war keine Absicht.» Marits Gesicht war dunkelrot vor Verlegenheit. «Ich bin ausgerutscht und da …»

«Schert euch fort!» Der Greis machte ein paar für sein Alter ungewöhnlich temperamentvolle Armbewegungen.

«Wir werden Euch die Tür selbstverständlich reparieren», bemerkte David.

«Fort!», funkelte die Frau. «Eine Frechheit, unser Elfenfest zu stören!» Sie bückte sich, griff nach der Tür und rammte sie ihnen vor die Nase.

«Ganz schön kräftig, die alte Frau.» David schüttelte den Kopf und machte kehrt.

«Es tut mir ehrlich leid», bemerkte Marit, als sie wieder durch den Wald gingen.

«Hmm», brummte David, ohne sie anzusehen. Eine Weile lang gingen sie schweigend weiter. Eis und Zweige knackten unter ihren Füßen. Ein Käuzchen schrie.

«Wie sehen Elfen eigentlich aus?» David sah sie neugierig von der Seite an.

«Also, schon mal nicht wie ich.» Marit wechselte den Stock mit ihrer Habe von der linken Schulter auf die rechte. Dabei geriet der Beutel am Ende des Stocks heftig ins Schwingen und schlug gegen Davids Arm. David unterdrückte ein Grinsen.

Marit versuchte, sich die Peinlichkeit nicht anmerken zu lassen.

«Nicht wie du?», lächelte David. «Keine hübschen blonden Haare, keine strahlend blauen Augen, kein Lächeln, bei dem man sich gleich ein bisschen wärmer fühlt?»

Marit fühlte, wie ihr die Röte von neuem ins Gesicht stieg. «Die Elfen sind schmale, zarte Wesen», erklärte sie rasch. «Sie können überirdisch gut singen. Ich habe zwar noch nie eine gehört. Aber ich weiß ja, dass es sie gibt.»

«Woher?»

Marit blickte ihn erstaunt an. «Na, weil jeder das sagt! Warum sollten die Menschen denn lügen?»

David hob die Schultern.

«Einige sehen ganz hell aus. Das sind die Guten. Die Lichtelfen. Hoppla!» Sie knickte um, und wenn David sie nicht rechtzeitig gehalten hätte, wäre sie in ein Eisloch gestürzt. «Sieh mal!», sagte sie und deutete auf das Loch. «Da ist Wasser! Taut es etwa schon?»

David blieb stehen. «Sieht ganz so aus. Vielleicht ist der Winter ja bald vorbei.»

Marit machte einen Luftsprung und fiel David um den Hals. «Juhu! Dann wird es wärmer! Und heller! Wir können angeln gehen! Und Beeren suchen!»

David lächelte und machte sich aus ihrer Umarmung frei. «Bis es so weit ist, muss der Mond wohl doch noch ein paarmal rund werden.»

«Ja», sagte Marit. «Vielleicht. Aber es ist ein Anfang!» Sie ging jetzt nicht mehr, sie hüpfte schon.

«Vorsicht», sagte David. «Sonst fällst du noch einmal hin! Also, einige der Elfen sind Lichtelfen, sagtest du.»

Marit sah ihn an. Im Mondlicht blitzten ihre blauen Augen. «Ja. Das sind die, die uns zusammengeführt haben.»

David erwiderte ihren Blick. Lange sahen sie sich beim Gehen so gegenseitig an. Schließlich blickte Marit woanders hin. «Und dann gibt es die Dunkelelfen», sagte sie leise.

Sie musste nicht erklären, was die Dunkelelfen für welche waren. David hatte deren Macht schon am eigenen Leib gespürt. Sein Vater hatte sie schlicht «das Böse» genannt. Gemeinsam hatten sie gebetet, um das Böse zu verbannen und um das Gute am Leben zu erhalten. Zu Schacharith, Mincha und Maariw, dreimal am Tag. David hatte stets voller Inbrunst mitgebetet, und doch hatte er nicht verhindern können, was dann am Ende geschehen war.

Eine Frage schlich sich in seinen Kopf. «Betest du eigentlich, Marit?», fragte er. «Ich hab dich noch nie beten gesehen!»

Marit sah ihn an. «So wie die Leute in der Kirche, meinst du?», fragte sie. «Nein. Meine Mutter und ich, wir sind nie in die Kirche gegangen.»

Sie hörte wieder auf zu hüpfen. David hätte sich auf die Zunge beißen können. Warum nur hatte er davon angefangen? Nun war Marit wieder traurig. Der Mond verschwand hinter einer Wolke, und plötzlich wurde es eisig um sie herum. David meinte ein Flügelschlagen zu hören. Plötzlich hatte er ein ungutes Gefühl. Sollte es sie wirklich geben, diese Dunkelelfen, dann waren sie mit Sicherheit nicht weit.

Margarethe hatte beschlossen, ihre Sorgen in Arbeit zu ertränken. Sie hatte einen Armvoll Flachs auf der Brake gebrochen und war nun dazu übergegangen, den Flachs auf dem Schwingbock mit der Schwinge weich zu schlagen. «Für dein Kleid», erklärte sie in Kristinas Richtung. «Ich werde dir ein richtiges Kleid weben.»

«Hör auf zu träumen, Margarethe», brach Svensson dazwischen. «Kristina muss hier weg. Wer weiß, wann dieser Ebermann wiederkommt! Wir können sie hier nicht einen Tag länger behalten!»

Margarethe zog den abgeschwungenen Flachs durch die Hechel, um die grobe Hede auszukämmen. «Hilfst du mir, die Hede zu bürsten und zu waschen?», fragte sie Kristina. Geradewegs so, als hätte Svensson bloß Flöte gespielt.

«Hm, ja.» Kristina stand auf. «Wie stelle ich das denn an?»

«Du nimmst diese Bürste hier», erklärte Margarethe. «Und dann bürstest du, so fest du kannst. Je feiner der Flachs am Ende wird, desto feiner wird auch der Stoff für dein Kleid!»

«Ich kann mir gar nicht vorstellen, dass daraus mal ein Kleid werden kann», wunderte sich Kristina. Sie nahm die Hede in die Hand und schnupperte daran. Sie roch nach getrockneten Gräsern, nach Spätsommer und Sonnenschein.

«Ich kann mir auch nicht vorstellen, dass daraus mal ein Kleid werden kann!», bemerkte Svensson. «Weil Margarethe nämlich nicht mehr die Zeit haben wird, es zu nähen!»

«Aus der Hede nähe ich auch keine Kleider.» Margarethe hatte offensichtlich beschlossen, Svenssons Einwände ausnahmslos zu ignorieren. «Daraus mache ich Sackleinen. Wenn ich die Hede nämlich grob ausbürste, verarbeite ich sie zu Leinen. Aber wenn ich sie so fein bürste, wie Kristina es gerade tut, dann drehe ich sie mit dem Rocken auf das Spinnrad.» Sie deutete auf ein hölzernes Gerät, auf dem Gustav Vasa gackernd herumkletterte.

«Und dann?», fragte Kristina. Es war spannend, das alles erklärt zu bekommen. Ob sie das früher schon einmal gewusst hatte, damals, als ihr Kopf noch in Ordnung gewesen war?

«Die gesponnenen Teile kommen auf die Garnwinde, um das Garn mit dem Spulrad aufzudrehen. Von den großen Spulen hier geht es dann auf die kleinen. Und dann bringe ich die Fäden auf dem Lesbrett an. In Kreuzlage. So. Dann kann es auf den Webstuhl gebracht werden, und das ist meistens der Anfang einer langen Geschichte von einem hübschen Kleid.» Sie lächelte Kristina an.

«Amen, das war ein sehr schöner Vortrag.» Svensson schritt in der Stube auf und ab, vom Kamin zum Webstuhl und wieder zurück. Gustav Vasa flatterte erschreckt in die Höhe, als Svensson so an ihm vorbeimarschierte. «Aber jetzt müssen wir uns endlich überlegen ...» Seine Stimme schwoll gefährlich an. «... wo wir Kristina hinbringen können, damit sie in Sicherheit ist!»

«Wir könnten sie hier im Haus verstecken.» Margarethe klang immer noch unbesorgt.

«Ebermann wird das Haus auf den Kopf stellen, wenn er sie nicht findet!», donnerte Svensson.

Kristina ließ die Bürste sinken. «Stockholm», sagte sie.

Margarethe und Svensson sahen sie verblüfft an. «Was soll mit Stockholm sein?», fragte Svensson.

«Ich denke, ich sollte mich auf den Weg nach Stockholm machen. Das liegt jenseits der See. Da kann mich dieser Ebermann bestimmt nicht finden.»

Svensson warf den Kopf in den Nacken und lachte dröhnend. Bogislaus, der bis dahin nur müde in einer Ecke gelegen hatte, hob den Kopf und blickte Svensson aus seinen dunklen Schafsaugen aufmerksam an.

«Eine tolle Idee», erklärte Svensson, als er sich beruhigt hatte. «Aber wie willst du da hinkommen? Die Ostsee ist zugefroren. Es fahren keine Schiffe. Und selbst, wenn welche führen – wie willst du die Kapitäne davon überzeugen, dich mitzunehmen?»

Kristina nahm die Bürste wieder zur Hand und begann, die Hede zu bearbeiten. «Ich werde schon einen Weg finden», erwiderte sie trotzig.

«Hör mal, Kristina», mischte sich nun Margarethe ein. «Ich glaube nicht, dass du einen Weg finden wirst. Weil du nämlich noch ein Kind bist. Ein großes zwar, aber immerhin noch ein Kind. Und weil du gar nicht weißt, welche Gefahren bei solch einer Reise auf dich lauern.»

«Und wieso überhaupt Stockholm?», fragte Svensson.

«Weil ich glaube, dass ich von dort stamme.» Kristina flüsterte die Worte fast.

«Wie kommst du darauf?»

Kristina sah zu den beiden Erwachsenen empor. «Ich weiß es nicht genau. Aber gestern, als Margarethe das Wort erwähnte, da hatte ich das Gefühl ...»

«Sprich weiter», forderte Margarethe sie auf. «Was hattest du für ein Gefühl?»

«Ich hatte das Gefühl, Stockholm zu kennen. Ich kenne das Wort auf jeden Fall, und ich habe so etwas wie ... Erinnerungen ... Ich sehe die Häuser vor mir ... und ein großes Schloss ... Etwas Beunruhigendes passiert in diesem Schloss ...» Sie schwieg verwirrt.

Margarethe und Svensson blickten sich an.

«Du bist ein merkwürdiges Mädchen», sagte Svensson schließlich. «Das merkwürdigste, das mir je begegnet ist.»

«Danke», entgegnete Kristina trocken. «So etwas in der Art habe ich mir schon gedacht.»

Margarethe lächelte. «Und du bist mir sehr ans Herz gewachsen. Ich wünschte wirklich, du könntest hierbleiben.»

«Und ich wünschte», fiel Svensson ein, «du könntest mir endlich verraten, wo zum Teufel du das Fechten gelernt hast!»

«Wenn ich das nur selbst wüsste!», sagte Kristina. Dann überlegte sie. Das, was Margarethe gesagt hatte – dass sie sie gern hierbehalten wollte –, würde sie das selbst überhaupt auch wollen? Gesetzt den Fall, dieser Scharfrichter wäre nun nicht hinter ihr her – würde sie gern ihr Leben bei Margarethe auf dem Hof verbringen? Margarethe war so lieb und gut zu ihr. Sie hatte sie gesund gepflegt und sie aufgenommen wie die eigene Tochter.

Nein. Das würde nicht gehen. Sie musste fort von hier. Sie hatte noch etwas zu erledigen. Eine Aufgabe. Und sie hatte zunehmend das Gefühl, dass diese Aufgabe irgendwie mit Stockholm zusammenhing.

«Was hast du vorhin noch über deine angebliche Familie in Stralsund erzählt?», fragte Svensson nach einer Weile an Margarethe gerichtet.

«Das war nicht gelogen», erklärte Margarethe. «Ich habe wirklich Familie dort. Eine Schwester, die einen reichen Kaufherrn geheiratet hat.»

«So, so.» Svensson schnalzte mit der Zunge. «Wäre diese noble Verwandtschaft wohl in der Lage, Kristina eine Weile zu beherbergen?»

Margarethe stellte die Hechel beiseite. «Ich habe keine Ahnung. Aber ich denke mal, wenn ich morgen früh mit Kristina vor ihrer Tür stehe, werden sie ja wohl nicht nein sagen können.»

3. Kapitel

Der Eiswind peitschte ihr ins Gesicht. Kristina fühlte das Prickeln der Schneekristalle auf den Wangen und musste lachen, weil sich das so wunderbar anfühlte. Und weil alles so schön aussah! Das Meer war eine ebene, gleißend weiße Platte, und der Himmel war strahlend blau. Neben ihr auf dem Schlitten saß Margarethe und hielt die Zügel umklammert. Ihren Gesichtsausdruck konnte Kristina nicht erkennen, denn Margarethe war bis zur Nasenspitze in dicke Tücher gehüllt. Dem Pferd schien der kleine Ausflug auch sehr gut zu gefallen, denn es galoppierte mit wehender Mähne und wollte gar nicht mehr aufhören. Auch nicht, als sie sich der Küste näherten. Eisschollen türmten sich vor ihnen auf.

«Brrrr, Adolf», machte Margarethe. Sie hatte ihr Pferd nach dem zweiten Vornamen des alten König benannt.

Das Pferd schien von dem plötzlichen Befehl so verwirrt, dass es auf der glatten Fläche ins Rutschen geriet und um ein Haar den Schlitten umgerissen hätte. «Hab ich es nicht gesagt?», schimpfte Margarethe. «Du musst jetzt traben, sonst bringst du uns noch alle um!»

«Es ist herrlich hier auf dem Meer!», lachte Kristina. «Können wir nicht immer so weiterfahren, bis nach Stockholm?»

«Bis nach Stockholm ist es noch sehr weit», erklärte Margarethe. «Wir wären Wochen unterwegs.»

Kristina hatte nichts dagegen, noch Wochen so weiterzureisen. Sie war satt, Adolf war süß, der Schlitten schnell und die Landschaft einfach nur herrlich.

Jetzt konnte sie die Stadt mit ihren Kirchtürmen und Mühlen erkennen.

«Das da links mit den großen Windrädern, das ist die Pulvermühle», erklärte Margarethe. «Du weißt, was eine Mühle ist?»

Kristina nickte. «Da werden Sachen kleingemahlen. Weizenähren zum Beispiel, die werden zu Mehl, und daraus kann man dann Brot backen.»

Margarethe lächelte. «Ich behandle dich manchmal wie ein Kind, oder?»

«Das ist nicht schlimm. Ich muss ja wirklich vieles ganz neu lernen.»

«Das da in der Mitte der Stadt ist die Domkirche St. Maria», erklärte Margarethe. «Links und rechts davon stehen St. Jacobi, St. Catrin, das Rathaus und St. Johans.»

«Ganz schön viele Kirchen», staunte Kristina. «Gibt es in jeder Stadt des Königreichs so viele Kirchen?»

Margarethe hob die Schultern unter ihren Tüchern. «Ich habe keine Ahnung. Stralsund ist die einzige Stadt, die ich kenne.» Sie lenkte den Schlitten auf einen eisbedeckten

Holzsteg. «Hier legen die Boote an, wenn das Meer wieder befahrbar ist», erklärte sie. «Komm, hilf mir, Gustav um die Eisschollen herumzuführen.» Sie raffte ihre Tücher und Röcke und stand schwerfällig auf. Kristina sprang hinterher. Dann packte sie das Pferd am Zügel und führte es vorsichtig über das aufgetürmte Eis dem Ufer zu. Dabei bemerkte sie, dass ihr die Beine schmerzten. Vor allem der rechte Oberschenkel tat ihr weh.

«Humpelst du?», fragte Margarethe.

«Ein bisschen.»

«Das kommt vom Fechten gestern. Die Bewegungen waren noch ungewohnt für dich. Keine Sorge, in zwei, drei Tagen ist der Schmerz wieder weg.» Sie ließ einen ledernen Beutel in ihrem Ausschnitt verschwinden. «Stralsund ist übrigens voll mit Gaunern und Dieben», bemerkte sie. «Wenn du nicht aufpasst, klauen sie dir den kleinen Finger!»

Kristina blickte auf ihre Hände hinab, die in dicken Wollfäustlingen steckten. «Das sollen die erst mal versuchen!», lachte sie.

Als sie durch das Stadttor eintraten, lärmte ihnen Blasmusik entgegen. Eine Gruppe Soldaten in zerschlissenen Uniformen trompetete ein Konzert in die frostklirrende Luft, dass ihr Atem in weißen Wolken aus den Instrumenten wehte. Dahinter hatte eine Marktfrau ihre Bude aufgebaut. «Walfett! Frisches Walfett!», kreischte sie – in der vergeblichen Hoffnung, das Konzert der Soldaten zu übertönen. Ein Mann mit einer Augenklappe zog einen

Affen an einer goldenen Kette hinter sich her. Der Affe trug winzige Stulpenstiefel und einen pelzgefütterten Überhang. Er watschelte an einer Bude vorbei, die kleine Bilder mit dem Porträt der Königin verkaufte. Die Bilder sahen genauso aus wie das, das in Margarethes Schlafzimmer hing. Plötzlich blitzte vor ihnen ein Messer auf. Kristina versuchte, den Blick abzuwenden, doch zu spät. Hinter einer Metzgerbude wurde ein Huhn geschlachtet, dass das Blut auf die Lederschürze des Metzgers spritzte.

«Einfach durch da!» Margarethe machte eine Handbewegung, als gelte es, einen Trupp Krieger in die Schlacht zu treiben. «Das ist nur ein Markt, Kristina!»

Kristina versuchte, sich zusammenzureißen, und marschierte los. Nach wenigen Schritten auf den matschigen Wegen zwischen den Holzbuden wurde der Krach ohrenbetäubend. Händler und Kunden keiften sich beim Preisfeilschen an. Kinder weinten, Pferde wieherten, und ein paar Männer, die unter einem Zelt über ein Brettspiel gebeugt saßen, johlten just in dem Moment auf, in dem Kristina an ihnen vorüberging.

Allmählich gewöhnten sich ihre Ohren an das Spektakel, und sie spähte aufmerksam umher. Gab es hier irgendjemanden, der ihr bekannt vorkam? Hörte sie eine vertraute Stimme? War es möglich, dass sie hier schon einmal gewesen war? Doch während sie ihren Weg zwischen Schafherden, Gauklern und Budenbesitzern fortsetzte, während sie das imposante Mauerwerk der Domkirche betrachtete und die schiefen Fachwerkhäuser in den Straßen, wuchs die Gewissheit in ihr. Nein, sie kannte diese Stadt nicht. Sie hatte hier keine Familie. Keine Aufgabe. Und keine Erinnerung.

Stockholm. Wieder stieg dieses Wort in ihr auf, magisch und verheißungsvoll. Sie musste nach Stockholm, in die Stadt der Königin. Doch wie in Gottes Namen? Wie?

Margarethe, die nun mit Pferd und Schlitten vor ihr ging, führte sie in eine Gasse, die von schmalen Häusern gesäumt war.

«Hier wohnt meine Schwester», erklärte Margarethe und betätigte den Klopfer an der Tür. Sie warteten, doch nichts geschah.

«Und wenn sie verreist ist?», fragte Kristina ängstlich.

Margarethe schnaubte. «Meine Schwester hat kein Geld für Reisen. Ihr Mann hat zwar Geld wie Heu, aber das legt er lieber in neuen Waren an. Nein, die kommt schon wieder. Die ist auf dem Markt.» Sie nahm Gustav am Zügel und führte ihn in den Hof hinter dem Haus, in dem sich ein Stall befand. Kristina half ihr, den Schlitten abzuschirren.

«Komm, wir gehen in die Straßen zurück», schlug Margarethe vor. «Muss sowieso Besorgungen machen. Bis wir damit fertig sind, ist bestimmt auch meine Schwester wieder da.»

Die Angst breitete sich in Kristina aus, obwohl sie versuchte, dagegen anzukämpfen. Vorsichtig tastete sie nach ihrem Degen. Das Bild des schwarzen Reiters zuckte vor ihren Augen wieder auf, und sie spürte ein dumpfes Pochen im Kopf. Sie holte tief Luft. Und dann beschloss sie, ihre Angst nicht weiter zu beachten, und machte sich auf den Weg zurück ins Höllentreiben.

Flink fühlte sich in die Höhe gehoben, als wäre er ein Fliegengewicht. Der Unbekannte hatte ihn im Rücken gepackt, sodass Flink nur seine riesigen Stulpen erkennen konnte. «He!», protestierte er. «Was soll der Unsinn? Setzt mich sofort wieder ab!»

«Wohl kaum. Nach dir habe ich seit einer Ewigkeit gesucht, du elender, kleiner Dreckslümmel!»

Flink zappelte. «Ein Missverständnis, Herr! Eine Verwechslung! Ich bin doch nur ein kleiner Schafhirte aus Rügen! Bitte, setzt mich ab!»

Der Unbekannte lachte dumpf. «Willst du mich für dumm verkaufen, du widerwärtige Laus?»

«Nein!», quiekte Flink. «Ehrenwort!»

«Auf Ehrenworte geb ich nicht viel! Nicht, wenn sie von kleinen Lausebengeln kommen!»

«Was hab ich denn getan?», jammerte Flink.

«Was du getan hast?», brummte der Unbekannte. «Das will ich dir gerne sagen! Unzählige brave Bürger von Stralsund hast du bestohlen! Die Beschreibung trifft genau auf dich zu!»

«Bitte seht mich an!», flehte Flink. «Ich bin nicht der Junge, für den Ihr mich haltet!»

«Ich seh dich ja an!»

«Von vorn, meine ich!»

«Du willst ja nur, dass ich dich absetze, damit du mir wieder davonlaufen kannst!»

«Nein! Ganz ehrlich nicht!» Flinks Stimme war die reine Verzweiflung. Dadurch, dass der Unbekannte ihn im Rücken gepackt hatte, schnitt sich ihm der Ausschnitt seines Hemdes in den Hals. Es tat weh. Er bekam kaum noch Luft.

«Na gut.» Der Unbekannte drehte Flink zu sich um, ohne dass er ihn losließ. Er musterte ihn genau. Sah ihm in die Augen, auf den Mund und den ganzen kleinen Körper bis zu den Füßen hinab. «Ich erkenne dich!», grollte der Mann. «Du bist es wirklich!»

Auch Flink erkannte den Mann. Es war der Scharfrichter von Stralsund. Er erkannte sein breites Gesicht mit den Pockennarben, die gelben Zähne, und er spürte seinen übelriechenden Atem. Flink holte tief Luft, und dann fing er an zu brüllen. «Feuer!», brüllte er. «FEUER!!!»

Vor Schreck ließ ihn der Scharfrichter los. Ein Trapezkünstler am Ende der Straße, der gerade zwischen zwei Häusern balancierte, fiel von seinem Seil herunter. Menschen drehten sich um, blickten verwirrt in die Luft und versuchten, den Rauch zu erschnuppern. Flink nutzte seine Chance. So schnell ihn seine neunjährigen Beine trugen, flitzte er davon. Ehe der Scharfrichter noch einmal Luft holen konnte, war Flink schon um die Ecke verschwunden, an dem gefallenen Trapezkünstler vorbei und in die nächste Menschenmenge hinein. Wohin nun? Es würde nicht lange dauern, und das Ungeheuer wäre ihm bestimmt wieder auf den Fersen. Da bemerkte Flink ein Zelt, in dem eine Gruppe Männer saß. In dem Zelt sah es dunkel aus. Nur eine Funzel erleuchtete das Brett, auf dem die Männer Figuren hin und her schoben. Gerade wollte er zwischen den Beinen der Männer hindurch unter den Tisch kriechen, als er eine Hand an seinem Arm spürte.

«Was willst du denn hier, Kleiner?», fragte ihn der Mann, dessen Hand ihn hielt.

Flink versuchte, sich groß zu machen. «Mitspielen», entgegnete er, wobei er versuchte, seine Stimme tief und fest zu machen.

«Ach, hau ab!», sagte der Mann. «Du weißt doch noch nicht mal, was das hier ist!»

Flink blickte auf das Brett hinab. Es teilte sich in helle und dunkle Felder. Auf den hellen Feldern waren Intarsien in Form von Früchten eingebracht, die dunklen waren mit hölzernen Blumen verziert. Kostbare Reliefschnitzerei schmückte den Spielrand. Auf den Feldern standen fünfzehn Steine verteilt. «Natürlich weiß ich das», erklärte Flink ernsthaft. «Es ist Wurfzabel.»

Er bemerkte, wie die Männer sich anblickten und dann in Gelächter ausbrachen.

«Hast du denn überhaupt Geld?», fragte der Mann, der ihn immer noch am Ärmel hielt.

Flink spähte vorsichtig nach draußen. In diesem Moment erkannte er den Scharfrichter, der aufgeregt nach links und rechts sehend am Zelt vorüberging.

«Klar hab ich Geld», stieß Flink hervor. «Hier.» Er drehte seine Taschen nach außen und holte einen Silbermünztaler hervor. «Reicht das für ein Spiel?»

Er sah, wie die Männer nun große Augen machten. «Ja», brummte der, der ihn festhielt. «Ein Silbermünztaler reicht. Setz dich dahin! Du bist dabei!»

«Nicht doch, Hinnerk!» Ein anderer Mann schüttelte den Kopf. «Der Junge hier ist noch ein Kind! Wir können doch keine Kinder ausnehmen!»

«Du behauptest, das Spiel zu können, Junge?», fragte ihn der erste Mann wieder.

Flink nickte.

«Seht ihr! Dann nehmen wir ihn ja auch nicht aus, oder, Männer?» Der Mann kitzelte Flink unter dem Kinn. «Der Junge nimmt vielleicht uns aus, was? Los, Kleiner, du darfst anfangen!»

Flink ließ sich auf dem angebotenen Stuhl nieder und begann zu würfeln. Eine Eins. Flink seufzte laut.

«Oh, hat der Junge Pech gehabt!», grinste sein Nebenmann. «Das tut mir aber sehr, sehr leid!»

Flink fischte nach seinem Tuch, wobei er wie zufällig das Bein des Mannes berührte, und tupfte sich über die Augen. «Wenn ich mein Geld verliere, wird mein Vater mich schlagen!», schluchzte er auf.

«Ja, aber das is nu nich unser Problem, oder?» Sein Nebenmann war erbarmungslos. «Du hast gesagt, du kannst spielen, und du hast eigenes Geld. Nun wird nicht mehr gekniffen!»

«Ich finde wirklich ...» Flinks Verteidiger ergriff wieder das Wort.

«Zu spät!», bellte ihn sein Gegenüber an. «Der Junge spielt, so, wie er gesagt hat!»

Die Würfel gingen herum. Wieder war Flink an der Reihe. Abermals würfelte er eine Eins. Vor Verzweiflung rutschte er unter den Tisch.

«Willst du ein Mann oder ein kleiner Junge sein?», herrschte ihn sein Nebenmann an.

«Ein Mann», murmelte Flink dumpf unter dem Tisch hervor.

«Dann komm augenblicklich zurück auf deinen Platz! Meine Güte, man sollte sich wirklich nicht einlassen mit euch verfluchten Gören!»

Flink rutschte langsam wieder hoch. Weiter ging das Spiel. Eine Runde, und noch eine Runde. Am Ende war das Ergebnis klar. Flink hatte haushoch verloren.

«Deinen Silbermünztaler!», krächzte der Mann neben ihm. «Los! Und zwar zackig!»

Flinks Augen füllten sich mit Tränen. «Aber ...»

«Kein Aber! Du wolltest spielen, nun hast du gespielt! Her mit dem Silbermünztaler!»

Flinks Kinn zitterte. «Mein Vater schlägt mich tot!», stammelte er.

«Hinnerk!», mahnte der freundliche Mann. «Lass den Jungen wieder ziehen! Wir wollen doch keine Kinder auf dem Gewissen haben!»

Der Angesprochene donnerte mit der Faust auf den

Tisch. «Deinen Silbermünztaler, oder ich brech dir alle Knochen im Leib!»

Weinend holte Flink seinen Taler hervor. «Bitte», schluchzte er. «Da habt Ihr ihn! Aber ...»

Der Mann riss den Taler an sich, grinste und tätschelte Flink den Kopf. «Dann sieh man zu, dass du schnell wieder zu deinem Vater kommst!», röhrte er und brach in Gelächter aus.

Langsam und mit gesenktem Kopf schlich Flink aus dem Zelt. Draußen blendete ihn die helle Wintersonne. Er blinzelte. Von dem Scharfrichter war keine Spur mehr zu sehen. Er mischte sich unter das Marktvolk und bog um die nächste Ecke. Dann erst fing er zu laufen an. Er lief, bis er an den Hafen kam. Schiffe waren dort keine mehr zu sehen, dazu war die Ostsee jetzt schon zu lange zugefroren. Auf der vereisten Fläche waren die Spuren von Schlittenkufen eingefräst. Flink ging zu einem der Speicher hinüber, holte den Eisenhaken hervor, mit dem er das Schloss des Speichers öffnete, und schob sich in die schützende Dunkelheit hinein. Die Tür ließ er leicht angelehnt, um in dem kleinen Streifen Licht sein Geld zu zählen. Leise pfiff er durch die Zähne. Er hatte fette Beute gemacht: Sogar eine Dukate war unter den Münzen dabei, was so viel wert war wie zwei Reichstaler. Ein Vermögen! Dass er auch den freundlichen Mann bestohlen hatte, tat ihm ein wenig leid. Aber er hatte ja keine andere Wahl gehabt. Zwischen Gut und Böse zu unterscheiden – das war nur etwas für Leute, denen es nicht ums nackte Überleben ging.

Er tastete sich zu der Ecke hinüber, in der er seinen Besitz versteckte. Dort entkleidete er sich rasch und schlüpfte in die Mädchenkleider. Sein Haar flocht er zu zwei Zöpfen. Er fühlte, wie sein Bauch grummelte. Nun, er hatte jetzt ja Münzen genug, um sich heute etwas Feines zu kaufen. Er dachte an gebratene Würste, und das Wasser lief ihm im Mund zusammen. Vorsichtig nach allen Seiten spähend schlich er hinaus und verschloss die Tür. Nur Augenblicke später war er auf dem Markt zurück.

Die alte Frau und den großen Jungen, der einen Degen an seiner Seite trug, entdeckte er, kaum war er in das Gewimmel der Gassen zurückgekehrt. Die beiden standen vor einer Bude und feilschten. Die Alte zog einen Lederbeutel aus ihrem Ausschnitt hervor und entnahm ihm eine Münze. Die Gelegenheit war einfach zu gut. Flink huschte vorbei, und der Lederbeutel war sein.

Der Diebstahl war so schnell vonstattengegangen, dass Kristina sich im ersten Moment nicht sicher war. «Eure Geldbörse?», wandte sie sich an Margarethe. «Hat das kleine Mädchen sich da eben Eure Geldbörse geschnappt?»

Margarethe tastete nach ihrem Ausschnitt und erbleichte.

«Wartet!» Kristina schoss wie ein Blitz davon. Sie konnte die blonden Haare unter der Haube des Mädchens erkennen, nur wenige Schritte vor ihr. Dann waren die Haare verschwunden. Das Mädchen musste sich geduckt haben, um zwischen ein paar Beinen hindurchzutauchen. Plötzlich hörte sie einen Schrei. Sie drehte sich um und sah den Affen wieder. Seine goldene Kette blitzte in der Sonne auf, und dahinter meinte sie die weiße Haube des Mädchens zu sehen. Außer sich vor Wut schlug sie die Richtung ein, in der diese Haube von neuem verschwand.

«Na warte, du Kröte!», zischte sie. Sie versuchte zu laufen, was nicht leicht war in dem Schneematsch und bei all den Menschen, die sich ihr in den Weg stellten. Sie drängelte, schubste und trat, ohne auf die empörten Ausrufe zu achten. Die Gasse gabelte sich. Wohin jetzt? Rechts ging es in eine Gasse mit einem leeren Zelt, vor dem Männer wild in alle Richtungen blickten und sich gegenseitig anbrüllten. Einer merkwürdigen Ahnung folgend wandte Kristina sich nach links. Während sie die Straße hinablief, meinte sie eine weiße Haube zu sehen, unter der die blonden Haare von eben aufblitzten. Die Haube verschwand wieder, und Kristina sah sich ratlos um. Sie war in einen Teil der Stadt geraten, den sie vorhin mit Margarethe nicht gegangen war. Auf einmal bemerkte sie, dass sie nicht nur die kleine Diebin, sondern auch ihre Wohltäterin verloren hatte. Das Beste war es nun wohl, zum Haus der Schwester zurückzukehren, um dort auf Margarethe zu warten. In der Hoffnung, dass sie das Haus auch wiederfände.

Sie ging die Straße hinunter und sah sich aufmerksam um. Nein, hier kam ihr rein gar nichts bekannt vor. Der Weg gabelte sich abermals. Zu ihrer Rechten erhob sich ein roter Backsteinbau mit spitzem Giebel. Eine der zahlreichen Stralsunder Kirchen? Kristina blieb stehen und überlegte. Was wusste sie von Kirchen? Und war sie schon mal in einer gewesen? Sie konnte sich nicht daran erinnern. Aber sie war sich einigermaßen sicher, dass in Kirchen nicht laut geschrien und geflucht werden durfte. In Kirchen sprachen die Menschen zu Gott. Und den durfte man nicht beleidigen, wenn man wollte, dass er einem seine Wünsche erfüllte.

«Verfluchtes Elend, ich spuck's ja aus, hab ich gesagt!!!» Die durchdringende Stimme hinter den Mauern des Backsteinhauses schien einem Mann in schwerer Not zu gehören. Der ganz offensichtlich etwas Falsches gegessen hatte und nun jemand anderem versprach, das Gegessene wieder loszuwerden. Kristina kratzte sich am Kinn. Ob die Welt schon vor dem Verlust ihrer Erinnerungen so schwer zu verstehen gewesen war?

Ein altes Weib unterbrach ihren Gedankenfluss.

«Wie bitte?», fragte Kristina.

«Ich sagte, bleib da man nich zu lange stehen, Junge, wenn du nich willst, dass der Scharfrichter auch dich kitzelt!» Die Alte kicherte. «Er kann Glotzer vor seinem Haus nich vertragen!»

«Das ist das Haus des Scharfrichters?», fragte Kristina erschrocken.

«Natürlich ist es das. Wo hört man sonst so 'n Gejaule in der Stadt?» Die Alte schüttelte den Kopf und ging weiter.

So ziemlich überall, wollte Kristina einwerfen. Die Straßen schienen ihr voll mit Leuten, die ihren Unmut in die Welt hinausposaunten. Sie selbst konnte sich nun guten Gewissens einreihen in die Gruppe der Unglücklichen. Denn wenn sie nicht vor Einbruch der Dunkelheit das Haus der Margarethe-Schwester wiederfand, blieb ihr wohl nichts anderes übrig, als die Bekanntschaft des Stralsunder Nachtgesindels zu machen. Ratlos wanderte sie die Straße hinunter. Nachdem sie eine ganze Zeit lang so gewandert war, erkannte sie in der Ferne das weißglitzernde Meer. War sie also wieder an ihrem Ausgangspunkt angekommen. Wenn es ihr nun gelang, den Anlegesteg zu finden, über den sie vor wenigen Stunden den Pferdeschlitten gezogen hatten, dann würde sie vielleicht auch wieder den Weg durch die Stadt und das Haus von Margarethes Schwester erkennen. Unschlüssig wanderte sie von Steg zu Steg. Sie versuchte, sich zu orientieren. Da, zu ihrer Linken, befand sich die Pulvermühle, und daneben, da war doch ... eine Bewegung bei den Speicherhäusern ließ sie innehalten. Täuschte sie sich, oder war das eine kleine Gestalt mit weißer Haube gewesen, die sich in das Innere eines Speichers geschoben hatte? Kristina holte tief Luft und rannte los.

«Hab ich dich, du kleine Giftraupe!» Kristina hielt das Mädchen an einer Haarsträhne gepackt.

«Aua!» Das Mädchen schlug um sich. «Ich weiß gar nicht, was du von mir willst! Lass meine Haare los!»

«Erst, wenn du mir den Beutel wiedergibst, den du der Frau gestohlen hast!»

«Du verwechselst mich!», keifte das Mädchen. «Ich hab

keinen Beutel gestohlen! Lass mich endlich los, sonst ruf ich meinen Vater!»

«Ach ja?» Kristina sah sich höhnisch im Speicher um. Da stapelten sich Kisten und Möbel, und es roch nach Moder. «Wo hält er sich denn versteckt, dein Vater? In den Spinnweben?» Sie deutete auf eine der verdreckten Ecken.

Das Mädchen nutzte den Augenblick, um zur Tür zu springen. Doch bevor es hinausschlüpfen konnte, war Kristina wieder bei ihm und hielt es von neuem fest. «So, und jetzt keine Dummheiten mehr. Den Geldbeutel, oder es setzt was!»

Das Mädchen schüttelte trotzig den Kopf. «Lass mich in Ruhe! Große Jungs dürfen keine Mädchen schlagen!»

«Ach nein?» Kristina grinste. «Und was, wenn ich selbst ein Mädchen bin?»

«Bist du ja gar nicht! Kannst du gar nicht sein! Du trägst einen Degen und Männerkleidung!»

«Das beweist aber noch nichts», lächelte Kristina. «Hier.» Sie lüpfte ihre Kappe und ließ ihr langes, lockiges Haar herunter. Dabei behielt sie die Kleine vor sich im Auge. «Glaubst du mir jetzt?»

«Nee.» Das Mädchen schüttelte den Kopf, dass seine Haare flogen. Dann äffte es Kristinas Tonfall nach. «Das beweist ja nichts!»

«Wenn ich jetzt mein Hemd öffne, rennst du mir davon», bemerkte Kristina. «Ich belasse es also hierbei. Glaub mir, oder glaub mir nicht – ganz wie du willst. Ich kann dir nur eins versprechen: Ich prügel dich windelweich, wenn du mir nicht bei drei die Geldbörse wiedergibst. Eins, zwei ...»

Abermals versuchte das Mädchen, durch die angelehnte Speichertür zu entwischen. Und abermals war Kristina schneller. Sie holte aus und schlug zu. Das Mädchen duckte sich so rasch, dass der Schlag es nicht traf. «Hier», sagte sie und reichte Kristina den Beutel. «Damit du endlich Ruhe gibst!» Und wieder wollte sie sich davonmachen.

Doch Kristina hielt ihre Hand. «Sag mir, wo sich das Haus einer Rügenerin befindet, die einen Kaufmann geheiratet hat. Dann versprech ich dir, dich nicht zur Fronerei zu bringen!»

«Keine Ahnung», machte das Mädchen. «Ich kenn mich hier nicht aus.»

«Oh, doch», lächelte Kristina. «Ich glaube, du kennst dich hier sogar besser aus als irgendeiner sonst. Also, wie ist es? Fronerei oder Kaufmannshaus?»

«Keins von beidem.» Wieder versuchte das Mädchen, sich aus ihrem Griff zu entwenden. Doch Kristina hielt sie fest.

«Ich möchte, dass du mich zu diesem Haus bringst», sagte sie und klopfte vielsagend auf den Degen an ihrer Seite. «Falls es dir entgangen sein sollte: Ich habe für mein Anliegen die besseren Argumente!»

Nur wenige Augenblicke später stand Kristina in der Gasse, die zu dem Haus führte, in dem Margarethes Schwester wohnte.

«Ich werde dort nicht mit hineingehen», erklärte das

Mädchen grimmig. «Und wenn du tausendmal die besseren ... Argumente hast!»

«Schon gut», lächelte Kristina. «Hast du Hunger, Kleine?»

Das Mädchen zögerte, dann nickte es.

Kristina fischte in Margarethes Börse nach einer kleinen Münze und reichte sie dem Kind. «Dann kauf dir hiervon was zu essen. Und lauf mir niemals wieder über den Weg! Ist das klar?»

Das Mädchen nickte. Dass es hinter seinem Rücken die Finger und in seinen Schuhen die Zehen kreuzte, konnte Kristina nicht sehen.

Marit stieß einen lauten Jubelschrei aus. Was da zwischen den Birken hindurchschimmerte, war unverkennbar ein See! Die eiskalte Stube zahlreicher leckerer Fische! «Hol deine Angel raus, David!», freute sie sich. «Heute Abend gib es was Leckeres zu essen!»

David antwortete nicht. Ein Fieber hatte ihn befallen, das ihn matt und glühend machte. Müde ließ er sich auf einem Steinbrocken nieder. Den Stock mit dem Bündel legte er neben sich auf die Erde.

Marit achtete kaum darauf. Mit einem scharfkantigen Stein bewaffnet, war sie auf den See hinausgetreten und begann nun, ein Loch ins Eis zu schlagen. Die Eisschicht war dünner als erwartet. In der Tat, das Tauwetter hatte eingesetzt. Marit rannte zurück zu Davids Bündel und zerrte die Angelleine hervor. In ihrer Hast verhedderte sich die Leine so sehr, dass sie nur noch aus lauter Knoten bestand. Marit fluchte und versuchte, die Knoten auseinanderzufummeln. Sie durfte keine Zeit verlieren. Schon färbte sich der Himmel rosa und gelb.

Das Rosa wurde zu dunklem Violett und verwandelte sich schließlich in tiefes Blau. Während Marit ihre Angel endlich in den See tauchte, blitzten die ersten Sterne auf. Der Mond schob sich hinter einer Reihe von Tannen empor, weiß und vertraut.

Und dann war es so weit. Marit fühlte das Gewicht an ihrer Angel. So vorsichtig sie konnte, barg sie ihre kostbare Fracht aus dem See und rannte damit zu David zurück.

«David!», schrie sie. «Wir haben einen Fisch! Einen riesigen Hecht, schau mal!»

David war von seinem Stein auf die Erde gefallen. Dort, wo er lag, war der Schnee geschmolzen. Marit fühlte sein Gesicht: Es war kochend heiß, und die Locken klebten ihm am Kopf. So schnell sie konnte, entzündete sie ein Feuer. Dann brach sie Eiszapfen von den Bäumen und warf sie in den Topf. Es waren nicht viele. Hastig fegte sie den Schnee von den Zweigen hinterher und setzte das Ganze auf die Kochstelle auf. Den Hecht schnipselte sie in kleine Stücke, schnitt sich dabei in den Zeigefinger, unterdrückte einen Fluch, entfernte die Gräten und gab die fiebersenkenden Kräuter aus ihrem Lederbeutel dazu. Während sie darauf wartete, dass die Suppe zu kochen begann, bereitete sie ein Lager aus Moos und Tannenzweigen. Dann legte sie ihr Fell darauf, führte sich Davids Arm um den Hals und schleppte den Freund hinüber auf sein Lager – vorsichtig, um nicht zu stolpern! Es wurde dunkel um sie herum. Das Feuer war ausgegangen. Sie entfachte es erneut.

Als die Suppe endlich fertig war, stand der Mond schon oben in der Himmelskuppel. David schlief immer noch. Löffel um Löffel flößte Marit ihm das Essen ein, doch nicht einmal davon wachte er auf. Sie streichelte ihm übers Haar. Und schlief vor Erschöpfung endlich selbst ein.

Spät in der Nacht erwachte sie von einem grollenden Gefühl in ihrem Inneren. Verwirrt richtete sie sich auf. Sie hatte vergessen, ihren eigenen Magen zu füllen, und langte in den Topf. Doch sosehr sie sich bemühte – die Suppe war tiefgefroren, und es gelang ihr nicht, die Fischstückchen daraus loszukratzen. Sie überlegte, ob sie noch einmal versuchen sollte, ein Feuer zu entfachen, entschied aber am Ende dagegen. Sie war einfach zu müde.

Als sie am nächsten Morgen erwachte, war sie so steif gefroren, dass sie sich erst einmal lange recken musste. Dabei bemerkte sie, dass ihr die Arme und Beine weh taten. Sie kannte das Gefühl und freute sich darüber: Es waren Wachstumsschmerzen.

«Ich werde stark, ich werde groß», summte sie, während sie Feuer machte.

Dass ihr Körper trotz Kälte und Hunger und Unglück in der Lage war, weiterzuwachsen, erfüllte sie mit guter Laune. Sie stellte den Topf mit der gefrorenen Fischsuppe auf das Feuer, wartete, bis das Essen zu dampfen begann, und steckte sich ein paar Brocken Fisch in den Mund. Dann flößte sie David etwas von der Suppe ein, wickelte ihn fest in die Felle und machte sich auf den Weg, die Umgebung zu erkunden. Nicht weit vom See entfernt fand sie eine verlassene Kate. Jemand hatte das Schloss aufgebrochen. Sie schob die Tür auf und trat ein.

Drinnen war alles dunkel. Es roch nach modrig-feuchter Luft. Vorsichtig tastete sie sich durch den Raum, bis sie so etwas wie einen Fensterflügel fühlen konnte. Sie stieß ihn auf und hielt die Luft an: Dies war eine richtig intakte Kate. Sie schien schon lange nicht mehr benutzt worden zu sein, aber das Dach war heil, und die Wände hielten Wind ab. Mit einem Jubelschrei stürzte Marit nach draußen in den Wald. Hier brach sie den erstbesten Tannenzweig ab, um die Kate damit auszufegen. Dabei dachte sie sich ihr kleines Lied zu Ende aus:

«Dumm-di-dumm, di-dumm-di-dos,
ich werde stark, ich werde groß,
lalila, lila, lileit,
die Kate für David und mich ist bereit!»

Sie lief auf den Fußstapfen, die sie im Schnee hinterlassen hatte, zu ihrer Schlafstätte zurück. David hatte die Augen aufgeschlagen und blickte sie an, aber Marit war sich nicht sicher, ob er sie wirklich erkannte, denn er murmelte etwas von einem Mädchen mit einem Degen.

«Ich habe keinen Degen», lachte Marit gutgelaunt. «Aber dafür hab ich eine Kate aufgetan! Nur für uns zwei! Da wirst du wieder gesund werden, David!»

Sie legte sich den Arm des Freundes um den Hals und schleifte ihn um den See in Richtung Kate. Dabei sang sie ihm ihr Lied vor. Als sie etwa die Hälfte des Weges zurückgelegt hatte, musste sie David jedoch wieder ablegen. So groß und stark schien sie dann doch noch nicht zu sein, dass sie jetzt wie ein Riese schuften konnte!

Nachdem sie endlich in der Kate angelangt war, bereitete sie David sein Lager, entfachte im Kamin ein Feuer und ging hinaus, um Pilze zu sammeln. Es war nicht leicht, unter dem Schnee welche zu finden, aber sie hatte Glück. Dann schlug sie ein neues Loch in den Schnee und hielt abermals die Angel hinein. Sie redete mit sich selbst, um nicht aus der Übung zu kommen, und dichtete ein paar neue Lieder. Sie erwog auch, einen Spatz zu töten, um sein Blut den Elfen zu opfern, damit sie David wieder gesund werden ließen, aber dann brachte sie es doch nicht übers Herz.

Noch immer trauerte sie um ihre Mutter, aber jetzt war noch ein anderes Gefühl hinzugekommen. Sie hatte ein neues Zuhause für sich und David gefunden, der Winter ging zu Ende, und der Hunger plagte sie auch nicht mehr.

Marit brauchte ein paar Sonnenaufgänge, um zu begreifen, dass das, was sie jetzt fühlte, Hoffnung war.

4. Kapitel

«Mit dem Schlitten über die Ostsee?» Margarethes Schwester tat so, als wären sie zwei Spaßvögel vom Markt, die nur durch einen dummen Zufall in ihrer Wohnstube gelandet waren. Kristina starrte sie fasziniert an. Auch wenn sie sich an viele ihrer vergangenen Erlebnisse nicht mehr erinnern konnte, war sie doch sicher, dass sie in ihrem Leben noch keine so dicke Frau gesehen hatte wie Margarethes Schwester. Sie hatte zwei Stühle nebeneinandergeschoben, um ihren Hintern darauf zu verteilen, doch auch die so gewonnene Fläche schien nicht auszureichen. Ihre Augen lagen zwischen beeindruckenden Fleischbergen verborgen, ihr Kinn lagerte in mehreren Schichten auf dem Kragen ihres Kleides, doch das Angsteinflößendste waren ihre Arme, die jeweils die Ausmaße eines mittleren Birkenstamms erreicht hatten.

«Ach du heiliges bisschen, alle fahren mit dem Schlitten über die See», murmelte Margarethe. Sie blickte dabei aus dem Fenster, gerade so, als wäre der Anblick dieser riesenhaften Massen so alltäglich wie ein Sonnenaufgang.

«Alle, die von Sinnen sind, ja.» Die Schwester schüttelte

den Kopf, woraufhin ihre Massen in Schwingung gerieten. «Es taut draußen. Der Winter geht zu Ende. Ihr könnt von Glück sagen, dass ihr nicht eingebrochen seid!»

Kristina rutschte unruhig auf ihrem Stuhl hin und her. Sie musste dringend woanders hinsehen, sonst würde die Schwester sie am Ende noch für unverschämt halten. Durch die geöffnete Tür konnte sie ein hölzernes Fass erkennen, das an einem Seil in Richtung Dachgeschoss entschwebte.

«Wir mussten uns beeilen und hatten keine andere Wahl», erklärte die Bäuerin. «Kristina musste dringend in Sicherheit gebracht werden. Der Mörder ihrer Eltern ist ihr auf der Spur.»

Kristina zuckte zusammen. Und was war das jetzt schon wieder für eine Geschichte? Hatte Margarethe sich das ausgedacht, um bei der Fettleibigen Mitleid für ihr Schicksal zu wecken? Oder sprach sie am Ende die Wahrheit? Wusste Margarethe vielleicht doch mehr über ihr Leben, als sie es Kristina gegenüber bislang zugegeben hatte?

«Kristina heißt die Kleine, ja?» Der Fleischberg hatte auf einmal ein höhnisches Lächeln im Gesicht.

Margarethe reckte ihr Kinn. «Hast du Einwände gegen diesen Namen, liebe Schwester?»

«Aber nein.» Das Lächeln wurde noch eine Spur breiter. «Ich finde nur, dass es ein seltsamer Zufall ist.»

«Ach ja? Kristina ist ein beliebter Name. Eine Menge Mädchen in Schweden heißen so!» Kristina hätte schwören können, dass Margarethes Stimme trotzig klang.

«Und du bist sicher, dass wir mit Kristina verwandt

sind?» Margarethes Augen wanderten über ihre wollene Hose, das Wams aus Fell und den Degen an ihrer Seite.

Auch Kristina drehte sich gespannt zu Margarethe um.

«Ganz sicher. Sie hatte einen Brief dabei ... von Mats. Du weißt, unserem Vetter aus Stockholm.»

«Ich weiß nichts von einem Vetter aus Stockholm.»

«Das liegt daran, dass du dich für nichts interessierst außer für dich selbst!»

Kristina schluckte. Nun fuhr Margarethe wohl die härteren Geschütze auf. Sie mochte eine einfache Bäuerin sein, das ja, aber ihre Kriegstaktik war ausgefeilt.

«Ich muss doch sehr bitten, Margarethe!» Die Schwester runzelte die Stirn.

«Ist doch wahr!», fuhr Margarethe auf. «Jedes Mal, wenn ich dir von Mats erzähle, fragst du mich, wer das ist! Hörst du überhaupt jemals zu?»

«Das tue ich sehr wohl!», nickte die Schwester. «Gerade habe ich erfahren, dass du das Leben einer unserer jungen Verwandten aufs Spiel setzt, indem du mit ihr Schlitten über ein Meer fährst, das im Begriff steht, sich von Eis in flüssiges Wasser zu verwandeln! Sollte es andere Dinge dieser Art geben, die mir noch nicht zu Ohren gekommen sind, dann nur heraus damit!»

«Die geschraubte Ausdrucksweise kannst du dir sparen.» Margarethe schnaubte. «Willst mich wohl in die Irre führen, was? Willst, dass ich den Faden verliere? Weil ich nicht so reich geheiratet habe wie du und mit diesem Bücherkrams nichts am Hut hab, ja? Aber falls es dich zufriedenstellt – mir sind gerade alle meine Kupfermünzen auf dem Markt gestohlen worden! Jetzt bin ich nicht nur arm, jetzt bin ich auch noch erbärmlich!»

Kristina räusperte sich. «Ich habe eine gute Neuigkeit: Die Geldbörse ist wieder da!»

«Ist nicht wahr!» Margarethe fuhr zu ihr herum.

«Doch!» Kristina fischte den Beutel aus ihrer Hose hervor.

Die Schwester hob die Brauen gen Stirnansatz, wodurch ihre Augen plötzlich erkennbar wurden.

«Ein kleines Mädchen hatte ihn gestohlen. Ich bin ihr hinterhergerannt und hab ihr den Beutel wieder abgenommen!»

«Ein kleines Mädchen, ja?» Die Schwester schüttelte den Kopf. «Was ist nur aus den Vertreterinnen unseres Geschlechts geworden?»

Margarethe nahm den Beutel entgegen und drückte einen Kuss darauf. «Was daraus geworden ist? Das kann ich dir sagen! Die Männer sind alle in diesem vermaledeiten Krieg gestorben, und jetzt müssen wir selbst anpacken! Und wenn wir uns dabei mal nicht so mädchenhaft verhalten, dann gehört das eben dazu! So, und jetzt sag mir, ob unsere Nichte eine Weile bei dir wohnen kann oder nicht! Ich muss heute noch nach Rügen zurück, wenn es stimmt, dass die See taut!»

Kristina hielt erschrocken inne. Margarethe wollte sie allein lassen? Hier, bei den Fleischbergen? «Aber … Tante!», warf sie ein. «Ist das nicht ein bisschen überstürzt?»

«Ich muss, Kindchen.» Margarethe streichelte ihr über die Wange. «Ich hab ein krankes Schaf zu Hause, und ich hab wirklich keine Lust, in die See einzubrechen. Deine andere Tante hat recht, wir hätten uns auf das Schlitten-Abenteuer überhaupt nicht einlassen dürfen!»

Kristina spürte, wie ihr die Tränen kamen. Wenn Margarethe ging, dann hatte sie überhaupt niemanden mehr, der sich um sie kümmerte! Dann war sie ganz allein auf dieser Welt!

«Nicht traurig sein.» Margarethe streichelte ihr über den Kopf. «Wenn die See wieder befahrbar ist, komme ich ja zurück. Mit dem Boot. Bis dahin wirst du brav sein und dich ein bisschen verwöhnen lassen, ja?»

Kristina bemerkte, dass die Schwester mürrisch die Lippen zusammenpresste. Verwöhnen – das schien nicht das Programm zu sein, das sie für ihre neugewonnene Nichte ins Auge gefasst hatte.

«Ach, und noch was, Tusnelda», fuhr Margarethe fort. «Kristina hatte einen Unfall. Sie hat ihr Gedächtnis verloren und kann sich an nichts mehr aus ihrem früheren Leben erinnern. Sie kann sich aber ganz gut in der Gegenwart zurechtfinden – weiß, wie man isst, spricht Deutsch und Schwedisch und kann fechten.»

«Na, wunderbar», murmelte die Dicke mit einer Stimme, die vor Sarkasmus triefte. «Fechten. Was für männliche Angewohnheiten hat sie noch? Kommandieren, fluchen, schießen? Ich weiß nämlich nicht, ob ich ...»

«Und du musst dir keine Sorgen über ihre Manieren

machen», fuhr Margarethe unbeirrt fort. «Unsere Kristina hat im Norden eine ausgezeichnete Erziehung genossen.»

Der Fleischberg blickte ungläubig auf Kristinas Hosen mit dem Degengurt darüber. «Ich weiß nicht, welche Auffassung von guter Erziehung eines Mädchens im Norden herrscht», bemerkte sie. «Aber kampfbereit zu sein, zählt meiner bescheidenen Ansicht nach nicht dazu.»

«Andere Landstriche, andere Sitten.» Margarethe erhob sich. «Das schwedische Reich ist groß. Also gibt es hier und da ein paar unterschiedliche Gebräuche. Komm her, meine Kleine, dass ich dich noch einmal drücke.» Sie schloss Kristina in ihre weichen, mütterlichen Arme. «Ich habe dich sehr lieb gewonnen», flüsterte sie ihr ins Ohr.

Kristina schluckte ein paarmal. «Ich Euch auch. Sehr sogar.»

Nachdem Margarethe gegangen war, herrschte eine merkwürdige Stille im Raum. Kristina spürte, dass sie nicht willkommen war. Und vermutlich war das Letzte, was die dicke Frau nun wünschte, ein Gespräch mit ihr. Doch es half nichts. Die Neugier war einfach stärker.

«Tante», sagte sie. «Warum habt Ihr eben gesagt, dass es ein merkwürdiger Zufall ist, dass ich Kristina heiße?»

Die Dicke musterte sie verächtlich. «Ich fand es bloß merkwürdig», hob sie an, «weil Margarethes Tochter auch so hieß.»

«Margarethe hat – eine Tochter?»

«Hatte, Kind, hatte. Als die Tochter sechzehn war, ist sie

mit einem schwedischen Soldaten davongelaufen, dessen Truppen auf Rügen einquartiert waren. Das war vor etwa ... lass mich rechnen ... fünfzehn Jahren.»

Kristina schüttelte den Kopf. «Ich verstehe das nicht. Margarethe ... meine Tante, meine ich ... sie hat nur von ihren Söhnen gesprochen.»

«Meine Schwester und ihre Tochter sind im Streit auseinandergegangen. Margarethe hat nie wieder von ihr gehört. Dass ihre Söhne in den Schlachten gestorben sind, war schlimm für sie. Aber dass ihr die Tochter davongelaufen ist – das war der wahre Schicksalsschlag. Seitdem hasst sie Soldaten. Hasst den Krieg. So, und jetzt genug geschwafelt. Lass dir dein Zimmer zeigen, ich will dich bis zum Essen nicht mehr sehen!»

Am Abend trug Kristina wieder ein Kleid. Es war ein abgelegtes von des Fleischbergs ältester Tochter, die von der Figur her offenbar eher nach ihrem schmalen Vater geraten war, denn das Mieder drückte Kristina schwer auf die Brust. Unter dem Rock hatte das Hausmädchen eine Art Holzgestell angebracht, das den Rock bauschen sollte. Es war Abend, und sie saß im Speisezimmer, das von einem neunarmigen Kerzenleuchter erhellt wurde. Auf dem Tisch war reichlich aufgetragen worden, und ein prasselndes Kaminfeuer wärmte sie. Und doch: Irgendetwas fehlte, ohne dass Kristina hätte sagen können, was das war. Wieder musste sie an Margarethe denken. An ihre warme, herzliche Art. Und an das, was ihr geschehen war.

Es musste schrecklich sein, seine Kinder zu verlieren. Fast so schrecklich, wie ohne Eltern dazustehen. Warum nur war ihr das Mädchen einfach davongerannt? Margarethe war bestimmt eine liebevolle Mutter gewesen. Kristina war sich sicher: Sie selbst hätte das nicht getan.

Der Mann des Fleischbergs faltete die Hände vor seinem Teller und erhob die Stimme:

«Segne, Vater, diese Speise,
uns zur Kraft und dir zum Preise.»

Kristina blickte in der Runde umher. Der Fleischberg und die beiden erwachsenen Töchter hielten ihre Hände ebenfalls gefaltet und murmelten die Worte leise mit.

«Was ist mit dir?», blaffte der Mann in Kristinas Richtung. «Möchtest dich unserem Gebet wohl nicht so gern anschließen, oder?»

«Ich ... ich kenne das Gebet nicht», stotterte Kristina.

«Ach nein?» Der Fleischberg drehte den Kopf zu ihr, dass das Doppelkinn heftig zu schwingen begann. «Haben deine Eltern ihr Essen immer ohne Dank verschlungen? Dachten sie, es käme von allein auf ihren Teller geflogen, oder was?»

«Ich kann mich an meine Eltern nicht erinnern», sagte Kristina leise.

«Und dass es einen allmächtigen Vater gibt, der all unsere Schritte bewacht und lenkt, ist dir wohl auch aus dem Gedächtnis entfleucht, oder?», bellte der Mann.

Kristina überlegte. «Einen allmächtigen Vater? Von uns allen?»

«Ja», brüllte der Mann. «Unser Vater! Gott! Noch nie was von unserem Schöpfer gehört?»

Kristina kratzte sich am Kopf. Margarethe hatte Gott ja erwähnt, im Zusammenhang mit Jesus. Und Svensson hatte ihr die Sache mit den beiden Lagern erklärt, den Protestanten und Papisten. Beide glaubten an Gott, aber offenbar unterschied sich ihre Sicht der Dinge voneinander. Folglich unterschied sich auch der eine Gott von dem anderen. Was wiederum bedeutete, dass es zwei Götter gab.

«Jetzt weiß ich es wieder», sagte sie leise. «Es gibt sogar zwei Götter, stimmt's?»

Sie bemerkte, wie sich das Ehepaar entsetzt anstarrte. «Wo bist du nur aufgewachsen!», schimpfte der Fleischberg. «Es gibt nur einen Gott, und das ist unser! Hat Margarethe dir diesen Quatsch mit den zwei Göttern erzählt?»

Kristina schüttelte den Kopf.

Das Abendessen verlief schweigend. Nur das Klappern des Silberbestecks auf den Porzellantellern und das Ticken der Wanduhr durchbrach die Stille. Nach dem Essen zog sich der Mann noch immer schweigend hinter einen Wandschirm zurück, um an einem Tisch Papiere zu bekritzeln. Die beiden Töchter setzten sich in eine andere Ecke der Stube und nahmen eine Handarbeit hervor, woraufhin der Fleischberg Kristina anbot, ebenfalls mit Stickerei zu beginnen.

«Ich ... ich weiß nicht, ob ich sticken kann», entgegnete

Kristina daraufhin wahrheitsgemäß. Was ihre Beliebtheit im Kreis dieser Familie nicht eben zu steigern schien.

«Wurdest du eigentlich nach unserer Königin benannt?» Der Mann hinter dem Wandschirm hatte seine Sprache wiedergefunden.

«Ja, Onkel», nickte Kristina. Margarethe hatte ja all ihre Kreaturen nach Fürsten und Königen benannt. Doch dann schluckte sie. Kristina war ja gar nicht ihr Name. Ihren wahren Namen kannte sie nicht.

«Dann sind deine Eltern wohl treue Anhänger der Königin gewesen?» Fleischbergmanns Ton nach zu schließen, traf das auf ihn nicht zu.

«Ich ... ich weiß nicht, was Ihr meint», stammelte Kristina.

«Sprich nicht vor den Mädchen über Politik.» Der Fleischberg runzelte die Stirn.

Aber ihr Mann beachtete sie überhaupt nicht. «Haben deine Eltern die Königin bewundert? Haben sie sie für stark genug gehalten, um die Aufständischen in Schach zu halten?»

Kristina blinzelte. «Ich ... ich ...»

«Also, wirklich», murrte der Fleischberg. «Sie ist doch ein *Mädchen*! Wie soll sie bitte dein Gerede über Politik verstehen?»

«Nun lass mich doch mal einen Satz geradeaus sprechen, Tusnelda!» Der Mann war hinter seinem Wandschirm hervorgestürmt, dass Kristina zusammenfuhr. «Ich würde gern wissen, was die Menschen in Stockholm von unserer

Majestät halten! Man sagt nämlich, dass Königin Kristina abdanken will! Es heißt, dass sie seit dem vereitelten Anschlag auf ihre Person irre ist vor Angst! Dass sie und das Parlament keine Macht mehr haben über das Volk!» Er blickte zu seinen Töchtern hinüber, die aussahen, als ob sie in ihren Stühlen schrumpfen wollten. «Verdammt noch eins!», brüllte der Mann. «Darf man sich jetzt nicht mehr nach Dingen erkundigen, die für uns alle überlebenswichtig sind? In Europa gärt es seit dem Krieg! In England haben sie ihrem König den Kopf abgeschlagen! In Holland und Neapel gibt es Unruhen! Portugal will seine Unabhängigkeit! Frankreich und Polen haben einen Aufstand gegen die Krone geführt! Wovon willst du dir deine teuren, großen Kleider kaufen, Tusnelda, wenn auch hier in Schweden alles zusammenbricht und die Meute das Ruder an sich reißt? Hast du darüber mal nachgedacht?»

Seine Frau schüttelte den Kopf.

Als der Fleischbergmann die Schreibfeder wieder auf den Bogen setzte, hielt Kristina inne. Woran erinnerte sie das nur? Ein Bild tauchte in ihrem Kopf auf, flüchtig nur, aber doch so lang, dass sie es erfassen konnte: ein Stapel Papiere auf einem langen Tisch. Der Schein einer Öllampe, der eine Wand voller Regale mit Büchern erhellte. Einen Wimpernschlag später fiel ihr das Wort dafür ein: Bibliothek.

«Onkel», fragte Kristina mitten in die eisige Stille. «Habt Ihr in Eurem Haus eine Bibliothek?»

Der Mann starrte sie verblüfft an. Dann lachte er höhnisch. «Eine Bibliothek, ja? Du glaubst, ich verschwende mein sauer Verdientes damit, Bücher zu kaufen?»

«Ich …» Kristina wusste nicht, was sie sagen sollte.

«Nun, ich muss dir mitteilen, dass wir hier nicht am Hof der Königin sind!»

Auf einmal spürte Kristina, wie ihr Herz schneller schlug. «Die Königin», fragte sie rasch, «hat eine Bibliothek?»

«Natürlich», schnaufte der Mann. Aus irgendeinem Grund klang er nun noch wütender. «Und ich wette, da ist ihr Lieblingsplatz.» Er zog sich hinter seinen Raumteiler zurück. Augenblicke später hörten sie das Kratzen seiner Feder. Die Frauen atmeten erleichtert auf.

Kristina starrte aus dem dunklen Fenster, hinter dem die Schneeflocken wirbelten. Was war das für eine Bibliothek, an die sie sich erinnern konnte? Ob die ihren Eltern gehörte? Den Worten des Fleischbergmanns nach zu schließen, konnten sich nur reiche Leute eine Bibliothek leisten. Waren ihre Eltern reich? Interessant fand sie auch die Auskunft, dass die Königin einem Anschlag entgangen war. Warum gab es Menschen, die die Königin umbringen wollten? Und warum hatte sie auf einmal schon wieder das Gefühl, dass sie aufbrechen müsste, um eine Aufgabe zu erfüllen? Und was genau hatte dieses Gefühl mit Papieren und Büchern zu tun?

Ihr schwirrte der Kopf, und sie bat um die Erlaubnis, sich zurückziehen zu dürfen. Man hatte ihr eines der Dienstmädchenzimmer angeboten, das direkt unter dem Dachgeschoss lag. Dort wurden die Fässer und Kisten mit den Waren gelagert. Sie fand, dass es eine Ewigkeit dauerte, bis sie sich all ihrer Mädchenkleider entledigt hatte, und als es endlich so weit war, fühlte sie sich steif vor Kälte. Hier oben wurde nicht geheizt, und die Minuten, die sie allein mit dem Aufschnüren ihres Mieders verbrachte, hatten sie daran erinnert, dass draußen Winter war. Ihr fiel ein, dass Margarethe immer einen heißen Ziegelstein aus dem Ofen in ihr Bett gelegt hatte. Sie überlegte, ob sie es wagen konnte, Tusnelda um einen solchen Stein zu bitten, als sie plötzlich ein Geräusch über sich hörte. Sie wusste, dass es keine Ratten waren. Ratten konnten keine Gegenstände über den Boden schleifen und dabei vor Anstrengung ächzen. War es Tusneldas Mann, der die Waren durch seine Dachkammer trug? Das konnte eigentlich nicht sein. Sie hatte schließlich niemanden die Treppe hinaufgehen hören. Es konnte sich also nur um jemanden handeln, der dort oben schon länger war. Der nicht mit ihnen am Tisch gesessen hatte.

Kristina fühlte, wie ihr Herz vor Angst schneller klopfte. Aber dann siegte die Neugierde. Sie schlüpfte in ihre alte Hose und das Wams – alles andere hätte zu lange gedauert –, griff nach einer Kerze, öffnete leise die Tür und machte sich auf den Weg die enge Stiege hinauf.

Im ersten Moment erkannte sie nichts als Fässer. Das gesamte Dachgeschoss war voll damit. Sie hob die Kerze hoch über ihren Kopf und leuchtete damit den Raum ab. Nichts. Der Jemand, der hier etwas umhergeschleift hatte, war unsichtbar. Ihr Herz klopfte noch schneller. Warum nur hatte sie ihren Degen unten liegengelassen?

Sie entdeckte eine Holzleiter, die in das zweite Dachgeschoss führte. Entschlossen kletterte sie hinauf. Und dann entdeckte sie es: das Mädchen, das Margarethes Beutel gestohlen hatte. Es hockte verängstigt hinter einer Kiste und zitterte vor Kälte. Seine Lippen schimmerten bläulich. Es sah ganz anders aus als bei ihrem Zusammenstoß am Nachmittag. Vor allem wohl deshalb, weil es ganz offensichtlich ein kleiner Junge war.

In seinen Fieberträumen sah David den Tross vor sich, in dem er und seine Familie den Soldaten gefolgt waren. Es war der Tross der Juden und der Pfandleiher gewesen, der Soldatenfrauen und ihrer Kinder, der Tross der Wäscherinnen, die den Soldaten ihre Kleidung reinigten. Wo auch immer das Heer seine Zelte aufschlug, hatten auch sie haltgemacht, in einem eigenen kleinen Lager weit abseits der Männer in den Uniformen. Solange David klein war, hatte er sich nichts dabei gedacht. Das Leben war ihm gut und normal erschienen, so, wie es war. Aber je älter er wurde, desto mehr begriff er, dass er nicht dazugehörte, er nicht, seine Familie nicht, und auch nicht die Soldatenliebchen und die Wäscherinnen. Sie waren die Bewohner der kleinen Stadt, die immer außerhalb lagerte, sie hatten ihre eigene Sprache, ihre eigenen Lieder und ihre Gewohnheiten, und die hatten nichts mit dem Leben der anderen zu tun. Die anderen, das waren die, die für den schwedischen König kämpften und nach dessen Tod auf dem Schlachtfeld in Lützen für Kristina, seine Tochter. Jahre waren so verstrichen, eine Ewigkeit. In seinen Träumen zog die Zeit wie ein farbiger Schleier an ihm vorbei. Das meiste verschwamm zu einer Masse von Gebeten und Alltag, aber hin und wieder blitzte in seiner Erinnerung ein Vorfall oder das Bild eines Menschen hervor. Da war ein Mädchen gewesen, eine Offizierstochter, die auch in ihrer Kompanie gereist war. Ein Mädchen, das Jungenkleider trug und Fechten gelernt hatte. Das Mädchen war klein und zart gewesen. Es hatte große dunkle Augen und hellbraune Locken gehabt, die sie zusammengebunden hatte, damit sie sie beim Kämpfen nicht störten. Wochenlang war David zu der Stelle geschlichen, an der das Mädchen seine Fechtübungen machte, und hatte ihr zugesehen. Doch eines Tages war sie verschwunden, ohne dass David gewusst hätte, wohin. Manchmal war ihm, als zöge sein ganzes Leben so an ihm vorbei, der Tross, das Mädchen, der Tod. Er wusste nicht, ob er schrie in seinen Träumen, aber da war eine beruhigende Stimme und eine Hand, die sich ihm auf die Stirn legte, und das tat gut. Er musste wieder weiterziehen mit seinem Tross, immer weiter, und er wusste nicht, wohin die Reise ging, aber er wusste, solange die beruhigende Stimme und die Hand dazugehörten, war es ihm egal.

Der Frühling kam so plötzlich, dass man richtig dabei zugucken konnte. Zuerst tropften die Eiszapfen vom Dach.

Kristina blickte aus dem Fenster und lauschte auf das Plopp, das die Tropfen auf das Pflaster machten. Kurze Zeit später brachen sich grüne Knospen ihren Weg durch die Zweige. Blätter schossen daraus hervor, und auf den Wiesen explodierten die Blüten in bunten Farben. Wenn sie zum Hafen ging, konnte sie die Wellen sehen, die sich am Ufer brachen, und in der Ferne geblähte Segel, die dem Horizont entgegenstürmten. Vögel zogen in langen Schwärmen über den Himmel. Ein paar dieser Vögel hatten beschlossen, in Stralsund zu bleiben. Hier bauten sie ihre Nester, sangen, brüteten die Eier aus und schimpften mit den Jungen, die allzu waghalsige Flüge durch die Stadt unternahmen. Noch immer war es kalt draußen, aber nicht mehr so, dass man einfror, wenn man zu lange irgendwo stehen blieb.

Kristina fühlte eine Unruhe in sich toben, die von Tag zu Tag schwerer zu ertragen war. Der Anblick der grünen Wiesen schien ihr etwas sagen zu wollen, aber sie kam nicht darauf, was es war. Sie fühlte sich eingesperrt im Kaufmannshaus des Fleischbergs. Bei den Mahlzeiten glaubte sie zu ersticken. Die Benommenheit, die sie noch bei Margarethe gespürt hatte, war von ihr gewichen. Alles in ihr schrie danach, endlich in Erfahrung zu bringen, woher sie kam, wie sie hieß und wer ihre Eltern waren. Sie wollte wissen, ob sie Brüder oder Schwestern hatte, ob ihre Familie reich oder arm war. Warum sie in Wams und Hose gekleidet gewesen war, damals, als Margarethe sie gefunden hatte. Wer ihr das Fechten beigebracht hatte.

Wie alt sie war. Warum sie auf diese Insel mit Namen Rügen gekommen war. Und mit wem.

Nachts weinte sie vor Wut und Verzweiflung in ihre Decken. Sie ballte die Fäuste, während sie die Augen zusammenpresste, auf der verzweifelten Suche nach Erinnerungen. Sie biss sich auf die Finger, weil die Fragen auf sie einstürmten, die Fragen nach allem, was hinter ihr lag, was sie und ihr Leben bislang ausgezeichnet hatte, nach all dem eben, was sie zur Frage aller Fragen brachte, und das war die Frage nach sich selbst.

Wer war sie? Wer war dieses Mädchen, in dessen Körper sie steckte? Wer hatte sie zu dem gemacht, was sie war? Oder hatte sie sich selbst dazu gemacht? Wie war ihr das gelungen?

Sie klammerte sich an das Wenige, was sie über sich wusste. Sie war auf Rügen aufgewacht, mit einer Kopfverletzung, in Jungenkleidern. Sie sprach Schwedisch und Deutsch. Sie konnte fechten. Sie hatte tote Männer auf einem Acker gesehen. Und von allen Orten, deren Namen sie bislang gehört hatte, kam ihr nur einer bekannt vor, und das war Stockholm.

Was hatte dieser furchterregende Scharfrichter auf Rügen gesagt? Dass dort, wo Margarethe sie gefunden hatte, ein Mann verletzt worden war. Konnte es am Ende sein, dass sie mit diesem Mann gekämpft hatte?

Sie hatte es sich angewöhnt, Flink am Abend auf dem Dachboden aufzusuchen, um ihm etwas zu essen zu bringen. Er war der einzige Mensch, der ihr dabei half, nicht verrückt zu werden. Erst hatte sie sich furchtbar aufgeregt, dass der Knirps ihr gefolgt war. Er hatte sich in einem Holzfass versteckt in den Dachboden ziehen lassen, und da war er nun, weil ihm das Pflaster in der Stadt nach eigenem Bekunden zu heiß geworden war – und das, obwohl die Gassen bei seinem Auftauchen noch alle vereist gewesen waren.

Sie hatte angefangen, Flink von sich zu erzählen, einfach so. Sie spürte, dass es guttat, von den Gedanken und Gefühlen zu erzählen, die sie bewegten. Sie wusste, dass Flink noch viel zu klein war, um aus den bunten Bruchstücken der Erinnerung, die sie ihm vorsetzte, ein Bild zu formen, aber das konnte sie nicht davon abhalten, immer weiterzureden. Tusnelda, ihr Mann und die Töchter fragten sie nie etwas. Sie ließen Kristina einfach nur fühlen, dass sie ein ungebetener Gast war, den man notgedrungen durchfüttern musste, bis er wieder seiner Wege zog. Der kleine Flink hingegen hörte ihr zu. Und er brachte sie zum Lachen. Er war ein erstaunliches Kerlchen, klein und unglaublich geschickt. Seinen Namen hatte er sich selbst gegeben. «Weil ich der flinkeste Taschendieb der Welt bin», hatte er erklärt. Auch Flink konnte sich nicht an seine Eltern erinnern. Was aber nichts mit Kopfschaden zu tun hatte, wie er meinte, sondern allein damit, dass er in einem Waisenhaus aufgewachsen war. Mit sechs war er von dort weggelaufen, seitdem lebte er auf der Straße. «Und gut», wie er versicherte. Er benahm sich wie ein kleiner Mann, aber im Schlaf weinte er manchmal. Kristina streichelte ihm dann übers Haar, wenn sie sein Schluchzen in der Kammer darunter hörte, oder wiegte ihn im Arm. Falls er sich am nächsten Morgen daran erinnerte, so ließ er es sich nicht anmerken. Er war dann lustig und unverschämt wie immer, etwa wenn er sich darüber beschwerte, dass Kristina so lange mit dem Essen gebraucht hatte oder dass es schon wieder gebratene Täubchen und ähnliches Feine-Leute-Essen gab. Bevor er zu essen begann, faltete er immer seine Hände, blickte gen Decke und sprach: «Komm, Herr Jesus, sei unser Gast und segne, was du uns bescheret hast.»

«Jesus ist Gottes Sohn», murmelte Kristina. «Und Gott ist sozusagen der Vater von uns allen.»

«Das musst du mir nicht erzählen», meinte Flink, während er das Essen in sich hineinschaufelte. «Das hab ich alles schon im Waisenhaus gelernt.»

«Ich erzähl es ja auch mir selbst», meinte Kristina. «Für mich ist das alles noch ziemlich neu.»

«Wirklich?» Flink starrte sie neugierig an. «Du weißt erst seit kurzer Zeit von Jesus und Gott? Was hast du denn all die Jahre davor gemacht?»

Kristina grinste. «Mich amüsiert. Aber nein, im Ernst, ich weiß nicht. Ich habe so vieles vergessen, was vor meinem Unfall geschehen ist. Ehrlich gesagt, habe ich keine Ahnung, was ich über Gott wusste und ob ich an ihn geglaubt habe.»

«Aber jetzt?», wollte Flink wissen. «Glaubst du jetzt an unseren Herrgott?»

Kristina zuckte mit den Schultern. «Keine Ahnung. Ich glaub erst mal nichts, was die da unten erzählen. Ich glaube, die denken sich alles Mögliche aus. Glaubst du denn an … den Herrgott?»

Flink fingerte unter seinem Hemd herum. «Hier», sagte er, «der Beweis.»

Kristina erkannte ein Kreuz, das an einer Kette hing. Es sah ähnlich aus wie das Kreuz, das in Margarethes Stube hing. Jenes Kreuz, an das Jesus genagelt gewesen war. «Was für ein Beweis soll das genau sein?», fragte sie.

«Der Beweis, dass ich an Gott glaube. Ich bin Katholik.»

«Katholik?» Kristina hielt die Luft an. Svensson hatte ihr an ihrem ersten Abend von Katholiken erzählt. Papisten hatte er sie genannt, was wie ein Schimpfwort klang. Papisten waren die Leute, gegen die Protestanten wie Svensson gekämpft hatten. Auf jeden Fall die Bösen. «Ich habe gehört», begann sie zögerlich, «dass es nicht gut sein soll, Katholik zu sein.»

«Entschuldige, dass ich lache!», sagte Flink. «Aber es ist so lustig, wie du redest. Als wärst du noch ein Kind! Du musst nicht weiter über Gott nachdenken, Kristina! Es gibt ihn, Punkt, aus. All die Kirchen in der Stadt – was meinst du, wofür sie gebaut worden sind?»

Das hatte sich Kristina in der Tat auch schon gefragt.

«Na, um Gott zu beweisen, wie sehr wir ihn lieben, und um ihn dort zu treffen!»

«Man kann Gott in der Kirche treffen?», fragte Kristina. Deswegen ging die Familie sonntags also immer hin!

Aber wenn sie schon so versessen darauf waren, Kristina zu beweisen, dass es diesen Gott gab – warum hatten sie sie dann nie mitgenommen?

Am darauffolgenden Sonntag, als sich die Familie für den Kirchgang bereitmachte, bat Kristina darum, sich ihnen anschließen zu dürfen. Woraufhin die Familie sie ansah, als hätte sie den Verstand verloren. Tusnelda packte es in Worte. «Es macht keinen Sinn bei dir. Du bist eine Heidin, und damit fertig! Heiden haben in der Kirche nichts zu suchen. Weil sie nicht an Gott glauben. Und jetzt red uns nie wieder davon!»

Kristina staunte. Eine Heidin war sie also. Woher wusste das der Fleischberg nur? Ein Heide – so viel hatte sie nämlich inzwischen gelernt – war ein Wesen, das nicht an Gott glaubte. Was natürlich einiges erklären würde – vor allem, dass sie von Gott offenbar nichts gewusst hatte. Obwohl die Bemerkung von Tusnelda eigentlich beleidigend gemeint war, fühlte Kristina sich nun besser. Wenn sie wirklich eine Heidin war, dann konnte sie eben auch nichts dafür, dass sie keine Gebete kannte und Gott ihr so fremd erschien.

Und dann geschah etwas, das Kristina bis ins Mark erschütterte. Es war ein Vormittag, und Kristina stieg die Treppe von ihrem Zimmerchen hinab, um mal wieder einen Spaziergang zum Hafen zu machen. Noch immer hoffte sie, dass Margarethe wiederkäme oder dass sie ein Schiff fände, das sie nach Stockholm brächte. Sie gelangte in den ersten Stock, in dem auch die Stube mit dem Kontorsbereich lag. Dort erhaschte sie einen Blick in den Raum, der der Stube gegenüberlag. Und erstarrte. In dem Raum vor ihr stand ein Mädchen, das sie noch nie zuvor im Haus gesehen hatte. Es trug das gleiche Kleid wie sie, mit dem gleichen Mantel darüber, und sie hatte, genau wie sie selbst, geflochtene und zu Schnecken gedrehte Zöpfe, die halb von einer Haube verdeckt waren. Es war ein sehr hübsches Mädchen, und obgleich sie es nicht kannte, erinnerte es sie an etwas. An ein Schloss, einen Ball, tanzende Paare unter einem hohen Lüster, die sich selbst in einer Wand ansehen konnten, funkelnde Lichter und an eine ganz kleine Person, die den Raum betrat und dabei alles auszufüllen schien, sodass die Damen in einem tiefen Knicks vor ihr versanken. Wo war das nur gewesen? Kristina machte einen Schritt auf das Mädchen zu, und da geschah das Seltsame: Das Mädchen tat es ihr gleich. Kristina streckte die Hand nach ihr aus, und im selben Moment reichte auch das Mädchen ihr die Hand. Kristina fuhr zurück und erschrak, und da erschrak auch ihr Gegenüber, und in diesem Augenblick hörte sie Tusnelda in einer Ecke des Zimmers lachen: «Hast dich noch nie in einem Spiegel gesehen, Mädchen, oder warum starrst du dich so an?»

«Ich ...» Kristina schaute dem Mädchen in die Augen, das ihren Blick erwiderte.

«Gefällst dir wohl, was?», höhnte Tusnelda weiter.

«Ein Spiegel», hauchte Kristina. Sie wusste nicht, was

ein Spiegel war, aber sie ahnte es. Etwas, worin man sich selbst angucken konnte, nicht seine Gedanken zwar, aber doch das, was die anderen von einem sahen.

Das war sie also. Ein Mädchen mit großen, dunklen Augen und hellbraunen Locken, ein Mädchen mit einem hübschen Gesicht, in dem sie jetzt so etwas wie Wut erkennen konnte. Nein, man konnte keine Gedanken in einem Spiegel lesen, wohl aber Gefühle, wenn sie stark genug waren. Und diese hier waren stark. O ja. Kristina spürte es mehr denn je: Sie mochte den Fleischberg nicht. Sie mochte das Haus nicht. Sie mochte die Stickereien nicht, zu denen sie tagein, tagaus verdammt war. Mochte die lästerlichen Reden des Fleischbergmanns über die Königin nicht. Mochte es nicht, dass sie ihren Degen hatte abgeben müssen, denn «das ist nichts für ein Mädchen», wie der Fleischberg ihr erklärt hatte.

«Wolltest schon wieder zum Hafen gehen, ja? Ohne mich zu fragen?»

Mochte es nicht, für alles und jedes um Erlaubnis zu betteln.

«Ja», antwortete Kristina, und jetzt sah sie, dass das Mädchen vor ihr rot war im Gesicht vor Wut.

«Hör auf, dein Spiegelbild anzuglotzen», keuchte der Fleischberg. «Das gehört sich nicht.»

Kristina zwang sich, den Blick abzuwenden. Sie hatte etwas gesehen, das der Fleischberg nicht hatte sehen können. Und das war ein Stück ihrer Vergangenheit.

In dieser Nacht träumte sie von dem Ball. Neben ihr

stand ein Mann in Uniform und lauter Abzeichen. Herren verbeugten sich, wenn sie ihn grüßten, Damen knicksten und erröteten. Der Mann war sehr groß. Er hatte ein freundliches Gesicht und passte auf, dass ihr nichts geschah. «Vater», flüsterte sie und nahm seine Hand, die sich groß und rau anfühlte. Sie versuchte, ihn anzusehen, aber er hatte sich so gedreht, dass sie sein Gesicht nicht erkennen konnte. Sie riss sich los und stellte sich auf die andere Seite, sodass sie in sein Blickfeld geriet, aber wieder hatte er sein Gesicht abgewandt. «Sieh mich an!», schrie sie. «Sieh mich doch mal an!» Aber der Vater reagierte nicht. Dann stand wieder die kleine Frau vor ihr.

«Hast du mir mitgebracht, worum ich dich gebeten habe?», fragte die kleine Frau.

Kristina versank in einen tiefen Hofknicks. Sie traute sich nicht, die Königin anzusehen. «Ich weiß nicht, was Ihr meint, Eure Majestät», flüsterte sie.

Und dann erwachte sie.

Sie erhob sich und schlich zu Flink hinauf. Der Bengel schlief, die Fäuste im Traum geballt. Kristina legte sich neben ihn und lauschte auf seinen Atem. Als der Junge im Schlaf wieder zu weinen begann, streichelte sie ihm über den Kopf. Es war seltsam zu wissen, dass man sich selbst trösten konnte, indem man zu jemand anderem nett war.

Die Winde quietschte. Kristina erwachte zum zweiten Mal. Von ihrem Lager aus beobachtete sie, wie sich das gewaltige, hölzerne Rad im Spitzboden bewegte. Ein Fass schwebte nach unten, dann noch eins und noch eins. Es war das erste Mal seit ihrer Ankunft im Haus, dass die Fässer nicht nach oben gezogen, sondern nach unten hinabgelassen wurden. So leise und unauffällig sie konnte, stieg sie die Treppe in ihre Kammer hinab und kleidete sich an. Ein neuer Tag war angebrochen, und Kristina hatte das Gefühl, dass es kein Tag wie die anderen war.

5. Kapitel

Der Fleischberg hatte Mühe, seine Zufriedenheit nicht allzu offen zu zeigen. Es war wie bei ihrer Ankunft. Die Frau hatte ihren Hintern in der Stube auf zwei Stühle verteilt und blickte sie aus ihren in weichen Massen versunkenen Augen an. «Das Schiff wird dich nach Stockholm bringen», sagte sie.

«Und Tante Margarethe?», wandte Kristina leise ein. «Kann sie nicht noch einmal kommen, um mir Lebewohl zu sagen?»

«Deine Tante schickt dir das hier.» Der Fleischberg reichte ihr ein verknittertes Stück Papier.

Kristina versuchte, die Schrift darauf zu entziffern.

«Libe Kristina», las sie. «Ich hof, das du es guht hast bey meyne dicke Schwesta. Ich wolt zu dir komen, aber der Scharfrichter bewacht meyn Schritte, um dich zu findn. Ich hof, wir sehn uns wida. Deine Tante Margarethe.»

«Wann ist der Brief gekommen?», wollte Kristina wissen.

«Vor ein oder zwei Wochen.» Der Fleischberg tupfte sich über die Stirn. «Habe mir das Datum nicht gemerkt.»

«Warum habt Ihr ihn mir nicht gleich gegeben, als er gekommen ist?» Kristina musste sich zusammenreißen, um nicht loszubrüllen.

«Du hast meine Schwester nicht früher erwähnt. Ich wusste nicht, dass sie für dich von so großem Interesse ist.»

«Aber wenn ...»

Der Fleischberg machte eine abweisende Bewegung mit dem Arm, was ihre Massen in Wallung brachte. «Und außerdem wusste ich nicht, dass meine Schwester vom Scharfrichter verfolgt wird. Ich hielt es für besser, meine *Nichte*», sie schoss Kristina einen durchdringenden Blick aus ihren kleinen Schweinsäuglein herüber, «wenn sie denn wirklich meine Nichte ist, vor kriminellen Einflüssen zu schützen.»

«Ich weiß nicht, was kriminelle Einflüsse sind», fuhr Kristina auf, «aber ich finde, Ihr hättet mir den Brief geben sollen, als Ihr ihn erhalten habt!»

«Und ich finde» – der Fleischberg erhob sich langsam –, «dass es für dich endlich Zeit ist, unser Haus zu verlassen. Der Kapitän weiß bereits Bescheid. Er nimmt dich heute Nachmittag an Bord.»

Da war nicht viel, was sie hätte zusammenpacken können. Das wollene Wams, das Hemd und die Hose, die sie von Margarethe bekommen hatte, und natürlich ihren Degen. Doch den hatte der Fleischbergmann in Gewahrsam genommen.

Sie stieg die Treppe wieder hinunter in die Stube, wo der Mann damit beschäftigt war, mit seiner riesigen, roten Schreibfeder über ein Stück Papier zu kratzen. Er schrieb so schnell und so wütend, dass das Papier an mehreren Stellen aufriss. Kristina unterdrückte den Impuls, sich über den Tisch zu beugen und das Papier zu lesen.

«Was willst du noch?», fragte der Mann und starrte sie zornig an.

«Euch Lebewohl sagen», entgegnete Kristina so höflich wie möglich. «Und Euch fragen, wo ich meinen Degen finde. Da ich ja nun auf die Reise gehe, wollte ich ...»

Der Mann wedelte ihre Worte wie eine lästige Fliege fort. «Steht hinter der Wanduhr eingeklemmt. Du bist ein gotteslästerliches Wesen, und es wird für dich wohl keine große Überraschung sein zu erfahren, dass wir dich *nicht* gern bei uns gehabt haben. Adieu!»

Kristina kletterte langsam die Stiege in den Dachboden hinauf, um sich von dem einzigen Menschen zu verabschieden, der ihr hier etwas bedeutet hatte. Doch zu ihrer Überraschung entdeckte sie, dass Flink verschwunden war. Auch von seinen Habseligkeiten war keine Spur zu sehen. Offenbar hatte der Kleine mitbekommen, dass sie das Haus verließ. Nun hatte er seinerseits beschlossen, die Zelte abzubrechen. Schade – sie hatte den Jungen wirklich liebgewonnen und hätte ihn gern ein letztes Mal geherzt.

Weder der Fleischberg noch der Mann oder die Töchter hielten es für nötig, Kristina zum Hafen zu begleiten. Also schulterte sie ihr kleines Päckchen, schob sich den Degen in den Gurt und machte sich allein auf den Weg. Draußen in der Gasse wandte sie sich ein letztes Mal um, doch wenn sie geglaubt hatte, dass jemand am Fenster stünde, um ihr zuzuwinken, so hatte sie sich gründlich getäuscht.

«Adieu, du fette, alte Hexe, adieu, ihr dämlichen Mädchen, adieu, du widerwärtiger Kartoffelsack von Schmierfink und Kaufmann, oder was auch immer du bist, ich gehe», murmelte sie zufrieden vor sich hin. Sie wusste zwar nicht, was sie nun auf diesem fremden Schiff erwartete, aber schlimmer als die Fleischbergfamilie konnte es wohl nicht sein.

Am Hafen angekommen, blickte sie sich unschlüssig um. Hier war ein Treiben und Schieben wie sonst nur am Markttag. Sie erkannte den Mann, der sich mit seinem Affen an der Kette durch die Menge schob. Ein zerlumpt aussehender Matrose pries eine Reihe bunter Vögel in Käfigen an. Mädchen mit hübsch bemalten Gesichtern und für die Jahreszeit sehr offenen Dekolletés liefen rufend und singend zwischen dem ganzen Seevolk umher. An den Holzstegen lagen mehrere Segelschiffe vertäut, darunter auch ein imposant wirkendes Linienschiff mit zweigeschossigen Aufbauten und drei Kanonendecks. Kristina blickte sich unsicher um. Wie sollte sie in dieser ganzen Menge den Kapitän finden, dem der Fleischbergmann Geld für ihre Passage gegeben hatte? Einen Augenblick schwindelte ihr vor Angst. Was, wenn sie doch hierbleiben musste? Wenn es die «Prins Karl» überhaupt nicht gab und die Fleischbergfamilie sie nur einfach vor die Tür gesetzt hatte? Auf einmal wurde ihr bewusst, wie einsam sie war. Da, wo andere Leute Eltern hatten oder Geschwister oder Kinder oder einen Ehemann oder was auch immer, da war bei ihr nur ein großes Nichts. Margarethe konnte nicht zu ihr kommen, weil der Rügener Scharfrichter ihre Schritte bewachte, der kleine Flink war fort ... von ihrer eigenen Familie ganz zu schweigen. Sie schluckte. «Jetzt nicht schwach werden», ermahnte sie sich selbst. Entschlossen bahnte sie sich ihren Weg zum Wasser. Sie würde sich einfach die Namen der Schiffe ansehen, dann wüsste sie ja, ob die «Prins Karl» dabei wäre oder nicht.

In diesem Augenblick humpelte ein Mann auf sie zu. Er trug ein Holzbein, und sein Gesicht war über und über von Warzen bedeckt. «Seid Ihr die junge Dame, die wir mit nach Stockholm nehmen sollen?», krächzte er.

Kristina versuchte, sich ihren Schrecken nicht anmerken zu lassen. Sie nickte, und der Mann verbeugte sich.

«Kapitän Diederichsen», sagte er. «Wenn Ihr mir folgen würdet. Wir segeln mit dieser Brigantine dort.»

Er führte sie zu einem Zweimaster, der ein Stück weit von dem Linienschiff entfernt lag.

«Was für riesige Schiffe hier liegen», bemerkte Kristina in betont beiläufigem Plauderton. «Gibt es denn so viele Fässer, die von Stralsund wegtransportiert werden?»

Der Kapitän lachte. Kristina bemerkte, dass er nur noch einen einzigen Zahn hatte, und der steckte in seinem Unterkiefer, genau in der Mitte. «Die meisten Schiffe hier sind Kriegsschiffe Ihrer Königlichen Majestät», erklärte er. «Schweden hat seit Ende des Großen Krieges mit dem Aufbau einer Flotte begonnen.»

Kristina überlegte kurz. Flotte – das waren Schiffe, die andere Schiffe angriffen. So viel hatte sie bei den abendlichen Gesprächen in der Stube mitbekommen. «Möchte Ihre Majestät denn einen neuen Krieg beginnen?», fragte sie, während sie sich durch die Menschenmassen schoben.

Der Kapitän schüttelte den Kopf. «Nicht unbedingt. Die Schiffe dienen bloß zur Abschreckung. Damit keiner auf die Idee kommt, das Königreich anzugreifen.»

«Gibt es Leute, die das tun wollen?»

«Aber natürlich», erklärte der Kapitän, wobei er abermals seinen Zahn entblößte. «Schweden ist verhasst in Europa.»

Er reichte Kristina die Hand, um ihr beim Klettern auf der wackeligen Knüppelleiter zum Schiff hinauf behilflich zu sein. Kristina staunte, wie geschickt er mit seinem Holzbein war.

«Warum ist Schweden denn verhasst in Europa?»

«Weil wir eine Großmacht sind. Und weil das den anderen nicht passt.» Kapitän Diederichsen setzte zu einem einbeinigen Sprung auf die Planken an.

Kristina sprang nun ihrerseits auf das Schiff. Über ihr kletterte ein Matrose in den Wanten. Das Holz wirkte gepflegt, und die messingnen Türknaufe schimmerten im fahlen Licht der Sonne.

«Seid Ihr schon einmal gesegelt?», fragte der Kapitän.

«Ich … ich weiß es nicht», entgegnete Kristina.

«Verzeiht mir die Bemerkung, aber das glaube ich nicht!» Der Kapitän fuhr sich über die Warzen in seinem Gesicht, die ihm offensichtlich Juckreiz bereiteten. «Wenn jemand auf einem Schiff mitsegelt, vergisst er das doch nicht wieder!»

«Manchmal wohl doch», entfuhr es Kristina. Dann zögerte sie. War es klug, dem Kapitän zu verraten, dass sie ihr Gedächtnis verloren hatte? Sicherlich nicht. Der Mann sah alles andere als vertrauenerweckend aus, obwohl er höflich mit ihr sprach.

«Wie auch immer.» Der Kapitän grinste. «Ich werde Euch jetzt Eure Kammer zeigen. Wir essen übrigens heute Abend um sieben. Wenn Ihr mir nun nachsehen wollt, dass ich wieder meiner Arbeit nachgehe? Wir laufen in einer halben Stunde aus.»

Er zeigte Kristina, wo sie schlafen sollte, tippte kurz an seinen Hut und ging. Erst jetzt bemerkte sie, wie die Planken unter ihren Füßen schwankten. Sie fragte sich, ob sie das Gefühl lustig oder beunruhigend finden sollte, und entschied sich am Ende für lustig. Dann versuchte sie, sich in die Hängematte zu legen, die zwischen zwei Haken in ihrer Kammer aufgespannt war, aber das war nicht ganz leicht, denn die Matte hing so hoch, dass sich ein ausgewachsener Mann wohl bequem hineinfallen lassen konnte, nicht aber ein Mädchen ihrer Größe. Kristina nahm einen Anlauf und sprang. Es war keine Einbildung.

Einer der Stäbe ihres hölzernen Unterrocks ging so laut zu Bruch, dass man es bestimmt noch draußen auf dem Deck hören konnte. Nun, sie hatte diese Mädchensachen sowieso nicht leiden können. Kurzentschlossen streifte sie Röcke und Mieder von sich, schlüpfte in ihre Hose, das Hemd und das wollene Wams und nahm einen erneuten Anlauf. Diesmal schaffte sie es, so hoch zu springen, dass sie mit ihren Ellenbogen und den Knien in der Hängematte landen konnte. Sie drehte sich um, sodass sie mit dem Rücken in der Matte zu liegen kam. Ein Gesicht schaute ihr von der gegenüberliegenden Wand entgegen, das ihr mittlerweile schon ganz vertraut erschien: große, dunkle Augen, ein neugieriger Blick – die Königin. Kristina lächelte ihr zu.

Von den Bewegungen, die das Schiff machte, schaukelte die Matte hin und her. Eine Erinnerung zuckte in Kristina auf. Da war eine große Hand, die sie in einer Art Wiege hin- und herbewegte und eine sanfte Stimme, die ihr ein Lied vorsang. Kristina fühlte, wie sie bei dieser Erinnerung ein großes Glücksgefühl durchströmte. Kurz darauf schlief sie ein.

Flink verfluchte sich selbst. Er war in eines der Fässer geklettert, bevor es vom Dachboden ins Erdgeschoss des Hauses gehievt wurde, weil er geglaubt hatte, mit Kristina zusammen den Weg auf einer Landstraße machen zu können. Nun war er statt auf einer Straße auf dem Meer gelandet. Das wusste er deshalb, weil sich sein Fass so komisch bewegte. Die Bewegungen weckten äußerst ungute Erinnerungen in ihm. Auf seiner letzten Schiffsreise hatte er sich ununterbrochen übergeben. Und es gab keinen Grund, warum es ihm diesmal anders ergehen sollte. Flink war nicht für die Seefahrt gemacht. Und die Seefahrt nicht für Flink. Und als ob seine Lage nicht schon übel genug wäre, hatte irgend so ein penibler Trottel sein Fass so fest verschlossen, dass Flink sich übermenschlich anstrengen musste, um sich daraus wieder zu befreien. Immer wieder setzte er in seinem dunklen, engen Versteck das Messer an, um den Deckel auszuhebeln, doch vergeblich. Allmählich ging ihm die Luft zum Atmen hier drin aus. Er schlug mit seinen Fäusten dagegen, so lange, bis sich der Deckel endlich löste. Doch als er seinen Kopf aus dem Fass steckte, in der Hoffnung auf Licht und frische Luft, umhüllte ihn nichts als tiefste Finsternis. Es war natürlich genau so, wie er vermutet hatte: Er war im Lagerraum gelandet, tief unten im Bauch des Schiffes. Über ihm hatten sie die Luken dicht gemacht. Er schnupperte. Zumindest schien der Kapitän keine toten Tiere zu transportieren wie bei Flinks letzter Überfahrt. Im Gegenteil: Die Ladung roch gut, nach Frühling und weiter Welt und fremden, bunten Ländern. Flink bückte sich, um den Staub auf dem Boden zu untersuchen. Er fand ein paar Krümel, zerbröselte sie und sog deren Duft ein. Der Geruch kam ihm bekannt vor, es war irgendein Gewürz, das der Stralsunder Kaufherr auf seinem Dachboden gelagert hatte. Hoffentlich dauerte die Reise nicht zu lange. Erstens ging ihm demnächst die Verpflegung aus, und dann … er fühlte jetzt schon, wie sein Magen den Aufstand probte. Durch die Luken konnte er die Rufe der Männer hören und ihr Getrappel auf dem Deck, und er wusste, dass es kein Zurück mehr gab, denn jetzt legten sie ab.

Als auf dem Deck die Schiffsglocke läutete, fuhr Kristina aus ihrer Hängematte empor. Sie machte einen Satz und landete auf dem Boden ihrer Kammer. Dann beschloss sie, auf dem Deck nach einer Tonne Wasser zu suchen, um sich die Hände zu waschen. Ein paar Matrosen liefen an ihr vorbei, und sie beschloss, sie zu fragen.

«Wir haben kein Wasser zum Waschen da», antwortete ihr der eine.

Kristina versuchte, nicht an die Hände des Kochs zu denken, der das Essen zubereitet hatte, und trat den Weg in die Messe an.

Der Kapitän und seine Offiziere hatten alle schon ihren Platz eingenommen. Als Kristina eintrat, blickten sie erstaunt auf. «Wo habt Ihr Eure Mädchenkleider gelassen, junges Fräulein?», fragte der Kapitän.

«Ach, die», winkte Kristina ab. «Sind bloß unpraktisch hier an Bord.» Sie blickte in die Gesichter, die ihr neugierig entgegenstarrten, und schauderte leicht. Neben dem warzenübersäten Kapitän mit seinem Holzbein und dem einen Zahnstumpf im Mund saß ein Mann mit schmierigen, langen Haaren, durch die eine Glatze schimmerte. Zwischen den verbliebenen Haarbeständen konnte Kristina auch hier ein paar kleine runde Höcker erkennen. Ob die Kapitänswarzen ansteckend waren? Sie rückte sicherheitshalber ein bisschen ab, nur um gegen einen Herrn zu stoßen, dessen Haut, soweit Kristina sie unter seinem fleckigen, zerschlissenen Hemd sehen konnte, von einem roten Ausschlag befallen war. Ihr gegenüber saß ein gelbhaariger Hüne, der statt einer Hand eine eiserne Kralle hatte. Nun legte er die Hand und die Kralle ineinander und blickte erwartungsvoll den Kapitän an. Der faltete ebenfalls seine Hände und sprach mit seinem donnernden Bass das Tischgebet:

«Alle guten Gaben, / alles, was wir haben, / kommt, o Gott, von dir. / Wir danken dir dafür.»

Kristina presste die Lippen aufeinander, um nicht loszulachen. Diese mit allen schmutzigen Wassern gewaschenen Kerle vom lieben Gott säuseln zu hören, klang ziemlich komisch, und ihre Laune stieg sprunghaft an.

«Guten Appetit!», wünschte der Kapitän, zog ein langes Messer aus seinem Gürtel hervor und stach es in das gebratene Tier, das in der Mitte des Tisches lag. Jetzt erst bemerkte Kristina, dass noch ein weiterer Platz gedeckt war. «Sollten wir nicht vielleicht noch auf den Herrn warten, der hier sitzt?», fragte sie und deutete zu dem leeren Platz hinüber.

Sofort brachen die Kerle in schallendes Gelächter aus.

«Das ist der Platz vom Klabautermann», erklärte der Kapitän. «Auf Schiffen deckt man immer für den Klabautermann mit, um ihn günstig zu stimmen.»

Der Klabautermann? Ob das so etwas Ähnliches war wie Gott?, überlegte Kristina. Doch sie traute sich nicht, die Frage laut auszusprechen. Mit dem Gottgespräch hatte sie sich schon in der Fleischbergfamilie keine Freunde gemacht. Also nickte sie wissend.

«Ihr wisst gar nicht, was ein Klabautermann ist, was, Fräulein?», ließ sich jetzt der Gelbhaarige mit der Eisenkralle vernehmen.

Kristina schüttelte vorsichtig den Kopf.

«Ist auch nicht weiter schlimm, wenn Ihr noch nie zur See gefahren seid. Der Klabautermann ist unser guter Geist an Bord. Er verlässt das Schiff nur, wenn eine Katastrophe bevorsteht. Wir Seemänner sagen immer: Wenn er klopft, bleibt er; wenn er hobelt, geht er.»

«Also, für den Moment bleibt er», erklärte der Kapitän, während er sein Fleisch in winzig kleine Stücke zerlegte. «Kurz bevor wir ablegten, habe ich nämlich laute Klopfgeräusche aus dem Laderaum gehört.»

«Ach, da versteckt er sich diesmal!», meinte Kristinas Tischnachbar mit dem roten Ausschlag auf der Haut. Er wandte sich zu ihr um. «Soll ich Euch auch auftun, Mädchen?»

«N... nein, nicht nötig!», entfuhr es ihr. Sie ließ sich das Messer vom Kapitän reichen und beugte sich über den Tisch, um sich eigenhändig ein Stück Fleisch abzusäbeln.

«Koch, wo bleibt der Schnaps?», brüllte der Kapitän in Richtung Kombüse. Kurz darauf erschien ein riesiger, schwarzer Mann mit einer Flasche und fünf Gläsern.

«Unser Jimmy», erklärte der Kapitän, der bemerkte, wie Kristina den schwarzen Hünen anstarrte. «Haben ihn von einer unserer Fahrten nach Dänisch-Westindien mitgebracht. Da hat Jimmy noch auf einer Plantage gearbeitet. Aber jetzt arbeitet er lieber mit uns, stimmt's, Jimmy?»

«Schnaps, mein Herr», brummte Jimmy und knallte dem Kapitän die Flasche vor die Nase.

«Er ist nicht der Bestgelaunte, unser Jimmy», erklärte der Mann mit den gelben Haaren. «Aber er macht aus Scheiße Gold.»

Kristina betrachtete stirnrunzelnd das goldbraune Stück Fleisch in ihrer Hand und hoffte, dass der Ausspruch nicht ernst gemeint war.

«Wo liegt Dänisch-Westindien?», fragte sie.

«Oh, Ihr wisst wirklich gar nichts, oder? Dänisch-Westindien liegt auf der anderen Seite des Meeres, von Norwegen aus gesehen. Norwegen liegt westlich von Schweden, aber das wisst Ihr vermutlich.»

Auch das wusste Kristina nicht, aber sie sagte vorsichtshalber nichts mehr.

«Man muss wochenlang segeln, um nach Westindien zu kommen. Das ist hart. Aber wir haben bislang noch jede Überfahrt überstanden, nicht wahr, Männer?» Die anderen am Tisch nickten. Der Gelbhaarige schenkte die Gläser voll. «Auf alle Fahrten, die wir Männer schon nach Westindien gemacht haben!», rief er aus und riss sein Glas in die Höhe.

Die anderen erhoben ihr Glas gleichfalls. «Auf uns und

auf Westindien! Nanu, Herzchen, wieso trinkt Ihr denn nichts?» Er hielt Kristina ein Glas hin, und sie schnupperte daran. Es roch nicht wirklich lecker. Da war etwas Ätzendes, das ihr in die Nase stieg, sodass sie zu niesen begann.

«Mädchen», grinste der Mann mit dem Ausschlag neben ihr. «Können eben nix vertragen.»

Kristina beschloss, den Kerlen zu zeigen, dass sie sehr wohl etwas vertragen konnte, und trank einen großen Schluck. Sofort rann es ihr wie Feuer die Kehle hinunter. Sie spürte, wie ihr die Tränen in die Augen schossen.

Die Männer brachen in grölendes Gelächter aus. «Das ist Schnaps, Mädchen!», brüllte der Kapitän. «Das gehört so scharf!» Woraufhin die anderen Männer abermals zu lachen begannen.

Verärgert fragte sie: «Habt ihr in Westindien eure Körperteile verloren?»

Einen Augenblick lang herrschte überraschtes Schweigen. Kristina wunderte sich auf einmal über sich selbst. Warum nur hatte sie diese Frage gestellt? Der Schnaps brannte ihr im Magen. In ihrem Kopf begann sich alles zu drehen.

«Das ist nichts, was man andere Leute einfach so fragt, junges Fräulein, ist das klar?», keuchte der Mann mit den schmierigen langen Haaren.

«Entschuldigung», machte Kristina.

«Kapitän!» In den Augen des Schmierhaarigen tanzte die Wut. «Könnt Ihr dem Gör nich sagen, dass es bei Tisch die Schotten dicht halten soll?»

«Bleib auf Kurs, Pelle», antwortete der Kapitän. «Mädchen sind nun mal so. Wir wussten doch, worauf wir uns einlassen, als wir dem Kaufmann versprochen haben, sie mitzunehmen.»

«Mädchen?», grunzte der Schmierhaarige, und Kristina bemerkte, wie er seinen Blick auf ihre Brüste richtete. «Die ist doch kein Mädchen mehr!»

Kristina hielt die Luft an.

«Ich habe mein Bein im Krieg verloren», erklärte der Kapitän in ihre Richtung. «Und unseren ersten Offizier hier», er deutete auf den Gelbhaarigen mit der Eisenkralle, «hat der Krieg ebenfalls was gekostet. War ein verflucht langer Krieg, und wir sind froh, dass wir ihn überlebt haben, wahr, Männer?» Er riss von neuem sein Glas empor. «Auf unser Überleben!»

Die anderen drei Männer fielen brüllend in den Ruf mit ein.

Kristina beschloss, den Schnaps lieber nicht mehr anzurühren. Hätte sie sich doch fast den Zorn der Offiziere zugezogen! Sie bat um die Erlaubnis, sich zurückziehen zu dürfen, und stand auf.

Draußen an Deck sog sie die frische Luft in tiefen Zügen ein. Es war dunkel. Auf den Wellen spiegelte sich das Mondlicht. In der Ferne konnte Kristina ein paar Lichter erkennen. Das musste Stralsund sein. Sie blickte in die andere Richtung, dorthin, wo sie Rügen vermutete, aber sie konnte nur ein einzelnes kleines Licht ausmachen und wusste nicht, ob es von einem Schiff oder einem Haus herrührte. Was Margarethe jetzt wohl tat? Ob sie auch so vor der Tür stand und in die Nacht hinausschaute? Und woran dachte sie dabei? An ihre toten Söhne und die verschwundene Tochter? Oder auch mal an sie? Gab es überhaupt einen Menschen, der an sie dachte? Ihre Eltern zum Beispiel – wo auch immer sie sich befanden, und wer auch immer sie waren?

Durch das Flattern der Segel hörte sie plötzlich ein Klopfen. Es kam aus dem Laderaum. Gibt es den Klabautermann also wirklich, murmelte Kristina vor sich hin. Doch dann hielt sie inne. Wie kam sie eigentlich dazu, Dinge zu beurteilen, die sie gar nicht sehen konnte? Ein Klopfen war noch lange kein Hinweis darauf, dass es etwas wie Klabautermänner wirklich gab! Vorsichtig schlich sie sich zum Laderaum an. Sie beugte sich vor, um ihr Ohr an die Luke zu legen. Da! Das Klopfen war direkt unter ihr!

«Ist da jemand?», fragte sie leise.

Stille. Dann eine kleine Stimme: «Kristina?! Bist du's?»

«Was hättest du eigentlich gemacht, wenn nicht ich, sondern einer der Männer die Luke geöffnet hätte?», fragte sie später, als sie mit Flink in ihrer Hängematte lag.

«Wär davongehuscht», gähnte Flink. «Bin ja flink.»

«Du bist so ein unvernünftiger kleiner Kerl!», regte Kristina sich erneut auf. «Mir einfach zu folgen! Was hast du dir nur dabei gedacht?»

«Nix», murmelte Flink. Er hatte die Augen geschlossen und zitterte am ganzen Leib.

«Was ist mit dir?», fragte Kristina. «Bist du krank?»

«Weiß nicht. Fühl mich schwach. Mir ist kalt. Ich hab Hunger.»

«Also, gegen den Hunger können wir, glaube ich, etwas tun.» Kristina richtete sich auf und machte sich sprungbereit. Es war etwas unheimlich, in der Dunkelheit die Tiefe richtig abzuschätzen. «Ich gehe jetzt in die Küche», flüsterte sie. «Und du bleibst hier schön ruhig liegen und machst keinen Mucks, verstanden?»

In der Kombüse brannte Licht. Der Betrieb war noch in Gang. Aus der Offiziersmesse konnte sie die Stimmen der Männer hören. Sie klangen jetzt lauter als vorhin. Irgendjemand hatte ein Lied angestimmt.

«Jimmy», flüsterte Kristina. «Hej, Jimmy!»

Der Koch öffnete ihr die Tür. Als er sie sah, lächelte er. «Du bist es, Lillan! Hast du Hunger?»

Kristina mochte es, wie Jimmy das schwedische Wort aussprach, *Lillan*, Kleine. Sie nickte.

«Wenn Lillan Hunger, kommt zu Jimmy, ja?» Jimmy zwinkerte. «Aber nicht verraten andere Männer?»

«Ich verrate kein Sterbenswort!», schwor Kristina und reckte zum Beweis zwei Finger in die Luft.

«Flink?», fragte Kristina später, als der Kleine sich satt gegessen hatte und träge neben ihr in der Hängematte lag. «Ich würde gern wissen, warum du mir gefolgt bist. Du weißt, ich bin von jemandem angegriffen worden, damals auf Rügen. Dann wollte mich der Scharfrichter einkassieren. Es gibt da irgendetwas, was ich wissen sollte. Es muss einen Grund dafür geben, dass ich verfolgt werde.»

«Und jetzt denkst du, dass du mir nicht trauen kannst?» Flink starrte sie ungläubig an. «Dass ich mit dem Scharfrichter unter einer Decke stecke und dir deshalb gefolgt bin? Du bist ja verrückt!»

«Nein.» Kristina schüttelte den Kopf. «Nicht ich bin verrückt. Sondern die Geschichte, in die ich geraten bin.» Sie zögerte kurz. «Ich habe komische Träume, Flink. Und ich glaube, dass ich in meinen Träumen Dinge sehe, die ich erlebt habe.»

Flink schaute sie immer noch von der Seite an. «Was für Dinge denn?»

Kristina stieß sich mit dem Fuß an einer Wand ab, sodass die Hängematte ins Schaukeln geriet. «Ich träume oft von einem Mann in einer Eisenrüstung, der auf einem schwarzen Hengst auf mich zugaloppiert. Ich träume, dass er ein Schwert trägt und mir damit den Kopf abschlagen will. Manchmal träume ich auch von einem Wolf. Der Wolf greift einen Menschen an, der mir sehr nahesteht. Und neulich habe ich von meinem Vater und der Königin geträumt. Die Königin ist auf mich zugetreten. Sie hat mich gefragt, ob ich ihr das mitgebracht hätte, worum sie mich gebeten hat.»

«Und, hast du?»

Kristina schüttelte den Kopf. «Ich wusste nicht, wovon sie sprach.»

Stille erfüllte die Kammer. «Ich weiß nicht, was du für

eine Geschichte hast», meinte Flink schließlich, und seine Stimme klang auf einmal ungewöhnlich groß, gar nicht wie die eines neunjährigen Jungen. «Ich hab auch keine Ahnung, wer hinter dir her sein könnte und was es mit dem Scharfrichter und der Königin auf sich hat. Ich bin dir einfach nur gefolgt, weil ...»

«Ja?»

«Weil du der netteste Mensch bist, dem ich in meinem ganzen Leben begegnet bin. Der Einzige, der überhaupt jemals nett zu mir war.»

Kristina legte sich in der Hängematte so zurecht, dass sie Flink umarmen konnte. «Ich bin bloß froh, dass du bei mir bist», sagte sie. «Und jetzt schlaf schön, kleiner Mann.»

6. Kapitel

Kristina erwachte davon, dass sie in der Hängematte gegen die Wand schlug. Sie versuchte, sich aufzurichten, aber im nächsten Augenblick wurde sie schon gegen die andere Wand geworfen. So schnell sie konnte, kletterte sie hinaus und sprang auf die Erde. Nur um von dort wieder auf eine Wand zuzurutschen. «Ach, du heiliges bisschen», quetschte sie zwischen den Zähnen hervor. «Ich glaub, wir sind in einen Sturm geraten!»

Nun erst bemerkte sie, dass Flink kalkweiß aussah. «Tu es nicht!», schrie sie, aber zu spät. Flink gelang es gerade noch, den Kopf über den Rand der Matte zu beugen, und schon begann er zu spucken, was sein Magen hergab.

Ein kräftiges Klopfen an der Tür ließ sie innehalten.

«Versteck dich!», zischte sie Flink zu, aber der war immer noch damit beschäftigt, sich die Seele aus dem Leib zu würgen.

Wieder hämmerte es gegen die Tür.

«Ja, doch!», rief Kristina und öffnete die Tür einen Spaltbreit.

Der Mann mit dem roten Ausschlag im Gesicht blinzelte sie misstrauisch an. «Alles in Ordnung bei Euch?», bellte er.

«Ja, ich ...»

«Ich meinte eben, Stimmen gehört zu haben! Wart Ihr das?»

«Ja, ich ... ich rede manchmal mit mir selbst.» Kristina versuchte, sich so festzuhalten, dass sie nicht etwa wegrutschte von der Tür und damit den Blick auf den kotzenden Flink in ihrer Hängematte freigab.

«Und jetzt ist Euch schlecht?» Der Mann reckte seine Nase in die Luft und schnupperte.

«Ja, aber ... nicht von den Selbstgesprächen.»

«Vom Seegang, wie?» Der Mann fuhr sich kratzend durch das Gesicht, was die Rötungen noch verstärkte.

«Ja ... richtig. Wenn ich jetzt aber wieder ...» In diesem Moment begann Flink von neuem zu würgen. Kristina brach in einen lauten Hustenanfall aus, um das Geräusch zu übertönen.

«Brustkrank, wie?», grinste der Mann. «Ich könnte Euch da mal untersuchen, wenn Ihr wollt!»

«Oh, ich bin mir sicher, das wird nicht nötig sein!» Kristina knallte dem Mann die Tür vor der Nase zu. «Mann, war das knapp!», raunte sie in Flinks Richtung. Aber der Junge hörte sie offenbar nicht mehr, so sehr war er damit beschäftigt, sich von neuem zu erbrechen. Ein übler Gestank breitete sich in der Kammer aus. Kristina wartete die nächste Welle ab, dann sprintete sie zum Bullauge hinüber und riss es auf. Ein Schwall Seewasser schlug ihr entgegen und machte sie von oben bis unten nass. Schnell verschloss sie die Öffnung wieder und hielt sich am Riegel fest, um nicht von der nächsten Schiffsbewegung mitgerissen zu werden. «Was zum Teufel ist da draußen los?», murmelte sie. Ihr Blick fiel auf Flink, der nun regungslos dalag und sie aus großen, schuldbewussten Augen anstarrte.

«Es – tut – mir – leid», brachte er mühsam hervor. «Ich – werd – immer – seekrank – auf – Schiffen!»

Kristina lächelte ihn an. «Trottel! Dann fahr nie wieder mit einem mit!»

«Was ist mit dir?», fragte Flink. «Machen dir die Bewegungen gar nix aus?»

Kristina schüttelte den Kopf. «Komischerweise nein. Vielleicht bin ich früher schon mal gesegelt. Ja, das muss die Erklärung sein. Ich bin seefest.» Sie lächelte. Es war immer sehr angenehm, etwas über sich selbst zu erfahren. «Ich geh jetzt mal raus, ein Stück Tuch suchen, mit dem wir das hier wieder saubermachen können. Du öffnest niemandem die Tür, versprichst du mir das?»

Flink nickte.

«Wir vereinbaren ein Klopfzeichen», fuhr Kristina fort. «Ich klopfe eine Melodie. Hör mal, ich pfeif sie dir vor, dann erkennst du den Rhythmus.» Sie pfiff Svenssons Flötenmelodie, jene, von der sie aufgewacht war, damals im Winter. Vor Ewigkeiten, so kam ihr das vor. «Kannst du dir die merken?»

Flink nickte schwach. «Kristina?», fragte er.

«Ja, kleiner Mann?»

«Ich mach das wieder gut. Ver... versprech ich dir.»

Kristina lächelte ihm zu. «Komm erst mal wieder auf die Beine.»

Als sie die Tür zum Deck aufriss, verschlug es ihr für einen Moment die Sprache. Die Wellen, die auf sie zugerollt kamen, waren größer als Männer. Der Himmel war dunkelgrau, mit einem unheimlichen Stich ins Grün.

Grün. Wieder blitzte eine Erinnerung in Kristina auf. Grün – das war Gefahr. Aber für wen und warum? Sie blieb einen Moment lang unschlüssig stehen, während sie sich an der Verschanzung festklammerte. Die nassen Haare peitschten ihr ins Gesicht. Sie spürte sich unruhig werden. Grün – was war es nur, was sie mit Grün verband? Eine Welle schlug ihr entgegen, überspülte das Deck und hätte sie um ein Haar mit sich fortgerissen. Von achtern wehten Rufe zu ihr herüber. Sie erkannte Pelle, den warzenköpfigen Offizier, wie er gemeinsam mit zwei Matrosen am Steuerruder kämpfte, um die *Prins Karl* mit dem Bug im Wind zu halten. Welle um Welle brach sich über den Planken. Das Wasser rauschte in riesigen Bächen zu den Speigatten hinaus. Plötzlich legte sich die Brigantine so weit über, dass die See senkrecht vor ihr stand. Kristina schrie auf. Die Verschanzung entriss sich ihrem Griff, und sie fand sich am Boden wieder. Ihre Finger krallten sich um die Kante einer hervorstehenden Holzplanke, und dann sah sie, wie das Blut aus ihrer Haut hervorquoll und gleich wieder von der nächsten heranrollenden Welle abgewaschen wurde. Sie robbte sich weiter vor, bis sie zurück zur Tür fand, die unter Deck führte. Endlich erreichte sie sie, aber es gelang ihr nicht, sie zu öffnen, so sehr stemmte sich der Wind dagegen.

Auf einmal ging alles ganz leicht. Die Tür wurde von innen geöffnet, und Jimmy, der Koch, stand im Rahmen, groß und ruhig. Ohne ein Wort zu sagen, riss er sie empor und trug sie über die Schwelle. Drinnen setzte er sie ab und warf die Tür wieder zu. Das Sturmesrauschen dröhnte noch immer in Kristinas Ohren. Sie blickte an sich hinab: Klatschnass war sie, ihre Hand blutete, und durch ihre Hose lief ein Riss.

«Na ja», grinste sie. «Zumindest muss sich heute niemand mehr um zu wenig Waschwasser sorgen!»

In diesem Moment hörte sie die Stimme des Mannes mit dem roten Ausschlag aus einem Nebenraum. «Ich hab doch gleich gesagt, Weiber an Bord bringen Unglück! Wir hätten sie nich mitnehmen sollen!»

Erschrocken blickte sie zu Jimmy hinüber.

«Wenn Ihr glaubt, dass das Mädchen einen Sturm dieses Ausmaßes ausgelöst hat ...» Das war die Stimme des Kapitäns. «Dann bewegt Ihr Euch auf falschem Kurs, Messenius.»

Messenius. Kristina kannte diesen Namen. Doch woher? Sie grübelte. Es war kein Name, der ihr behagte. Ob sie dem Mann schon einmal begegnet war? Und er ihr? Kannte er sie?

Sie bemerkte, dass Jimmy ihren Blick erwiderte. «Lillan, das nicht guter Mann», wisperte er.

«Wer?», fragte Kristina leise zurück. «Der Kapitän oder der andere?»

Jimmy fand keine Zeit mehr zu antworten, denn das Schiff legte sich abermals schräg, und der Kapitän und der Mann mit dem roten Ausschlag stürzten in den Gang.

«Was macht denn die Kröte hier?», stieß Messenius hervor. «Habt Ihr etwa gelauscht?»

Kristina sah, wie Jimmy sich wortlos umwandte und den Gang hinunterschwankte.

«Ich wollte nur einen Lappen holen», erklärte sie. Das Schiff schlingerte erneut.

Der Kapitän kam auf sie zugetorkelt. Klack-klack, machte sein Holzbein auf den Planken. «Habt Ihr Angst?», fragte er.

«Wo ... wovor?» Kristina spürte, wie ihr Herz schneller schlug.

«Wovor!» Der Kapitän schlug ihr mit der Hand auf die Schulter und lachte, dass sein Zahn aufblitzte. «Draußen stürmt es zum Gotterbarmen, und das Mädchen fragt, wovor!»

«Ach so, ja, der Sturm!» Kristina wich unwillkürlich ein wenig zurück. Dem Mund des Kapitäns entwich nicht gerade Rosenduft.

«Ihr braucht nicht tapfer zu tun!» Der Kapitän tätschelte ihr über das nasse Haar. «Bei Stürmen knickt der stärkste Mann ein bisschen ein. Aber keiner von uns braucht sich hier Sorgen zu machen! Der Klabautermann wurde noch nicht gesehen!»

«Was passiert denn, wenn der Klabautermann auftaucht?» Kristina versuchte unauffällig, ihren Kopf unter der Pranke des Kapitäns wegzuziehen.

«Dann geht das Schiff unter!», grollte Messenius.

«Aber wenn der Klabautermann auftaucht», sagte sie, «könntet Ihr ihm doch erst mal etwas zu essen anbieten. Wo Ihr doch sowieso immer für ihn deckt! Dann überlegt er es sich vielleicht anders und lässt das Schiff in Ruhe!»

«Das Mädchen will uns wohl auf den Arm nehmen», murrte Messenius.

«Nein, nein, ich ...» Kristina musste sich mit beiden Armen gegen die Wand stemmen, um nicht umzufallen. Das Schiff legte sich schräg.

«Nicht der Klabautermann lässt das Schiff untergehen», erklärte der Kapitän, der bequem sein Holzbein nützte, um sich abzustemmen, «sondern Gott. Nur ist der Klabautermann der Erste, der es erfährt. Darum verlässt er das Schiff, bevor es zu Ende geht. Wenn ihn einer von der Besatzung sieht, weiß er also ...»

Eine neuerliche Bewegung ließ das Schiff schlingern. Messenius trat drohend auf sie zu. «... dass bald einer sterben muss.»

Kristina schluckte. «Dann weiß ich ja jetzt Bescheid», sagte sie. «Wenn ich nun vielleicht den Lappen holen dürfte?»

Sie drückte sich an den beiden Männern vorbei und

folgte dem Weg, den Jimmy soeben gegangen war. Sie nahm an, dass er in die Kombüse führte. Da ertönten laute Schreie von oben. Der Kapitän und Messenius rissen die Tür auf. Sofort drang eine Flut von Wasser in den Gang. Das Schiff krängte nun so, dass Kristina mit dem Wasser in Richtung Ausgang gespült wurde. Sie überschlug sich ein paarmal, stieß mit dem Kopf gegen etwas Hartes und war auf einmal wieder draußen an Deck.

«Aufgepasst!», schrie der Kapitän. Kristina sah, wie der Sturm an den Segeln zerrte, und wischte sich die Haare aus dem Gesicht. Und dann hörte sie es. Ein Geräusch von splitterndem Holz, das sogar den Sturm übertönte. Ein Mast war gebrochen. Drei Herzschläge lang pendelte er über den Männern, die über die Planken robbten, als müsste er noch überlegen, wohin genau er fallen sollte – dann knirschte es.

Der Mast begrub beim Brechen zwei Matrosen unter sich. Die nächste Welle spülte die Männer einfach über Bord.

«Allmächtiger Gott!», stöhnte der Kapitän.

Und dann sah Kristina, wie sich eine Tür öffnete und Flink seinen verstrubbelten Kopf langsam durch die Spalte schob.

Messenius stieß einen gellenden Schrei aus. «Der Klabautermann! Der Klabautermann!»

Flink fuhr zurück und schloss die Tür, als wäre nichts geschehen.

Messenius ließ sich auf die Knie fallen, faltete die Hände

und blickte flehentlich gen Himmel. «Gott im Himmel!», stieß er hervor. «Verzeih mir meine Sünden!»

In diesem Moment geschah etwas Seltsames. Der Wind schwächte ab. Das Schiff verlangsamte seine Bewegungen. Die Wolkendecke riss auf, und ein Stück Blau kam zum Vorschein. Nun fiel auch der Kapitän auf die Knie. Die Männer am Steuerrad taten es ihm gleich, und ebenso die Matrosen an Deck. Ganz still wurde es auf einmal. Kristina hob den Blick. Querab des Schiffs sah sie einen Streifen Grün am Horizont, und wenn sie nicht alles täuschte, dann stand da so etwas wie eine Burg.

«Alle guten Gaben, / alles, was wir haben, / kommt, o Gott, von dir. / Wir danken dir dafür.»

Der Kapitän blickte auf und erhob sein Glas. «Darauf, dass wir diesen Tag überlebt haben, Männer!»

Pelle, Messenius und der Gelbhaarige prosteten dem Kapitän zu, und dann stürzten sie alle vier den Schnaps hinunter, als könnte der ihre Mühen und Sorgen wegspülen. Ein langer Arbeitstag lag hinter ihnen. Gemeinsam mit den Matrosen hatten sie die Takelage abgehackt, um den zerstörten Mast zu ersetzen, und dann hatten sie das Wasser aus den Kammern, aus der Kombüse und aus den Vorratsräumen geschaufelt. Schließlich waren sie mit den verbliebenen Segeln um eine Insel gefahren, um vor einer Stadt namens Kalmar festzumachen. Hier wollten sie die Sturmschäden reparieren.

Kristina spürte, wie sich die Haut auf ihren Armen

kräuselte. Der Mann mit dem juckenden Ausschlag, Messenius, behandelte sie seit ihrem Zusammentreffen während des Sturms, als wäre sie Luft. Dafür aber warf ihr Warzenkopf Pelle seltsame Blicke von der Seite zu.

Nur der Kapitän schien ungewöhnlich gesprächig. Er fragte sie nach ihrem Zuhause in Stockholm und danach, ob ihre Eltern sich nicht um sie sorgen würden, wenn sie so allein auf Reisen ging.

Die Gänsehaut auf Kristinas Armen verstärkte sich. Sie durfte dem Kapitän nicht zeigen, dass sie auf einmal Angst bekam.

«Wie ist es denn bei Euch?», fragte sie zurück. «Gefällt Euren Eltern Euer Leben auf dem Meer?»

Der Kapitän warf den Kopf zurück und lachte, dass sein verbliebener Zahn im Schein der Funzel blinkte. «Meine Eltern!», lachte er und wischte sich die Tränen von den Wangen.

«Was ist daran so komisch?», wollte Kristina wissen.

«Nix!», blaffte Messenius. «Iss deinen Eintopf und schweig!»

Die Männer fuhren fort, miteinander zu reden. Doch auf einmal wechselten sie die Sprache, sodass Kristina sie nicht mehr verstehen konnte. Was waren das für Worte? Gewiss kein Schwedisch und auch kein deutscher Dialekt. Und warum wollten die Männer nicht, dass sie ihre Worte verstand? Sie löffelte ihren Eintopf, erhob sich und wanderte in ihre Kammer zurück.

An der Tür machte sie das vereinbarte Klopfzeichen. Sofort hörte sie, wie Flink aus der Hängematte sprang. Dann wurde ein Riegel zurückgezogen, und er öffnete ihr die Tür. «Schnell!», zischte er und zerrte sie nach innen.

«Was ist los?» Kristina runzelte die Stirn.

«Hast du deinen Degen?», wisperte Flink.

«Ja, aber ...» Sie schrak zusammen. Da war ein Geräusch an der Tür. Jemand drehte einen Schlüssel in ihrem Schloss.

«Nicht!», machte Flink, der sah, wie sie zur Tür hastete. «Die versuchen nicht, hier reinzukommen! Die schließen dich ein! Damit du nicht auf die Idee kommst, an Land zu gehen!»

«Warum sollte ich hier an Land gehen wollen?»

Flink reckte sich auf seine Zehenspitzen und flüsterte: «Für den Fall, dass du begriffen hast, worüber sie reden, Mann!»

Kristina schüttelte den Kopf. «Was war denn das für eine Sprache, in der sie sich eben unterhalten haben?»

«Keine Ahnung», zischte Flink. «War ja nicht dabei! Aber vorhin, da haben sie Deutsch geredet! Meinst du, du passt durch dieses komische runde Fenster hier?» Er deutete auf das Bullauge.

Kristina stemmte die Hände in die Hüften. «Würdest du mir jetzt erklären, worum es geht?»

Flink seufzte. «Stellst du immer so viele Fragen? Schon gut, ich weiß, du hast dein Gedächtnis verloren, und Fragen sind das Einzige, was dir hilft, nicht völlig blind herumzulaufen ...»

«Flink, bitte!» Kristina rang die Hände. «Spuck's einfach aus!»

«Also gut. Ich war vorhin kurz an Deck, um frische Luft zu schnappen, weil mir bei dem Gestank immer wieder übel wurde ...»

«Das hab ich gesehen!», empörte sich Kristina. «Du wärst fast erwischt worden! Zum Glück hat der eine Dummkopf geglaubt, du wärst der Klabautermann!»

«Der Klabautermann!», grinste Flink. «Auch nicht schlecht. So eine Rolle hab ich noch nie gespielt!»

«Ja, ja, weiter mit dem Vortrag. Was geschah dann?»

«Ich bin wo durchgeschlüpft und an anderer Stelle wieder aufgetaucht. Jedenfalls hör ich da so Stimmen. Ich also ran und lausch. Da hör ich, wie der eine sagt: Weiber bringen Unglück und so weiter, und die muss von Bord, hab schon den Klabautermann gesehen, das Schiff geht unter, und das alles nur wegen des Mädchens!» Flink hielt kurz inne und feixte. «Konnt ja nicht wissen, dass er mit Klabautermann mich gemeint hatte, hihi.»

«In der Tat.» Kristina ballte die Fäuste. «Was war dann?»

«So eine andere Stimme sagt, ich hab eine viel bessere Idee, als das Mädchen über Bord zu schmeißen. Wir verkaufen sie.»

«Was?!»

«Nicht so laut!» Flink klopfte sich nachdrücklich mit dem Zeigefinger auf den Mund. «Du willst doch nicht, dass sie verstehen, dass wir zu zweit hier sind!»

Kristina klammerte sich an die Hängematte. «An wen wollen die mich denn verkaufen?», fragte sie matt.

Flink stöhnte. «Du immer mit deinen Fragen! An *wen* du verkauft wirst, ist doch ganz egal, oder? Nicht an den lieben Gott zumindest, so viel ist sicher.»

«Kann man an den lieben Gott ...»

«Hilfe!» Flink rollte mit den Augen. «Wieso stellst eigentlich *du* ständig Fragen? Ich bin hier der Neunjährige von uns beiden, vom Alter her sollte *ich* das tun! Also gut, die wollen dich an irgend so einen Plantagenbesitzer auf der anderen Seite des Ozeans verkaufen. Wollen ihre Ware in Stockholm absetzen und dann nach drüben segeln.»

«Dänisch-Westindien», überlegte Kristina. «Darüber haben sie gesprochen, ja. Haben da wohl schon öfter Waren hingeliefert.»

Flink schnaubte höhnisch. «Waren hingeliefert, dass ich nicht lache! Das sind Piraten, Mann!»

«Piraten!», hauchte Kristina. Sie wusste, was Piraten waren, weil sie die Fleischbergfamilie darüber hatte reden hören. Piraten waren Männer, die anderen Männern ihre Schiffsladung raubten. Üble Gesellen, die sich vor nichts fürchteten, die sich nahmen, was sie sahen. Der Albtraum aller Kaufleute. «Woher weißt du, dass das Piraten sind, Flink?»

Flink griff sich mit beiden Händen an seinen kleinen Kopf. «Nicht schon wieder! Ich hab ihnen einfach zugehört, in Ordnung? Sie haben von vergangenen Zeiten erzählt! Können wir jetzt endlich los, oder möchtest du noch ein bisschen über das Wetter reden?»

Kristina wollte in der Tat noch weiterreden. «Meinst du, der Fleischbergmann, bei dem wir gewohnt haben, der wusste, dass er mir eine Passage auf einem Piratenschiff gekauft hat?»

Flink schnaufte. «Würde mich wundern, wenn der überhaupt 'ne Öre für dich rausgerückt hätte! Der war doch froh, dich los zu sein!»

Vom Gang draußen ertönten Schritte. «Schnell!», zischte Flink. «Wir müssen durch das Bullauge. Du zuerst! Damit wir wissen, ob du auch wirklich durchpasst! Ich spring dir hinterher!»

Kristina riss das kleine runde Fenster auf. Blickte auf das schwarze Wasser draußen. Und stutzte. «Ich weiß überhaupt nicht, ob ich schwimmen kann!», sagte sie.

Flink raufte sich die Haare. «Du wirst es nicht herausfinden, wenn du hier herumstehst und in die Gegend gaffst! Los, spring endlich!»

Kristina stemmte sich hoch. «Reich mir meinen Degen, Flink!», sagte sie. Sie hörte, wie sich ein Schlüssel im Schloss der Tür bewegte.

«Die wollen rein!», flüsterte Flink.

«Ja, aber wir haben den Riegel vorgeschoben!»

«Trotzdem – mach schnell! Spring!»

Einen winzigen Augenblick lang sah Kristina den Mond am Himmel und das glucksende, schwarze Meer unter sich, das gegen die Bordwand klatschte. Sie quetschte sich durch das Bullauge, holte tief Luft, presste die Augen zusammen – und ließ sich mit dem Kopf zuerst nach unten fallen.

«Du bist dran!» David hielt ein äußerst vertracktes Fadengebilde zwischen seinen Händen und grinste breit.

«Hmmmm.» Marit besah sich das Gebilde von allen Seiten und griff dann mit Zeigefinger und Daumen hinein.

Seit sieben Tagen spielten sie nun schon dieses Spiel. Abnehmen. David war darauf gekommen. Er hatte seine Angelschnur genommen, sie an beiden Enden zusammengeknotet und sie sich um die Hände gelegt. Am Anfang war alles einfach. Aber je öfter sie sich die Schnur gegenseitig abnahmen, umso komplizierter wurde das Schnurgespinst.

«Nicht schlecht.» David nickte anerkennend und griff in Marits Gebilde hinein. Mit einem Ruck hatte er es sich auf seine Hände gesetzt.

Marit versuchte, genauso schnell zu spielen. Leider verhedderte sie sich dabei, ein Faden rutschte ab, Marit zog daran, und dann passierte das, was früher oder später immer passierte: ein dicker Knoten war in der Schnur.

«Mach die Augen zu!», forderte David sie auf.

«Wie bitte? Dann kann ich den Knoten ja gar nicht mehr sehen!»

«Eben darum sollst du ja die Augen schließen! Mit geöffneten Augen haben wir die Knoten doch ruck, zuck entwirrt! Wir machen es jetzt mal schwieriger. Mach die Augen zu!»

Marit gehorchte. Auf einmal spürte sie Davids Atem auf ihrem Gesicht. Ein unbekanntes Gefühl schlich sich in ihren Körper. Ein angenehmes Gefühl. Davids Atem entfernte sich wieder, und sie versuchte, sich auf die Schnur in ihren Händen zu konzentrieren. Zunächst war sie noch abgelenkt: vom Geräusch des prasselnden Feuers im Kamin, von der Wärme an ihren Füßen und den Geräuschen draußen im Wald. Aber dann bekam sie ein Stück Schnur zu fassen, das sich durch das Gewirr ziehen ließ. Und plötzlich war die Schnur glatt.

Sie öffnete die Augen wieder. «Ich hab's geschafft!», sagte sie.

David lächelte ihr zu. Er hatte angefangen, die Beeren zu sortieren, die sie tagsüber gesammelt hatten. Die schlechten warf er ins Feuer, wo sie zischend zu schrumpeligen Körnern verglühten. Es war ein schönes Bild. Marit fing leise an zu summen.

«Meine Mutter hat auch immer gesungen», erklärte David plötzlich. Es war das erste Mal, dass er von seiner Familie sprach.

Marit hob den Kopf.

«Kannst du ihre Lieder noch?», fragte sie vorsichtig.

David schüttelte den Kopf. «Aber ich kann noch die Gebete.»

«Was für Gebete?»

David winkte ab. «Ist doch egal. Verstehst du sowieso nicht.»

Marit verstand seine Gebete wirklich nicht, aber das lag

vor allem daran, dass David sie so leise sprach. Sie stand auf, um den Tisch zu decken. Sie hatten ein paar Wurzeln gefunden, die waren so geformt, dass man Dinge hineinlegen konnte. Marit fand es hübscher, die Beeren aus den Wurzeltellern zu essen als aus der Hand.

Sie setzten sich, und dann geschah das Erstaunliche: David sprach laut. Er sah Marit nicht an dabei, aber es war klar, dass er sprach, damit sie ihn verstand: «Gepriesen bist du, Jahwa, unser Gott, Schöpfer der Welt, für Speis und Trank. Durch sie gewährst du uns Leben und Freude. Gepriesen bist du in Ewigkeit.»

«Was ist das für ein Gebet?», fragte Marit.

«Du immer mit deinen Fragen», lächelte David und schwieg. Aber dann antwortete er schließlich doch: «Ein jüdisches. Meine Eltern waren Juden.» Und nach einem kurzen Zögern: «*Ich* bin Jude.»

«Ist es weit fort, dein Land?», fragte Marit und steckte sich eine Beere in den Mund. Sie war prall und süß.

David sah sie an. «Du weißt gar nicht, was Juden sind, oder?»

Marit schüttelte den Kopf. «Höre das Wort zum ersten Mal.»

Auch David steckte sich ein paar Beeren in den Mund. «Ich weiß nicht, wo ich anfangen soll, wenn ich dir das erklären will.»

«Fang doch einfach damit an, wo du geboren bist.» Marit wollte eine Beere essen, verfehlte aber aus irgendeinem Grund ihren Mund. Die Frucht fiel herunter.

«Ich wollte eigentlich keinem Menschen mehr davon erzählen», begann David. «Weil ich mir sicher war, dass es keiner versteht. Und weil ich ...» Er brach ab.

«Weil was?», hakte Marit nach.

«Du hast da eine Beere.» Er beugte sich lächelnd vor und klaubte die Frucht aus ihren Haaren. «Weil ich ein neues Leben anfangen wollte. Und weil die neuen Menschen in meinem neuen Leben nichts von dem alten wissen sollten.» Er sah sie aufmerksam an. «Aber dann warst du auf einmal da, damals im Wald. Wir waren beide allein, und dann ...»

«Waren wir nicht mehr allein», flüsterte Marit. «Ich war so traurig wegen meiner Mutter. Du hast mir geholfen, weniger traurig zu sein. Und du hast mir gezeigt, wie man mit Pfeil und Bogen umgeht.»

«Und du hast gleich einen Wolf damit erlegt.» David grinste. «Und dann wurde ich krank, und ohne dich wäre ich jetzt tot.» Er sah sie an, und der Blick aus seinen grünen Augen versetzte Marit einen Stich. Einen Moment lang schwiegen sie. Marit unterdrückte den Impuls, aufzustehen, und die Arme um seinen Hals zu schlingen. «Wo bist du geboren, David?», fragte sie sanft.

«In einer Stadt weit fort von hier», antwortete David. «Sie heißt Berlin. Ich hatte Eltern und eine kleine Schwester. Als ich etwa fünf Jahre alt war, ist die Pest ausgebrochen in Berlin. Du kennst diese Krankheit?»

Marit nickte. Die Nachricht vom Schwarzen Tod, der halb Europa entvölkert hatte, war natürlich auch in ihr

Dorf gedrungen. «Sind deine Eltern an der Pest gestorben?», flüsterte sie.

«Nein.» David schüttelte den Kopf. «Aber weil sie Juden waren, hat man sie beschuldigt, die Brunnen vergiftet und die Menschen dadurch krank gemacht zu haben.» Er bemerkte Marits fragenden Blick. «Die Protestanten und die Katholiken hassen uns, darum haben sie uns diese Dinge nachgesagt.»

Marits Blick verfinsterte sich. «Die Protestanten haben auch meine Mutter und mich gehasst. Weil wir nicht in die Kirche gegangen sind.»

«Siehst du, so ähnlich wie bei uns. Wir sind auch nicht in die Kirche gegangen, sondern in die Synagoge. Das ist der Ort, an dem wir zu unserem Gott beten.»

Marit nickte. So weit verstand sie alles ganz gut.

«Wir mussten also weg von Berlin. Wir haben uns dann einer schwedischen Kompanie angeschlossen, die durch die Lande zog. Es war ja Krieg.» David überlegte, während er sich ein paar weitere Beeren in den Mund stopfte. «Es war irgendwie immer Krieg. Protestanten gegen Katholiken. Und wir mittendrin.»

«Musstet ihr kämpfen?» Marit beugte sich so weit vor, dass sie Davids Gesicht auf einmal ganz dicht vor sich sah.

«Nein, wir mussten nicht kämpfen. Mein Vater durfte auch gar nicht kämpfen. Wir gehörten zum letzten Tross, da, wo die Frauen mitmarschierten, die den Soldaten die Kleider wuschen und ihnen auch sonst zu Diensten waren.

Mein Vater wurde Pfandleiher. Eigentlich war er Lehrer. Nun musste er Geld verleihen. Wir reisten kreuz und quer durch die deutschen Länder, immer dieser schwedischen Kompanie hinterher. Irgendwann ist meine kleine Schwester gestorben. Wenig später starb meine Mutter.»

Marit blinzelte.

«Ich weiß nicht, woran sie gestorben sind. Sie hatten hohes Fieber. Niemand hat sich um sie gekümmert. Es gab eine Wäscherin, die über Medizin Bescheid wusste, aber sie weigerte sich, uns zu helfen, weil wir Juden waren. Mein Vater und ich haben den Tross verlassen. Mein Vater hat versucht, als Fischer Arbeit zu finden. Eines Tages fuhr er mit den anderen Fischern aufs Meer hinaus. Am Abend kam das Boot zurück, doch ohne ihn. Ich hab auf ihn gewartet, aber er kam nie zurück. Die anderen Fischer wollten mir nicht sagen, was passiert war. Ich habe noch ein Jahr auf meinen Vater gewartet. Irgendwann hab ich begriffen, dass auch er gestorben ist. Ein Schiff hat mich in den Norden mitgenommen. Und da bin ich nun.»

Marit stand vorsichtig auf, ging um den Tisch herum und nahm seine Hand. David saß vom Feuer abgewandt, sodass sie sein Gesicht nicht erkennen konnte. Da war nichts, was sie jetzt hätte sagen konnte. Aber an dem Druck, mit dem er ihre Berührung erwiderte, erkannte sie, dass er sie auch so verstand.

7. Kapitel

«Verflucht, ist das kalt!» Flink zappelte wie wild, als er an der Wasseroberfläche wieder auftauchte. Kristina hingegen hatte es die Sprache verschlagen. Sie war wie gelähmt vor Schreck. Über ihr ragte die riesige Bordwand der *Prins Karl* auf, und die Wellen schwappten ihr salzig ins Gesicht. Dann spürte sie, wie Flink sich an ihr festkrallte. «Wir müssen hier weg!», keuchte er. «Die können uns jeden Moment entdecken! Kannst du schwimmen?»

Kristina machte ein paar rudernde Bewegungen mit den Armen. «Ich glaub, ich kann schwimmen», wisperte sie. «Aber, Mann, es ist so kalt! Glaubst du ...»

Flink hielt ihr seine kleine, nasse Hand vor den Mund. «Wenn ich jetzt noch eine Frage hör, fang ich an zu schreien!»

In diesem Moment ertönte von oben ein krachendes Geräusch.

«Grundgütiger!» Flink spuckte aus. «Die haben die Tür zu deiner Kammer aufgebrochen!»

Auf einmal tanzte ein heller Fleck auf dem Wasser. Kristina sah hoch und erkannte den Kapitän, der eine brennende Fackel aus dem Fenster hielt. «Die Kleine kann nicht weit sein!», dröhnte er. «Kommt, Männer, lasst ein Boot zu Wasser, wir suchen den Hafen ab!»

Kristina machte ein paar Schwimmzüge. Der Degen störte sie, und sie spürte, wie ihre Stiefel sich mit Wasser füllten und sie nach unten zogen. Flink hielt sich noch immer an ihr fest.

«Was ist?», fragte sie. «Kannst du nicht schwimmen?»

Flink schüttelte den Kopf. Seine Lippen sahen dunkelblau aus im Licht des Mondes.

«Du bist ja wohl verrückt!», schimpfte sie. «Was, wenn ich jetzt auch nicht hätte schwimmen können? Dann wären wir beide untergegangen!»

«Blieb uns ja nix anderes übrig als zu springen», presste Flink hervor. Er zitterte am ganzen Leib.

Eine Männerstimme ließ sie zusammenzucken. Es war Messenius. «Da unten schwimmt die kleine Ratte!» Ein Schuss knallte durch die Dunkelheit. Kristina zog den Kopf ein. Eine Musketenkugel sirrte über sie hinweg.

«Sind die von Sinnen?» Kristina konnte es nicht fassen.

«Schwimm!» Flinks Augen schimmerten panisch.

«Ich tu doch schon, was ich kann!»

Erneut hallte ein Schuss über das Wasser. Kristina schwamm dichter an die Bordwand heran. Hier würden die Männer sie nicht entdecken. Sie schwamm, so schnell sie konnte. Aber nach nur wenigen Zügen spürte sie, wie das Gewicht an ihren Füßen unerträglich wurde. «Halt mal», keuchte sie.

«Wieso halten?», zischte Flink. «Ich tu doch gar nichts!»

«Meine Stiefel sollst du halten. Hier!» Sie griff im Wasser nach ihrem linken Stiefel und zerrte ihn vom Fuß. «Nimm! Ich kann so nicht schwimmen. Und jetzt den anderen!»

Das Schwimmen fiel nun leichter. Schon war sie am Bug der *Prins Karl* angelangt. Dafür verriet ihr ein Platschen nur wenige Ellen hinter ihr, dass die Männer das Beiboot zu Wasser gelassen hatten. Sie verdoppelte ihre Anstrengungen. Schon kam das Ufer in Sichtweite. Flinks Gewicht an ihrem Arm war kaum zu ertragen.

«Und nun?», stieß sie hervor, als sie die Kaimauer vor sich aufragen sah. «Wie kommen wir da hoch?»

Flink zitterte immer stärker. «Es muss hier irgendwo eine Leiter geben, die ins Wasser führt.»

«Wenn wir das hier hinter uns gebracht haben», stieß Kristina hervor, während sie mit den Augen die Mauer vor sich absuchte, «musst du mir unbedingt erzählen, woher du dieses ganze phantastische Wissen hast.»

Flink antwortete nicht. Kristina sah, dass er die Augen geschlossen hielt. Instinktiv schwamm sie nach rechts, weg von der *Prins Karl*. Falls die Wassertreppe direkt vor der Brigantine lag, musste sie eben riskieren, dass sie sich davon entfernten.

Da. Noch ein Schuss. Diesmal empfand Kristina keine Angst mehr, sondern nur noch blanke Wut. Was glaubten die Männer eigentlich zu erreichen, indem sie auf sie schossen? «Schweinehunde!», zischte sie. «Tot nütze ich ihnen doch erst recht nichts mehr!»

«Die w… wollen d… dich n… nicht töten.» Flinks Zähne schlugen aufeinander. «N… nur a… anschießen. D… damit d… du n… nicht w… weitersch… schwimmst.»

Kristina schwamm so kräftig sie konnte. «Das schaffen die nicht!»

Nun kam das nächste Schiff in Sicht. Kristina schwamm in den engen Kanal, der sich zwischen Bordwand und Kaimauer auftat. Und sie hatte Glück. Nur wenige Ellen vor der Gangway ragte eine Treppe auf, die in die Mauer geschlagen war. «Hier.» Sie setzte Flink auf den Stufen ab. «Kannst du klettern?»

«H… hältst du mich für ein Baby?» Flink huschte die Treppe hinauf. Kristina kletterte ihm hinterher. Auf einmal wurde es finster. Wolken zogen vor den Mond. Schon war hier oben nichts mehr zu erkennen.

«Gut für uns», zischte Kristina und duckte sich. «Komm, wir laufen!» Sie nahm Flink an die Hand, und gemeinsam rannten sie los, zu den Speichern am anderen Ende des Kais. Hinter ihnen wurden Männerstimmen laut.

«Die suchen dich immer noch!» Flink rannte, was das Zeug hielt. Kristina hatte Mühe, ihm zu folgen. Sie biss die Zähne zusammen. Der Degen schlackerte gegen ihre Beine. Schon hatten sie die Speicher umrundet. Sie blickte auf. Vor ihr tauchten die Mauern einer Stadt auf.

«Wir müssen da rein!», keuchte Flink. «Da drinnen sind wir sicher!»

Er rannte auf ein Tor zu, das von zwei grimmig aussehenden Posten bewacht wurde.

«Euer Begehr?», brummte einer der Männer, als sie tropfend und schlotternd vor Kälte vor ihm zum Stehen kamen.

«Wir wollen hinein!», rief Kristina.

«Wollen, ja?» Der Posten grinste höhnisch. «Wollen tu ich auch 'ne Menge.»

«Wir müssen!», korrigierte Flink.

Das schien der Posten noch amüsanter zu finden. «Wollen und müssen, dass ich nicht lache! Wer hat euch zwei Zwergen eigentlich Manieren beigebracht?»

Kristina war nicht sicher, aber sie meinte, hinter sich die Schritte der Männer zu hören. «Komm», sagte sie zu Flink und packte ihn am Ärmel. «Wir versuchen es woanders!»

«Viel Glück dabei!», rief ihnen der Posten grinsend hinterher. «Um diese Stunde kommt ihr nicht mehr nach Kalmar rein!»

«Zumindest wissen wir jetzt, wie die Stadt heißt, vor der wir gelandet sind», wisperte Kristina, während sie weiterliefen.

«Ich hab diesen Namen noch nie gehört», gab Flink beim Laufen zurück.

«Ich bin beruhigt», lächelte Kristina. «Es gibt also doch ein paar Dinge, die du mit deinen neun Jahren noch nicht kennst!»

«Da gibt es viele Dinge!» Flinks Stimme hatte aufgehört zu zittern. Der schnelle Lauf schien ihn wieder warm zu machen. «Ich würde zum Beispiel gern mal wissen, warum dich diese Kerle verfolgen. Du hast doch auch erzählt, dass dich der Scharfrichter auf Rügen einkassieren wollte? Scharfrichter, ausgerechnet! Schlimmeres hat Gott nicht erschaffen!»

Kristina spürte, wie sie Seitenstiche bekam. «Keine Ahnung. Meinst du, die Piraten hängen mit dem Scharfrichter irgendwie zusammen?»

«Möglich», brummte Flink. «Vielleicht weißt du etwas, was kein anderer weiß. Vielleicht bist du wichtig für irgendjemanden.» Plötzlich blieb er stehen und deutete aufgeregt nach vorn. «Sieh mal, da hinter den Bäumen! Da brennt ein Lagerfeuer! Und Menschen sind da auch! Kristina, wir sind gerettet!»

«Das glaub ich erst, wenn ich da bin. Denn das kommt doch sehr auf die Menschen an!»

Beim Näherkommen erkannten sie eine Reihe von Lagerzelten. Kinder tobten zwischen den Zelten umher, obwohl es gewiss schon spät war. Auf einem Baumstamm vor dem Feuer saß ein alter Mann und spielte Geige. Es war eine Melodie, die einem augenblicklich in die Füße fuhr, sodass man lostanzen wollte. Und wirklich, ein junges Paar wirbelte durch die Nacht. Kristina sah, dass die Frau Unmengen von Schmuck trug und sehr fremd und schön aussah. Ihr Gesicht war ernst, so als versuchte sie, sich auf die Schritte zu konzentrieren, die sie mit ihrem Partner ausführte. Plötzlich brach die Melodie ab, und die Gesichter wandten sich ihnen zu.

Kristina trat vor und grüßte. Einen Moment lang herrschte Schweigen. Ein schwarzhaariger Mann, den

Kristina zuvor nicht gesehen hatte, erhob sich und fragte in gebrochenem Schwedisch, wer sie wären und was sie hier wollten.

Kristina zögerte. Sollte sie wirklich erzählen, was sie soeben erlebt hatten? Sie entschied sich für eine Mischung aus Lüge und Wahrheit. «Mein kleiner Bruder und ich», begann sie, «wir wollten nach Stockholm segeln. Aber der Kapitän ...»

«Er wollte meine Schwester verkaufen!», krähte Flink dazwischen.

«Böser Mann, ja?» Der Schwarzhaarige machte einen Schritt auf sie zu. «Und nun ihr wollt fragen, ob bleiben die Nacht bei uns?»

Kristina war sich auf einmal nicht mehr sicher, ob es das war, was sie fragen wollte. Die Männer und Frauen starrten sie an. Im Schein des Feuers funkelten ihre dunklen Augen, und sie wusste nicht, ob die Blicke freundlich waren oder nicht.

Eine alte Frau erhob sich. «Arme Kinder», sagte sie. «Sind sehr nass. Kommen an Feuer und trocknen. Beeilung, Beeilung! Sonst krank!»

Kristina spürte, wie Flink seine Hand in ihre schob. Zögernd machte sie einen Schritt nach vorn. Die alte Frau reichte ihr eine Decke, in die sie sich einkuscheln sollte. Kristina nahm auf einem großen Stein vor dem Feuer Platz. Sie zog Flink auf ihren Schoß, nahm ihren Degen ab und legte die Decke so, dass sie beide damit bedeckt waren. Augenblicklich fühlte sie, wie sie sich entspannte. Die

Wärme kroch in ihren Körper, dass es eine Wohltat war. Die Flammen tanzten, und nun begann der alte Mann wieder, Geige zu spielen. Das Paar nahm seinen Tanz von neuem auf. Die Kinder tobten weiter. Flink wurde tonnenschwer auf ihrem Schoß. Als sie sich vornüberbeugte, sah sie, dass er eingeschlafen war.

Die alte Frau bemerkte ihren Blick und lächelte. «Kleiner Bruder sehr müde, ja?», fragte sie.

«Ja», lächelte Kristina zurück. Eine große Zärtlichkeit durchflutete sie für Flink. Der Junge war so tapfer, so schnell, so klug. Er hatte das Gespräch der Piraten belauscht und ihr das Leben gerettet. Und doch war er eigentlich noch ganz klein. Schutzbedürftig. Und so lieb. Neun Jahre war er erst alt, und doch hatte er schon ein Leben hinter sich, wie andere es in hundert Jahren nicht leben würden.

«Du hast deine Bruder sehr lieb?», fragte die alte Frau, die Kristinas Blick bemerkte.

Kristina nickte, doch im nächsten Augenblick fuhr sie zusammen. Der dunkle Mann, der ihnen entgegengetreten war, riss sie am Ärmel. «Wer diese Männer?», zischte er. «Wer? Du sagen!»

Flink knurrte im Schlaf. Kristina drehte sich um. Im Schein des Feuers erkannte sie den Kapitän und Messenius, die sich dem Lager näherten.

«Ach, du heiliges bisschen!», stieß sie hervor. «Die dürfen uns nicht finden! Wir müssen uns versteck...» Sie brachte ihren Satz nicht zu Ende, denn die alte Frau zerrte sie vom Stein auf den Boden. Dann wurde es dunkel. Jemand musste eine weitere Decke über sie geworfen haben. Und nun hörte sie die vertraute Stimme des Kapitäns.

«Seid gegrüßt, Volk! Habt ihr ein Mädchen hier vorbeilaufen gesehen?»

Ein Mann antwortete, allerdings in einer Sprache, die Kristina nicht verstehen konnte. Dem Kapitän schien das nicht zu gefallen.

«Sprecht doch Schwedisch, Mann! Oder zumindest Deutsch! Ob – ihr – ein – Mädchen – gesehen – habt – will – ich – wissen!»

Wieder antwortete der Mann, und wieder antwortete er in seinem Kauderwelsch, aber diesmal klang es ein wenig wütend.

«Kein Grund, sauer zu werden! Hoho, immer schön sachte mit diesem Messer! Bitte, Mann, wir tun euch doch nichts!» Messenius' Stimme klang fast bittend.

«Lass uns abhauen!» Der Kapitän hörte sich nun auch schon weniger forsch an. «Die Kleine ist bestimmt ertrunken. Hier finden wir sie jedenfalls nicht.»

«Ich weiß nicht.» Messenius schien zu überlegen. «Vielleicht sollten wir das Zigeuner-Lager vorsichtshalber auseinandernehmen? Wir holen Pelle und machen die Läusezelte hier platt, was meinst du?»

«Nein», hörte Kristina den Kapitän sagen. «Dafür lohnt es sich nicht. So viel Geld hätten wir für das Mädchen auch nicht bekommen!»

«O ja, aber so wenig bestimmt auch wieder nicht.

Außerdem hätten wir uns auf der Überfahrt zu den Westindischen mit ihr amüsieren können. Sie war ja doch ein ganz appetitliches Stück Mensch.»

Kristina spürte, wie ihr Herz vor Angst schneller schlug. Bitte nicht finden, betete sie innerlich. Bitte, bitte nicht!

«Gut, ihr Drecksäcke», hörte sie Messenius sagen. «Wir hauen jetzt ab. Aber wehe, ihr habt uns angelogen! Wir haben ein Auge auf euch!»

Kristina lauschte. Die Schritte entfernten sich wieder. Endlich, nach einer kleinen Ewigkeit, spürte sie, wie die Decke angehoben wurde. «Männer fort», hörte sie die Stimme der Alten wispern.

Kristina atmete auf. Sie wollte sich aus der Decke befreien, in der sie mit Flink eingewickelt lag, aber der Kleine war schneller als sie.

«Puh!», stieß er hervor. Seine Wangen leuchteten im Feuer flammend rot. «*Hab* ich vielleicht blöd geträumt!»

«Du hast nicht geträumt», meinte Kristina. «War alles echt.» Sie spürte, dass die Alte sie anstarrte. «Wer bist du, Mädchen?», hörte sie sie flüstern.

Die Frage kam ihr allmählich bekannt vor. «Wenn ich das nur selber wüsste.»

«Du kommen mit in mein Zelt!» Die Alte erhob sich und streckte die Hand nach ihr aus.

Kristina und Flink folgten ihr in ein Zelt, aus dem ihnen beim Öffnen eine Welle von Wärme entgegenschlug.

«Vorsicht, Steine heiß!», erklärte die Alte.

Kristina bemerkte, dass das Zelt mit dampfenden Steinen aus dem Feuer ausgelegt war. Ein süßlicher Geruch stieg ihr in die Nase. Die Alte entzündete das Licht in einer Funzel aus farbigem Glas. Augenblicklich begannen grüne, blaue und rote Schatten durch den Raum zu tanzen. Dazwischen blitzten die Ohrringe und Armreifen der Alten golden auf. Die ließ sich nun mit gekreuzten Beinen nieder und bat Kristina, es ihr gleichzutun. Dann nahm sie ihre Hand und drehte sie so, dass sie deren Innenfläche erkennen konnte. Lange hielt sie ihre Hand so fest, was angenehm war, denn die Haut der Alten war warm und irgendwie beruhigend.

«Ich sehe großen Unfall, großen Schmerz», sagte sie schließlich und hob den Blick. «Nicht sehr lange her.»

Kristina fühlte sich auf einmal seltsam kribbelig. Der Blick der Alten war schwarz und intensiv. «Das stimmt», sagte sie.

«Aber Schmerzen vergehen. Du wieder sein wie früher. Alles wieder da.» Sie sah kurz auf. «Auch Erinnerung.»

Kristina spürte, wie sie zu zittern begann. «Wann?», fragte sie.

Ein langes Schweigen war die Antwort. «Schwer sagen, wann.» Die Alte fuhr mit ihrem Zeigefinger über Kristinas Handfläche, was ein bisschen kitzelte. «Zwei Monde, fünf Monde. Hängt ab, wann du sie triffst.»

«Wen?» Das Zittern wurde immer stärker.

Die Alte beugte sich tiefer über Kristinas Hand. «Schwer zu erkennen. Andere Kinder. Auch einen Mann. Sie dir können sagen, wer du bist. Was du müssen tun.»

«Kristina muss etwas tun?» Flink war aus seiner Erstarrung erwacht.

Die Alte hob nicht einmal den Kopf. «O ja. Sie muss was tun. Sie hat große Aufgabe. Sehr große Aufgabe.»

«Was ist das für eine Aufgabe?», flüsterte Kristina. Sie hatte auf einmal Mühe zu atmen.

«Nicht kann sagen die Aufgabe.» Die Alte schüttelte den Kopf. Dann blickte sie Kristina in die Augen. «Sehr starkes Mädchen. Sehr tapfer. Eltern weit, weit weg.»

Kristina umklammerte die Hand der Alten. «Wo?», brach es aus ihr heraus. «Wo ist mein Vater? Und was ist mit meiner Mutter? Wo ist meine Mutter?»

«Nicht können sagen, wo Mutter. Vater in große Stadt.»

«In Stockholm?», bohrte Kristina weiter.

«Nicht können sagen.»

«Wisst Ihr etwas über meine Vergangenheit?», fragte Kristina. «Woher ich komme? Was ich früher getan habe?»

«Kann das nicht sagen kleine Bruder, wenn Erinnerung weg?»

Kristina senkte den Blick. «Er ist nicht wirklich mein Bruder.»

Die alte Roma-Frau sah zu Flink hinüber, der nur die Schultern hob. «Sie beschützt mich trotzdem», erklärte er trotzig.

Wieder versenkte die Alte ihren Blick in Kristinas Hand. Dann griff sie nach der Funzel im bunten Glas und hielt sie Kristina so dicht vor das Gesicht, dass sie die Augen zusammenkneifen musste.

«Augen wieder öffnen!», befahl die Alte.

Kristina gehorchte langsam. Die dunklen Augen der Alten standen nun ganz dicht vor ihren. So groß und dunkel waren diese Augen, dass sie ihr Blickfeld ganz ausfüllten. «Du viel gereist», murmelte die Alte, während sie ihr weiter in die Augen leuchtete. «So wie wir. Aber du nicht sein Roma. Du gereist mit Krieg. Überall Krieg, wo gereist. Armes Mädchen. Hast gesehen Tod.»

Kristina schluckte.

«Ich sehen auch eine Krone.»

«Eine Krone?», fragte Kristina leise. «Was hat die zu bedeuten, die Krone?»

«Krone von Königin. Wie heißen, Königin von diese Land? Kristina.»

«Oh, Kristina, das ist toll!» Flink klatschte in die Hände. «Bestimmt wirst du die Königin treffen! Wo du schon so heißt wie sie!»

«Du heißen Kristina?» Die Roma-Frau starrte sie mit ihren dunklen Augen an.

«Ja, aber das ist nicht mein richtiger Name. Ich kenne meinen Namen nicht», sagte Kristina. Eine große Müdigkeit überkam sie plötzlich. Der süßliche Geruch stieg ihr in die Nase und benebelte ihren Kopf. Ihre Gedanken wurden unklar. Alles wirbelte in ihr herum. Was hatte sie an diesem Tag nicht alles erlebt! Einen Sturm, bei dem sie fast ums Leben gekommen wäre. Männer, die sie verkaufen wollten. Einen Sprung ins eiskalte Meer. Eine Roma, die aus ihrer Hand las. Ein Tag, fast wie ein Leben.

Ihre Ahnung war also richtig gewesen. Sie musste eine Aufgabe lösen. Doch was für eine Aufgabe sollte das sein?

Als sie einschlief, träumte sie von einer riesigen, goldenen Krone. Die Krone drückte ihr schwer aufs Haupt und tat ihr weh. Immer wieder versuchte sie, sie abzunehmen, aber dafür war sie viel zu schwer.

Langsam öffnete sie die Augen. Sie sah die Laterne in dem bunten Glas, die mittlerweile erloschen war, und lauter Teppiche, auf denen Steine lagen. In ihrer Decke hing noch der süßliche Geruch. Von draußen schimmerte das helle Tageslicht herein. Sie richtete sich auf. Wo war Flink?

«Flink!», rief sie. «Wo bist du, Flink?»

Es raschelte. Mehrere Bahnen Stoff wurden auseinandergeschoben, und die alte Roma-Frau steckte ihren Kopf hindurch.

«Wir nicht wissen, wo kleiner Junge», wisperte sie. «Kleiner Junge fort.»

Kristina spürte eine Gänsehaut über ihre Arme krabbeln. Sie wusste nicht, was mit dem Kleinen passiert war, aber sie hatte so eine Ahnung. Und die gefiel ihr überhaupt nicht, keineswegs.

Das Heulen der Wölfe war so stark, dass die Fenster bebten. Marit stand am Fenster und sah dem Wolfsrudel zu, das um ihr Haus strich. Die Wölfe rochen, dass sich hier Menschen aufhielten, aber anstatt sich zurückzuziehen, kamen sie täglich ein Stück näher. Das war kein gutes Zeichen. Die Tiere mussten Hunger haben.

Sie drehte sich um und sah David, wie er auf dem Boden saß und die Angelschnur entwirrte. «Ich will hier nicht mehr sein», erklärte er. «Ich will endlich weiter, nach Stockholm.»

Marit ließ sich neben ihn auf den Boden gleiten und streifte dabei seinen Arm. «Was willst du denn dort eigentlich tun, in der großen Stadt?» Wieder spürte sie, wie ihr Herz schneller schlug. Sie schloss die Augen.

«Ich würde gern unterrichten», hörte sie David dicht neben sich sagen. «Wie mein Vater früher. Und vielleicht ein kleines Haus bauen. Es hat mir Spaß gemacht, das Schneehaus zu bauen. Weißt du noch, unser Schneehaus, damals im Winter?»

Marit nickte und lächelte. Sie mochte es, wenn David so sprach: ‹unser› und ‹weißt du noch›.

«Ich bin gut im Bauen», fuhr David leise fort. «Ich möchte alles darüber lernen. Wie man Tische baut und Stühle. Fenster und Türen und Wände. Dann hätten wir ein richtiges Haus. Hier, nimm meinen Faden ab!»

«Willst du denn, dass wir in der großen Stadt zusammenbleiben?» Marit griff in das Fadenviereck, das David zwischen seinen Händen aufgespannt hielt.

«Natürlich will ich das! Meinst du, ich kann mich von dir trennen, nach all dem, was wir zusammen durchgemacht haben?» David nahm den Faden von Marits Händen wieder ab.

«Wir sind noch längst nicht erwachsen», bemerkte Marit. «Meinst du, die lassen uns in der Stadt einfach so alleine wohnen? Bei uns im Dorf mussten die Kinder, wenn die Eltern gestorben waren, zu jemand anderem ins Haus. Als Mägde oder Knechte.»

David nickte. «Ja, und in den Städten stecken sie einen ins Waisenhaus.»

«Meinst du, das werden sie tun, wenn wir in die große Stadt kommen?», fragte Marit.

«Dazu sind wir jetzt schon viel zu groß», brummte David. «Die Waisenhäuser sind seit dem Krieg ja überfüllt.»

Wieder hatte Marit das Gefühl, David sehr nah zu sein. Wieder wollte sie den Arm um ihn legen. Sie drehte sich zu ihm um und bemerkte, dass er sie musterte. Seine Augen hatten einen merkwürdigen Ausdruck. «Was ist?», fragte Marit. «Was siehst du mich so an?»

David lächelte. «Nimm den Faden wieder ab!»

Und so spielten sie weiter, immer weiter, bis der Faden ganz verknotet war. Diesmal musste David seine Augen schließen und die Schnur entwirren, und Marit beugte sich heimlich vor, bis sein Gesicht ganz nah vor ihrem war.

Es würde Zeiten geben, dachte Marit, da wären sie vielleicht nicht mehr allein. Wenn sie in die große Stadt kämen. Menschen würden um sie herum sein, den ganzen Tag. Sie würden mit ihnen reden, von ihnen lernen, ihnen etwas abkaufen, sie vielleicht liebgewinnen. Marit wusste, dass sie David irgendwann würde teilen müssen. Aber sie ahnte auch, dass sie es nicht ertrug.

8. Kapitel

Diesmal ließen die Torwachen Kristina passieren, ohne mit der Wimper zu zucken. Augenblicklich war sie von Gewühl umgeben. Marketenderinnen mit vollbeladenen Karren drängelten sich an ihr vorbei. Sie sah Schäfer, die ihre Herden vor sich her trieben, einbeinige Bettler, Frauen mit buntbemalten Gesichtern und Musikanten. Jedes Mal, wenn etwas an ihren Beinen vorbeihuschte, dachte sie, es sei Flink. Doch es waren andere Kinder, die sich im Gewühl der Menge drängten, eine ganze Heerschar von Mädchen und Jungen aller Größen und Haarfarben. Sie wuselten umeinander herum, rissen sich gegenseitig an ihren Kleidern und Haaren, lachten und schrien sich an.

«Flink!», brüllte Kristina über das Gekreisch der Menge hinweg. «Wo bist du? Flink!»

Doch es kam keine Antwort. Kristina bezweifelte, dass er sie überhaupt hören konnte. Überall wurde gehämmert und gezimmert. Die Stadt sah aus, als würde sie gerade erst erbaut werden. Die fertigen Häuser wirkten neu. Die Straßen waren gepflastert, gerade und verliefen im rechten

Winkel zueinander. Völlig anders als in Stralsund, wo die Wege und Gassen sich fast tänzerisch geschlängelt hatten.

Kristina blieb stehen und atmete die laue Frühlingsluft ein. Es war aufregend, an einem neuen Ort zu sein, aber ohne Flink war es nur der halbe Spaß. Die Roma hatten ihr versichert, dass keiner der Männer zurückgekehrt war, von daher konnte sie wohl ausschließen, dass die Scheusale Flink geraubt hatten. Und die Roma selbst? Konnte sie denen trauen? Nachdem sie die ganze Stadt durchquert hatte, sank sie auf einem Stein nieder und schloss die Augen. Nein, es gab keinen Zweifel. Flink war fortgegangen. Und warum hätte er auch bei ihr bleiben sollen? Er hatte sein eigenes unstetes Nomadenleben, und nun, da es ihm gelungen war, aus Stralsund zu fliehen, wollte er hier in Kalmar vielleicht wieder von vorn beginnen. Sie blickte auf und sah in ein bekanntes Gesicht. Es war ein Gemälde der Königin, das vor ihr in der Auslage eines Ladens hing. Sie hatte dieses Gesicht nun schon so oft gesehen, dass es ihr allmählich vertraut erschien. Die großen, nachdenklichen Augen, die leicht gebogene Nase, der Mund, der eine Spur von Lächeln verriet. Doch etwas an diesem Bild war anders als die anderen, die sie von der Königin gesehen hatte. Kristina beugte sich vor, um das Bild genauer anzuschauen. Woran mochte die Königin wohl gedacht haben, als sie vor dem Maler gesessen hatte?

Eine kleine Glocke bimmelte, als sie die Tür aufschob. Sofort stieg ihr ein Duft in die Nase, der ihr vertraut erschien. Doch woher? Sie drehte sich um. Die Wände des

Geschäfts waren von oben bis unten mit Regalen bedeckt. Auf den Regalen türmten sich Bücher in dickem Leder, Schriftrollen und Papiere, die an einer Seite mit einem Faden befestigt waren. In ihrer Erinnerung tauchte das Bild von der Bibliothek wieder auf.

«Oh, ein Mädchen in Jungenkleidern mit einem Degen an der Seite! Kann ich Euch behilflich sein?»

Beim Klang der Stimme zuckte Kristina zusammen. Jetzt erst bemerkte sie einen Mann, der auf einer Leiter knapp unterhalb der Decke stand.

«Nein, ich ...» Kristina wusste nicht, was sie antworten sollte. Also beschloss sie, die Wahrheit zu sagen. «Ich habe das Bild der Königin in Eurer Auslage gesehen.»

Der Mann nickte. Vorsichtig kletterte er die Leiter hinab, bis er vor ihr stand. «Es ist ein sehr schönes Bild, nicht wahr?», lächelte er.

«Ja.» Kristina schluckte.

«Die Königin hat es für den Philosophen malen lassen. Es ist natürlich nur eine Kopie. Das Original hängt in Stockholm.»

Kristina überlegte. «Was ist ein Philosoph?»

Der Mann lachte und verschwand hinter seinem Tresen. «Ein Philosoph», sagte er, während er nach etwas suchte, «ist ein Mann, der nach dem Sinn sucht. Und danach, wie alles zusammenhängt. Warum es ist, wie es ist.»

«Danach suche ich auch», entfuhr es Kristina.

«Seht Ihr», lächelte der Mann. «Dann seid Ihr auch eine Philosophin. Eine junge.»

«Und der Mann, für den die Königin das Porträt malen ließ», fragte Kristina weiter, «war das ein ... großer Philosoph?»

«Ein sehr großer sogar. Er hieß René Descartes und kam aus Paris. Die Königin hat ihn an ihren Hof nach Stockholm geholt, damit er sie unterrichte. Sie interessiert sich sehr für die Wissenschaften. Nicht nur für die Philosophie.»

«Was hat dieser Herr Descartes der Königin beigebracht?», wollte Kristina wissen. «Und hat ihr das Wissen genützt? Weiß sie jetzt, woher sie kommt und warum ...» Kristina zögerte. «Warum das Leben so ist, wie es ist?»

Der Mann lachte. «Ihr stellt mindestens so viele Fragen wie die Königin selbst!»

Kristina senkte den Blick. «Es tut mir leid. Ich wollte nur ... Ich frage mich im Moment so viele Dinge. Die Wahrheit ist, ich weiß nicht, wer ich bin. Und ob ich bin.»

«Das weiß wohl niemand wirklich», bemerkte der Mann, der plötzlich wieder ernst geworden war. Kristina wurde auf einmal bewusst, dass er ihre Bemerkung allgemein ausgelegt hatte. Natürlich – er konnte ja nicht wissen, was ihr widerfahren war!

«Der französische Philosoph René Descartes», begann der Mann langsam, «hat darauf eine einfache Antwort gefunden. Er hat gesagt: *Cogito, ergo sum.* Ich denke, also bin ich.»

«Ich denke, also bin ich?», wiederholte Kristina erstaunt. Wenn das doch nur so einfach wäre!

«Ich will Euch mal etwas zeigen.» Der Mann kramte unter dem Tresen ein Buch hervor.

«Jean Bodin», entzifferte Kristina. «Hep…ta…plo…meres.»

«Auf dieses Buch bin ich besonders stolz», lächelte der Mann.

«Johan Vossius, das ist der Bibliothekar Ihrer Königlichen Majestät, hat mich vor zwei Jahren beauftragt, es in Paris zu finden. Das war nicht ganz einfach. Es ist nämlich ein geheimes Buch. Man darf es nicht einfach so besitzen.»

«Und warum ist es jetzt nicht bei der Königin, sondern bei Euch, wenn die Königin es durch ihren Bibliothekar geordert hat?»

Wieder lachte der Mann. «Ihr seid eine schlaue junge Dame, hat Euch das schon mal jemand gesagt?»

Kristina hob die Schultern. Irgendetwas an den Worten des Mannes weckte eine Erinnerung in ihr. Er war beauftragt worden, ein Buch zu finden. Warum in drei Teufels Namen kam ihr das so vertraut vor?

«Jedenfalls stellt Ihr schlaue Fragen. Also, die Königin ordert meistens mehrere Exemplare eines Buches. In ihr eigenes Exemplar notiert sie ihre Gedanken. Die anderen Exemplare verleiht sie an Philosophen, Wissenschaftler und Kirchenmänner. Sie möchte, dass die ihr dann ihre eigenen Ideen dazu mitteilen und nicht etwa ihre Anmerkungen übernehmen. Versteht Ihr das?»

Kristina nickte. «Und wenn die anderen das Buch gelesen haben, spricht sie mit ihnen darüber, und sie tauschen alle ihre Ideen aus?»

«Genau so ist es.»

«Und warum ist dieses Hep...ta...plomeres hier ein verbotenes Buch?»

Der Mann beugte sich über seinen Tresen, blickte nach draußen durch sein Auslagenfenster auf die Straße und dämpfte die Stimme. «Ihr wisst, dass es einen langen Krieg gegeben hat? Einen Krieg, bei dem Tausende und Abertausende von Menschen gestorben sind?»

«Ja.»

«Und wisst Ihr auch, worum es dabei ging?»

Kristina zögerte. «Die Leute haben darum gestritten, wer den besseren Gott hat. Die Protestanten oder die Katholiken.»

«Richtig. Und wer die bessere Religion.» Er beäugte sie kurz. «Ihr seid Protestantin, nehme ich an?»

«Ich weiß es nicht.» Kristina erwiderte seinen Blick. Hier half nur Ehrlichkeit.

«Seht Ihr, dann habt Ihr etwas mit der Königin gemeinsam. Auch sie weiß es nicht.»

«Die Königin weiß nicht, ob sie Protestantin ist?» Kristina war überrascht. Svensson fiel ihr wieder ein, der für den schwedischen König und später für die Königin in den Krieg gezogen war, um ihren Glauben zu verteidigen.

«Aber das schwedische Heer hat doch für den protestantischen Glauben gekämpft!», rief Kristina aus. «Wie kann dann die Königin an diesem Glauben zweifeln?»

«Psst, nicht so laut, Kind!» Der Mann blickte wieder nach draußen durch die Scheibe. «Nur ihr Bibliothekar, ihre Freunde, die Wissenschaftler und ein paar von uns Buchhändlern wissen das! Die Königin interessiert sich sehr für die katholische Religion. Und nicht nur für die katholische. Dieses Buch hier, Heptaplomeres, ist nichts anderes als die Niederschrift einer Diskussion zwischen einem Protestanten, einem Katholiken, einem Mohammedaner, einem Juden und einem Rationalisten. Jeder legt seinen eigenen Standpunkt dar, toleriert aber auch die Meinung des anderen.»

Kristina wollte gerade fragen, was denn Mohammedaner, Juden und Rationalisten sind, da hörte sie eine bekannte Stimme vor der Tür. Unwillkürlich duckte sie sich.

«Hältst du mich für eine Blindschleiche, Messenius, dass ich den Seeweg nach Westindien nicht mehr finde?» Die kleine Ladenglocke bimmelte, und die Tür ging auf.

«Nein, Diederichsen. Ich halte dich für den Kapitän der *Prins Karl*, und als solcher solltest du im Besitz einer Seekarte sein.»

So geräuschlos und geduckt sie konnte, schob sich Kristina um den Tresen herum bis vor den Mann. «Bitte, verratet mich nicht!», flüsterte sie. Schon hörte sie das Tock-Tock des Holzbeins im Raum. Sie erstarrte vor Schreck. Der Kapitän kam auf den Tresen zugehumpelt und blieb dort stehen. Wenn sie ihre Hand ausstreckte, würde sie ihn berühren können.

Einen Moment lang herrschte Stille.

«Habt Ihr Seekarten in Eurem Lotterladen?», hörte sie die Stimme des Kapitäns.

«Leider nicht für Westindien», bemerkte der Mann. «Für das Mare Goticum, wenn Ihr wollt, oder die Carta Marina des Olaus Magnus ...»

«Ich hab nicht nach Euren Kinkerlitzchen gefragt, sondern nach was Anständigem, mit dem man den Weg nach Westindien findet!»

«Bedaure sehr.»

Wieder Stille. Kristina wagte kaum Luft zu holen.

«Frag schon, Messenius», bellte der Kapitän. «Wenn du so versessen darauf bist!»

«Du warst selbst versessen drauf!» Kristina konnte förmlich Messenius' Gesicht vor sich sehen mit dem roten Ausschlag auf der Haut. «Also gut. Ihr habt nicht zufällig ein Mädchen in Jungenkleidern in der Stadt gesehen mit einem Degen an der Seite? Die Kleine hat uns beklaut.»

«Leider nein, bedaure sehr.»

«Gut, wir verholen uns! Ahoi!»Das Klopfen des Holzbeins und die Schritte des Offiziers entfernten sich, dann bimmelte die Ladenglocke erneut. Kristina stieß einen Seufzer der Erleichterung aus. «Uff», sagte sie und sah zum Buchhändler empor. Aus dieser Perspektive wirkte er riesengroß. «Sind sie weg?»

«Ja, sind sie. Ich sehe, wie sie da vorn um die Ecke biegen. Was für widerliche Gesellen! Haben sie Euch was getan, Mädchen?»

Kristina erhob sich und klopfte sich den Staub von den Kleidern. Der Platz unter dem Tresen hatte offenbar schon länger keinen Besen mehr gesehen. «Ich sollte mit ihnen als Passagier nach Stockholm segeln», erklärte sie. «Aber unterwegs sind wir in einen Sturm geraten, und dann sind sie irgendwie auf die Idee gekommen, mich als Sklavin nach Westindien zu verkaufen.»

«Komische Geschichte.» Der Buchhändler kratzte sich den Schädel. «Dieser eine, der sich Messenius nannte, das war nicht zufällig ein Bruder oder ein Vetter der Verräter?»

«Der Name Messenius kommt mir auch irgendwie bekannt vor. Ich weiß aber nicht mehr, woher.» Kristina seufzte.

«Messenius hießen die beiden Männer, die im vergangenen Jahr die Königin stürzen wollten. Arnold Johan Messenius und dessen Sohn. Habt Ihr von ihnen gehört?»

Kristina schüttelte den Kopf. Sie wusste nicht, ob sie von diesen Männern gehört hatte.

«Also, gut. Arnold Johan Messenius hat am Hof Ihrer Majestät gelebt. Er war ihr Geschichtsschreiber. Praktisch unter ihren Augen hat er eine Intrige gesponnen. Er hat Männer um sich geschart, die die Königin an den Galgen bringen wollten.»

«Warum denn das?» Kristina spürte ihr Herz schneller schlagen. Wieder fühlte sie sich an etwas erinnert. Das bestellte Buch, Messenius, die Intrige – hing das alles miteinander zusammen? Und warum kam ihr das nur so bekannt vor? Hatte sie selbst etwas damit zu tun?

«Es hat diesen Männern nicht gefallen, wie die Königin den Frieden wiederhergestellt hat. Der Krieg ist für Schweden gut gelaufen. Am Krieg haben viele gut verdient.»

Kristina stutzte. «Die Königin ... hat den Frieden wiederhergestellt?»

«Ja. Durch sie wurden die Friedensverhandlungen in Münster eingeleitet. Und unserer Königin ist es auch zu verdanken, dass die Verhandlungen nach dreißig Jahren Krieg tatsächlich zu Ende geführt wurden. Der Westfälische Frieden hat die Länder jedoch stark verändert. Vor allem die deutschen Länder. Viele haben nun Angst, dass die Königin auch Schweden verändern wird.»

«Wie – verändern?»

Wieder senkte der Buchhändler seine Stimme. «Es ist möglich, dass die Königin Schweden in ein Land verwandelt, in dem jeder glauben darf, was er will. In dem die Bauern Rechte erhalten. In dem nur freie Menschen leben.»

«Aber warum sollte sich jemand daran stören?», fragte Kristina. «Es ist doch gut, frei zu sein, oder nicht?»

Der Buchhändler überlegte. «Wie soll ich Euch das erklären? Es gibt Gruppen, die jetzt Macht haben. Sehr viel Macht. Wenn die Königin das Land nach ihren Vorstellungen verändert, würden sie die Macht verlieren.»

«Aber diese Männer ... Messenius und sein Sohn und die anderen ... die haben es am Ende ja nicht geschafft, die Königin an den Galgen zu bringen.»

«Nein», entgegnete der Buchhändler. «Die Intrige wurde aufgedeckt. Vater und Sohn Messenius wurden wegen Hochverrats gehenkt. Die anderen Mitverschwörer hat die Königin begnadigen lassen, weil ihr deren Schuld nicht ausreichend bewiesen schien. Aber ich sage dir, die planen schon das nächste Komplott.»

Kristina starrte den Buchhändler an. Sie spürte, wie ihr Herz plötzlich zu rasen begann.

«Hier.» Der Buchhändler bückte sich abermals unter seinen Tresen. Diesmal förderte er kein Buch zutage, sondern ein kleines Medaillon. Als Kristina es in die Hand nahm, erkannte sie, dass es ein Bildnis der Königin war.

«Das ist ein hübsches Medaillon», flüsterte sie.

«Gefällt es Euch, ja?» Der Buchhändler lächelte wieder. «Nehmt es und haltet es in Ehren, Mädchen. Unsere Königin ist es wert, geliebt zu werden. So wie kein König und keine andere Königin zuvor. Und nun geht. Ich bin ein alter, einsamer Mann, der zu viel redet. Geht!»

Verwirrt blickte Kristina zu ihm auf. Die Ladenglocke bimmelte, als er die Tür für sie aufhielt.

«Danke für das Medaillon», sagte Kristina. «Und für alles andere auch!»

Der Mann wedelte mit der Hand. «Viel Glück auf Eurem Weg!»

Und dann stand sie wieder auf der Straße, auf der sie gekommen war. Vorsichtig blickte sie sich um. Die Piraten waren verschwunden. Und auch von Flink sah sie noch immer keine Spur. In der Ferne begannen die Glocken zu läuten. Ihr Klang übertönte das geschäftige Murmeln der Menschen um sie herum und das Klopfen und Hämmern der Bauleute.

Kristina blickte das kleine Medaillon in ihrer Hand an. Margarethes Worte fielen ihr wieder ein. «Du bist wie sie. Unsere Königin.» Aber das hatte Margarethe nur gesagt, weil auch die Königin manchmal Männerkleidung trug. Kristina wusste nicht, ob es an den Kleidern lag, aber sie spürte auf einmal eine tiefe Verbundenheit mit der Regentin. Die große Kristina war eine Suchende, so wie sie selbst. Eine verzweifelt Suchende musste sie sein, wenn sie den Lebenssinn in der Religion suchte, die ihr Vater verboten und bekriegt hatte. Aber vielleicht war es ja auch keine Verzweiflung, die sie antrieb, sondern Neugier. Kristina blickte auf. Vor ihr erhob sich ein riesiges Gebäude mit einem Turm. Von allen Seiten strömten die Menschen darauf zu. Es war Zeit für den Gottesdienst.

Sie fühlte eine kleine Hand auf ihrer Schulter und fuhr herum. Ein Mädchen starrte sie aus großen Augen an. Ihr Gesicht war vollkommen verdreckt und ihr Kleid zerrissen.

«Eine Kupfermünze, Fräulein», jammerte sie. «Habt Ihr eine Kupfermünze?»

Kristina schüttelte den Kopf. «Tut mir leid. Ich habe selber nichts.»

«Im Gegensatz zu mir.» Der Klang von Flinks Stimme ließ sie herumfahren. «Ich bin jetzt reich. Und du somit auch. Schnell, lass uns abhauen von hier!»

«Flink!» Kristina schloss den Jungen in die Arme. «Wo hast du gesteckt? Ich hab mir solche Sorgen um dich gemacht!»

Flink sah sich nach allen Seiten um. «Geld einsammeln für unsere Reise. Wir müssen doch schließlich weiter!»

«Aber wie hast du ...?»

«Halt! Stillgestanden!» Flink breitete die Arme wie ein Wachposten vor den Toren von Kalmar aus. «Denn wenn das jetzt wieder losgeht mit der Fragerei ...»

«Aber ich muss doch wissen ...»

Flink griff mit seiner Kinderhand nach ihrem Handgelenk. «Gar nichts musst du wissen. Wir müssen wieder zu den Toren raus, und zwar schnell!»

«Kann ich mitkommen?», rief ihnen das verdreckte Mädchen hinterher.

«Nein!», bellte Flink im Davonlaufen zurück.

«Das war gemein», bemerkte Kristina, während sie neben dem Jungen herlief. Laufen – eine Art der Fortbewegung, die Flink offenbar zu seiner Lieblingsbeschäftigung erkoren hatte. «Was soll aus dem armen Mädchen jetzt werden?»

«Was soll aus mir werden, wenn ich nicht ganz schnell zu den Toren rauskomme?» Flink klimperte beim Laufen. «Das ist die Frage, die du dir jetzt stellen musst!»

«Was ist das für ein Geräusch?», fragte Kristina. «Du machst beim Laufen so ein komisches Geräusch!»

«Oh, das müssen die Reichstaler sein. Die klingeln immer besonders fein!», grinste Flink. «Hu, das war ein Gedicht! Komm, Kristina, hau mir dreimal auf den Kopf, das bringt Glück!»

«Was bitte?»

«Wenn man aus Versehen etwas sagt, was sich reimt, und sich anschließend dreimal auf den Kopf haut, dann bringt das Glück.» Flink wurde keine Spur langsamer.

«Ich werd dir gleich zehnmal auf den Kopf hauen, wenn du so weiterrennst!» Kristina konnte kaum noch atmen vor Seitenstechen.

«Ja», lachte Flink, während er immer weiterrannte. «Aber dafür müsstest du mich erst mal fangen. Na gut, ich halt an. Aber nur, wenn du mir dreimal auf den Kopf haust – aua, doch nicht so fest!»

«Was ist das?» Kristina spitzte die Ohren. Ein Chor von vielen, vielen Menschenstimmen erfüllte die Luft.

Flink blickte sich um. «Kommt aus dem Dom hier», bemerkte er. «Es ist gerade Gottesdienst. Ach ja, ich will auch mal beten. Dass der Scharfrichter mich nicht fängt.» Ohne Vorwarnung ließ er sich auf der Erde nieder, kreuzte die Beine, schloss die Augen und faltete die Hände.

Kristina lauschte immer noch. Sie kannte dieses Lied. Vorsichtig ließ sie sich ebenfalls auf den Boden sinken. Sie kannte es als Melodie auf einem Instrument. Einer Flöte! Und geklopft, als Geheimzeichen für Flink in ihrer Kammer auf der *Prins Karl*.

Auf einmal stand ihr die Szene wieder ganz deutlich vor Augen. Das Bett bei Margarethe. Wie sie langsam erwachte, weil im Nebenzimmer jemand Flöte spielte. Wie ein wenig Erinnerung, vielleicht auch Traum, in ihren Kopf geweht kam, von einem Reiter auf einem schwarzen Pferd, von einem Wolf und Gefahr.

«Svensson», flüsterte sie.

«Bitte was?» Flink rappelte sich wieder auf.

«Svensson. Der Mann von Margarethe, der Frau, die mich gerettet hat. Die Rügenerin. Svensson hat diese Melodie auf seiner Flöte gespielt. Ich habe sie für dich als Zeichen geklopft. Was ist das für eine Melodie? Ich liebe sie!»

Flink klatschte in die Hände, juchzte und schlug Kristina dreimal auf den Kopf.

«He, was soll denn das?», schrie Kristina empört.

«Du hast was gesagt, was sich gereimt hat!», grinste Flink. «Jetzt haben wir alle beide Glück! Los, weiter geht's! Der Scharfrichter fängt uns zwar nicht, dafür hab ich gerade gebetet, aber vielleicht der arme Mensch, den ich um sein Silber erleichtert hab.»

«Aber dieses Lied ... Weißt du, wie das heißt?»

Flink verdrehte die Augen. «Es ist ein Kirchenlied. Früher im Waisenhaus haben wir es auch oft gesungen.»

«Aber weißt du ...?»

«Ja, ich weiß. Nämlich, dass ich gleich verrückt werde, wenn du mir weiter so viele Fragen stellst! Es ist ein ganz normales Lied! Und jetzt komm schnell!»

Die Alte schien froh zu sein, die beiden Kinder wiederzusehen. «Hast du kleine Bruder also wiedergefunden!», lächelte sie Kristina an. «War unartig, das Bürschchen?»

«Sehr!», bestätigte Kristina. «Aber ich habe ihm verziehen.»

Flink trat ihr gegen das Schienbein. «Du wirst mir nicht nur verzeihen, du wirst mir die Füße küssen, wenn du nachher den Schatz siehst!», brummte er.

«Und jetzt ihr wollt ziehen weiter?», fragte die Alte.

«Ja», nickte Kristina. «Könnt Ihr uns einen Weg zeigen, der nicht am Meer verläuft? Wir wollen nach Norden und dort in die große Stadt, aber wir müssen den Seemännern aus dem Weg gehen, die gestern nach uns gesucht haben.»

«Folgt dem Weg in den Birkenwald hinein.» Der Schwarzhaarige, der Messenius und dem Kapitän am Vorabend entgegengetreten war, mischte sich nun in das Gespräch. Kristina stellte fest, dass er akzentfrei Schwedisch sprach. «Dort landet ihr auf einer Lichtung. Fünf Wege führen von dieser Lichtung fort. Ihr müsst den nehmen, der zu einer Eiche führt. Ihr könnt die Eiche von der Lichtung aus erkennen. Geht diesen Weg immer weiter, bis ihr an einen See gelangt. Am See findet ihr ein verlassenes Haus. Habt ihr das verstanden?»

Kristina schwirrte der Kopf, doch sie nickte tapfer.

«Dann viel Glück auf eurem Weg!» Der Mann führte zwei Finger an seinen Mund und klopfte sich damit auf seine Brust. Dann wandte er sich um.

«Hier, nehmen Glücksbringer!» Die Alte nestelte eine Pfote an einem Lederband unter ihrem Ausschnitt hervor. «Schützt gegen bösen Blick!»

«Vielen Dank!», sagte Kristina. «Danke für ... alles. Ich weiß nicht, was wir ohne Euch ...»

Die Alte machte eine wedelnde Handbewegung. «Genug davon!», schnarrte sie. «Nun fort!»

Kristina zögerte. Vorsichtig zog sie das Medaillon mit dem Bildnis der Königin aus ihrer Hosentasche. «Bringt die Pfote auch Glück, wenn ich das hier daran befestige?», fragte sie.

Die Alte beugte sich vor. Als sie erkannte, wen das Bild darstellte, sog sie scharf die Luft ein. «Die Königin!», entfuhr es ihr. «Woher du hast diese Bild?»

«Ein Buchhändler hat es mir geschenkt.»

«Diese Bild mächtige, mächtige Glücksbringer. Du knoten mit an Pfote, alles gut!»

Kristina schob das Band durch die kleine Öse, die oben am Medaillon festgemacht war, und knotete sich das Band um den Hals. «Vielen Dank!», sagte sie wieder. «Für alles!»

Und so machte sie sich mit Flink von neuem auf den Weg.

9. Kapitel

Alles um sie herum war grün. Die Blätter in den Birken, das Gras auf den Weiden und Wiesen, die bemoosten Steine. Sie gingen in eine grüne Welt hinein, die erfüllt war von Vogelzwitschern und den Rufen einiger Tiere, die Kristina nicht zuordnen konnte. Einmal meinte sie, das Heulen eines Wolfs zu hören, und schrak zusammen.

«Was ist?», fragte Flink, der fröhlich neben ihr ausschritt. «Du siehst besorgt aus!»

«Mir gefällt das ganze Grün hier nicht», entgegnete Kristina. «Es ist so ... es erinnert mich an etwas ... aber ich kann nicht sagen, was es ist.»

«Versteh ich nicht.» Flink bückte sich, um eine Blume abzubrechen, die er sich an seine kleine Mütze steckte. «Frühling ist die zweitschönste Jahreszeit, die es gibt!»

«Was ist denn die schönste für dich?»

«Na, der Sommer natürlich! Wenn alles so warm ist! Dann muss man sich auch weniger Sorgen um die Nächte machen. Wo man schläft und so. Und Nahrung findet man auch viel leichter. Ich meine, ohne zu klauen.»

«O weh.» Kristina blieb stehen und schlug sich die Hand vor den Mund. «Das habe ich ja ganz vergessen! Nahrung! Wir haben vergessen, uns in dieser Stadt etwas zu essen zu kaufen!»

«Das ist schon gut so», erklärte Flink. Sein Grinsen sah ein bisschen schief aus. «Bin vorhin um ein Haar erwischt worden. Weil ich, ähem, ein bisschen aus der Übung bin.»

Kristina blieb stehen und blickte auf ihren Begleiter hinab. «Du machst das nie wieder, andere Leute zu beklauen! Versprichst du mir das? Wir kommen auch ohne deine Raubzüge durch!»

Flink schüttelte den Kopf. «Vorschlag abgelehnt.»

«Das war kein Vorschlag, das war ein Befehl! Ich will nicht, dass du dich solchen Gefahren aussetzt!»

«Und ich dachte», grinste Flink, «du willst nicht, dass die armen Bürger leiden!»

«Trottel! Das natürlich auch! Also gut, ich kehre jetzt um und mach ein paar Einkäufe.»

«Nicht nötig», erklärte Flink. «Die alte Frau hat uns was zu essen mitgegeben. Hier!» Er holte eine mit Stoff umwickelte Kugel hervor. «Ich hab es schon probiert. Sie hat so was wie flüssiges Feuer drangetan, jedenfalls brennt mir immer noch der Mund, aber sie meinte, dass es gut gegen Hunger wäre.»

«Na dann.»

Eine Weile wanderten sie schweigend weiter. Der Weg führte in den Birkenwald hinein, so wie der Mann es ihnen beschrieben hatte. Dann lichteten sich die Bäume. Vor ihnen lag eine Wiese voller Buschwindröschen, hingehauchte Flöckchen voller Weiß auf dem tiefen Grün der Gräser.

«Hier sollen wir nach einer Eiche Ausschau halten», bemerkte Kristina.

«So wurde es uns gesagt.» Flink legte den Kopf in den Nacken, um in den wolkenlosen Himmel zu schauen.

«Weißt du, wie eine Eiche aussieht?» Kristina blinzelte. Ihr war, als hätte sie noch nie im Leben eine solche Wärme in ihrem Gesicht gespürt.

«Nein. Du?»

Kristina versuchte, sich zu erinnern. «Ich krieg kein Bild vor Augen. Oder halt mal! Da!» Kristina zeigte mit dem Finger auf ein paar niedrige Äste, die sich zu bewegen schienen.

«Das ist kein Ast!», lachte Flink. «Das ist ein Elch!»

«Der Elch hat einen Baum auf dem Kopf!»

«Das ist sein Geweih!» Flink lachte immer noch. «Sag bloß, du hast noch nie einen Elch gesehen!»

Kristina schüttelte den Kopf. «Was weiß ich? Los, lass uns weitersuchen!»

Sie gingen auf der Lichtung umher. Flink bückte sich, um ein paar Blumen zu pflücken. Mit seinen geschickten Fingern flocht er einen Kranz daraus, bat Kristina, den Kopf zu senken, und setzte ihn ihr auf. Er stieß einen Pfiff aus. «Einfach königlich!»

«Was denn?» Kristina blickte immer noch umher.

«Deine neue Kopfbedeckung! Du hast eine Blumenkrone auf dem Kopf. Jetzt bist du eine königliche Hoheit!» Flink kicherte. «Die Königin der Buschwindröschen!»

«Mir wäre lieber, ich wäre die Königin der Baumkenner. Ich weiß nicht, welche Richtung wir einschlagen sollen, wenn wir nicht wissen, wo diese Eiche steht!»

«Wir gucken einfach, welcher Baum keine Birke ist. Manchmal muss man die Sache vom anderen Ende her anpacken. So mache ich das auch immer in den Städten. Ich frage mich ganz einfach: Wer sieht aus, als ob er kein Geld hätte? Und den beklau ich dann nicht.»

«Du hast damals Margarethe beklaut!», fuhr Kristina dazwischen. «Margarethe hatte auch kein Geld!»

«Natürlich hatte sie Geld. Sonst hätte ich sie ja nicht beklauen können.»

«Es war ihr bitter Erspartes!» Kristina machte eine wütende Bewegung mit ihrem Degen.

«Vorsicht!» Flink duckte sich. «Kein Grund, sich in etwas hineinzusteigern!»

«Ich muss in Übung bleiben.» Kristina hob einen Ast auf, den sie versehentlich abgeschlagen hatte. Die Blätter waren groß und mit vielen Rundungen geformt. Sie blickte sie prüfend an. «Kann es sein, dass das hier Eichenblätter sind?», fragte sie.

Flink schob die Lippe vor. «Du fragst und fragst.»

«Sieh mal, und hier sind Spuren im Boden zu erkennen. Es ist ein kleiner Pfad! Ich glaube, wir sind richtig!»

Ein Heulen gellte durch den Wald.

«Was war das?» Kristina blieb stehen.

Flink lauschte. Das Heulen ertönte ein zweites Mal. «Hört sich nach Wölfen an», bemerkte er finster.

«Sag, dass das nicht wahr ist!» Kristina klammerte sich an Flinks Arm fest.

«He!» Flink starrte sie wütend an. «Du bist diejenige, die mich beschützen muss!»

«Das geht nicht.» Kristina fühlte, wie sie zitterte. «Ich habe schreckliche Angst vor Wölfen! Komm, wir machen kehrt – ich will nicht weiter. Wir gehen nach Kalmar zurück!»

«Das geht auf gar keinen Fall.» Flink machte sich los. «Ich kann nicht in die Stadt. Dazu war es wirklich zu brenzlig heute Morgen. Und du läufst Gefahr, den Piraten wieder in die Arme zu laufen! Nein, es gibt nur diesen Weg hier, wenn wir weiter in Richtung Norden wollen.»

Kristina zitterte immer noch. Sogar die Buschwindröschen auf ihren Haaren zitterten. «Ich habe schreckliche Angst.»

«Ja, gut, es gibt niedlichere Haustiere als Wölfe.» Flink versuchte, Kristina unauffällig wieder auf den Weg zu schieben. «Aber dass sie so scharfe Hauer haben, bedeutet noch lange nicht, dass sie uns fressen. Ich glaube, Wölfe mögen vor allem was Kleines mit Fell. Hasen und so.»

«Ich kann das nicht erklären.» Kristina sperrte sich gegen Flinks Arme wie ein bockiges Pferd. «Das gehört wohl zu diesen Dingen, an die ich mich nicht mehr richtig erinnern kann. Ich glaube, dass ein Mensch, der mir sehr nahestand ...» Wieder hatte sie dieses Bild vor Augen. Ein Wolf. Sein Sprung. Der Schrei neben ihr. Ihre Verzweiflung.

«Was denn?»

«Ich glaube, dass dieser Mensch von einem Wolf angefallen wurde. Ich war dabei. Ich habe geschrien.» Kristina spürte, wie ihr der Schweiß ausbrach.

Wieder ertönte das Heulen, doch diesmal klang es viel weiter entfernt.

Der Weg führte durch Gestrüpp und Büsche. Über ihnen ragten riesige, uralte Bäume auf. Ihre Schritte versanken im weichen, feuchten Moos, sodass ihre Stiefel nass wurden. Immer wieder drang das Heulen der Wölfe durch den Wald, aber es klang nun in der Tat weiter weg. Kristina wusste nicht, ob es ihre Angst war, die sie merkwürdige Dinge sehen ließ, aber sie bildete sich ein, dass sie beobachtet wurden. Immer wieder blitzten winzig kleine Lichter zwischen den Stämmen hervor.

«Wir sind hier nicht allein», flüsterte Flink.

«Das Gefühl habe ich auch», wisperte Kristina zurück. Sie befingerte die Pfote an ihrem Lederband. «Siehst du sie auch, die Augen?»

«Ja. Sie gehören den Trollen, glaube ich.»

«Was sind Trolle?» Kristina wagte kaum zu atmen.

«Weiß nicht genau. Hat mir ein Junge in Stralsund erzählt. Weiter nördlich in Schweden würde es seltsame Geister geben. Die Trolle sind so was wie kleine Zwerge. Und dann gibt es noch Elfen. Das sind helle Gestalten, meinte er. Engel oder so was. Was weiß ich. Wir werden es erleben.»

«Hast du eigentlich gar keine Angst?» Kristina hielt mit der einen Hand ihren Glücksbringer fest, mit der anderen die Hand des Kleinen.

«Klar hab ich Angst.»

«Du wirkst gar nicht so.»

«Man darf das nicht zeigen. Die Angst macht andere Tiere und Menschen erst wütend.»

Kristina überlegte. «Du hast recht. Solange ich nicht wusste, dass die Männer an Bord gefährlich sind, hatte ich keine Angst, und so lange haben sie mich ja auch in Ruhe gelassen.» Sie blickte im grünen Dämmerlicht des Blätterwerks umher. «Vielleicht ist das die Lösung gegen Angst. Man macht einfach immer weiter – wenn man denn weiß, dass es keine andere Möglichkeit gibt.»

«Ja, und dabei muss man hoffen, dass es gutgeht.»

Kristina dachte an die vergangenen Monate. Sie sah noch einmal alles vor sich: Margarethe mit Huhn und Schaf, das Fechtduell mit Svensson, die herrlichen Schneeflocken, die ihr Gesicht gestreichelt hatten. Sie sah den Scharfrichter vor sich. Die schreckliche Zeit mit der Fleischbergfamilie schwirrte vor ihrem inneren Auge vorbei. Sie dachte daran, wie sie Flink kennengelernt hatte. An das Schiff, den Sturm, die Männer. Und über all dem lag die Gewissheit, dass sie ihr Gedächtnis verloren hatte, und damit auch ihre Familie und ihre Vergangenheit. Ohne Hoffnung hätte sie diese Zeit nicht überstanden.

Sie befingerte das Band mit der Pfote und dem Medaillon an ihrem Hals.

Hoffnung war alles.

Das Zwielicht, das sie umgab, wurde allmählich heller. Vor ihnen öffnete sich der Wald, und sie konnten einen See erkennen, dessen Wellen sanft ans Ufer schlugen. Eine Brise wehte ihnen entgegen. Kristina beschleunigte ihren Schritt. Die Sonne ging langsam unter. Schon tanzte ihr goldenes Licht auf dem Wasser. Alles war in gelbe und rote Töne getaucht: Flinks strahlendes Gesicht, seine Haare, ihre Kleider. Kristina begann vor sich hin zu pfeifen, die Melodie, die sie an diesem Morgen vor dem Dom von Kalmar gehört hatte, dieselbe, die Svensson auf der Flöte konnte. Und die Flink früher in seinem katholischen Waisenhaus gesungen hatte. Sie hielt inne. «Flink», sagte sie. «Mir kommt gerade ein ganz merkwürdiger Gedanke!»

«Ein Gedanke, ja?» Flink hüpfte auf und ab. «Bin ich froh, dass es diesmal keine Frage ist!»

«Ich denke gerade», fuhr Kristina fort, «dass du gesagt hast, dass die Katholiken und die Protestanten sich hassen! Warum singen sie dann aber dieselben Lieder? Hm?»

Flink schlug sich in gespielter Verzweiflung vor die Stirn. «Ich habe es geahnt!»

Kristina drehte sich zu ihm um. Und in diesem Augenblick passierte es. Es gab ein Brüllen und einen Aufprall, und sie spürte die Pfoten des Wolfes auf ihrer Brust. Der Aufprall war so gewaltig, dass sie stürzte. Sie sah sein Maul über sich, sie hörte die Schreie von Flink, und dann rasten die Gedanken durch ihren Kopf, ein Bild stieg in ihr auf, eine Erinnerung, und sie hörte sich ein Wort rufen: *Vater.*

Etwas Unbegreifliches trat ein. Sie hörte eine Stimme. Vor ihr stand etwas sehr Helles, ein Wesen mit weißer Haut und blonden Haaren. Ein orangefarbener Lichtkranz umgab die Haare der Gestalt. Sie hörte sie Worte murmeln in einer Sprache, die sie nicht verstand, und der Wolf sprang zurück und stellte sich vor ihr auf. Sie sah, wie er seinen Kopf wandte, zur Lichtgestalt hin, und dann versank das Bild in tiefe Dunkelheit.

Marit hatte den ganzen Nachmittag damit verbracht, die Wölfe in ein Gespräch zu verwickeln. Sie hatte so getan, als wäre sie ein kleines Wolfsjunges, war herumgetollt, hatte sich auf der Wiese zwischen den Blumen gewälzt und den Wolf an der Kehle berührt. Das war der Augenblick gewesen, der das Eis zum Schmelzen gebracht hatte. Der Wolf hatte am ganzen Leib gezittert, sie hatte seine Zärtlichkeit gespürt. Und dann waren da plötzlich diese beiden Menschen aus dem Wald getreten: ein kleiner Junge und ein wunderhübsches Mädchen mit blumengeschmücktem Haar. Der Wolf war ihnen entgegengesprungen und hatte das Mädchen umgeworfen.

«Geht es dir gut?» Marit bemerkte, dass das Mädchen vor Schreck am ganzen Körper bebte.

Auf einmal stand David neben ihr. Er betrachtete das fremde Mädchen, das sich nun aufgerichtet hatte und seinen Blick erwiderte. Marit bemerkte, dass das Mädchen

Jungenkleider trug und einen Degen an ihrer Seite. Auch David starrte die Waffe an. Endlich fand er seine Sprache wieder. «Das Mädchen mit dem Degen», sagte er schließlich, und seine Stimme klang seltsam rau. «Die Fechterin.»

Auf einmal geschah etwas Merkwürdiges mit Marits Hals. Sie fühlte einen Klumpen darin. Ihr Herz begann ganz schnell zu schlagen. Gefühle stiegen in ihr auf, von denen sie nicht gewusst hatte, dass es sie gab. Ohne ein Wort zu sagen, drehte sie sich um und ging ins Haus zurück. Und dann brach sie in Tränen aus.

«Kennen wir uns?» Kristina richtete sich auf, nicht ohne den Wolf aus den Augen zu lassen.

Sie wollte gerüstet sein für den nächsten Sprung.

Der Junge nickte. «Wir sind in derselben Kompanie gereist. Bis kurz vor Kriegsende vor vier Jahren. Da hast du die Kompanie mit deinem Vater verlassen.»

Kristina spürte, wie eine große Aufregung in ihr aufstieg. Endlich! Ein Mensch aus ihrem alten Leben! Einer, der ihr etwas über sie erzählen konnte! Sie öffnete den Mund und wollte tausend Fragen stellen.

«Du warst damals zehn Jahre alt», erklärte der Junge, der eine ihrer Fragen zu erraten schien.

«Sicher?» Kristina schluckte. Hier war die erste handfeste Information, die sie über sich selbst erhielt.

Der Junge lächelte. «Sicher.»

Dann war sie jetzt also vierzehn Jahre alt.

«Ich kenne dich, aber ich glaube, du kennst mich nicht»,

fuhr der Junge fort. «Ich war in einem anderen Tross. Wollen wir ins Haus gehen? Dort ist es warm, und ihr könnt euch ausruhen.»

Kristina nickte. Ihr war schwindlig. Sie hatte das Gefühl, neben sich zu stehen. Das Haus und die Bäume um sie herum waren in dämmerblaues Licht getaucht.

«Ist das Mädchen, das mich gerettet hat, deine Schwester?», fragte Kristina, während sie auf das Haus zuwanderten. Wolken jagten über den dunklen Himmel. Sie spürte, wie sie fror.

«So etwas Ähnliches, ja. Es ist eine lange Geschichte.» David riss die Tür auf. «Marit?», rief er. «Marit, ich hab die zwei hier mitgebracht!»

Keine Antwort. Das Haus lag dunkel und verlassen da.

«Ich mach erst mal ein Feuer.» David ging zum Kamin und machte sich daran zu schaffen. «Bestimmt habt ihr Hunger. Ich schlage vor, wir machen uns was zu essen, und dann erzählen wir uns alles.» Er wandte sich zu ihr um. «Entschuldige, ich habe mich noch gar nicht vorgestellt: Mein Name ist David.»

«Und wie heiße ich?» Die Frage war Kristina einfach herausgerutscht.

David sah ein bisschen verblüfft aus. «Das musst doch du mir sagen! Aber egal, du h...»

«Kristina hat ihr Gedächtnis verloren», unterbrach Flink. «Sie weiß überhaupt nichts mehr von ihrem früheren Leben, nicht mal ihren Namen!»

«Hast du gerade Kristina gesagt?» Nun sah David noch

verblüffter aus. «Aber dann kennt sie doch ihren Namen!» Kristina bemerkte, dass er ein Stück größer war als sie. Er hatte braune Haare, die wirr und verfilzt in alle Richtungen abstanden, ein paar Bartstoppeln auf dem Kinn und einen grünen, stechenden Blick. Kristina hätte sich vor ihm gefürchtet, wäre seine Stimme nicht so sanft gewesen. Er hatte einen merkwürdigen Akzent, wenn er sprach.

«Kristina ist nicht mein richtiger Name.» Sie ließ sich im Schneidersitz auf dem Boden nieder. Ihren Degen legte sie neben sich. «Ich habe einen Unfall gehabt. Eine Frau hat mich gefunden und gesund gepflegt. Weil ich mich an meinen Namen nicht erinnern konnte, hat sie mich Kristina getauft.»

Davids Lächeln im Schein des Feuers sah freundlich aus. «Kristina ist dein richtiger Name.»

«Wie bitte?»

«Ich sagte, Kristina ist dein richtiger Name!»

Kristina öffnete den Mund, schloss ihn wieder und setzte erneut zum Sprechen an. Flink packte David am Ärmel. «Woher weißt denn du das?»

«Wie gesagt», Davids Lächeln wurde immer breiter, «ich kenne Kristina aus unserem Tross. Jeder kannte sie.» Er wandte sich ihr zu und musterte sie. «Dein Vater war bekannt. Und du auch auf deine Weise. Weil du das einzige Mädchen warst, das fechten konnte. Und das in deinem Alter. Du warst ja schließlich noch ein kleines Kind!»

«Also wirklich.» Flink kreuzte die Arme vor der Brust. «So klein ist man mit zehn ja nun auch wieder nicht!»

Kristina achtete nicht auf ihn. Die Fragen stürmten wieder auf sie ein. Es war schwierig, sich für eine zu entscheiden. «Warum war mein Vater bekannt?»

«Weil er ein großer Offizier war, eine Legende. Er war dabei, damals in Lützen vor zwanzig Jahren, als König Gustav Vasa starb. Wollt ihr essen? Marit und ich haben Beeren gesammelt!»

«Wir haben Brot dabei», erklärte Flink. «Es ist aber Feuer drin. Hier, bitte schön!» Er legte die Hände ineinander und blickte gen Himmel. «Komm, Herr Jesus, sei unser Gast / und segne, was du uns bescheret hast.»

Auch David begann zu beten. «Gepriesen bist du, Jahwa, unser Gott, Schöpfer der Welt, für Speis und Trank. Durch sie gewährst du uns Leben und Freude. Gepriesen bist du in Ewigkeit.» Er blickte zu Flink hinüber. «Was bist du, Junge? Protestant oder Katholik?»

«Katholik natürlich!» Flink steckte sich ein Stück Brot in den Mund und kaute empört.

David nickte. «Das wäre dann mal ganz was Neues. Los, Kristina! Jetzt bist du mit Beten dran!»

Kristina rührte sich noch immer nicht. Es war so seltsam, dass sie plötzlich einen Namen hatte. Ihren Namen. Den richtigen. Wenn denn wirklich alles stimmte, was dieser David über sie gesagt hatte.

«Kristina?» Davids Stimme klang auf einmal ganz sanft. «Willst du gar nicht beten? Wir wollen mit Essen anfangen!»

Kristina zögerte. Der Spruch von den Piraten fiel ihr

wieder ein. «Also, gut», sagte sie. «Ich kenne aber nur dieses Gebet: Alle guten Gaben, / alles, was wir haben, / kommt, o Gott, von dir, / wir danken dir dafür.»

«Du sagst das so, als wäre es ein Witz!» Flink blickte sie vorwurfsvoll an.

David grinste. «Wir haben hier schon eine schöne Sammlung am Tisch sitzen! Ein Katholik, ein Jude und eine Protestantin! Aber was soll's, ich wünsche guten Appetit!» Und er brach sich ein Stück von dem Brot ab.

«Ich weiß überhaupt nicht, ob ich Protestantin bin!», warf Kristina leise ein.

«Natürlich bist du Protestantin!» David runzelte die Stirn. «Dein Vater ist für diese Religion in den Krieg gezogen!»

Kristina räusperte sich. «Du weißt nicht vielleicht, ob mein Vater ... noch am Leben ist?»

«Als wir den Tross verließen, war er es. Das war ja kurz vor Kriegsende. Uff, dieses Brot – was habt ihr damit gemacht? Es brennt im Mund!»

«Feuer», erklärte Flink geduldig. «Es ist Feuer darin.»

David schüttelte den Kopf. «Wer tut denn so was?»

«Erzähl mir mehr von meinem Vater!» Kristina musste an sich halten, um David nicht zu schütteln. Warum spuckte der Junge sein Wissen nur in so kleinen Häppchen aus?

«Er war ...» David kaute und schluckte. «Er war sehr groß.»

«Schwede?»

«Natürlich war er Schwede. Er war ein schwedischer Offizier. Seine Frau, also deine Mutter ...»

Kristina sprang auf. «Meine Mutter?», stieß sie hervor. «Was weißt du über meine Mutter?»

«Ich glaube, dass sie Deutsche war. Ich bin mir aber nicht sicher. Ich weiß nur, dass ihr Deutsch perfekt war, wenn sie mit uns sprach.»

Jetzt packte Kristina ihn doch am Kragen. «Du hast mit meiner Mutter gesprochen? Was hat sie gesagt?»

David nahm ihre Hände und hielt sie fest. «Sie kam zu unserem Tross wegen der Wäsche. Sie hat uns die Kleider und Uniformen gebracht, die die Waschfrauen machen sollten. Einmal hat sie auch vermittelt. Es ging um einen Streit. Genau weiß ich es nicht mehr. Mein Vater hatte jemandem Geld geliehen ...» Er ließ sie los und blickte nachdenklich in die Flammen.

Kristina achtete nicht darauf. «Habe ich Geschwister?», stieß sie hervor.

«Nicht dass ich wüsste.»

«Du darfst ihr das nicht übelnehmen», mischte Flink sich ein. «Die Fragerei, meine ich. Das hat mit ihrem Kopf zu tun.»

«Bist du sicher?», bohrte Kristina nach. «Keine kleinen Mädchen oder Jungen, die um mich herumscharwenzelt sind?»

«Um dich sind alle herumscharwenzelt», bemerkte David. «Die waren aber nicht zwangsläufig mit dir verwandt.» Ein Lächeln umspielte seinen Mund.

«Weil Kristina so hübsch und so nett ist, nicht?» Flink brach sich noch ein Stück von dem Feuerbrot ab.

«Erzähl mir von meiner Mutter, David.» Kristina versuchte, den Kleinen weiterhin zu ignorieren. «Wie war sie? Was hat sie getan? Warum ist sie mit der Kompanie mitgereist?»

«Ich nehme an, sie wollte deinem Vater nahe sein», meinte David. «Das wollten viele Frauen. Schließlich mussten sie täglich damit rechnen, dass ihre Männer auf dem Schlachtfeld starben. Was dann ja tatsächlich oft geschah.»

«Weißt du, wo meine Eltern sind?» Kristina flüsterte ihre Frage. «Ich meine, es gab nicht einen bestimmten Ort, an den die … Offiziere nach dem Krieg gegangen sind?»

«Unterschiedlich.» David überlegte. «Einige sind nach Stockholm gegangen, um in der Nähe der Königin zu sein. Andere werden irgendwelche Besitztümer geschenkt bekommen haben, als Lohn für ihre Mühen. Manche wurden auch mit Regierungsaufgaben in den neueroberten Ländern betraut. General Wrangel, der die Kompanie eine Zeitlang angeführt hat, ist zum Beispiel als Gouverneur nach Rügen gegangen.»

«Nach Rügen sagst du?» Kristina hielt die Luft an.

«Ja, wieso?» David brach sich ein neues Stück Brot ab. «Kennst du Rügen?»

«Ich hatte meinen Unfall dort», erklärte Kristina. «Auf Rügen wurde ich gesund gepflegt. Von dieser Frau …»

«... die dich nach der schwedischen Königin benannt hat.»

«Genau!» Kristina biss sich auf die Lippen. Wenn dieser Wrangel in derselben Kompanie wie ihr Vater gereist war, musste sie davon ausgehen, dass die beiden sich kannten. War es möglich, dass ihr Vater sich die ganze Zeit auf Rügen aufhielt, während sie damit beschäftigt war, nach Stockholm zu reisen?

«Wohin seid ihr zwei jetzt unterwegs?» David stellte die gleiche Frage wie vorhin das Mädchen.

«Nach Stockholm.»

«Komisch, wir auch.»

Kristina sah sich um. Die Wände waren vom Rauch des Feuers schwarz gefärbt, aber ansonsten sah es hier recht wohnlich aus. «Ihr seid auch auf Reisen?», fragte sie verwundert. «Ich dachte, ihr würdet hier leben.»

«Nur so lange, bis es warm genug ist, um problemlos weiterzureisen. Aber was willst du in Stockholm machen, Kristina? Wenn du überhaupt nicht weißt, ob du dahingehörst?»

«Ebendas will ich ja herausfinden.» Kristina nahm ihren Blumenkranz ab und legte ihn vorsichtig neben sich. «Ich habe das Gefühl, dass mich in der Stadt etwas erwartet. Etwas Wichtiges. Ich glaube, dass ich die Stadt auch kenne. Es ist schwer zu erklären. Und ihr? Was wollt ihr in der Stadt?»

Auf einmal sah Davids Miene verschlossen aus. «Geschäfte», sagte er.

«Geschäfte?», wiederholte Kristina. Sie musterte den Jungen. Er war groß und bestimmt auch älter als sie. Er hatte Bartstoppeln im Gesicht. Aber für Geschäfte wirkte er doch ein bisschen jung. Nachdenklich brach sie sich ein Stück Brot ab und schob es sich in den Mund. Es brannte wirklich.

Kristina schluckte. Es war nicht leicht, diese ganzen Informationen zu verdauen. Die alte Roma-Frau fiel ihr ein. Sie sei immer viel gereist, hatte die Frau ihr erklärt.

«Hast du vorhin gesagt: als mein Vater und ich die Kompanie verließen?», fragte sie.

David nickte.

«Wo war denn meine Mutter dann?»

David rückte ein Stück vor und nahm ihre Hand. «Du weißt wirklich gar nichts mehr, oder?», fragte er leise.

Kristina schüttelte den Kopf. Auf einmal saß auch Flink neben ihr. Sie spürte, wie er zwischen David und ihr hin und her blickte.

Eine entsetzliche Ahnung stieg in ihr auf. «Wo war meine Mutter dann?», flüsterte sie.

David biss sich auf die Lippe. «Es tut mir leid für dich. Sie bekam das Wöchnerinnenfieber. Sie ist tot.»

10. Kapitel

Ein Gepolter unterbrach die Stille. Das Mädchen, das sie vor dem Wolf gerettet hatte, war wieder da. Auf einmal kam es Kristina so vor, als schwankte der Raum. Vorsichtig tastete sie nach dem Lederband mit der Pfote und dem Medaillon der Königin. Doch das Band war nicht mehr da.

Das Mädchen sah auf Davids Hand, die immer noch Kristinas Rechte hielt. Sie machte ein Geräusch, das wie ein Schmerzlaut klang.

Flink fing sich als Erster. «Danke, dass du uns eben gerettet hast», sagte er und streckte die Hand in Richtung des Mädchens aus. «Ich bin Flink!»

Das Mädchen lächelte gequält. «Aber nicht flink genug, um vor Wölfen davonzurennen, stimmt's?», fragte sie.

«Flink ist mein Name», erklärte Flink ernst.

«Oh, ach so, na dann ...» Wieder flog ihr Blick zu Davids Hand auf der des fremden Mädchens. Kristina machte sich frei und stand auf. Sie wollte sich vorstellen, irgendetwas sagen, doch sie brachte keinen Ton hervor. Schweigend sah sie ihr Gegenüber an.

Das Mädchen war in ihrem Alter oder etwas jünger. Sie hatte blonde Haare, die ihr in knotigen Zotteln über die Schultern hingen. Ihre langen Röcke waren zerschlissen und mindestens ebenso schmutzig wie ihre eigene Jungenkleidung. Ihr Hemd war über dem Ärmel zerrissen. Darunter schimmerte ein Stück helle Haut hervor.

Armes Mädchen, hörte sie die Stimme der Roma-Frau plötzlich wieder in ihrem Ohr. *Hast viel Tod gesehen.*

Sie hatte den Tod ihrer Mutter gesehen.

«Ich bin Kristina», sagte sie, doch das Mädchen wandte sich David zu. «Sie muss gehen, David», sagte es. «Sofort!»

Die Wut kam so plötzlich, dass Kristina selbst erschrak. Sie sprang auf, den Degen in der Hand. «Gut, ich gehe!», schrie sie das Mädchen an. «Aber du erzählst mir, wer ich bin!»

«Jemand, der Unglück bringt!», brüllte das Mädchen zurück. «Sich selbst und allen anderen!»

«Lass sie, Marit!», ging David dazwischen. «Sie hat gerade erfahren, dass ihre Mutter gestorben ist!»

«Meine Mutter ist auch gestorben!», schrie Marit. «Und ich hab es selbst mitangesehen!»

Kristina ließ den Degen sinken. «Ist das wahr?», fragte sie leise.

«Ja.» Marit schlug die Hände vors Gesicht.

«Sie ist als Hexe verbrannt worden», erklärte David. «Marit war dabei. Ihr Vater ist in den Krieg gezogen, als sie klein war. Er ist nie wiedergekommen. Meine Eltern sind auch gestorben. Jetzt sind wir ganz allein.»

«Das ... tut mir leid.» Kristina wusste nicht, was sie tun sollte. Marit hatte noch immer die Hände vorm Gesicht. Einer plötzlichen Eingebung folgend ging Kristina auf sie zu und nahm sie in den Arm.

Marit begann zu weinen. «Mir tut es leid», schluchzte sie. «Ich kenne dich überhaupt nicht. Ich wollte nur nicht ...»

«Scht», machte Kristina.

Ein lautes Grollen und Scheppern ließ sie zusammenzucken. Sekunden später flammte es weiß gleißend durch den Raum.

«Ein Gewitter zieht auf», sagte David, dem das Verhalten der beiden Mädchen unangenehm war.

Kristina ließ Marit los und sah sie an. «Du fühlst dich wohl mit ihm», flüsterte sie. «Du wolltest nicht, dass ich dazwischenkomme.»

Marit nickte. «Er hat im Schlaf von dir gesprochen», bemerkte sie. «Ich habe Angst ...»

«Das musst du nicht.» Kristina sah sie an. «Morgen ziehen wir weiter, das versprech ich dir.» Durch die Scheiben sah sie, dass es heftig zu regnen begonnen hatte. Erneut blitzte es hell draußen am Himmel auf. Sie sah zu Flink hinüber und bemerkte, dass er eingeschlafen war.

Es strömte vom Himmel, als würde die Welt untergehen. In immer kürzeren Abständen fegten Blitz und Donner über das kleine Haus hinweg. Das Heulen der Wölfe war schwächer geworden. Offenbar hatten die Tiere sich entfernt. Marit, David und Kristina saßen um das Feuer herum, das David im Kamin entzündet hatte. Flink lag in Kristinas Schoß.

«Er hat auch keine Eltern», bemerkte sie über das Prasseln und Grollen hinweg.

«Kannst du Abnehmen spielen?», fragte David zusammenhangslos.

«Wie bitte?»

«Los, Marit, zeig es ihr!»

Marit holte eine Schnur hervor, legte sie sich über die Hände und blickte Kristina auffordernd an.

«Was soll ich damit?» Kristina war verwirrt.

«Abnehmen», erklärte David. Er nahm Kristinas Daumen und Zeigefinger und führte sie in das Gebilde hinein. «So. Und jetzt ist Marit dran!»

Marit fasste in die Fäden, die Kristina nun aufgespannt zwischen ihren Händen hielt, und hatte sie in einer Handbewegung wieder zwischen ihren eigenen Händen aufgespannt.

«Das macht Spaß!», lächelte Kristina und nahm sich den Faden wieder zurück. Sie sah auf ihre Hände hinab: Ein Muster aus Linien war entstanden, das hübsch aussah.

«David und ich spielen es den ganzen Tag», erklärte Marit. «Irgendwann ist der Faden voller Knoten, und die entwirren wir. David ist ein richtiger Entfesselungskünstler geworden. Man kann ihn fesseln, und er kriegt die Knoten sogar im Dunkeln auf!»

Je länger sie spielten, desto mehr taute Marit auf. Irgendwann begann sie zu erzählen. Von ihrer Zeit daheim im Dorf mit den Hütten und der Kirche aus Holz. Von den Tieren, die sie gehabt hatten, den Katzen, Hühnern, Spinnen, Käfern und dem gezähmten Wolf. Die Anwerber fielen ihr wieder ein, die mit Trommeln und Trompeten ins Dorf gekommen waren. Sie hatten von Ehre und Reichtümern berichtet, die ein Soldat im Feld erhielt. Der Vater war mit einer Blume hinterm Ohr fortgegangen.

Dann starrte sie wieder auf die Muster, die sie mit Kristina zwischen ihren Händen spann, und schwieg. Schatten zuckten über die Wände des Raums.

Kristina war sich nicht sicher, ob sie alles verstanden hatte. Marit sprach ein seltsames Schwedisch. Zudem war das Gewitter draußen höllisch laut.

Nun begann David zu berichten. Von anderen verwaisten Kinderbanden, die er auf seinem Weg durch das dänische Königreich hierher getroffen hatte. Von seiner Zeit beim schwedischen Heer. Und von dem, was er über Kristina wusste.

«Als du kleiner warst, hab ich dich für einen Jungen gehalten. Weil du immer Jungenkleider trugst.»

«Warum nur hab ich das getan?», wunderte sich Kristina, während sie mit Marit weiterspielte.

«Ich nehme an, dein Vater wollte dich zu jemandem ausbilden, der die gleichen Fähigkeiten hat wie er. So wie König Gustav Vasa es ja auch mit seiner Tochter getan hat, unserer Königin.»

«Was hat der König mit seiner Tochter getan?», fragte Kristina, und auch Marit sah David verwundert an.

David lächelte. «Kennt ihr die Geschichte nicht?»

Marit und Kristina schüttelten den Kopf.

«Bei Königin Kristinas Geburt vor 26 Jahren haben die Astrologen einen Jungen prophezeit. Alle Glocken wurden geläutet, und der König war sehr glücklich.»

«O weh», machte Marit. «Und dann hat er den Irrtum erkannt.»

«Wohl nicht er selbst, aber die Hebamme. Alle waren peinlich berührt, keiner wusste, wie man es dem König sagen sollte.»

«Weil sie Angst hatten, der König wäre enttäuscht?» Kristina spielte mit dem Griff an ihrem Degen.

«Ja, sicher. Und dann haben alle herumgedruckst, bis einer seinen Mut zusammengenommen und zum König gesagt hat: Da ist was Peinliches passiert!»

«Ich glaube nicht, dass die mit dem König so gesprochen haben», bemerkte Marit.

«Warst du dabei?»

«Nee. Du?»

«Weiter!», drängte Kristina. «Was ist dann passiert?»

«Den König hat es kein bisschen gestört, dass seine Tochter kein Junge war. Er hat angeordnet, dass alle seiner Nachfolgerin zu Ehren das Tedeum singen müssen, oder was auch immer die Protestanten in solchen Fällen tun.»

«Die Katholiken tun das auch», murmelte Flink auf Kristinas Schoß.

«Du bist ja wach», lächelte Kristina und kitzelte ihn mit ihrem kleinen Finger am Ohr.

«Ja, und dann hat der König seine Tochter zur Königin ausbilden lassen», fuhr David munter fort. «Er hat sie im Reiten, Fechten und in Staatskunde unterrichten lassen, damit sie weiß, wie sie das Reich zu lenken hat. Und dann hat sie noch Griechisch, Latein, Französisch, Deutsch und die antiken Schriften studiert.»

«Klingt, als ob sie sehr klug wäre», bemerkte Marit ehrfürchtig.

«Es heißt, sie sei die gebildetste Herrscherin, die es in Europa je gegeben hat.» David legte ein Holzscheit nach.

«Und du meinst, mein Vater wollte ein bisschen wie der König sein?» Kristina brachte David an den Anfang des Gesprächs zurück.

«Ja, ich nehme an, er hat den König sehr verehrt. Bis zu seinem Tod in Lützen sei er an seiner Seite geritten, hieß es in unserem Tross. Was Gustav Vasa getan hat, konnte also so schlecht für einen Vater nicht sein.»

«Und darum hat er genau wie Gustav Vasa seiner Tochter das Fechten beigebracht?» Kristina hatte das Gefühl, dass sie über jemand ganz anderen sprach als über sich selbst.

«Nicht nur Fechten», führte David aus. «Auch Schwimmen, Reiten und Lesen. Aber das weißt du jetzt wahrscheinlich schon.»

«Das mit dem Schwimmen weiß Kristina.» Flink richtete sich auf. «Wir sind von einem Schiff gesprungen, wo sie Kristina gefangen halten wollten, und ich hab mich an Kristina drangehängt, und dann ist sie mit mir ans Ufer geschwommen zu dieser Wahrsagerin hin, und wir haben bei Zigeunern geschlafen – haben zumindest die Piraten gesagt!»

David lachte. «Klingt, als ob euch beiden nicht besonders langweilig gewesen wäre in letzter Zeit.»

Flink schüttelte den Kopf. «Mir ist aber sowieso nie langweilig!»

Marit stand auf, um einen Ast auf das Feuer zu legen. Dabei stolperte sie, stürzte und fiel auf Kristina drauf.

«Das ist ein guter Trick!» Flink klang anerkennend. «Auf diese Weise habe ich schon viele Kostbarkeiten ergattert! Man wundert sich, wie gut das klappt!»

Kristina lächelte wehmütig in die Runde. «Ich hatte eine einzige Kostbarkeit, aber auch die noch nicht einmal einen Tag.»

«Was war das für eine Kostbarkeit?» Davids Stimme klang teilnahmsvoll.

«Ein Lederband mit einer Pfote und dem Porträt der Königin. Es waren Glücksbringer. Ich muss sie verloren haben, als mich der Wolf ansprang.»

Eine Weile saßen sie schweigend da. Kristinas Gedanken flogen wieder zu der alten Roma-Frau. Was hatte sie noch gesagt? Die Erinnerung würde wiederkommen – wann, konnte sie nicht sagen, es käme darauf an, wann sie die anderen Kinder träfe. Die anderen – das konnten vielleicht Marit und David sein. David hatte ihr etwas über ihre Vergangenheit erzählt, doch noch immer war keine Erinnerung da. Wieder dachte sie an ihre Mutter. Wöchnerinnenfieber. Das hieß, dass sie ein Kind geboren hatte. Aber Kristina hatte den Tross mit ihrem Vater allein verlassen, also hatte auch ihr Geschwisterchen nicht überlebt. Wieder fühlte Kristina, wie Tränen in ihr aufstiegen. Wie die Mutter wohl ausgesehen hatte? Und wie sie wohl gewesen war? Eine Deutsche, hatte David gesagt. Was erklärte, dass Kristina beide Sprachen sprach.

«Wir können ja morgen mal nach dem Band mit deinen Glücksbringern suchen», sagte David tröstend. «Und jetzt würde ich gern mehr von euren spannenden Geschichten hören!»

Und so erzählte Flink von seiner Zeit als Waisenjunge im bayrischen Nürnberg, von seiner Flucht in einer Kutsche reisender Kaufleute, bei der er sich mit ins Gepäck gemogelt hatte, und er gab ein bisschen damit an, wen er schon alles bestohlen hatte und wie schnell er dabei war.

Kristina fing bei ihrem Erwachen auf Rügen an. Margarethe erwähnte sie, den flötespielenden Offizier und ihr Fechtduell mit ihm. Als sie in ihrer Erzählung bei Flink anlangte und wie er sie und Margarethe bestohlen hatte, lachte David auf. «Da kannst du aber froh sein, Flink, dass sie nicht die Schärfe ihrer Degenklinge an deinem Hals geprüft hat!»

Flink grinste. «Das fand ich später auch.»

Kristina musterte ihre Waffe im Schein des Feuers und

wendete sie hin und her. «Da ist nichts, was ich überprüfen müsste», bemerkte sie. «Schärfer könnte die Klinge kaum sein!»

Das Feuer verglomm allmählich, doch noch immer erhellten die Blitze den Raum. Flink kuschelte sich neben dem Kamin zurecht, und Kristina ließ sich neben ihm nieder. Nach einer Weile spürte sie, wie es auch auf ihrer anderen Seite warm wurde: Marit richtete sich zum Schlafen neben ihr ein. Zuletzt folgte David. Es war ein etwas merkwürdiges Gefühl, mit einem halberwachsenen Jungen im selben Raum zu schlafen. Kristina zog den Umhang fester über ihrer Brust zusammen. Dann entspannte sie sich. Eigentlich fühlte es sich doch ganz gut an, nicht mehr nur zu zweit zu sein. Was hatte David über die Banden erzählt, denen er auf seiner Reise begegnet war? Die Kinder hatten sich zusammengeschlossen, um sich gegen erwachsene Menschenhändler und Räuber zu wehren. Der letzte Gedanke, bevor sie in den Schlaf sank, war: Beim Reisen ist es nicht gut, allein zu sein.

Im Traum sah sie einen großen Wolf vor sich. Sie zog ihren Degen und stach zu. Starr vor Schreck erwachte sie. Links und rechts von ihr atmeten die Menschen, mit denen sie eingeschlafen war. Durch die Fenster schimmerte ein neuer Morgen milchweiß in den Raum. Das Gewitter hatte sich verzogen. Da wusste sie wieder, an wen sie gedacht hatte, als der Wolf sie draußen angefallen hatte. Sie wusste wieder, warum sie sich vor Wölfen fürchtete und wessen Verletzung sie mitangesehen hatte. Und auf einmal wurde die Sehnsucht nach ihrem Vater riesengroß.

Sie war gerade wieder ein bisschen eingeschlafen, als Flink neben ihr zu zappeln begann. «Kristina!», zischte er und zerrte sie am Ärmel. «Mir ist eben etwas eingefallen!»

«Psst! Die anderen schlafen noch!»

«Du weißt doch, dass die Menschen ständig üben müssen!» Flinks Zischen war unverändert laut.

«Hmmm ...»

«Du zum Beispiel musstest immer Fechten üben!»

«Ach ja?»

«Warte, es geht noch weiter! Die Wahrsagerin musste üben, wahrzusagen, die Piraten mussten üben, ihr Schiff zu lenken, und der Bäcker hat geübt, sein Brot zu backen.»

«Der Bäcker?» Kristina richtete sich auf. «Der ist dir eben eingefallen? Das ist wirklich toll! Wir haben doch die Reichstaler, die du gestohlen hast – geh hin und kauf für uns alle ein feines Brot!»

Flink tippte sich an die Stirn. «Und wovon träumst du im Sommer? Wir sind gerade mitten im Wald. Hier gibt es niemanden, der sein Brot feilhält!»

«Brot?» Jetzt war auch David wach geworden. «Wo?»

Marit murrte im Schlaf und wälzte sich auf die andere Seite, wobei sie Kristina gegen das Schienbein trat.

«Autsch! Ich weiß, was *du* jetzt üben kannst!», flüsterte Kristina. «Nämlich, dass du deine kleine Klappe hältst, wenn andere Leute schlafen wollen!»

Flink wedelte ungeduldig mit der Hand. «Darum geht es jetzt nicht. Ich muss nämlich auch üben. Ich muss üben, ein besserer Dieb zu sein! Ich hätte mich in Kalmar fast erwischen lassen! Und zwar, weil ich jetzt nicht mehr so flink bin! Ein ehrlicher Dieb darf nämlich niemals auf der faulen Haut liegen. Und genau das hab ich viel zu lang getan! Und darum werde ich jetzt üben. Haltet euch also bereit!»

«Bereit?», gähnte Kristina. «Wofür?»

«Na, dafür, bestohlen zu werden!» Flink tanzte wie ein Kobold durch den Raum. «Ich geb euch natürlich hinterher alles wieder zurück! Großes Diebesehrenwort.»

«Wenn das so ist ...» Kristina rappelte sich auf. «Aber Flink, du weißt schon, was ich davon halte, dass du so einen Beruf ausübst!»

«Ja, ja.» Flink rollte mit den Augen. «Aber meine Reichstaler nimmst du dann bestimmt trotzdem gern!»

«Das werden wir erst noch sehen.» Kristina beschloss, ein gutes Vorbild zu sein.

«Ihr müsst euch unterhalten», befahl Flink. «Dann ist es viel natürlicher.»

«Am natürlichsten wäre es, wenn ich vorher was zu frühstücken bekäme.» Kristina war noch immer nicht ganz wach.

Jetzt richtete sich auch Marit auf. «Ist was passiert?», fragte sie.

«Flink möchte uns gern beklauen», erklärte David. «Damit er üben kann.»

«Weiter so mit den Gesprächen.» Flink begann, um sie herumzuschleichen. «Ihr macht das schon ganz gut.»

«Ist noch was von euren Beeren da?», fragte Kristina.

«Fertig ...», schrie Flink erfreut.

«Wie?» Kristina musste lachen. «Ich hab doch gar nichts, was du mir entwenden könntest.»

«Oh, doch!» Flink wedelte mit einem Stück Papier.

«Gib mir das sofort wieder!» Kristina erkannte Margarethes Handschrift darauf. Sie trug den Brief am Herzen – wie hatte Flink ihn nur von dort fortnehmen können?

«Immer ruhig Blut.» Flink reichte ihr das Schreiben. «Und jetzt – tatata!» Er ahmte eine Trompete nach.

«Das ist ja meine Angelschnur!» David war ehrlich überrascht. «Ich hatte doch meine Hand auf der Hosentasche ... Wie hast du die da rausgenommen?»

«Flink ist besser als sein Ruf», bemerkte Kristina, die sich den Brief wieder in den Ausschnitt stopfte.

«Oh.» Flink starrte auf den dritten Gegenstand in seiner Hand.

Marit begriff als Erste. Sie stand auf und stürzte sich auf Flink. «Gib mir das zurück!»

Flink war auf einmal ernst geworden. «Aber es gehört dir nicht.»

Kristina wollte sich vorbeugen, um zu erkennen, worum es ging, doch Marit war schneller. Mit einem Ruck hatte sie Flink den Gegenstand entwendet und war zur Tür hinaus.

«Marit!», schrie David. «Komm sofort zurück!»

Doch Marit reagierte nicht.

Kristina sah, wie David nun ebenfalls aus der Tür stürzte, und wandte sich zu Flink um. «Kannst du mir sagen ...?»

Flink nickte. «Marit hatte dein Band mit der Pfote und dem Bild der Königin geklaut!»

Von draußen drangen laute Stimmen in die Hütte. Es klang, als ob gestritten würde. Plötzlich flog die Tür auf, und ein Mann betrat den Raum. Er trug eine Kutte mit einer riesigen Kapuze, die er sich über den Kopf gezogen hatte. Mit der Rechten hielt er Marit fest. Er stieß sie vor sich her und warf sie dann zu Boden. Ihm folgte ein zweiter Mann, dessen Gesicht ebenfalls im Schatten einer Kapuze lag. Er hielt David gepackt. David versuchte, sich zu wehren. Er trat und kämpfte, was seine Kräfte hergaben. Schließlich schlug ihm der Mann ins Gesicht. David stürzte. Kristina sprang auf und tastete nach ihrem Degen. Und dann erst erkannte sie, was der erste Mann in seiner Linken trug.

11. Kapitel

Kristina hatte noch nie zuvor in die Mündung einer Muskete geblickt. Zumindest konnte sie sich nicht daran erinnern. Sie ließ ihren Degen sinken und wartete. Weder David noch Marit regten sich. Flink hatte sich hinter sie verschanzt und hielt sich an ihrer Hose fest. Sein Atem ging schnell.

«Ja, wen haben wir denn da?», fragte der Mann mit der Muskete. «Noch zwei Kinder! Heute ist wohl unser Glückstag! Ein neues Haus und eine Familie, haha, da kommt doch gute Laune auf!»

«Nicht, bevor Ihr Euch nicht vorgestellt habt!» Kristina biss die Zähne zusammen. Sie spürte, dass sie Angst hatte, aber sie wusste auch, dass sie ihre Angst nicht zeigen durfte, weil das die Männer reizte.

«Große Klappe, die Kleine, was?» Der Mann näherte sich ihr bedrohlich.

Kristina hob die Schultern. «Nicht größer als Eure, würde ich sagen.»

«Ja, ist es denn die Möglichkeit?» Der Kapuzenmann mit der Muskete wandte sich an seinen Kompagnon. «Das

Mädchen ist reichlich unverschämt. Wie denkst du darüber, hm?»

«Ich denke, dass wir uns mit den Bälgern nicht länger abgeben sollten. Wir fesseln sie an den Haken dort an der Wand, damit wir Ruhe haben, und dann können wir das Haus benutzen. Guck mal, die haben sogar einen Kamin! Ich hätte nichts dagegen, hier ein vernünftiges Stück Fleisch zu braten!»

«Du immer mit deiner Gutmütigkeit!» Der Musketenmann holte einen Strick aus der Tasche und bewegte sich auf Kristina zu. «Ganz ruhig mit dieser Degenspitze!», mahnte er, während er weiterhin die Waffe auf sie gerichtet hielt. «Los, Torben, fessel die Kleine, und dann kümmern wir uns um die anderen hier!»

Während der Angesprochene Kristina ein Seil um die Handgelenke band, hielt der andere Marit und David in Schach. Bei David war das nicht weiter schwierig. Der Schlag hatte ihn offensichtlich bewusstlos gemacht. Auf einmal bemerkte Kristina, dass Flink fehlte. Beunruhigt schaute sie sich um. Eben noch war er hinter ihre Beine geflüchtet, nun war nichts mehr von ihm zu sehen. Gab es etwa einen geheimen Ausgang, von dem sie nichts gewusst hatte? Ihr Blick fiel auf Marit, die mit weitaufgerissenen Augen zur Wand zurückwich. Doch das half ihr nichts. Auch sie wurde an einen aus der Wand ragenden Haken gefesselt. Zuletzt kam David dran. Einer der Männer schob sie nebeneinander, der andere machte sich nun am Kamin zu schaffen.

«Es tut mir so leid», flüsterte Marit neben ihr.

«Hört auf zu tratschen, ihr zwei!» Der Mann überprüfte ihre Stricke. «Das hier ist kein Dorfplatz!»

«Ach nein?» Kristina funkelte den Mann zornig an. «Was dann? Ein Ort für Männer, die so feige sind, dass sie nicht mal ihre Gesichter zeigen?»

Der Mann stieß mit dem Stiefel nach ihr. «Halt die Schnauze, du Gör!»

«Lasst mich weiterraten!» Kristinas Wut war grenzenlos. «Eine Wanderbühne, wo jeder sich ulkig verkleiden darf? Und was seid ihr zwei dann für Witzfiguren? Die Harlekine?»

«Hör auf damit, Kristina, das ist es nicht wert!», flüsterte Marit neben ihr.

Kristina fuhr herum. «Wenn es das nicht wert ist, dass ich Männern, die mich gefangen nehmen, die Meinung sage, was dann? Anderen Leuten die Glücksbringer wegnehmen? Ja? Ist das mehr wert als das, was ich hier tu?»

«Ich weiß nicht, was über mich gekommen ist.» Marit sah richtig verzweifelt aus. «Ich hab das Band mit den Anhängern draußen gefunden, und als du dann sagtest, du hättest deine Glücksbringer verloren ...»

«Sag mal, sind die Gören taub?», brüllte ein Kapuzenmann den anderen an. «Ich hab ihnen doch gesagt, sie sollen die Klappe halten!»

«... da dachte ich, fein, dann habe ich jetzt schöne Glücksbringer.»

«Oh, sehr fein!» Kristina spürte, wie sich die Fesseln in

ihre Haut schnitten. «Daran, sie mir vielleicht auch wiederzugeben, hast du dann wohl nicht gedacht!»

«Doch, habe ich.» Marit schwieg verwirrt. «Aber ich war ... wie soll ich sagen? Ich war nicht gut auf dich zu sprechen!»

«Warum denn nicht?»

«Weiber, ganz ehrlich!» Einer der Kapuzenmänner rieb zwei Hölzchen aneinander, dass die Funken stoben. «Gleich geht bestimmt der Quatsch mit den Gefühlen los!»

Marit senkte die Stimme. «Weil ich eifersüchtig war. Tut mir leid. Tut mir wirklich, wirklich leid. Kannst du meine Entschuldigung annehmen?»

Kristina lächelte. «Ja. Das kann ich.»

«Oh. Das ist schön.»

Eine kleine Flamme schoss im Kamin empor. Der Kapuzenmann warf Reisig und Äste darüber, dass es bald zu lodern begann. Dann holte er unter seiner Kutte ein großes Stück Schinken hervor.

«Kristina?», fragte Marit leise.

«Ja?»

«Wenn wir hier rauskommen, wollen wir dann Freunde sein?»

Jetzt strahlte Kristina. «Ja, das wollen wir. Sehr, sehr gern!»

Die Zeit verstrich mit quälender Langsamkeit. David erwachte aus seiner Bewusstlosigkeit, aber auch er konnte nichts gegen die Männer ausrichten, gefesselt, wie er war. Kristina fragte sich, wohin Flink so schnell hatte verschwinden können. Mit Glück war ihm die Flucht gelungen. Vielleicht hatte er sich aber auch nur in einer Ecke des Hauses versteckt. Kristina spürte, wie ihr der Magen knurrte. Sie hatte an diesem Tag noch nichts gegessen. Vor ihr saßen die Männer am Kamin, brieten sich Schinken und tranken Bier aus einem großen Krug. Von draußen drang das Wiehern von Pferden. Noch immer hatten sie ihre Kapuzen nicht zurückgeschoben, sodass ihre Gesichter weiterhin im Dunkeln lagen. Von Zeit zu Zeit schlug der eine dem anderen auf die Schulter.

«Das ist ein Räuberglück, Kumpel!»

«Und ob! An einem Tag zwei Pferde, ein Haus und drei Kinder! Was meinst du, was wir für sie kriegen?»

«Für die Kinder?»

«Natürlich für die Kinder! Denkst du, ich verkauf die Gäule wieder?»

Der Angesprochene drehte sich zu Kristina, Marit und David hinüber und blickte sie der Reihe nach an.

«Sie sind zwar mager, aber sie sehen gesund und arbeitsfähig aus. Ich denke, die bringen richtig Geld.»

Kristina spuckte vor den Männern aus.

«Ich weiß nicht, wie es mit der Widerspenstigen ist. Die anderen beiden scheinen ja zahm zu sein.»

Marit und David waren in der Tat recht still. Kristina hatte das Gefühl, dass die beiden sich auf etwas konzentrierten, aber sie kam nicht darauf, was es war.

Als es dunkelte, waren die Männer so betrunken, dass sie komische Bewegungen machten. Einem fiel die Kapuze herunter, und Kristina erkannte, dass er ganz kahlgeschoren war. Mit grölenden Stimmen überlegten sie, wie viele Fässer Bier sie für die Kinder erhalten würden. Der Kahlgeschorene kam auf zweiunddreißig, aber der andere behauptete, dass es über hundert wären. Daraufhin packte der Kahle seinen Kumpel am Kragen und befahl, ihm niemals mehr zu widersprechen. Dieses Versprechen konnte oder wollte der andere aber nicht leisten, was dem Kahlen Grund genug schien, ihm seine Faust ins Gesicht zu schlagen. Nun fiel auch dem anderen seine Kapuze herunter. Kristina sah, dass auch er fast kahlgeschoren war, von einem schmalen Haarkranz abgesehen. Der Haarkranzmann schlug dem Glatzenmann nun seinerseits seine Faust ins Gesicht, woraufhin sich beide unter großem Ächzen und Gestöhn am Boden wälzten.

«Jetzt!», flüsterte Marit in Kristinas Richtung.

«Was – jetzt?» Kristina verstand nicht gleich.

«Jetzt hauen wir ab!»

«Kristina ist doch noch gefesselt!», raunte David vom anderen Ende herüber.

«Oh, stimmt!» Marit machte sich sofort an dem Seil zu schaffen.

Ein tierisches Gebrüll erscholl. Der Glatzenmann war im Kaminfeuer gelandet und schlug nun auf die Flammen ein, die auf seinem Gewand loderten.

«Wir habt ihr euch freibekommen?», flüsterte Kristina

Marit zu, während die hinter ihrem Rücken die verschiedenen Knoten löste.

«Durch abnehmen», erklärte Marit.

«Hm?» Kristina begriff noch immer nichts. «Ich habe den Tag über auch gehungert, ohne dass ich merklich dünner geworden wäre.»

«Durch das Fadenspiel.» Marit grinste. «Schnur abnehmen. Wir sind Meister der Entwirrung und Entknotung geworden, David und ich!»

Der Glatzenmann hatte aufgehört zu brennen. Mit einem riesigen Wutschrei stürzte er sich auf seinen haarbekränzten Kompagnon, der augenblicklich hintenüber kippte und auf das Bierfass fiel. Das Bierfass lief aus. Eine große Lache bildete sich auf dem Boden. Die beiden Männer wälzten sich wie die Schweine darin.

Kristina, Marit und David duckten sich und liefen an den kämpfenden Männern vorbei ins Freie.

Draußen war es dunkel geworden.

«Wohin jetzt?», fragte Kristina atemlos.

«Hier entlang!» David deutete auf einen Pfad durch dichtes Gebüsch. «Wenn die Männer entdeckt haben, dass wir fort sind, werden sie zuerst den Weg zum See hinunterlaufen!»

Kristina blieb stehen. «Ich kann nicht ohne Flink fortgehen!»

«Woher willst du wissen, dass er sich nicht schon längst gerettet hat?» David fasste sie am Ärmel. «Er schien mir sehr findig. Bestimmt kommt er auch allein zurecht!»

«Nein!» Kristina schüttelte den Kopf. «Was, wenn er noch da drinnen bei den Männern ist? Ich glaube nicht, dass er sich ins Freie hat flüchten können!»

Marit hüpfte auf und ab. «Wir können hier nicht ewig rumstehen, Kristina! Die Männer kommen jeden Augenblick raus!»

Wie um Marits Worte zu bestätigen, wurde es in diesem Moment still im Haus. Dann schallte ein ohrenbetäubender Schrei durch die Nacht. «Die Bälger sind fort!!»

Marit rannte als Erste los. Ihr folgte David, der immer noch Kristina am Ärmel hielt. Kristina traten die Tränen in die Augen, während sie rannte. Flink, dachte sie, wo bist du bloß? Sie traute sich nicht, laut zu rufen, um die Männer nicht auf ihre Fährte zu locken. Zweige peitschten ihr ins Gesicht und zerrissen ihre Kleidung beim Laufen. Sie rannten so lautlos sie konnten, nur ihr Atem war zu hören. Endlich öffnete sich der Pfad auf einen breiteren Weg. Durch die Zweige schimmerte der mondbeschienene See. Kristina rieb sich die Augen. Nein, es gab keinen Zweifel: An seinem Ufer stand ein kleiner Mensch.

«Ich hoffe, ihr hattet nicht vor, ohne mich abzuhauen.» Flinks kleines Gesicht strahlte, als er Kristina entgegenlief.

«Flink!» Sie schloss ihn in die Arme und drückte ihn ganz fest. «Wie bist du denn aus dem Haus gekommen?»

«Ich hör mir deine Fragen später an», grinste Flink. «In der Zwischenzeit habe ich nämlich selber eine: Kann jemand von euch reiten? Ich hab nämlich zwei Pferde geklaut. Dahinten. Ich hab sie irgendwie festgemacht.»

David schüttelte den Kopf, während sie auf die Pferde zuliefen. «Ich hab es ja gesagt. Dieser Kleine ist unglaublich!»

«Nein», sagte Kristina. «*Ich* hab immer gesagt, dass der Kleine unglaublich ist!»

Marit rannte hinterdrein. «Ich könnte jetzt auch einiges wiederholen, was ich mal gesagt habe. Aber könnten wir in der Zwischenzeit klären, wer von uns hier reiten kann? Also, ich schon mal nicht.»

«Ich kann reiten», bemerkte David, während er vor den Pferden stehen blieb. «Und Kristina kann es auch.»

Kristina sah skeptisch zu den riesig hohen Tieren auf. «Bist du sicher, David?»

«Natürlich bin ich sicher. Dein Vater hat dir erstklassigen Unterricht erteilt. Du kannst Galopp und Springreiten. Ich muss zugeben, ich war ziemlich neidisch darauf.»

«Dann doch nichts wie los, oder?» Marit hüpfte immer noch.

In diesem Augenblick wurden heisere Stimmen laut. «Weit kann die Bande nicht sein! Komm, wir laufen hier entlang!»

Und dann ging alles blitzschnell. David griff Marit um die Taille und warf sie aufs Pferd. Dann packte er den Sattel und schwang sich hinterher. Das Pferd setzte sich augenblicklich in Bewegung.

«Worauf wartest du denn noch?» Flink gab Kristina

einen Stoß, die den Kleinen daraufhin nahm und mit einer schier unmenschlichen Anstrengung auf ihr Pferd hochhob. Sie schob einen Fuß in den Steigbügel, schob ihren Degen beiseite und versuchte, sich ebenfalls hinaufzuschwingen. Doch es gelang ihr nicht. Sie war zu klein dafür.

«Kristina!», schrie Flink entsetzt. «Beeil dich doch!»

Kristina überlegte. Schweiß trat ihr auf die Stirn. Dann sah sie ihn. Einen umgefallenen Stamm. Sie nahm ihr Pferd am Zügel und führte es dorthin. Schon hörte sie die Schritte der beiden Männer hinter sich. Sie sprang auf den Stamm und von dort auf den Rücken des Pferdes hinauf. Der Sattel fühlte sich hart und rissig an. Schnell nahm sie die Zügel in die Hand. Sie drückte ihre Beine in die Flanken des Pferdes, das sofort lostrabte. In diesem Moment trat einer der Männer aus dem Wald hervor. Bei ihrem Anblick begann er, die Faust zu schütteln und wütende Flüche auszustoßen. Kristina musste lachen, weil der Mann vom Rücken des Pferdes aus so klein aussah. Sie ritt an ihm vorbei, und der Wind fuhr ihr durch die Haare. Sie spürte, wie der kleine Flink seine Arme von hinten um sie legte, und plötzlich hatte sie das Gefühl, sie hätte nie etwas anderes getan als zu reiten.

«Wünsche euch noch ein schönes Leben, ihr alten Männer!», brüllte sie dem Glatzenmann zu, als sie an ihm vorüberritt. Sie hörte, wie Flink hinter ihr in Gelächter ausbrach, und drückte ihre Beine noch fester in die Flanken des Pferdes, bis es in Galopp verfiel. Marit drehte sich zu ihr um und winkte ihr lachend zu. Nun wurde der Weg breiter. Sie schloss zu David auf. «Bereit für die wilde Jagd?», brüllte er zu ihr hinüber.

«Ja!», schrie sie zurück. Sie legte sich nach vorn auf den Hals ihres Pferdes und atmete seinen wundervollen Pferdeduft ein. Mit ihren Beinen drückte sie noch fester, und schon schoss die Nacht an ihr vorbei. Die Mähne ihres Pferdes flatterte ihr ins Gesicht, und über ihr funkelten die Sterne. Ein Glücksgefühl brach sich in ihr Bahn, und sie begann zu schreien.

«Juhu, Welt, wir kommen!», brüllte sie, und sie hörte, dass Flink hinter ihr von neuem zu lachen begann.

«Ich nenne mein Pferd Kugelblitz!», sagte sie, als sie irgendwann rasteten. Die Nacht wurde allmählich heller, und sie waren abgestiegen, um die Pferde ausruhen zu lassen. «Wie nennt ihr eures?»

Marit und David sahen sich an. Marit lachte: «Räuberpferd!»

Kristina klopfte Kugelblitz zärtlich auf den Hals. «Das sind die besten Pferde, die es gibt!»

David nickte strahlend. Seine Züge wirkten zum ersten Mal ganz weich.

«Woher wisst ihr eigentlich, in welche Richtung wir reiten müssen?», fragte sie und sah ihn und Marit an. David zeigte nach oben, wo ein heller Stern blinkte. «Ich richte mich nach dem Polarstern. Der zeigt uns an, wo Norden ist. Eigentlich wollten wir erst noch weiter östlich, bis wir ans Meer gelangen, aber in der Nacht weiß ich ja nicht, wo Osten ist.»

«Ihr wart nicht mal einen Tagesmarsch vom Meer entfernt», grinste Kristina. «Kalmar, die Stadt, aus der Flink und ich gekommen sind, lag doch am Meer.»

«Richtig, du sagtest so was.» David tätschelte seinem Pferd den Hals. «Braves, braves Räuberpferd!»

«Ja», lächelte Kristina. «Mit Kugelblitz und Räuberpferd haben wir es bis Stockholm jetzt nicht mehr weit!»

«Puh!» Flink kam aus dem Gebüsch auf sie zugetorkelt. «Ich hab so einen Hunger, ich könnte hier die Blätter von den Bäumen fressen!»

«Ich kann mich auch kaum noch auf den Beinen halten», meinte David. «So schlimmen Hunger haben Marit und ich selbst im Winter kaum erlebt, was, Marit? Hej, Marit, was machst du da?»

Marit kam auf Kristina zugeschritten und lächelte sie an. «Ich lege dir jetzt die Glücksbringer wieder um. Komm her und senk den Kopf!»

Marit musste sich recken, um das Band an ihrem Hals zu befestigen. Jetzt erst bemerkte Kristina, wie klein sie war.

«Danke», sagte sie und befingerte das Band. Sie hatte es noch nicht einmal einen Tag getragen, und doch kamen ihr die Pfote und das Medaillon der Königin ganz vertraut vor. Es war ein gutes Gefühl, die Sachen wieder am Hals zu haben.

David blickte um sich. «Wir sollten abstimmen, was wir

als Nächstes tun. Wollen wir hier unser Lager aufschlagen, oder wollen wir weiterreiten, bis wir in eine Stadt kommen, wo wir was zu essen bekommen? Jeder, der für Weiterreiten ist, hebt die Hand!»

Kristinas, Davids und Marits Hände flogen in die Höhe. Nur Flink hielt seine Rechte ganz fest mit der anderen Hand fest. «Ich will nicht mehr weiter!», brummte er. «Mir ist irgendwie komisch im Kopf.»

«Ich kann dich beim Reiten nach vorne nehmen», erklärte Kristina. «Dann kannst du schlafen, und ich halt dich fest!»

«Gut, reiten wir weiter.» David rieb sich die Augen. «Ich bin auch ziemlich kaputt, aber je länger wir warten, dass wir was zu essen bekommen, umso schlechter wird es uns allen gehen. Ich hab jetzt noch nicht mal meine Angelleine, die musste ich schließlich im Haus zurücklassen.»

«So wie Pfeil und Bogen auch.» Marit seufzte.

«Wir könnten ein paar Tage warten und dann zurückreiten und die Sachen holen», schlug Kristina vor. «Vielleicht sind die Männer bis dahin ja wieder fort!»

«Nein, das ist es nicht wert», entschied David. «Viel war es ohnehin nicht. Und wir müssen zusehen, dass wir endlich weiterkommen!»

«Hört mal zu!» Marits Augen glänzten im Licht des Mondes. «Wir sollten eine Devise ausgeben!»

«Eine Devise?», fragte David. «Was für eine Devise?»

«Etwas, das uns vier zusammenhält. Damit wir wissen, dass wir immer füreinander da sein werden!»

«Möchtest du das denn?», fragte Kristina. «Dass wir vier füreinander da sind?»

Marit lächelte. «Das möchte ich!»

«Von mir aus auch!», brummte Flink.

«Dann schlage ich vor», bestimmte David, «dass wir sagen: Ich für euch und ihr für mich!»

«Ich für euch und ihr für mich!», wiederholten Kristina, David und Flink.

«Ein schöner Spruch», fügte Kristina hinzu. «Woher hast du den?»

David überlegte. «Hab ihn so oder so ähnlich mal von ein paar französischen Soldaten gehört. Musketiere waren das, glaube ich.»

«Gut!» Kristina packte Flink um die Hüfte und warf ihn auf den Rücken von Kugelblitz.

«Hej!», protestierte Flink. «Ich bin doch nicht dein Paket!»

Kristina schwang sich hinter ihm in den Sattel und grinste. «Doch, das bist du. Und darum pass ich auch so gut auf dich auf!»

Hohe, uralte Bäume säumten den Weg, den sie nun ritten. Die Pferde verfielen in einen leichten Trab. Kristina und Flink hopsten im Sattel auf und ab. Flink klammerte sich an ihr fest.

«So kann ich unmöglich schlafen!», klagte Flink.

«Was bist du denn so nörgelig?», fragte Kristina. «Geht es dir wirklich schlecht?»

«Mein Kopf tut weh, und mir ist schwindelig.»

«Das kommt vom Hunger», tröstete Kristina. «Mir ist auch nicht besonders wohl zumute.»

Sie blickte auf die beiden Freunde vor ihnen. Marit hatte die Arme um David geschlungen und ihren Kopf an seinen Rücken geschmiegt.

«Außerdem hab ich das Gefühl, dass sich die Bäume hier bewegen!», jammerte Flink. «Wirklich, mir gefällt's hier nicht!»

Kristina spähte in die Morgendämmerung. Die Stämme waren teilweise doppelt so dick wie der Fleischberg aus Stralsund. In ihre knorrige Rinde waren Figuren und Gesichter geformt. Auch ihr kam es im Zwielicht so vor, als ob sie Augen anfunkelten. Als ob hölzerne Arme sich nach ihr reckten, um ihr beim Vorbeireiten ins Gesicht zu schlagen. Sie drückte Flink. «Mach dir keine Sorgen. Dieser Wald ist sicher nicht so ewig groß!»

Doch sie hatte sich getäuscht. Der Wald wollte überhaupt nicht enden. Die Sonne ging auf, aber ihre Strahlen drangen nicht ins Dickicht durch. Kristina fühlte sich leicht im Kopf vor Hunger. «Hej!», rief sie. «David! Hörst du mich?»

«Was ist?» David brachte Räuberpferd zum Stehen.

«Wir müssen was essen!», erklärte Kristina. «So kann es nicht mehr weitergehen!»

«Hm.» David blickte um sich. «Hell genug ist es ja, um nach Beeren und Pilzen zu suchen.» Er stupste Marit an, die hinter ihm eingeschlafen war. «Steig ab, Marit! Wir müssen etwas zu essen finden!»

«Du bleibst da sitzen!», befahl Kristina Flink. «Lehn dich mit dem Kopf an den Hals von Kugelblitz. Wir kommen gleich zurück, dann stärken wir uns!»

Flink nickte matt. Kristina drückte seine Hand. So elend hatte sie den Kleinen wirklich noch nie gesehen.

Während sie über Wurzeln und bemoosten Fels stolperte, machte sich Marit rasch ans Werk. Sie wendete Steine, grub hier und rupfte da und hatte schon nach kurzer Zeit eine beachtliche Menge in ihrem Rock zusammengesammelt, den sie wie eine Tasche hielt. David verschwand tiefer in den Wald hinein. Kristina konnte seine Schritte über knackende Zweige und Steine hören, dann war alles still. Als sie an dem Baum hinaufblickte, hinter dem er verschwunden war, stutzte sie. Da war etwas in den Stamm geritzt. Neugierig trat sie näher. Kein Zweifel, sie waren nicht die ersten Menschen hier. Neugierig tastete sie über die Kerbe. Sie war wie ein Pfeil geformt.

«Sieh mal, Marit!», rief sie. «Kannst du mir erklären, was das hier zu bedeuten hat?»

Marit trat näher. «Sieht aus, als hätte jemand ein Zeichen hinterlassen», sagte sie. «Aber warum und für wen?»

Kristina hob die Schultern. «Vielleicht eine Art Wegweiser? Ins nächste Dorf?» Sie trat zurück und sah sich um. Wieder kam es ihr so vor, als bewegten sich die Bäume. Wie riesige Ungeheuer starrten sie auf sie hinab.

«Hörst du das?» Marits Augen weiteten sich vor Schreck. «Ich kann Stimmen hören!»

Kristina lauschte. «Das wird David sein!»

«Der mit sich selber spricht? Nein, hör doch mal, es sind mehrere!»

Kristina spürte auf einmal, wie sie fror. «Du hast recht, hier ist irgendetwas nicht normal. Dieser Wald gefällt mir nicht. Hoffentlich kommt David gleich zurück. Ich möchte weiterreiten. Oh, guck mal da!» Sie wanderte zu einem Baum hinüber, der ein paar Ellen weiter stand. «Hier ist auch so ein Zeichen eingeritzt!»

«Ich habe einen Hasen gefangen!» David kam mit einem leblos wirkenden Felltier zurück, das er sich über die Schulter geworfen hatte.

«Der arme Hase!», entfuhr es Kristina, aber Marit schien glücklich zu sein.

«Das ist wunderbar, David! Wie hast du das geschafft?»

«Er hatte sich mit den Pfoten in dornigem Gebüsch verfangen. Ich hab ihn gepackt und – krrks.» Er legte seine Fäuste übereinander und drehte sie in entgegengesetzter Richtung um. «Schnell, Marit, mach ein Feuerchen, ich bereite den Hasen so lange zu.»

«Davon ess ich keinen Bissen», erklärte Kristina. Sie machte kehrt, um Flink zu wecken. Er würde froh sein, dass es eine Mahlzeit gab.

Flink blinzelte ihr schlapp entgegen. Er lag noch immer mit dem Kopf nach vorn gebeugt.

«Komm her, kleiner Mann!» Kristina reckte ihm die Arme entgegen. «Jetzt gibt es was zwischen die Zähne!»

Während sie so zu ihm aufblickte, bemerkte sie, dass auch an dem Baum, an dem sie Kugelblitz und Räuberpferd angebunden hatten, etwas in der Rinde stand. Es war das gleiche Zeichen wie bei den anderen beiden Bäumen: ein Pfeil, der in Richtung Sonnenaufgang wies. Sie hievte sich Flink auf den Rücken und ging zu den anderen zurück.

«Die Pfeile weisen alle in Richtung Osten», erklärte sie. «Ich nehme an, sie führen zu einer Behausung oder einem Dorf. Was meint ihr?»

«Gut möglich.» David schlitzte mit seinem Messer den Hasen auf.

«Was tust du da?», fragte Flink entsetzt.

«Ich bereite den Hasen zu. Hast du Hunger, Flink?»

«Ich sterbe vor Hunger», erklärte Flink. «Aber ich ess doch nicht das niedliche Häschen!»

«Komische Art von Moral hast du.» David schüttelte den Kopf. «Leute beklauen, die dir nichts getan haben, das kannst du, aber bei einem leckeren Stück Fleisch kriegst du Gewissensbisse, was?»

Flink verschränkte trotzig die Arme vor der Brust. «Ich ess nur einfach nichts, was niedlich ist!»

«Das Gleiche habe ich auch gesagt», tröstete Kristina. «Aber zum Glück hat Marit auch Wurzeln gesammelt, die können wir schön in der Asche rösten!»

Sie ließen sich im Kreis um das Feuer nieder, das Marit zum Brennen gebracht hatte. Flink rückte ein bisschen dichter an Kristina heran und legte seinen Kopf auf ihre Schulter. Kristina lehnte sich nun ihrerseits an ihn, und gemeinsam dösten sie ein.

Sie erwachten von einem köstlichen Duft.

«Fertig, Kinder!», grinste David. «Ich wünsche guten Appetit!»

Flink rieb sich die Augen, legte die Hände ineinander und blickte in die Baumkronen hinauf. «Komm, Herr Jesus, sei unser Gast/und segne, was du uns bescheret hast.»

Nun sprach auch David sein Gebet. «Gepriesen bist du, Jahwa, unser Gott, Schöpfer der Welt, für Speis und Trank. Durch sie gewährst du uns Leben und Freude. Gepriesen bist du in Ewigkeit.»

Marit blickte Kristina erwartungsvoll an.

Kristina gähnte. Als sie damit fertig war, sagte sie: «Ich könnte jetzt wohl wieder was vom lieben Gott sagen, aber ich glaub einfach nicht dran», erklärte sie.

Marit lächelte. «Du bist keine Christin?», fragte sie.

«Ich weiß es nicht, ehrlich gesagt. Und du?»

Marit schüttelte den Kopf. Dann faltete auch sie die Hände und blickte gen Himmel. «Danke, o Göttin, Mutter allen Seins!»

David rieb sich die Hände. «Und jetzt langt endlich zu!»

Die Wurzeln schmeckten köstlich. Kristina hatte das Gefühl, dass sie schon lange nicht mehr etwas so Leckeres gegessen hatte – was durchaus daran liegen konnte, dass sie überhaupt schon lange nichts mehr gegessen hatte.

«Was wohl die Pfeile an den Bäumen zu bedeuten haben?», fragte sie David und Marit, die kräftig in das gebratene Fleisch bissen.

«Ja», antwortete David. «Tiefer im Wald sind noch mehr davon.»

«Ich finde, wir sollten es herausfinden!», bemerkte Kristina. «Lasst uns den Pfeilen doch einfach nachreiten!»

«Ich halte das für keine gute Idee.» David runzelte die Stirn.

«Und warum nicht?», fragte Marit.

«Diese Pfeile sind ganz offensichtlich nicht für uns bestimmt», erklärte David. «Ich denke, sie sollen Leute durch den Wald führen, die nicht wollen, dass man sie näher kennenlernt. Vergesst nicht, dass wir uns in einer großen Einöde befinden.»

«Vielleicht führen die Pfeile ja aus der Einöde heraus», wandte Kristina ein. «Vielleicht zeigen sie uns den Weg ins nächste Dorf oder in die nächste Stadt?»

«Abstimmen!», krähte Flink dazwischen. «Wer wie Kristina dafür ist, dass wir den Pfeilen folgen, hebt die Hand!» Er riss den Arm empor.

Kristina und Marit hoben ihrerseits ihre Hände.

«Hm, diesmal wurde ich wohl überstimmt.» David wischte sich die Hände an seiner zerrissenen Hose ab. «Also, wenn ihr meint ... Aber ich sage euch, ich habe kein gutes Gefühl dabei!»

Marit trat die Reste des Feuers mit ihren Schuhen aus, wobei sie darauf achtete, nur die Hacke zu benutzen, die noch nicht durchlöchert war. Mittlerweile war es Tag geworden. Der Himmel war strahlend blau, und ein leichter Wind fuhr durch die Zweige. Wieder war es Kristina, als hörte sie Stimmen im Wald. Schweigend sattelten sie die Pferde und saßen auf. Kristina lenkte Kugelblitz nach rechts, in die Richtung, in die der Pfeil sie wies. Nachdem sie eine Weile so geritten waren, drang ein neues Geräusch an Kristinas Ohren. Der Wald vor ihr begann, sich zu lichten. Plötzlich meinte sie in der Ferne etwas sehr Helles und Großes zu sehen. Ihr Herz schlug schneller. Was mochte das sein?

Und dann erkannte sie plötzlich, dass sie am Meer waren. Das Geräusch war der Klang von Wellen, die gegen die Felsen schlugen.

«Wir sind am Meer!», hörte sie Marit hinter sich rufen. «David, wir sind angekommen!»

Kristina lenkte Kugelblitz zwischen den Bäumen hervor auf eine Fläche, die mit Felssteinen gepflastert war. Die plötzliche Helligkeit war so stark, dass sie die Augen zusammenkneifen musste. Als sie sich an das Licht gewöhnt hatte, bemerkte sie zu ihrer Linken eine riesige turmbewehrte Burg mit einem Wassergraben drum herum aufragen. Und dann sah sie es. Ein Schiff hatte ein Stück von ihnen entfernt geankert. Ein Schiff, dessen Segel eingerollt waren. Es bewegte sich kaum, trotz des Windes, der landeinwärts strich, und diese unheimliche Ruhe kam Kristina seltsam vor.

12. Kapitel

Herrlich! Wunderbar!» Flink sprang wie ein wild gewordener Felsengeist zwischen den Sträuchern umher. «So ein tolles Haus haben wir noch nie bewohnt!»

«Das ist kein Haus, das ist eine Burg.» Kristina war von Kugelblitz abgestiegen und blickte sich vorsichtig um.

«Na, umso besser!» Flink strahlte über das ganze Gesicht. «Dann kriegt endlich jeder sein eigenes Zimmer!»

Auch David und Marit waren von ihrem Pferd abgestiegen. Vor allem Marit sah aus, als würde sie gleich in Ohnmacht fallen. «Ich habe noch nie das Meer gesehen», bemerkte sie zittrig.

Kristina hielt die Hände über die Augen, um besser gucken zu können. «Könnt ihr Leute auf dem Schiff erkennen?», fragte sie die anderen.

«Keine Ahnung.» Auch David versuchte, etwas zu erkennen. «Sieht aus wie ein Totenschiff. Die Segel sind eingerollt, da bewegt sich nichts.»

«Was ist ein Totenschiff?», fragte Marit, die Augen immer noch weit aufgerissen – ob vor Staunen oder aus Angst, hätte Kristina nicht sagen können.

«Ein Totenschiff ist ein Schiff, das von Toten besegelt wird», erklärte David.

«Oh», machte Marit.

«Aber das ist doch Quatsch», fuhr Kristina dazwischen. «Ich meine, wie soll das gehen? Wenn einer tot ist, kann er doch nichts mehr tun!»

«Woher willst denn ausgerechnet du das wissen?» David drehte sich zu ihr um. «Vor zwei Tagen konntest du dich noch nicht mal an deinen eigenen Namen erinnern!»

Täuschte sie sich, oder sah David auf einmal wütend aus? Kristina runzelte die Stirn. «Hör mal», sagte sie. «Ich sag ja nicht, dass du lügst oder so, aber seitdem ich diesen Unfall hatte und alles so langsam wieder entdecke, stelle ich fest, dass viele Leute Quatsch reden. Nein, warte!» Sie hob die Hand, weil sie merkte, dass David etwas erwidern wollte. «Ohne dass sie es wollen natürlich. Aber vermutlich ist jeder so daran gewöhnt, dass alle sagen: so und so ist es geschehen, und das und das gibt es, dass man das Gesagte gar nicht mehr infrage stellt. Auf dem Schiff, auf dem Flink und ich gesegelt sind, haben die Seeleute behauptet, es gebe einen Klabautermann. Und was war? Sie haben Flink für den Klabautermann gehalten! Dann erzählt mir Flink, es gebe Trolle im Wald. Gesehen haben wir aber auch keinen einzigen. Und dann reden alle von Gott. Aber auch den hat noch keiner gesehen! Und jetzt erzählst du mir, dass Menschen, die nicht mal mehr atmen, reden oder gehen können, in der Lage sind, ein Schiff zu besegeln?»

David holte tief Luft. «Du glaubst also nur das, was du siehst, ist das richtig?»

«Na ja, es ist das Einzige, woran ich mich halten kann, oder?»

«Wie steht es dann mit deinen Gefühlen?»

«Mit meinen Gefühlen?»

«Ja. Warst du zum Beispiel schon einmal wütend auf jemanden?»

Kristina überlegte. «Ich kann nicht sagen, wie das vor meinem Unfall war, aber ... ja.» Der Fleischberg fiel ihr ein, und die Piraten. O doch, sie war sogar sehr wütend auf sie gewesen.

«Wie kannst du mit Sicherheit wissen, dass du wütend gewesen bist? Hast du es gesehen?»

«Nein, ich ...» Kristina schwieg verblüfft. «Gut, ich verstehe, worauf du hinauswillst.»

«Guck mal, es gibt sogar einen Turm in der Burg», wandte Marit sich an Flink. «Meinst du, dass man von da oben das Meer noch besser sehen kann?»

«Natürlich kann man das!» Flink klatschte in die Hände.

«Dann muss ich unbedingt da hinauf!» Marit marschierte in Richtung Burg davon.

Flink sah zu Kristina und David hinüber, die immer noch in ihr Streitgespräch vertieft waren. Er hatte keine Lust, sich daran zu beteiligen, und schob den Pferden ein Büschel Gras ins Maul.

Nach einer Weile wandte David sich ihm zu. «Wo ist

eigentlich Marit? Ist sie nicht eben mit dir mitgegangen?»

Flink schüttelte den Kopf. «Sie ist in die Burg hinein. Wollte sich vom Turm aus das Meer ansehen.»

«Ganz allein?» David runzelte die Stirn. «Das hätte sie nicht tun sollen. Wenn die Toten vom Totenschiff nun in der Burg hausen?»

«Zum hundertsten Mal, David, Tote können nirgendwo hausen.» Kristina funkelte ihn an. «Von ihren Gräbern einmal abgesehen. Gut, ich geh sie suchen.»

«Das tust du nicht.» David hielt sie am Ärmel zurück. «Wenn, dann gehe ich. Oder wir gehen zusammen!»

«Und Flink alleine hier zurücklassen? Auf keinen Fall. Außerdem kann ich Marit und mich verteidigen. Ich hab schließlich den hier dabei!» Sie deutete auf ihren Degen.

David packte sie noch ein wenig fester. «Ihr seid zwei Mädchen. Wenn ...»

Kristina hob eine Augenbraue. «Wenn was? Ich mag zwar nicht besonders stark aussehen, David. Aber mit Toten sollte ich es aufnehmen können.»

Als sie das große Tor passiert hatte und in die Eingangshalle trat, erschauerte Kristina vor Ekel. Im Gemäuer der Burg roch es nach Dingen, die sie einmal gekannt hatte, aber jetzt sicherlich nicht mehr kennen wollte. Sie schloss die Augen und versuchte, sich auf ihre Erinnerung zu konzentrieren. Zuerst war da nichts als Schwärze und Leere. Aber dann stiegen doch ein paar Bilder in ihr auf. Eine tote Maus. Ein Topf mit Lebensmitteln, auf denen Pelze wuchsen. Rufe von Menschen: «Das ist ja ekelhaft!», «Rühr das nicht an!» Kristina öffnete die Augen wieder. Die Bilder verflogen so schnell, wie sie gekommen waren.

«Marit!», rief sie. «Wo steckst du?»

Steckst du, steckst du? – Ihre Frage hallte als Echo von den Wänden zurück. Sie lauschte, doch keine Antwort kam. Marit musste in den Turm geklettert sein. Von wo aus ging es hier wohl in den Turm hinauf? Rasch durchmaß sie den Raum. Es klang, als ginge sie in Begleitung, so sehr verstärkte der Widerhall ihre Schritte. In der Wand ihr gegenüber waren zwei riesige Flügeltüren eingelassen. Kurz entschlossen warf sie sie auf. Sofort strömte ihr frische Meeresluft entgegen. Sie war in einem Innenhof gelandet. Hohe Mauern ragten rings um den Hof auf. Sie legte den Kopf in den Nacken und stellte fest, dass der Turm ans Gebäude gegenüber gebaut worden war.

«Marit!», rief sie erneut, aber noch immer kam keine Antwort. Sie durchquerte den Hof, um zu dem Gebäude mit dem Turm zu gelangen. Als sie die Flügeltüren erreichte, stieß sie versehentlich gegen einen Stein in der Mauer. Eine ganze Heerschar von Ratten stürzte aus dem Loch hervor, das der Stein zuvor versperrt hatte. Kristina schrie auf. Eines der Tiere war in ihr Hosenbein geschlüpft und versuchte nun, sich im Inneren ihrer Kleidung an ihr hochzuangeln. «Weg, du Biest!», schrie sie und drückte das Tier nach unten in Richtung Ausgang. Ein scharfer Schmerz durchzuckte sie. Fassungslos starrte sie auf ihre

Hand. Die Ratte hatte sie gebissen. Blut quoll aus ihrem Daumen. «Verfluchtes Tiergesindel!», stieß sie hervor und schüttelte ihr Bein, in der Hoffnung, die Ratte möge endlich ihr Gleichgewicht verlieren und runterfallen. Schritte erklangen hinter ihr. Auf einem Bein hüpfend drehte sie sich um. «Gut, dass du da bist, Marit! Ich habe eine verfluchte Ratte im Ho...» Sie stockte. Vor ihr stand ein Mann mit einem Holzbein. Das Gesicht hatte er zu einem Grinsen verzogen, und sein einzig verbliebener Zahn leuchtete weiß im Mund.

«Kapitän Diederichsen!»

Der Kapitän grinste immer noch. «Hast mich gleich erkannt, was, Kleine? Kann ich dir irgendwie behilflich sein?»

Kristina griff nach ihrem Degen. Sie spürte, wie sie panisch wurde. Gleichzeitig fühlte sie eine riesengroße Wut. Mit der Degenspitze stach sie nach dem Tier in ihrem Hosenbein. Die Ratte quietschte, dann fiel sie endlich heraus.

«Vorsicht mit dieser Waffe!», lächelte der Kapitän. «Deine kleine Freundin wollte auch erst nicht glauben, dass die ganz schön scharf sein kann. Sie ist doch deine Freundin, oder nicht?»

Kristina machte einen Schritt auf den Kapitän zu. «Was habt Ihr mit Marit gemacht?»

«Oh, es geht ihr gut.» Der Kapitän machte eine besänftigende Geste. «Sie hat sich schnell an ihre Fesseln gewöhnt. Nein, nein, Kristina, ich halte es ehrlich für besser, wenn du deinen Degen wieder herunternimmst!»

«Und ich halte es für noch besser, wenn Ihr mich auf der Stelle zu Marit führen würdet!» Kristina machte noch einen Schritt auf den Kapitän zu. «Andernfalls sehe ich mich nämlich gezwungen, mich mit einem Krüppel zu schlagen!»

«Wie nennst du mich, du Kröte?» Das Lachen war aus Diederichsens Gesicht verschwunden.

«Oh, da gibt es eine ganze Reihe von Möglichkeiten!», fauchte Kristina. «Einbeiniges Monster zum Beispiel! Ungewaschener Warzensegler! Zahnloser Suppenlecker!»

«Es reicht!» Jetzt zog auch der Kapitän seinen Degen.

Kristina war so wütend, dass sie ihre anfängliche Panik vergaß. Sie hieb ihren Degen dem Kapitän auf die Schulter, aber der knurrte bloß und versetzte ihr einen Hieb mit seiner Klinge, sodass sie genötigt war, einen Schritt zurückzutun. Dabei riss sie ihren Degen in die linke Umgehungslage. Der Kapitän parierte mit einer Reihe von Stößen. Er war erstaunlich wendig für einen einbeinigen Mann. Alles in allem schien er sich beim Fechten so wohl zu fühlen wie ein Blatt am Ast.

Kristina spürte, wie ihr der Schweiß ausbrach. Der Kapitän war ein mächtiger Gegner, und ihre rechte Hand schmerzte immer noch von dem Rattenbiss. Sie versuchte, den Stößen ihres Gegenübers auszuweichen, indem sie sich links und rechts unter ihnen wegduckte. Der Kapitän mochte erfahren sein im Kampf, aber sie war jünger und wendiger als er.

Als sie ihm unerwartet einen Umgehungsschlag in die

rechte Zwischenlage versetzte, taumelte der Kapitän. Kristina nutzte seine Schwäche und griff weiterhin an. Sie biss die Zähne zusammen, denn das Blut lief immer noch aus ihrem Daumen, und ihre Hand brannte mittlerweile wie Feuer. Der Kapitän wich immer weiter vor ihr zurück, bis er die Mauer in seinem Rücken hatte.

«Ergebt euch – oder ich spieße euch auf!» Kristina hielt ihre Degenspitze auf seine Brust gerichtet, aber zu ihrer Überraschung sah sie überhaupt keine Angst in seinem Blick. Im Gegenteil. Der Kapitän grinste, als handele es sich bei ihrem Gefecht um einen vergnüglichen Gesellschaftstanz.

«Ich ergebe mich aber nicht», erklärte er.

«Gut.» Kristina schluckte. Sie hatte nicht vor, den Mann umzubringen, so widerwärtig er ihr auch war. Sie wollte bloß ihrem Wunsch ein wenig Nachdruck verleihen. «Dann lasst es mich so sagen: wenn Ihr mich nicht augenblicklich zu dem Mädchen führt, das Ihr hier festhaltet, und wenn Ihr mir nicht versprecht, mich von jetzt an in Ruhe zu lassen, dann wird das hier», sie setzte ihre Degenspitze dort auf, wo sie sein Herz vermutete, «bald seinen letzten Schlag geklopft haben!»

«Das glaube ich nicht.» Eine andere Männerstimme ließ sie herumwirbeln. Stechender Blick. Roter, juckender Ausschlag. Messenius. Im nächsten Augenblick spürte sie seine Hände an ihren Armen. Vor Schmerz und Überraschung ließ sie ihren Degen fallen. Messenius und der Kapitän stürzten sich auf sie, um ihre Hände zu fesseln.

«Hilfe!», schrie sie. «So helft mir doch!» Sie traute sich nicht, Davids und Flinks Namen zu rufen, aus Angst, die beiden Männer könnten auch noch die anderen Freunde finden.

«Dich hört hier keiner!», grinste Messenius. «Außer Pelle vielleicht. Du weißt doch noch, wer Pelle ist?»

«Ja.» Kristina spuckte aus. «Der hässlichste von euch Vogelscheuchen. Der mit den Warzen auf dem Kopf.»

«Ich hatte sie irgendwie für wohlerzogener gehalten, als ich ihr in Stralsund begegnet bin.» Der Kapitän schüttelte den Kopf, während er ihr den Mund zuhielt. «Besser, da kommt jetzt nichts mehr raus.»

Er stieß sie vor sich her in das Gemäuer, aus dem vorhin die Ratten geströmt waren. «Du wolltest, dass ich dich zu deiner Freundin führe, dem anderen kleinen Biest? Bitte schön! Wir erfüllen jungen Fräulein gern ihre Wünsche, was, Messenius?» Er lachte hämisch, und Messenius fiel in das Gelächter mit ein.

Messenius öffnete die Flügeltüren, und während der Kapitän sie in das Innere des Gemäuers hineinschubste, schlug Kristina ein dumpfer Geruch entgegen. Aber diesmal erinnerte sie der Geruch weder an tote Mäuse noch an verfaultes Essen. Sondern an etwas sehr vertrautes. Die Gewürze des Kaufmanns in Stralsund! Das Haus der Fleischbergfamilie! Offenbar hatten die Piraten hier ihre Waren gelagert.

Das Segelschiff fiel ihr wieder ein, das sie draußen auf dem Meer gesehen hatten. Von wegen *Totenschiff*! Sie biss sich auf die Lippen, bis es weh tat, so sehr ärgerte sie sich darüber, dass sie die *Prins Karl* nicht erkannt hatte.

«Ihr zwei kennt euch ja schon.» Der Kapitän stieß Kristina in eine Ecke auf ein Bündel Stroh hinauf. «Und wenn nicht: Jetzt habt ihr reichlich Gelegenheit, das nachzuholen!»

«Zahnloser Suppenlecker!»

«Das sagtest du schon.»

«Ich kann es gar nicht oft genug sagen!»

Der Kapitän beugte sich vor, um ihr eine Ohrfeige zu verpassen. Kristina trat nach ihm. «Na warte, du Kröte!», keuchte er.

«Lass sie.» Messenius' Stimme klang kühl und beherrscht. «Das Mädchen wird seine Lektion schon noch lernen. Nachher. Von uns allen.»

Kristina behielt die Männer im Blick, die sich nun wieder dem Ausgang zuwandten. Als die Flügeltüren hinter ihnen zugefallen waren, stieß sie einen Wutschrei aus.

Marits blonder Strubbelkopf wandte sich ihr zu. «Dir haben sie also auch Fesseln angelegt. Was zum Teufel machen wir denn jetzt?»

«Warten, bis Flink und David kommen und uns befreien. In der Zwischenzeit könntest du vielleicht unsere Fesseln lösen?»

Marit zeigte mit einer Kopfbewegung hinter sich. Jetzt erst bemerkte Kristina, dass Marit nicht mit gewöhnlichen Seilen gefesselt war, sondern mit einer Kette, die durch einen Eisenring an der Mauer hinter ihnen gezogen war.

«Oh», machte sie.

«Ja», sagte Marit. «Das habe ich auch gesagt.»

Kristina fühlte, wie sich ihr Hals vor Angst zusammenzog. «Ich fürchte», sagte sie leise, «jetzt sind wir wirklich dran.»

David schritt unruhig auf und ab. «So lang kann doch kein Mensch brauchen, um jemanden aus einer Burg zu holen!»

«Ich weiß nicht.» Flink warf mit der rechten Hand kleine Steine in die Luft und fing sie mit der linken geschickt wieder auf. «Ich hab noch nie Leute aus einer Burg geholt.»

«Was, wenn sie da drinnen nun auf jemanden gestoßen sind, der sie aufhält?»

«Wer sollte das sein?», fragte Flink. «Die Burg sieht doch ganz verlassen aus, und ich ...»

«Psst.» David legte den Finger an den Mund. «Hörst du das auch?»

Flink spitzte die Ohren. «Stimmen?»

Es platschte laut.

«Da ist wirklich jemand», flüsterte David. «Sieh mal, ich glaube, die lassen ein Boot zu Wasser! Runter mit dem Dickschädel, Flink! Die gucken zu uns rüber!» Gemeinsam kauerten sie sich nebeneinander hinter den Felsen. Eine Weile lang traute sich keiner von beiden, laut zu atmen. Dann hörten sie, wie sich die Ruderschläge entfernten.

«Kannst du erkennen, ob sie die Mädchen an Bord haben?», fragte David.

Flink blinzelte. «Ich erkenne zwei Leute mit Hut.»

«Groß, klein, lange Haare? Trägt die eine einen Degen an der Seite? Und hat die andere blonde Haare und sehr blaue Augen?»

«Meine Gucklöcher mögen jung und sehr gut sein.» Flink wandte sich empört zu ihm um. «Aber ein Fernrohr können sie nun auch wieder nicht ersetzen! Was willst du eigentlich noch wissen? Ob sie irgendwelche Muttermale in der Ohrmuschel haben?»

«Was weißt du Knirps denn von Fernrohren?», fragte David verwundert.

«Mal sehen.» Flink sah noch immer verärgert aus. «Ein Italiener namens Gali..., Gali..., ach, ist auch egal, hat das Fernrohr vor vierzig Jahren mit Hilfe von holländischen Glasschleifern erfunden. Er hat seine Erfindung zum ersten Mal in Vene..., Venedig vorgestellt, und seitdem finden alle Leute es großartig. Und ohne das sehe ich nicht, ob die beiden Hutgestalten, die dort hinten auf das Segelschiff zurudern, Marit und Kristina sind!»

«Donnerwetter.» David war ehrlich beeindruckt. «Eines Tages musst du mir aber wirklich mal verraten, woher du dein ganzes Wissen hast!»

«Ich wurde schon so geboren.» Flink streckte sich.

«Gut, aber das bringt uns jetzt alles nicht weiter.» David kratzte sich nachdenklich am Kopf. «Fassen wir zusammen. Die Männer des Segelschiffs haben irgendwas in der Burg gemacht. Marit und Kristina kommen da nicht mehr raus. Ich fürchte, sie werden dort festgehalten!»

«Also gut.» Flink sprang auf die Füße. «Gehen wir also in die Burg hinein und sehen zu, dass wir sie wieder freibekommen!»

«Nicht so hastig! Es könnten noch mehr Männer in der Burg sein! Vielleicht werden die Mädchen sogar bewacht. Wenn wir dabei erwischt werden, wie wir nach den beiden suchen, könnten wir ebenfalls gefangen genommen werden. Das nützt dann niemandem mehr was.»

«Was schlägst du also vor?» Flink zappelte. Er wollte anfangen, jetzt sofort.

«Ich schlage vor, dass wir erst einmal um die Burg herumgehen. Vielleicht können wir die Mädchen irgendwo hören oder sehen. Und wir sollten versuchen, herauszufinden, ob es eine unbewachte Stelle gibt, von der aus wir hineingelangen können!»

Die Sonne begann allmählich zu sinken, während sie sich auf den Weg machten. Ihre rotgoldenen Strahlen verliehen Flinks blondem Kopf eine Art Heiligenschein. Der Junge pirschte, schlich, kletterte und sprang, als hätte er sein Lebtag lang nichts anderes getan. David wurde immer neugieriger. Wer war dieser kleine Dieb, der offensichtlich Bildung besaß und so wendig war wie eine Maus? Aber jetzt war nicht der richtige Zeitpunkt, um Fragen zu stellen. Jetzt galt es, Kristina und Marit da herauszubekommen. Wenn sie tatsächlich festgehalten wurden. David wollte immer noch nicht so recht daran glauben. Vielleicht waren die beiden ja auch gerade dabei, Freund-

Biss später …
auf www.bella-und-edward.de
CARLSEN
www.carlsen.de
© 2007 CARLSEN Verlag GmbH, Hamburg / Sonya Pletes

schaft zu schließen und verrückte Dinge zu tun, so wie er es bei den Mädchen im Tross gesehen hatte. Vielleicht wuselten sie sich gerade gegenseitig in den Haaren herum, verglichen die Form ihrer Nägel miteinander, sprachen über Jungs und kicherten um die Wette.

Ein Geräusch ließ ihn zusammenzucken. Er hielt Flink am Ärmel fest. «Hörst du das?»

«Klingt, als ob jemand eine Feier machen würde.»

Männerstimmen grölten ein Lied. Ein Gegenstand fiel polternd zu Boden.

«Das ist schon mal der Raum, den wir *nicht* als Erstes betreten sollten.» David kniff die Augen zusammen. «Verflixt, warum sind die Löcher in den Wänden nur so hoch? Ich würde zu gern mal einen Blick in die Räume werfen!»

«Da!» Flink deutete auf eine Gestalt, die nur wenige Ellen von ihnen entfernt stand. Es war ein Mann in hohen Stulpenstiefeln mit einem breiten Hut auf dem Kopf. Dieser Hut wurde von einer langen Feder geschmückt, die in der Abendbrise hin und her wehte. «Eine Wache! Die stand da vorhin aber noch nicht.»

«Die Männer haben etwas zu verbergen. Los, Flink, wir müssen uns jetzt etwas überlegen! Die Mädchen werden da drinnen festgehalten, da bin ich mir ganz sicher. Wie kommen wir denn nun da rein? Flink? Hörst du mich, Junge?»

Flink war dabei, auf allen vieren auf dem steinigen Boden herumzukriechen. «Natürlich höre ich dich», zischte er. «Du sprichst schließlich nicht gerade leise. Willst du die Männer auf unsere Spur lenken, damit die Mädchen freikommen, oder was ist dein Plan?»

David kreuzte die Arme vor der Brust. «Frag nicht so dumm. Natürlich ist das nicht mein Plan. Darf ich fragen, was du da unten suchst?»

«Einen unterirdischen Eingang.»

«Einen was?»

«Den Eingang zu einem Tunnel, der in das Innere der Burg führt. Die meisten Burgen haben so einen geheimen Zugang.»

«Und woher weißt du das nun schon wieder?»

«Wie gesagt. Ist alles bei meiner Geburt in meinen Kopf gekommen.» Flink richtete sich auf. «Lass uns auf die andere Seite gehen. Hier sind die Felsen überall fest.»

David schüttelte den Kopf, aber er folgte Flink. «Uns rennt die Zeit davon. Gleich wird es dunkel sein.»

«Weiß ich selbst, du Schlaumeier.»

So leise sie konnten, huschten sie um die Ecke zur Hinterseite der Burg. Möwen kreischten über ihnen. Die Sonne senkte sich glühend rot ins Meer hinein.

«Es hätte heute ausnahmsweise mal alles so schön sein können ...», bemerkte David düster.

«Hier!» Flink richtete sich strahlend auf. In der Hand hielt er einen großen Stein. «Ich glaube, ich habe den Eingang zum Tunnel gefunden! Hilf mir mal, den anderen Stein beiseitezuschieben!»

David hockte sich neben Flink, und gemeinsam drückten sie, bis der Stein sich bewegte. Ein kühles, schwarzes

Loch gähnte ihnen entgegen. «Weißt du auch, wie man in so was reingeht?», fragte David. «Mit den Füßen oder mit dem Kopf zuerst? Egal, ich probier es einfach aus.» Er hielt probehalber ein Bein in das Loch. «So weit, so gut. Ich weiß nur nicht, wie das andere Bein da hineinpassen soll.»

«Lass mich mal.» Flink schob David beiseite. «Ich gehe mit dem Kopf zuerst.»

David guckte zu, wie Flink bis zur Hüfte im Felsloch verschwand. Dann tauchte Flink wieder auf. «Das ist verflixt eng da drinnen!», murrte er. «Ich weiß nicht, für wen die den gebaut haben. Für Zwerge? Du passt da jedenfalls nicht rein.»

«Ich kann auch nicht sagen, dass ich dazu besonders große Lust hätte», bemerkte David. «Ich war jahrelang in Löcher und winzige Zelte eingepfercht. Obwohl – für Marit würde ich das sogar tun.»

«Magst sie gern, Marit, stimmt's?» Flink zwinkerte.

«Ich ... nun ja ...»

Flink kicherte, während er sich wieder auf den Boden hockte. «Drück mir die Daumen, dass der Gang auch wirklich in die Burg führt!»

«Wird schon.» David versetzte Flink einen Klaps. «Viel Glück, kleiner Mann! Und bring mir die Mädchen gesund wieder heim! Mein Mädchen ... und das andere natürlich auch!»

«Ja, ja», murmelte Flink. Er hatte den Kopf schon im dunklen Loch, und David hörte ihn nicht mehr.

Es war unheimlich im dunklen Loch. Nachdem Flink so weit hinuntergerutscht war, dass auch seine Füße drinnen steckten, endete der Felsen, und die Erde begann. Jetzt wurde der Gang etwas breiter. So breit, dass Flink beim Vorwärtskriechen die Arme ein bisschen anwinkeln konnte. Viel breiter als er selbst durfte wirklich keiner sein, der diesen Gang benutzte. Plötzlich fragte sich Flink, wie Kristina und Marit es hier hindurchschaffen sollten. Die beiden Mädchen waren zwar alles andere als dick, aber sie waren eben auch schon große Mädchen und damit für den Gang vollkommen ungeeignet.

Mühsam kämpfte er sich durch die Enge. Erde rieselte ihm in die Haare, was schrecklich juckte. Er versuchte, sich zu kratzen, aber der Tunnel war so eng, dass er mit seinem Arm die Stelle nicht erreichte. Allmählich hatte er das Gefühl, dass ihm die Luft ausging. Wie lange er wohl noch so kriechen musste? Und in welchen Raum der Gang wohl mündete?

Ein Geräusch ließ ihn zusammenzucken. Lose Steine und Erde bröckelten auf ihn hinab. Und dann gab es einen kleinen Rutsch, der Gang erzitterte, und hinter ihm prasselte ein ganzer Erdschauer herab. Er versuchte, mit seinen Füßen zu ertasten, was da passiert war, stieß aber gegen einen Widerstand. Vorsichtig bewegte er sich rückwärts. Nein, es gab keinen Zweifel. Rückwärts wieder zurückzukriechen war nun nicht mehr möglich. Der Tunnel war verschüttet.

Erdstaub füllte die wenige verbliebene Luft. Flink hatte

das Gefühl zu ersticken. «Bitte, lieber Gott», betete er leise, während er nach dem Kreuz an seinem Hals tastete. «Mach, dass der Gang nicht auch noch weiter vorn einkracht. Sonst bin ich hier begraben.»

Gott schien seinen Wunsch erhört zu haben, denn obwohl es weiterhin Erde und Steinchen rieselte, blieb der Gang stabil. Vorsichtig bewegte Flink sich vorwärts. Schon meinte er zu sehen, dass der Gang heller wurde, und er konnte Stimmen hören. Es waren dieselben Stimmen, die er vorhin mit David von draußen gehört hatte. Männer, die zusammen sangen und sich gegenseitig anbrüllten.

Der Gang führte dorthin, wo Flink auf keinen Fall sein wollte. Mitten in die Halle der feiernden Piraten hinein. Und er musste vorwärts kriechen – denn ein Zurück gab es nun nicht mehr.

13. Kapitel

«Wir könnten uns Geschichten erzählen», bemerkte Kristina. Sie fröstelte vor Kälte in dem feuchten Felsgemäuer. Durst zerrte an ihrer Kehle. Sie hatte Angst. Eine Halle weiter konnte sie die Piraten hören. Es war nur eine Frage der Zeit, bis die Männer zu ihnen kommen würden und dann ...

«Gern.» Marit lächelte im Halbdunkel schwach. «Erzähl mir, was du gespielt hast, als du klein warst!»

«Wenn ich das nur wüsste.» Kristina schüttelte den Kopf. «Ich dachte, wir denken uns Geschichten aus. Denn alles, was ich dir erzählen kann, ist das, was in den letzten Monaten passiert ist. Und das meiste davon kennst du schon.»

«Erzähl mir von dieser Frau, die dich gefunden hat», forderte Marit sie auf. «War sie lieb?»

«Sie war der liebste erwachsene Mensch, den du dir vorstellen kannst!» Kristina lächelte bei der Erinnerung an Margarethe. «Sie hat nach Kräutern und Essen gerochen. Ich konnte mich hineinfallen lassen in diesen Duft. Wenn ich Angst hatte, haben Margarethes Arme die Angst ein bisschen abgehalten.» Sie schluckte. «Ich wünschte, sie wäre jetzt hier.»

Marit schwieg. «Meine Mutter war auch so», sagte sie schließlich. «Ich hoffe für dich, dass du Margarethe wiedersiehst.»

Kristina schüttelte den Kopf. «Das ist unwahrscheinlich. Selbst, wenn wir hier wieder rauskommen sollten. Margarethe ist auf Rügen geblieben, und ich muss unbedingt nach Stockholm.»

«Aber Margarethe lebt», wandte Marit ein. «Daran musst du immer denken, Kristina! Du kannst irgendwann wieder zu ihr reisen! Meine Mutter dagegen ...»

Sie brauchte den Satz nicht zu vollenden. Marits Mutter war tot. So wie auch Kristinas Mutter – wenn es stimmte, was David ihr erzählt hatte. Und ihr Vater? Wieder dachte sie daran, was damals auf Rügen passiert war. War der Mann, den sie schwer verletzt in ihrer Nähe gefunden hatten, ihr Vater gewesen?

«Das alles sind keine besonders fröhlichen Geschichten», bemerkte Kristina schließlich. Mit der einen gefesselten Hand rieb sie sich die andere. Die Stelle, wo die Ratte sie gebissen hatte, tat immer noch weh. Und dann geschah das, wovor sie sich die ganze Zeit gefürchtet hatte. Die Tür ging auf. Und Messenius trat herein.

Der Tunnel krümmte sich auf seiner letzten Elle Weg so stark, dass Flink den Rücken nach hinten durchbiegen musste, um hindurchzuschlüpfen. Der Tunnelausgang war durch keine Platte oder Ähnliches verdeckt, sodass Flink auf einmal direkt in den Raum sehen konnte. Es war fast dunkel hier drinnen. Nur eine einzige Fackel erleuchtete das Geschehen. Die Piraten saßen in einer Ecke. In ihrer Mitte stand eine riesige Holztruhe mit messingnen Verschlägen, aus denen einer der Männer etwas hervorholte. Ein Fass, aus dem ein Schlauch ragte, stand neben den Männern, und der Schlauch wurde herumgereicht. Flink hielt sich mucksmäuschenstill. Sein Herz schlug zum Zerbersten. Er war nun sicher, dass Kristina und Marit gefangen gehalten wurden. Was sollte er tun? Wenn ihn die Männer hier entdeckten, gab es kein Entkommen mehr.

Ein Mann, der Flink bekannt vorkam, erhob sich aus der Ecke und rieb sich genüsslich die Hände. «Wir sind uns also einig, Männer», griente er. «Dann hol ich die Mädchen jetzt rein.»

«Du musst aufpassen bei der Wilden, Messenius», sagte ein Mann, der auf dem Boden lag und ein Holzbein trug. «Nimm Pelle mit, der hilft dir, sie zu bändigen!»

Der mit Messenius Angesprochene spuckte aus. «Ich lass mich doch nicht von Mädchen fertigmachen!», brummte er. «Nein, Pelle!» Er hob die Hand in Richtung eines Mannes mit Halbglatze und langen, fettigen Haaren, der sich nun ebenfalls erhoben hatte. Flink bemerkte, dass die Glatze des Mannes mit Warzen übersät war. «Das beleidigt mich wirklich! Du bleibst schön hier! Ich bin mit den Kröten gleich wieder da! Lasst mir aber einen Moment Zeit – ich hab Lust, mit den beiden erst mal allein zu sein!»

Flinks Herz klopfte nun so laut, dass er kaum die Worte verstand, die die Männer nun weitersprachen. So vorsichtig er konnte, drückte er sich aus dem Tunnelloch heraus und schlich zur Mauerwand. Dieser Teil des Raumes war zum Glück in Schatten getaucht. Aus seinem Versteck heraus beobachtete er, wie dieser Messenius nach einem langen Gegenstand griff und ihn in die Flamme der Fackel hielt. Es zischte, und der Gegenstand leuchtete hell. Mit der frischangezündeten Fackel in der Hand machte er sich auf den Weg zu einer riesigen Flügeltür, die in die Wand eingelassen war. Flink folgte ihm lautlos. Es ging durch einen langen Gang, in dem eine Reihe Säcke stand. Aus den Säcken duftete es vertraut. Flink erkannte den Geruch der Gewürze, die der Stralsunder Kaufherr in seinem Dachboden gelagert hatte. Der Gang führte durch eine weitere Flügeltür in eine Art Saal. Auch hier duftete es nach Gewürzen. Und dann sah er sie, zusammengekauert im Schein der Fackel, die der Mann vor ihm in die Höhe hielt. Mit einem Schrei warf er sich nach vorn und schubste den Mann, sodass dieser ins Wanken geriet.

«Flink!», rief Kristina.

Flink warf sich noch einmal mit vollster Kraft auf den Mann. Die Fackel fiel zu Boden und rollte in Richtung Kristina.

«Hol dir die Fackel, Kristina!», brüllte er. «Schnell!»

Und dann sah er nur noch, wie Kristina mit auf dem Rücken gefesselten Händen nach vorn eilte und das eine Ende der Fackel in den Mund nahm. Sie schwankte kurz, konnte die Fackel aber halten. Ihr Schein erleuchtete das Gesicht des Mannes. Flink konnte sehen, dass es von einem roten Ausschlag bedeckt war. Erneut nahm Flink Anlauf, und dann warf er sich so auf den Mann, dass der auf den Boden fiel. Flink stürzte hinterher und setzte sich auf seinen Bauch. Messenius starrte ihn aus weitaufgerissenen Augen an. «Der Klabautermann!», röchelte er.

«Wirf mir die Fackel zu!», brüllte Flink. «Und jetzt flieht!»

«Ich bin angekettet!», rief Marit von der Wand her.

In Flinks Kopf drehte sich alles. Was sollte er sagen, was tun? Sein erster Reflex war, den Mann nach Schätzen in seinen Hosentaschen abzusuchen, aber das musste er sich jetzt wohl verkneifen. Und plötzlich hatte er die Idee!

«Ja-ha», brummte er. «Ich bin der Klabautermann! Und ich werde Euch und Euren Mannen den Garaus machen, ich werde Euch einen mächtigen Sturm schicken, wie jener, den Ihr vor Kalmar erlebt habt, als zwei Eurer Männer über Bord gespült wurden! Ich werde jedes einzelne Besatzungsmitglied vernichten, vom Kapitän bis zum Koch hinunter, und Euch zuallererst, wenn Ihr nicht auf der Stelle das Mädchen dort hinten losmacht! Und dem Mädchen mit der Fackel im Mund löst Ihr natürlich auch die Fesseln! Habt Ihr mich verstanden?»

Messenius nickte und erhob sich halb. «Ihr müsst wieder von mir herunterklettern, Klabautermann, sonst kann ich die Mädchen nicht befreien.»

Flink fing mit der linken Hand die Fackel auf, die Kristina ihm mit einer Kopfbewegung hinüberwarf. «Macht schnell!», sagte er und wedelte mit der brennenden Fackel drohend über seinem Kopf.

Messenius rappelte sich auf. Er löste erst Kristinas Fesseln, dann ging er hinüber und machte die Kette an Marits Armen los.

«Mir nach, Mädels!», rief Flink und wandte sich zur Flügeltür um.

Da erst schien Messenius aus seiner Verwunderung und Angst zu erwachen. «Halt mal!», sagte er und sprang auf Flink zu. «Du bist gar nicht der Klabautermann, stimmt's? Du bist ein Freund der beiden! Ein kleiner Junge!»

Aber Flink hörte ihn schon gar nicht mehr. Als er sah, dass Kristina und Marit an seiner Seite waren, rannte er einfach los. Die Mädchen folgten ihm.

«Wohin?», fragte Kristina atemlos, als sie auf den nach Gewürzen duftenden Gang hinausgelaufen waren.

«Anhalten!», rief Messenius hinter ihnen. «Haltet sofort an, oder ich reiß euch die Gedärme aus dem Leib!»

«Ach ja?» Kristina hielt in der Tat an.

«Was machst du denn?», rief Flink verzweifelt.

«Meinen Degen holen», sagte Kristina. «Er muss noch irgendwo in der Halle sein!»

«Vergiss den Degen und *lauf*!» Flink hatte das Gefühl, einer Ohnmacht nahe zu sein. So dicht vor dem Ziel, und Kristina fing tatsächlich an, nach ihrem persönlichen Lieblingsgegenstand zu suchen! Schon hatte Messenius den Arm nach ihr ausgestreckt, aber Kristina tauchte einfach darunter durch.

«Hier ist er ja. Direkt an der Eingangstür!» Sie schlug mit der Klinge nach Messenius, der abermals den Arm nach ihr ausstreckte. «Nicht doch, das ist *mein* Degen!» Sie rannte Marit und Flink hinterher. Als sie die Mitte des Ganges erreichten – Messenius war ihnen noch immer auf der Spur –, bog Flink scharf nach links. Wieder ging es durch eine Tür, und abermals durch eine Halle. Dunkel war es hier, aber Kristina folgte einfach dem Licht der Fackel, von der sie wusste, dass Flink sie hielt. Von der Halle aus führte eine Treppe nach oben. So schnell sie konnte, erklomm sie die Stufen. Messenius' Schnaufen war nun direkt hinter ihr. Auf einmal rutschte sie aus und fiel hin. Mit dem Knie schlug sie auf eine der Steinstufen, und dann schlitterte sie eine weitere Stufe hinab. Sie fühlte Messenius' Hand in ihrem Rücken. Etwas Heißes lief ihr vom Knie das Bein hinab. Es tat so weh, dass sie am liebsten geheult hätte. Jetzt spürte sie, wie Messenius ihr Hemd packte. Mit einer schier übermenschlichen Anstrengung wandte sie sich um und stach mit ihrem Degen zu. Sie hörte Messenius fluchen. Es gab einen dumpfen Aufprall. Der Mann war gefallen. Aber er rappelte sich wieder auf. Kristina drehte sich um und rannte weiter die glatten Stufen hinauf. Schon war Flinks Fackel nur noch als kleines Licht weit oben zu erkennen. «Wartet auf mich!», schrie sie. Wieder hörte sie das Atmen hinter sich. Es wurde immer lauter, und sie wusste, dass sich der Abstand zwischen ihr und

Messenius verringerte. Sie rannte und rannte, und dann schlug ihr plötzlich frische Luft entgegen. Sie war am Ende der Treppe angelangt. Marit und Flink griffen nach ihr und zogen sie zu sich herauf. Ein kräftiger Wind fuhr ihr durch die Haare. Sie waren oben auf der Spitze des Turms angelangt, den Marit vorhin hatte besteigen wollen, um sich das Meer von oben anzusehen.

«Hab ich euch Kröten!» Messenius war atemlos hinter ihnen aufgetaucht. Kristina fühlte sich panisch werden. Wie sollten sie von hier wieder herunterkommen? Jetzt saßen sie in der Falle. Und bestimmt hatten die anderen Piraten den Tumult gehört und kamen gleich herbeigestürzt! Sie versuchte, ihr Zittern zu verbergen, während sie ihren Degen auf Messenius gerichtet hielt. «Wag es ja nicht, einen von uns anzufassen!», rief sie, und ihre Stimme überschlug sich vor Angst.

«Wir müssen uns abseilen!», bemerkte Marit.

«Ja, aber womit?» Kristina fand den Plan im Grunde gut. «Sieht einer von euch hier irgendwo ein Seil?»

Flink raste wie ein wild gewordener Zwerg in alle Ecken des Turms. «Nichts zu sehen!»

«Ich hab eine Idee!» Marits Augen glitzerten. «Wir nehmen Kleidung und zerreißen sie. Die Enden binden wir aneinander, und dann rutschen wir daran hinab!»

«Wir haben nicht viel an», wandte Kristina ein, während sie versuchte, Messenius mit ihrem Degen weiterhin in Schach zu halten.

«Wir nicht.» Marit grinste hämisch. «Aber der!»

Messenius versuchte, nach Kristina zu schlagen. «Wagt es nicht, ihr Kröten!»

Kristina lächelte. «Los, ihr beiden, zieht ihn aus, ich halte ihn mit meinem Degen in Schach!»

Flink und Marit stürzten sich zeitgleich auf Messenius. Als Kristina sah, dass er versuchte, die beiden abzuwehren, riss sie ihm mit ihrem Degen einen Ärmel vom Hemd. «Ich helfe mit!», jubelte sie.

«Wollt ihr das wohl sein lassen, ihr Wahnsinnigen?!» Messenius versuchte, Flink und Marit abzuwehren, die sich nun daranmachten, ihm die Hose herunterzuziehen. Er versuchte zu fliehen, aber Kristina versperrte ihm mit ihrem Degen den Weg zurück. Er drehte sich andersherum. Dabei verhedderte er sich in seiner Hose, die ihm jetzt in den Kniekehlen hing, und schlug längs hin. Flink riss ihm in einem Schwung die Hose von den Beinen. Dabei löste sich ein Lederbeutel. Flink schnappte ihn sich und schüttelte ihn. «Aha», machte er zufrieden, als er das Geklimper der Münzen darin hörte. «Das sind wohl Schwedisch Mark!»

«Wir müssen ihn fesseln!», rief Kristina. «Sonst rennt er runter und warnt die anderen! Los, Flink, setz dich auf seinen Rücken, dass er sich nicht mehr bewegen kann!»

«Verfluchte Gören!», stieß Messenius hervor. «Das werdet ihr so was von bereuen!»

«Puh, wie der stinkt!» Marit band seine Hände fest. «Wie ein Schwein!»

«Jetzt haben wir ihm gar nicht das Hemd ausgezogen»,

bemerkte Kristina, als sie sah, dass Messenius'Arme bereits fest vertäut waren. «Ach was, egal, ich schneid ihm die Kleider einfach ab!»

«Ich bring dich um, wenn du das tust!», keifte Messenius.

Kristina setzte ihren Degen geschickt an. In wenigen Bewegungen hatte sie ihm die restlichen Kleider vom Körper entfernt. Messenius sah nun überhaupt nicht mehr furchterregend aus. Er war nur noch ein nackter, sehr hässlicher Mann mit rotem Ausschlag, der vor Wut Gift und Galle spuckte.

«Schnell, wir müssen die Stoffe aneinanderknoten, und dann geht's den Turm runter!», sagte Kristina.

«Das reicht im Leben nicht», bemerkte Marit, die in rasendem Tempo arbeitete. «Ich fürchte, wir werden das letzte Stück springen müssen.»

«Hast du Angst davor?» Kristina legte Marit flüchtig den Arm um die Schultern.

Marit sah ihr fest ins Gesicht. «Ich hab vor gar nichts mehr Angst!»

«Los, Mädels!» Flink verknotete das Seil aus Piratenkleidern an einer der Turmzinnen. «Wer will zuerst?»

«Geht ihr beiden zuerst!», sagte Kristina. «Ich halte das Ekelpaket hier oben mit meinem Degen in Schach!»

«Ich weiß nicht, ob ich das kann.» Flink schaute in die Tiefe. Es ging wirklich eine beeindruckende Strecke abwärts. Er überlegte, ob ihm der Sprung, den er am Ende des Seils tun musste, die Knochen brechen konnte.

«Weißt du noch, was wir damals im Wald über Mut gesagt haben?» Kristina nahm Flinks kleines Gesicht in die Hand.

«Nein. Du?»

«Mut ist, wenn man es trotzdem tut!»

«Macht schnell!» Marit, die an der Tür zum Turmaufgang gelehnt hatte, rieb sich die Hände. «Ich höre Stimmen! Ich glaub, die kommen hier herauf!»

«Wir sehen uns unten.» Kristina drückte Flink einen Kuss auf den Kopf. Und dann sah sie nur noch, wie Flink sich an das Seil hängte und wie ein geölter Blitz nach unten kletterte. Seinen Sprung konnte sie nicht mehr sehen, denn nun legte Marit ihre Hände um das Seil und rutschte los. Schon konnte Kristina die Stimmen der Männer im Treppenaufgang hören. Heiliges bisschen, sie kamen tatsächlich herauf! Und dann sah sie, wie Messenius, der sich mit seinen gefesselten Händen aufgerichtet hatte, ihr den Weg verstellte, aber sie stieß ihn einfach beiseite. Sie schob ihren Degen unter den Gürtel, und dann umfasste sie selbst das Seil. Als sie sich über die Dachzinne hievte, spürte sie, wie etwas riss. Aber es war nicht der Stoff. Es war etwas in ihr selbst. Der Wind fuhr ihr in die Haare, als sie in die Tiefe schoss, und auf einmal hatte sie so ein Gefühl in sich, das sie nicht benennen konnte, weil sie es, solange sie sich erinnern konnte, nicht gekannt hatte, aber es musste etwas Herrliches sein, denn sie jubelte und lachte, während sie nach unten glitt. Und dann hatte sie das Ende des Seils erreicht und sprang.

Eine Hand packte sie, und sie hörte ein Wiehern über sich.

«Alles gut bei dir?», hörte sie David fragen, und sie nickte strahlend. Flink und Marit saßen bereits auf dem Rücken der Pferde und winkten ihr zu, atemlos vor Glück. Kristina nahm einen großen Anlauf und sprang.

«Ich habe es geschafft!», rief sie aus, als sie oben saß. «Ich habe es ohne Hilfe geschafft, auf Kugelblitz zu springen!» Sie packte die Zügel und presste die Stiefel in die Flanken ihres Pferdes, das augenblicklich hinter Räuberpferd herschoss.

Erst am nächsten Morgen erfuhr sie, wie es gekommen war, dass David mit den Pferden schon gewartet hatte. Er hatte ihre Stimmen auf dem Turm gehört und schnell gehandelt. Anschließend waren sie die halbe Nacht durchgaloppiert, immer am Meer entlang. Als die Sonne sich als erster blasser Morgenschein zeigte, hatten sie haltgemacht und die Tiere rasten lassen.

Kristinas Arme und Beine fühlten sich so steif an, dass sie es förmlich knacken hörte, als sie sie streckte. Ihre Hand brannte von dem Rattenbiss. Sie konnte kaum denken vor Müdigkeit. In ihrem Herzen aber tobte immer noch dieses große Glücksgefühl. Die Sonne stand bald strahlend am Himmel, und vor ihr glitzerte das blaue Meer. Marit und David kamen ihnen entgegengeschlendert, Hand in Hand. Marit lächelte sie an. «Freundin! Wie fühlst du dich?»

«Wunderbar», antwortete Kristina. «Und du?»

«Ich auch. Nie werde ich vergessen, wie wir den Turm runtergerutscht sind!»

«Es war ganz schön knapp», bemerkte Flink. «Ein paar Augenblicke später, und wir wären geliefert gewesen.»

«Als ich eure Stimmen da oben auf dem Turm gehört habe, hatte ich wahnsinnig große Angst.» David sah sie der Reihe nach an. «Ich dachte, jetzt werdet ihr runtergeworfen. Aber dann hab ich gesehen, wie ihr das Seil hinuntergelassen habt.»

«Das war schon ein Abenteuer!», meinte Kristina. «Und wer kommt jetzt mit waschen?»

«Was wollen wir denn waschen?» David blickte nach links und rechts.

Kristina lachte. «Na, uns! Hast du nicht gemerkt, wie wir aussehen?»

David hob die Schultern. «Keine Ahnung. Ich hab mich zuletzt mit elf in einem Spiegel betrachtet. Da sah ich sauber aus, wenn auch ziemlich hässlich und dünn.»

«Na, dann wirst du dich jetzt wohl nicht mehr wiedererkennen!» Marit gab ihm einen Knuff. «Du siehst jetzt schmutzig aus, aber dafür sehr hübsch!»

«Nur das mit dem Dünnsein hat sich nicht groß geändert.» Kristina bemerkte, wie sich Davids Schlüsselbeine unter dem Hemd abzeichneten. Der Hunger hatte seine Spuren hinterlassen, bei allen vieren von ihnen. «Also hinein ins Meer!» Kristina wandte sich um und marschierte einfach los.

«Also hinein ins Meer? Das kann gefährlich werden!» David wandte sich an Flink. «Sag du es ihr, Mann.»

Flink grinste. «Ich soll ihr sagen, dass es gefährlich ist, ins Meer zu gehen?»

«Ja, du kannst immer am besten mit ihr reden!»

«Am besten, ihr tut jetzt einfach, was sie will.» Flink hüpfte hinter Kristina über die Steine zum Meer hinunter. «Ich glaube, sie hält sich gerade für den Major!»

«Danke, Flink.» Kristina wandte sich zu ihm um. «Ich *bin* der Major! Na ja, zumindest heute Mittag mal, in Ordnung? Danach bist du natürlich wieder dran. So, und jetzt alle rein mit euch!»

Sie schaute sich die Freunde an, wie sie zögerlich auf dem Sand am Wasser standen. Eine Welle rollte heran und leckte an ihren Zehen. Marit stieß einen überraschten Laut aus und sprang zurück.

Kristina lachte und löste das Lederband mit der Pfote und dem Bildnis der Königin von ihrem Hals. Dann zog sie ihre Stiefel aus. Mit einem Satz war sie in den Wellen. Die Kälte kribbelte ihr von den Zehen bis in den Kopf hinauf. Sie spürte, wie das Wasser alles von ihr fortschwemmte: den Angstschweiß des vergangenen Abends, die Berührung mit den ekelhaften Kleidern des Piraten und die Müdigkeit. Mit ihren Armen zerteilte sie das Meer, und dann schwamm sie, bis sich auch die letzte kleine Sorge verflüssigt hatte. Irgendwann legte sie sich auf den Rücken, ließ sich die Sonne ins Gesicht scheinen und plätscherte mit den Füßen, um nicht unterzugehen.

Ihre Ohren waren dabei im Wasser, sodass sie nichts hören konnte. Als sie zurück zum Ufer schwamm, bemerkte sie, dass Marit, David und Flink rot im Gesicht waren und ihr entgegenstarrten.

«Wir haben uns die Seele aus dem Leib geschrien!», bemerkte Flink verärgert. «Bist du taub, oder was?»

Kristina schüttelte ihre Haare, dass die Tropfen nach allen Seiten flogen. «Das Meer ist in meine Ohren geflossen», erklärte sie. «Dann hört man nichts.»

«Ich möchte auch ins Wasser», sagte Marit. «Hilfst du mir, damit ich nicht untergehe?»

Das tat Kristina. Sie half der Freundin, sich die Haare zu waschen, und sie hielt sie, als sie weiter ins Meer hinausging, um unterzutauchen. Sie drehte sich um und sah, dass David das Gleiche mit Flink tat.

«Vielleicht ist das der Grund», sagte sie leise, an Marit gewandt.

«Was meinst du?» Marit wrang ihre Röcke und Kleider im Wasser aus.

«Ich habe mich gefragt, warum mir das alles passiert ist», versuchte Kristina zu erklären. «Warum ich meine Erinnerung verloren habe. Warum ich diese Reise angetreten habe. Warum ausgerechnet in die Hauptstadt der Königin.»

«Und jetzt weißt du den Grund?», fragte Marit.

«Ich bin mir nicht sicher.» Kristina half Marit, ihre Haare zu entwirren. «Aber ich frage mich, ob ich vielleicht euch begegnen sollte. Flink und dir und David. Ob ich

Freunde treffen sollte, die ich mein Leben lang behalten kann.»

«Wenn du in Stockholm ...» Marit suchte nach Worten. «Wenn du da alles gefunden hast. Deinen Vater, meine ich ... und deine Erinnerung vielleicht ... und die Lösung deiner Aufgabe ... willst du dann immer noch, dass wir zusammen sind?»

Kristina sah die Freundin an. Sie sah so klein und so zerbrechlich aus mit ihrer weißen Haut und den blonden Haaren und dem dünnen Körper. «Ja», sagte sie schließlich. «Das will ich unbedingt.»

14. Kapitel

Der kleine Ort hieß Västervik. Kristina schaute staunend auf die flachen, bunten Fischerhäuser aus Holz, die kopfsteingepflasterten Straßen und das Treiben darauf. Es grünte und blühte, wohin sie auch sah. Wieder überkam Kristina bei dem Grün der Anflug einer Erinnerung, aber sie achtete nicht darauf. Eine Gruppe kleiner Mädchen mit Blumensträußen in den Händen wanderte singend an einem Mann vorbei. Der Mann schaute nicht einmal auf. Er stand an einen Schandpfahl gefesselt auf der Mitte des Marktplatzes und murmelte sabbernd vor sich hin.

«Dir ist hoffentlich klar, dass du deine Diebesgelüste hier ein bisschen im Zaum halten musst?», wandte sie sich an Flink. «Ich möchte mich hier in Ruhe umschauen und wäre nur wenig erfreut, dich an der Stelle dieses Mannes da zu sehen!»

«Ich finde, es reicht allmählich, dass du immer noch der Major sein willst!», maulte Flink. «Kann ich vielleicht irgendwann selbst entscheiden, was ich tun und lassen will?»

Kristina lächelte. «Irgendwann bestimmt. Aber nicht in diesem wunderschönen Ort, in dem wir uns alle neu einkleiden werden und dann etwas essen gehen!»

Flink sah sie stirnrunzelnd an. «Du hast dich ganz schön verändert, finde ich.»

Kristina erwiderte seinen Blick. Sie spürte es selbst, dass sie anders geworden war. Weniger ängstlich irgendwie und größer. Auch glücklicher. Seit ihrer Flucht aus der Burg vor einem Monat lachte sie fast jeden Tag. Es konnte natürlich auch am Wetter liegen. Es war fast Sommer geworden, eine wunderbar warme Zeit mit einem schmetterlingsblauen Himmel und sternklaren Nächten. Sie waren jeden Tag im Wasser gewesen, und Flink hatte schnell das Schwimmen erlernt. Auch Marit und David machten sich ganz gut. Marit hatte ihre Angst vor den Wellen verloren und watete in ihren Kleidern täglich ein bisschen weiter ins Meer hinaus. «Findest du das schlecht?»

Flink schüttelte den Kopf. Dann grinste er. «Ich will auch nur mal wieder der Bestimmer sein!»

«Gut. Dann darfst du uns heute Abend eine Kaschemme aussuchen, in der wir uns die Bäuche vollschlagen. Wie findest du das?»

«Ist ein Anfang.» Mit den Blicken folgte er sehnsüchtig einem feinen Herrn mit federgeschmücktem Hut und besticktem Rock, der in seinen feinledernen Stulpenstiefeln über die Straße auf den Platz zuging. Auf den Rücken hatte er sich eine Tasche geschnallt. «*Ein* Diebstahl!», bettelte er. «Bitte, Kristina, nur ein ganz kleiner!»

«Abgelehnt. Wir haben noch die Goldmünzen, um die du Messenius erleichtert hast.»

In diesem Moment bogen Marit und David um die Ecke. David hatte den Arm um Marit gelegt, die verweint aussah.

«Was ist passiert?», rief Kristina ihnen entgegen.

«Der Kleidermacher wollte uns keine Kleider verkaufen», erklärte David düster.

«Lumpenkindern verkauft er nichts, meinte er.»

«Und als wir ihm unsere Goldmünze zeigten, hat er mit dem Büttel gedroht, weil er glaubt, dass wir das Geld gestohlen hätten.»

«So eine Frechheit!», empörte sich Flink.

Kristina drehte sich lächelnd zu ihm um. «Ich will ja jetzt nichts sagen, Flink. Aber du hast diese Münze *wirklich* gestohlen.»

«Ich habe sie bloß einem Piraten abgenommen!», stellte Flink richtig. «Und der hat sie sich auch nicht verdient. Vielleicht hat er sie sogar jemandem gestohlen, mit dem ich verwandt bin! Meinem Vater zum Beispiel! Dann würde mir das Goldstück sogar von Rechts wegen gehören!»

Kristina starrte ihn belustigt an. «Ich mag es, wie erfinderisch du bist!»

«Und ich mag es nicht, wenn jemand mein Geld beleidigt!» Flink stützte die Hände in die Hüften. «Wo ist dieser Kleidermacher, dass ich ihm mal ordentlich auf die Glocken hauen kann?»

«Wir brauchen einen Erwachsenen, der uns hilft.»

Kristina blickte sich suchend um. Es gab nicht viele Erwachsene, von dem Mann am Schandpfahl abgesehen. Die meisten Männer, das hatte sie in anderen Ortschaften beobachtet, hatten entweder schon das Greisenalter erreicht, oder sie waren noch sehr jung. Und die Frauen schienen es allesamt mächtig eilig zu haben. Sie stürmten mit ihren Körben voller Essen und Wäsche an ihnen vorbei, bestellten die Felder oder schoben Karren voll Heu herum. Keine von ihnen schien sich die Zeit mit einer Gruppe von Jugendlichen vertreiben zu wollen, deren Kleider vom Baden im Meer salzverkrustet waren. «Wir könnten den Edelmann da fragen.» Flink deutete auf den feinen Herrn, der nun ratlos vor dem Schandpfahl stehen geblieben war. «Los, Kristina, geh und frag ihn! Wenn ich ankomme, läuft er nämlich bestimmt weg, weil er mich für einen Dieb hält.»

«Wie dumm von ihm», kicherte Kristina. Sie strich sich die Haare zurecht, drehte sich um und schlenderte zu dem Edelmann hinüber. Beim Näherkommen bemerkte sie, dass er ein sehr junger Mann war, nicht viel älter als David.

«Verzeihung», sagte sie. «Sprecht Ihr Schwedisch? Oder Deutsch?»

«Bei..., beides», lallte der Mann am Schandpfahl an seiner Stelle und spuckte aus.

Kristina und der Edelmann fingen gleichzeitig an zu lachen.

«Lasst uns einen anderen Ort aufsuchen, um ein Gespräch zu führen», schlug der Edelmann vor. Er hatte einen merkwürdigen Akzent, den Kristina nicht einordnen konnte.

Während sie sich von dem Schandpfahl fortbewegten, hörte sie Flinks Rufe hinter sich. «Macht er es nun, oder macht er es nicht?»

«Ich fürchte, Euer junger Freund wünscht Informationen über mich.» Der Mann vor ihr wies mit dem Finger auf Flink.

Kristina lächelte. «Ich wurde geschickt, Euch zu fragen, ob Ihr uns begleiten könnt!»

«Begleiten?» Der Mann hörte zu lächeln auf. «Wohin?»

«Zu einem Kleidermacher. Wir brauchen neue Kleider, wie Ihr sicherlich sehen könnt!»

Sein Mund formte sich zu einem Lächeln. «Ihr seht wundervoll aus, wenn Ihr mir gestattet, das zu sagen!»

«Gestattet, äh ... ja.» Kristina spürte, wie eine Hitze aus unbekannter Quelle ihr ins Gesicht stieg. Bestimmt glühten ihre Wangen rot wie Walderdbeeren. Was sollte sie jetzt sagen? «Unsere Kleider. Wir haben genügend Reichstaler, um uns neue zu kaufen, aber der Kleidermacher weigert sich, uns zu bedienen.»

«Was für ein schlechter Geschäftsmann!» Der Edelmann runzelte mitfühlend die Stirn. «Warum denn nur, in Allahs Namen?»

«Er denkt, wir seien ... Lumpenkinder.» Etwas war in Kristinas Mund passiert. Der Umfang ihrer Zunge musste sich verdoppelt haben. Jetzt lispelte sie sogar.

«*Kinder!*» Der Mann schüttelte den Kopf, dass die Locken unter seinem Hut hin und her schwangen. «Es ist doch offensichtlich, dass Ihr eine junge Dame seid! Auch wenn Euer Aufzug zugegebenermaßen eigenwillig ist.» Der Mann setzte noch einmal sein strahlendes Lächeln auf.

Kristina sah an sich hinab. Die Hose, die einmal Margarethes Sohn gehört hatte, hing ihr nur noch in Fetzen am Leib. In der Sonne glitzerten die Salzkristalle auf dem Stoff. Auch der Degen musste merkwürdig auf ihr Gegenüber wirken. Sie spürte, wie ihr Herz schneller schlug. «Heißt das, Ihr würdet uns helfen?»

«Aber natürlich werde ich Euch helfen! Wo ist denn dieser Mann, der nichts von seinem Geschäft versteht?»

«Wenn Ihr mir vielleicht folgen würdet.» Kristina deutete zu den anderen hinüber. «Wir könnten dann gemeinsam gehen.»

«Gestattet.» Der junge Mann verbeugte sich. «Ich habe mich Euch noch gar nicht vorgestellt. Mein Name ist Rahim. Und wer seid Ihr?»

Kristina war sich sicher, dass sie noch nie jemandem so Galanten begegnet war. «Kristina», sagte sie und lächelte. «Wie unsere Königin.»

«Was ist mit dir los?» Flink musterte sie aus zusammengekniffenen Augen, während sie sich durch die Gassen zum Kleidermacher schoben. «Dein Gesicht ist ganz rot, und seitdem du dich mit diesem komischen Kerl da unterhalten hast, lächelst du so merkwürdig!»

«Er ist kein komischer Kerl!» Kristina fuhr empört herum. «Er ist ein sehr, sehr netter Mann, der bereitwillig seine Zeit opfert, damit wir uns endlich neue Sachen kaufen können!»

«O Gott, noch jemand, der verliebt ist hier.» Flink schlug sich vor die Stirn. «Ist das eigentlich ansteckend, oder was?»

«Also, wirklich, willst du etwa andeuten, ich sei verliebt?» Kristinas Stimme überschlug sich vor Wut.

Rahim drehte sich lächelnd zu ihr um. «Ist das wahr, junge Dame? Habt Ihr eine *amour*?»

«Nein, ich ... Der Kleine hier verwechselt da etwas.» Kristina spürte schon wieder, wie ihr die Hitze in die Wangen stieg.

«Der Kleine hier – vielen Dank auch!» Jetzt war es an Flink, wütend zu funkeln. «Wenn es dir passt, Kristina, darf ich dein Lebensretter sein! Und wenn du gerade mal nicht gerettet werden musst, dann bin ich eben wieder *der Kleine*! Ach, sag mir einfach immer Bescheid, in welcher Rolle du mich sehen willst!»

«Gut.» Kristina senkte ihre Stimme zu einem Flüsterton. «Ich hätte dich gern in der Rolle desjenigen, der nicht jedem Mann, dem wir begegnen, erzählt, dass ich verliebt in ihn bin! Im Übrigen bin ich es nicht!»

Rahim tippte sich an den Hut und lachte. «Das ist sehr schade, junge Frau. Ich persönlich mag Euch nämlich sehr!»

Der Kleidermacher schien nicht erfreut über das Wiedersehen mit den Lumpenkindern. Er machte eine Handbewegung, als verscheuche er eine Schar Ratten. «Scht!», machte er. «Raus hier! Schert euch zum Teufel! Ich muss mich um den feinen Herrn da kümmern!»

«Das passt gut!» Rahim trat einen Schritt nach vorn. «Ich würde meine Gefährten nämlich gern neu einkleiden lassen. Wenn euch das Bedienen dieser beiden hier», er deutete auf Marit und David, «jedoch inkommodiert, dann suchen wir natürlich einen anderen Kleidermacher auf!»

«Verzeihung, werter Herr.» Der bucklige, alte Mann verbeugte sich so tief, dass er mit seiner Nasenspitze fast den Boden berührte. «Ich wusste ja nicht, dass die beiden zu dem werten Herrn gehören! Ich bin unendlich ...»

«Keine Ursache.» Rahim drehte sich zu Kristina um und zwinkerte. «Man muss nur die richtigen Stoffhüllen tragen, dann wird man auch anständig bedient», grinste er.

Kristina konnte den Blick kaum von ihm abwenden. Sie musste dringend etwas Vernünftiges sagen. Etwas, das sie nicht nach verliebtem Dummkopf aussehen ließ. «Seid Ihr schon lange in Schweden?», fragte sie. «Ihr sprecht die Sprache ausgezeichnet!»

Rahim sah sie mit einem belustigten Lächeln an, dann verneinte er. «Ich habe hier im vergangenen Jahr gelebt», erwiderte er. «Aber dann habe ich gemerkt, dass dieses Land zu kalt für mich ist. So bin ich wieder zurück nach Paris gegangen.»

«Paris …» Kristina ließ sich das Wort durch den Kopf gehen, doch es weckte nur eine dumpfe Erinnerung in ihr. Paris … Wer hatte ihr von diesem Ort erzählt?

«Das ist die Stadt, in der der französische König Ludwig der Vierzehnte herrscht. Manche nennen ihn auch: den Sonnenkönig.»

Da! Jetzt fiel es ihr doch wieder ein! «Der französische Philosoph René Descartes kam aus Paris!»

«Was wisst Ihr von René Descartes?» Rahim sah offenkundig verwundert aus.

Kristina überlegte. «*Cogito ergo sum*», sagte sie. «Ich denke, also bin ich. Das hat er doch gesagt, oder nicht?»

Rahim nickte langsam. «Das hat er gesagt, in der Tat.»

«Und in Paris gibt es gute Bücher. Auch gefährliche Bücher!» Kristina geriet in Fahrt. «Manchmal schickt die Königin aus Stockholm jemanden los, damit er diese Bücher in Paris finden kann. Ist es nicht so?»

Rahim verbeugte sich kurz. «Hört zu, junge Dame, es wird spät, ich muss mich jetzt wieder auf den Weg machen. Adieu und gehabt Euch wohl!»

Kristina sah ihm erstaunt nach, wie er eilig das Geschäft verließ.

«Was hast du zu ihm gesagt?» Flink kam an ihre Seite gehüpft. «Es muss etwas Unanständiges gewesen sein, denn er hat furchtbar schockiert ausgesehen!»

Kristina war noch immer sprachlos. Zum Glück kam Marit in diesem Augenblick zu ihr und umarmte sie. «Es ist so aufregend!», sagte sie fröhlich. «Ich war noch nie bei einem Kleidermacher! Meine Mutter hat immer alles für mich selbst gemacht! Ich musste in den Raum da hinten gehen, und ein Mädchen in unserem Alter hat mich ausgemessen: wie lang meine Arme sind, wie lang meine Beine, wie breit meine Taille, und sie hat gesagt, dass sie noch nie ein so dünnes Fräulein ausgemessen hat! Nimmst du auch ein Kleid, oder willst du wieder Jungensachen?»

Kristina starrte sie an.

«Lass sie, sie kann gerade nicht sprechen», erklärte Flink. «Sie hat sich in diesen jungen Gecken verliebt, der uns hierhergeführt hat, und dann hat sie ihm eine Liebeserklärung gemacht, woraufhin er davongelaufen ist!»

Marit schlug die Hände vor den Mund. «Das ist nicht wahr!», stieß sie hervor.

«Natürlich ist es nicht wahr.» Endlich hatte Kristina sich wieder in der Gewalt. «Wofür hältst du mich?» Sie drehte sich auf dem Absatz um und ging hinaus.

Kristina wanderte durch die Gassen von Västervik. Bei dem Gedanken an ein Kleid musste sie wieder an Margarethe denken. Die Rügenerin hatte ihr eines machen wollen. Aus der Wolle ihres Schafes, Bogislaus des Vierzehnten. Kristina hatte auf einmal schreckliche Sehnsucht nach Margarethe. Und sie hätte sie gern gefragt, warum ihr das eben geschehen war. Ob Margarethe so etwas auch schon einmal erlebt hatte. Dass man jemanden plötzlich so bewundern konnte. Dass man ein paar Augenblicke lang der glücklichste Mensch auf der Welt sein konnte – und dann wieder der traurigste.

Warum alles so kompliziert war.

Nein, sie wollte kein Kleid. Nie wieder. Wenn sie wieder eines anziehen würde, dann sollte es von Margarethe sein.

Sie ging zurück zum Kleidermacher. Die anderen warteten schon. Die Reihe war an ihr. Sie ließ die Länge ihrer Arme und Beine ausmessen für eine Hose und ein Hemd.

Am Abend gingen sie in eine Kaschemme. Sie setzten sich an einen der langen Holztische. Am anderen Ende saß bereits eine Gruppe lärmender Reisender. Sie redeten in einer Sprache miteinander, die Kristina nicht verstand. Etwas abseits der Gruppe, in der Mitte der Tafel, saß ein einzelner Mann, der einen Gegenstand krampfhaft auf seinem Schoß festhielt. Als er aufsah, durchfuhr es Kristina wie ein Blitz. Rahim war wieder da.

«Ihr wolltet Euch also einfach so davonmachen und uns mit dem Kleidermacher zurücklassen!» Marit drohte Rahim schelmisch mit dem Finger.

Doch Rahim lächelte noch immer nicht. «In wessen Auftrag verfolgt Ihr mich?»

«In Kristinas Auftrag», kicherte Flink. «Sie hat sich nämlich in Euch ... aua, Kristina, mein Bein! Du hast mich gegen mein Bein getreten!»

«Ja, und zwar mit gutem Grund!» Kristina funkelte

Flink zornig an. «Weil du so ein übler Schwätzer bist!» Sie stand auf und wandte sich zum Gehen.

«Halt, halt!» Nun war auch Rahim aufgesprungen. «Erst will ich wissen, von wem der Auftrag kam, mich zu verfolgen! Etwa von Magnus de la Gardie, diesem eifersüchtigen Kerl? Oder doch von den protestantischen Pfaffen am Hof?»

«Ich ... ich weiß von alldem nichts.» Kristina war so verwirrt, dass sie sich wieder setzte.

«Ich glaube, wir wissen alle nicht, wovon Ihr sprecht», ergänzte David ruhig.

«Also gut.» Rahim blickte sie der Reihe nach an. «Erzählt mir eure Geschichte. Dann erzähle ich euch vielleicht von mir.»

Kristina begann. Als sie geendet hatte, fragte Rahim: «Und woher wusstet Ihr von den gefährlichen Büchern, die es in Paris zu kaufen gibt?»

Kristina berichtete von dem Buchhändler in Kalmar. Von dem Buch «Heptaplomeres» und dem Medaillon der Königin, das der Buchhändler ihr gegeben hatte. Sie fischte das Medaillon unter ihrem Hemd hervor und zeigte es Rahim. Dann begann Flink zu erzählen. Als er bei seiner Flucht aus dem katholischen Waisenheim in Nürnberg angekommen war, trat der Wirt zu ihnen an den Tisch, um ihnen eine Terrine mit heißem, gewürztem Eintopf und einen Krug Wein vor die Nase zu stellen. Flink, David, Marit und Rahim senkten die Köpfe, um zu beten.

«Komm, Herr Jesus, sei unser Gast und segne, was du uns bescheret hast.»

«Gepriesen bist du, Jahwa, unser Gott, Schöpfer der Welt, für Speise und Trank. Durch sie gewährst du uns Leben und Freude. Gepriesen bist du in Ewigkeit.»

Marit flüsterte: «Danke, o Göttin, Mutter allen Seins.»

«Bismillah», sagte Rahim. Erwartungsvoll blickte er zu Kristina hin.

«Guten Appetit», lächelte sie.

Sie griffen nach ihren Löffeln und begannen zu essen. Kristina schloss die Augen. Das war das Köstlichste, was sie seit langem gegessen hatte. Vielleicht hatte sie auch noch nie so etwas Gutes gegessen. Es war einfach unglaublich!

«Scheußlicher Fraß», murmelte Rahim.

«Was? Das ist furchtbar lecker!», empörte sich Flink.

Kristina sah zu Marit hinüber und fing an zu grinsen. Marit versenkte mit genießerisch geschlossenen Augen den Löffel in ihre Schale, zielte jedoch daneben. Als der leere Löffel in ihren Mund gelangte, machte sie die Augen enttäuscht wieder auf. «Es ist das herrlichste Essen auf der ganzen Welt!», lachte Kristina an Rahim gewandt.

Nun breitete sich auch auf seinem Gesicht ein Lächeln aus. «Ihr habt schon lange nichts Richtiges mehr zu essen bekommen, oder?»

«Kann man so sagen», grinste David.

«Wir sind schon ein komischer Haufen.» Rahim schüttelte den Kopf.

Wir? Kristina blickte auf. Zählte er sich jetzt dazu? «Wie meint Ihr das?», fragte sie atemlos.

«Das fragt Ihr noch?» Rahim senkte die Stimme. «Der Dreißigjährige Krieg ist gerade mal fünf Jahre vorbei. Millionen von Menschen sind in diesem Krieg für ihren jeweiligen Gott und ihre Religion gestorben. Ein neues Europa ist entstanden, mit neuen Grenzen, streng geteilt zwischen Protestanten und Katholiken, den siegreichen Religionen dieses Kontinents. Und da sitzen nun ein Jude, ein Moslem, ein Katholik, eine Heidin und eine, die gar nicht weiß, was sie ist, in einer Kaschemme im protestantischen Schweden zusammen und teilen sich eine Mahlzeit.»

«Ja, ist schon verrückt.» David leckte sich die Lippen. «Ob wir wohl noch mehr bekommen können von dieser köstlichen Suppe? Vielleicht sogar mit ein paar Fleischstückchen darin?»

«Natürlich», erwiderte Flink und hob seinen kleinen Beutel empor, in dem es lustig klimperte. «Wir haben ja die Reichstalerchen!»

«Wir sollten wirklich noch mehr essen.» Marit hatte ihre Augen wieder zugemacht. «Wir wissen ja nicht, wann wir wieder was bekommen.»

«Wir sollten aber fragen, ob das Tier, das sie in der Suppe gekocht haben, auch nicht niedlich war.» Flink runzelte die Stirn.

Kristina und Marit lachten.

«Habt ihr mir eigentlich zugehört?» Rahim klang auf

einmal so laut, dass sich die anderen am Tisch zu ihnen umdrehten. «Man möchte meinen, ihr seid euch überhaupt nicht des Besonderen hier bewusst!»

«Wir haben Hunger», erklärte Kristina. «Das ist alles.»

«Gut.» Rahim tupfte sich den Mund mit der Serviette ab, die er sich vorn ins Hemd gesteckt hatte. «Wie Spione wirkt ihr wirklich nicht. Und jetzt würde ich gern die Geschichten der beiden anderen hören.»

Als sie geendet hatten, nickte Rahim und schwieg für einen Augenblick. «Wo schlaft ihr heute Nacht?», fragte er.

«Warum?» Marit sah auf einmal misstrauisch aus. «Wenn Ihr uns zu überfallen gedenkt ...»

Rahim warf den Kopf in den Nacken und lachte schallend. Kristina bemerkte, dass er sogar beim Lachen die Tasche auf seinem Schoß umklammert hielt. «Ich ... euch überfallen!» Mit der Linken wischte er sich die Tränen vom Gesicht. Dann beugte er sich wieder vor. «Wenn hier jemand einen anderen überfallen sollte, dann ihr wohl mich. Aber ich vertraue euch. Kommt mit. Ich muss euch etwas sagen.»

Der Mond stand hoch und weiß am Himmel. Sein Licht zuckte auf den Wellen der Ostsee. Es schimmerte auf den Schären, die draußen vor der Küste aus dem Wasser ragten. Es beleuchtete Rahims Gesicht, das nun merkwürdig blass aussah. Rahim wartete, dass David und Flink die Pferde an die Bäume banden, dann erhob er seine Stimme.

«Die Welt wird sich verändern», begann er leise. «Auf dem schwedischen Thron sitzt eine Frau, auf der unser aller Hoffnung ruht.»

Kristina schwieg und wartete. Ihr Herz klopfte schon wieder so stark.

«Der Vater der Königin, Gustav Vasa, ist in den Krieg gezogen, um die Sache der Protestanten zu verteidigen. Er starb auf dem Schlachtfeld von Lützen.»

Kristina nickte. Ihr Vater hatte ebenfalls in Lützen gekämpft. Er hatte den Tod des Königs mitangesehen. Wenn es stimmte, was David ihr erzählt hatte.

«Aber seine Tochter Kristina», fuhr Rahim fort, «ist keineswegs von der Religion ihres Vaters und des Landes überzeugt.»

«Wird sie eine neue Religion begründen?», fragte David.

Rahim schüttelte den Kopf. «Sie möchte, dass jeder das glauben kann, was er eben glaubt. Und darum erzähle ich euch jetzt etwas.» Er ließ seinen Blick über die Gruppe wandern. Über Marit, deren blonde, nun ordentlich geflochtene Zöpfe im Mondlicht glänzten. Über David, der mit zusammengekniffenen Augen lauschte. Den kleinen Flink. Sein Blick blieb an Kristina hängen, und er lächelte. «Als ich klein war, bin ich mit meinen Eltern aus einer osmanischen Stadt am Schwarzen Meer nach Padua gezogen. In Padua lehrte damals Gabriel Naudé, der spätere Bibliothekar von Kardinal Mazarin in Paris. Unter Gelehrten ist Padua bekannt für seine Freidenker.»

«Menschen, die denken, was sie wollen?», hakte David nach.

«Genau. Menschen, die denken, was sie wollen. Über die Welt, in der wir leben. Auch, was Religion betrifft.»

Er schwieg, und Kristina hörte, wie die Wellen gegen die Steine schlugen. Gänsehaut kräuselte sich auf ihren Armen. Sie wusste nicht, worauf Rahim hinauswollte, aber sie spürte, dass es mit ihr selbst zusammenhing. Mit ihrer Aufgabe. Ihrem Unfall. Der ganzen, verrückten Reise hierher. Die alte Roma-Frau fiel ihr wieder ein. *Du wirst deine Erinnerung wiederfinden. Ich sehe andere Kinder. Auch einen anderen Mann.*

«Ich bin als Moslem erzogen worden», fuhr Rahim fort. «Aber in Padua lernte ich, dass es mehr Götter als Allah gibt. Den Gott der Christen zum Beispiel. Und später erfuhr ich, dass auch die Christen sich nicht einig sind über ihren Gott. Heute ...» Er schwieg, und Kristina fühlte, wie sich die Gänsehaut auf ihren Armen verstärkte. «Heute weiß ich nicht, woran ich glauben soll. Genau wie Ihr, kleine Frau.» Er wandte sich Kristina zu. «Ich bete immer noch zu Allah, aber gleichzeitig glaube ich, dass der Schöpfer mehr als einen Namen trägt. Und vielleicht war das der Grund, warum die Königin mich ausgewählt hat.»

«Ausgewählt?», wiederholte Kristina. «Wofür?»

Rahim klopfte auf den Tornister. «Hier drinnen befindet sich etwas, das ich aus Paris beschafft habe. Etwas, wonach die Königin schon seit vielen Jahren sucht. Kristina?» Er sah sie erneut eindringlich an. «Hat Euer Buchhändler in Kalmar eigentlich etwas von den drei Betrügern erzählt?»

Kristina überlegte. Die Piraten fielen ihr wieder ein, die den Laden betreten hatten, um nach einer Seekarte zu fragen. «Nein», sagte sie. «Über Betrüger haben wir nicht gesprochen. Als Messenius in den Laden kam, da habe ich mich ...»

«Messenius?», unterbrach Rahim. «Sprecht Ihr von einem der Verräter, die die Verschwörung gegen Königin Kristina angezettelt haben?»

«Sie spricht von Messenius, diesem widerwärtigen Piraten», erklärte Marit und spuckte verächtlich aus. Die Spucke flog ein Stück im Wind und landete auf Rahims linkem Schuh. «Verzeihung», sagte sie und zog den Kopf ein.

«Welche drei Betrüger meint Ihr denn?», fragte Kristina. «Sind es Menschen, die wir kennen müssten?»

«Sie sind alle schon lange tot», erklärte Rahim. «Und doch müsstet ihr sie kennen. Gerade ihr vier. Nun ja, den einen vielleicht nicht.»

Kristina, Marit und David sahen sich erstaunt an. «Ihr sprecht in Rätseln», sagte David.

Rahim holte tief Luft. «Ihre Namen lauten Mohammed, Moses und Jesus.»

«Moses ein Betrüger?» David war aufgesprungen. «Das nehmt Ihr zurück, oder ich vergesse mich!»

Auch Flink wirkte verstört. «Jesus ein Betrüger?», fragte er.

Rahim erhob sich nun ebenfalls. Den Tornister hielt er immer noch umklammert. «Nicht ich habe behauptet, dass die Propheten Betrüger sind!», erklärte er fest. «So lautet der Titel einer sechshundert Jahre alten Schrift: *Traktat über die drei Betrüger*. Der Verfasser dieser Schrift geht davon aus, dass die Menschen zum Krieg untereinander angestiftet wurden, und zwar von den Rabbinern, Priestern, Pfarrern und Imamen selbst. Von den Mächtigen der jeweiligen Konfession! Seht mich nicht so an, David und Flink! Mohammed, der Prophet meines eigenen Glaubens, kommt darin wirklich genauso schlecht weg!»

«Das, was die Königin seit Jahren suchen lässt – ist das Traktat über die drei Betrüger?» Kristina fühlte sich auf einmal ganz ruhig.

«Ja.» Rahim wandte sich ihr zu. Seine schwarzen Augen funkelten. «Niemand hat sich je getraut, diese Schrift drucken zu lassen. Es gibt sie nur als Manuskript. Seit sechshundert Jahren wird sie herumgereicht. Königin Kristina will sie drucken lassen. Und wenn sie erst gedruckt ist ...»

«... wird sie das Land verändern.»

«Nicht nur das Land. Ganz Europa wird dieses Buch verändern! Und den Orient dazu!»

«Und in den vergangenen Jahren ist es niemandem mehr gelungen, diese Schrift aufzutreiben?» Kristina hatte auf einmal das Gefühl, neben sich selbst zu stehen. Sie konnte sich sehen, wie sie da auf den Felsen stand, hoch über dem Schärenhof, der im fahlen Nachtlicht schien, umgeben von den Freunden, vor ihr dieser seltsam fremde, schöne Mann.

«Niemandem. Die Königin hat mehrere Boten nach Paris gesandt, wo sich mindestens eine der Abschriften befinden soll. Ein Bote ritt im vergangenen Herbst los, kurz vor der Hinrichtung von Vater und Sohn Messenius. Doch es muss ihm etwas zugestoßen sein, denn die Königin hat nie wieder von ihm gehört. Also hat sie mich beauftragt.»

Kristina erstarrte.

«Wenn ich euch vier jetzt einweihe, dann nur, damit ihr wisst, dass ihr nicht mehr allein seid. Es werden sich bald mehr Menschen zusammenfinden, die unterschiedlichen Glaubens sind. Die Zeit der religiösen Verfolgungen wird ein Ende haben.» Er ließ sich auf dem Felsen nieder. Kristina und die anderen folgten seinen Bewegungen. Langsam öffnete Rahim die Lederbänder an seinem Tornister. Kristina erblickte ein Paket darin, das in mehrere Lagen Stoff gewickelt war. Vorsichtig, sehr, sehr vorsichtig nahm Rahim das Paket heraus. Er schlug den Stoff auseinander. Kristina hielt die Luft an. Unter dem Stoff lag ein Stapel Papier. Es war mit einer Schrift bedeckt, die Kristina im Halbdunkel der Mondnacht nicht lesen konnte. Das Papier wirkte bräunlich und sehr alt. «Voilà», sagte Rahim. «Das Traktat über die drei Betrüger.»

Flink streckte die Hand danach aus.

«Nein!», rief Rahim. «Ihr dürft es nicht berühren! Das Papier ist sehr anfällig! Es ist sehr alt!»

«Wie alt?», fragte Kristina.

«Ungefähr zweihundert Jahre, wurde mir gesagt.» Er blickte auf. Seine Stimme klang auf einmal feierlich. «Als es geschöpft wurde, hatte Christoph Kolumbus noch nicht Amerika entdeckt. Die Menschen glaubten noch, dass die Welt eine Scheibe sei. Und in Europa gab es nur eine religiöse Macht: den Vatikan.»

Flink zog langsam seine Hand zurück.

«Diese Schrift hier ist die Zukunft Europas», fuhr Rahim leise fort. «Der kostbarste Schatz, den es für uns alle gibt.»

15. Kapitel

Kristina träumte. In ihrem Traum sah sie ihren Vater. Sie waren wieder in dem Saal mit den hohen Spiegeln und den vielen Kerzen. Menschen tanzten um sie herum. Und dann ritt sie plötzlich draußen auf einem Pferd. Aber nicht sie selbst hielt die Zügel, sondern der Vater, dessen Gesicht sie noch immer nicht erkennen konnte.

Ein riesiger schwarzer Hengst galoppierte direkt auf sie zu. Unter dem donnernden Hufgetrappel bebte die Erde. Sie schrie dem Vater zu, er solle das Pferd zur Seite lenken und den Reiter an sich vorbeistürmen lassen, aber sie bekam keinen Ton heraus. Sie konnte nichts anderes tun, als den Reiter anzusehen, der ihnen entgegenflog. Sein Gesicht funkelte in der Sonne, und erst jetzt begriff sie, dass er eine Rüstung trug. Auf einmal war alles grün um sie herum. Das Grün war schlecht. Jemand starb am Grün. «Nein!», rief sie. «Rühr das Grün nicht an!»

Sie erwachte davon, dass sie schrie. Und dann schloss jemand sie in die Arme und tröstete sie. «Ist gut, Kleine, ist ja schon gut.»

Rahims Stimme. Rahim, der neben ihr saß, den Tornister im Schoß.

Sie fuhr empor.

«Ihr habt nur schlecht geträumt.» Noch immer streichelte Rahim ihr über das Haar.

Ihr Herz klopfte. «Ich habe nicht geträumt, Rahim. Ich habe … etwas gesehen!»

«Was habt Ihr gesehen?»

Kristina blickte sich um. Kugelblitz und Räuberpferd grasten in einiger Entfernung im Sonnenschein. Marit und David saßen in ihren neuen, sauberen Kleidern auf dem Ast eines Baumes und spielten «Band abnehmen». Flink tollte mit einem Stock herum. Von einem Mann in Rüstung und seinem schwarzen Hengst keine Spur.

«Ich … keine Ahnung. Wo sind wir?»

Rahim lächelte. «Ich denke, wir sind nur noch drei Tagesreisen von Stockholm entfernt. Wir haben auf dieser Wiese gerastet, aber Ihr müsst eingeschlafen sein.»

«Ja.» Kristina blickte auf die wogenden Halme. Noch immer weckte das grüne Gras ein mulmiges Gefühl in ihr. Sie stützte sich auf ihre Ellenbogen auf. «Erzählt mir mehr von dem Manuskript, Rahim! Wovon handelt es genau?»

Rahim sah sich vorsichtig um. Dann senkte er die Stimme. «Wie gesagt, es ist eine ironische Abhandlung über Religion und religiöse Verführer.»

«Kann ich es noch einmal ansehen?»

«Auf keinen Fall bei Sonnenlicht. Das Papier ist so empfindlich, wir würden seinen Verfall riskieren.»

«Und das Manuskript ist wirklich noch nie gedruckt worden?»

Rahim schüttelte den Kopf. «Nein. Noch nie.»

«Warum nicht?»

«Weil sich noch keiner getraut hat.»

«Was würde denn demjenigen passieren, der es drucken lässt?»

Rahim fuhr sich mit dem Zeigefinger über den Hals und verdrehte die Augen.

«Man würde ihn … köpfen?», fragte Kristina fassungslos. «Aber … Ihr habt doch gesagt, die Königin will es drucken lassen! Hat die Königin denn keine Angst, dass auch sie getötet werden könnte?»

Rahim überlegte. «Bestimmt hat die Königin Angst. Zumal sie nicht die erste Monarchin wäre, die man köpfen ließe. Ihr habt davon gehört, was dem König von England vor drei Jahren widerfahren ist?»

Kristina nickte. Tusneldas Mann hatte davon erzählt.

«König Karl dem Ersten wurde der Kopf abgeschlagen, und England ist Republik geworden.»

Kristina hielt die Luft an.

«Königin Kristina», fuhr Rahim fort, «muss damit rechnen, dass sie große Schwierigkeiten bekommen wird, wenn sie das Manuskript drucken lässt. Aber die Sache ist ihr zu wichtig.»

Ein Jubelschrei lenkte ihre Blicke zu dem Platz auf der Wiese hinüber, wo Flink noch immer spielte. «Kristina!», rief er. «Guck mal, was ich tu!»

Kristina sah, dass er den Stock, den er in einem fort hochwarf, angezündet hatte. Das brennende Geäst flog durch den Himmel, Funken umschwirrten ihn. Kristina lächelte und winkte.

«He, kleiner Mann!», schrie Rahim zu ihm hinüber. «Spiel ein bisschen weiter weg. Nicht dass meine Tasche hier noch Feuer fängt!»

Flink trat, ohne aufzublicken, ein paar Schritte zurück.

«Wer hat die Schrift eigentlich verfasst?», wollte Kristina wissen.

Rahim streckte sich neben ihr auf dem Gras aus. Den Tornister legte er neben seinen Kopf. Kristina bemerkte, dass er mit seinem Arm den ihren berührte. Ein seltsames Kribbeln ging von dieser Berührung aus.

«Das weiß man nicht. Der Verfasser ist anonym. Er schreibt, dass Religion von den Menschen erfunden wurde, um über andere Menschen Macht zu gewinnen.»

«Ist das auch Eure Meinung?», fragte Kristina.

Rahim wandte den Blick ab. «Was ich glaube, ist nicht von Bedeutung.»

«Doch», entgegnete Kristina. «Für mich ist es das.»

Rahim zupfte an einem Grashalm und riss ihn aus.

«Über meinen Propheten Mohammed schreibt der Verfasser, er sei ein ungebildeter Tölpel gewesen, der nicht einmal lesen und schreiben konnte.» Ein seltsamer Ausdruck trat in Rahims Gesicht, den Kristina nicht zu deuten wusste. «Zusammenfassend heißt es in der Schrift, dass die drei einen Betrug von solchen Ausmaßen durchgeführt haben, dass sie sicherlich erstaunt wären, zu sehen, wie erfolgreich sie damit gewesen sind – sollten sie vom Totenreich aus mal zu uns reingucken können. Zum Schluss vergleicht der Verfasser die Ansichten und Lehren der drei mit dem, was die antiken Philosophen gesagt haben, Ihr wisst schon, Pythagoras, Platon und so.»

«Weiß ich nicht», bemerkte Kristina. «Die Namen sagen mir nichts. Was haben diese antiken Philosophen denn gesagt?»

Rahim richtete sich auf. «Das würde zu weit führen, wenn ich jetzt anfinge, euch das alles zu erzählen. Nach Ansicht des Verfassers sind die Lehren der Antike jedoch ungleich wertvoller und durchdachter.»

Kristina schwieg einen Moment. Sie musste diese ganzen Wissensbrocken erst einmal verdauen. Am Ende fiel ihr noch eine andere Frage ein. «Als wir uns zum ersten Mal gesehen haben ...», begann sie. Zu ihrem Entsetzen wurde sie rot.

«Was war da?» Auch Rahims Wangen glühten leicht. Kristina blickte schnell weg. «Da habt Ihr gedacht, wir würden in jemandes Auftrag handeln. Ihr habt Namen genannt, einen Magnus de la irgendwas, und Ihr habt protestantische Pfarrer erwähnt. Was hat das zu bedeuten? Glaubt Ihr, dass Euch diese Leute ans Leben wollen?»

«Ja. Das glaube ich nicht nur, das weiß ich sogar. Magnus de la Gardie ist der ehemalige Günstling der Königin. Sie ließ ihn einige Geschäfte führen, die allesamt misslangen. Als sie ihm seine Ämter entzog, betrog er sie mit einer anderen. Und doch wacht er immer noch eifersüchtig darüber, wer sich der Königin nähert und wie gern sie ihn wohl hat. Meinem Freund Pierre Bourdelot macht er am schwedischen Königshof erfolgreich das Leben schwer, dabei hat er die Königin wieder gesund gemacht.»

«Die Königin war krank? Was hatte sie denn?»

«Ich glaube, es hat ihr schlicht und einfach an Lebensfreude gefehlt. Sie arbeitet hart, studiert viel, schläft wenig. Bourdelot hat mit ihr Schneeballschlachten gemacht und ihr viel Tanzen verordnet.»

Kristina lachte. «Und das hat ihr geholfen?»

«Das hat ihr geholfen, in der Tat!»

Sie sahen sich an, und in ihren Augen zuckte das Lachen noch ein bisschen nach.

«In Eurer Geschichte tauchen ziemlich viele französische Namen auf», bemerkte Kristina nach einer Weile. «Den einen Franzosen, René Descartes, hat ja schon der Kalmarer Buchhändler erwähnt.»

Rahim lächelte bedauernd. «Der arme Monsieur Descartes musste der Königin ihren Philosophie-Unterricht immer morgens um fünf erteilen. Gegen sieben fängt sie ja schon ihre Regierungsgeschäfte an. Die eiskalten Fußmärsche zum Schloss waren einfach zu viel für ihn. Er ist an einer Lungenentzündung gestorben. Ich kann seine Leiden gut nachvollziehen. Auch ich werde dem kalten Schweden wieder den Rücken zuwenden, sobald meine Mission erfüllt ist. Aber zurück zu den Franzosen: Alles begann mit Chanut, dem französischen Botschafter in Stockholm. Chanut ist ein enger Freund der Königin geworden, sehr zum Missfallen der dortigen Pfarrer, denn Chanut als Franzose ist natürlich Katholik.»

«Und dann sind immer mehr Franzosen nachgezogen?», forschte Kristina weiter nach. «Magnus de la Gardie und ...»

«Magnus de la Gardie ist Schwede», erklärte Rahim. «Das einzig Französische an ihm ist sein Nachname. Aber Ihr habt recht. Es sind immer mehr Franzosen nachgefolgt, vor allem die Freidenker aus Paris. Gabriel Naudé zum Beispiel, mein sehr verehrter Lehrer.»

Flink kam auf sie zugehüpft. «Mir ist langweilig mit diesen ganzen Liebespaaren», jammerte er. «Erst Marit und David und jetzt auch noch ...»

«Halt den Mund!», fuhr Kristina ihn an. Sie bemerkte Flinks erschrockenes Gesicht, und sofort taten ihr die harschen Worte leid.

Aber dann fühlte sie auf einmal eine Welle der Wut in sich aufsteigen. Auf Flink, der mit seinen dummen Sprüchen die vertraute Stimmung mit Rahim kaputtgemacht hatte. Und auf Rahim, der daran offenbar nichts auszusetzen fand. War es ihm denn überhaupt nicht wichtig, mit ihr ungestört zusammen zu sein? Kristina meinte sogar, ein belustigtes Lächeln in seinem Gesicht zu sehen.

«Wir haben genug Zeit vertrödelt.» Kristina schnallte sich den Gürtel mit ihrem Degen wieder um. «Ich will endlich nach Stockholm.»

Sie ritten, bis die Sonne unterging. Flink mit Kristina, David mit Marit und Rahim allein, den Tornister mit dem Manuskript fest auf den Rücken geschnallt. Immer mehr Menschen ritten ihnen entgegen oder überholten sie, aber auch mehrspännige Kutschen zuckelten über die Landstraße. Sie überholten Bauern, die ihre Lasten auf Karren vor sich her schoben, Familien, die mit kleinen Kindern und ein wenig Habe beladen gen Norden strebten, und eine Gruppe alter Männer, denen Arme oder Beine fehlten. So erreichten sie den kleinen Ort Nyköping. Rahim wusste von zwei Herbergen, die es hier geben sollte, doch auf Nachfrage stellten sie fest, dass beide bis in den Heuschober hinauf voll mit zahlenden Gästen war. Den vier Freunden war das egal.

«Marit und ich haben den ganzen Winter über draußen geschlafen», erklärte David. «Da werden wir das ja wohl auch im Sommer können.»

Flink drückte sich an Kristina heran. Das Reiten hatte ihn schon wieder müde gemacht. «Wollen wir am Meer schlafen?», murmelte er. «Ich höre so gern, wenn es rauscht.»

Nur Rahim schien verzweifelt. «Ich kann mit dem Manuskript nicht einfach draußen schlafen!», erklärte er. «Was, wenn es in der Nacht gestohlen wird? Wir müssen unbedingt weiterreiten, bis wir eine andere Herberge gefunden haben!»

«Aber das ist doch Unsinn.» David runzelte die Stirn. «Wir sind jetzt nicht mehr weit von Stockholm entfernt.

Im Umkreis einer solch großen Stadt sind jede Menge Räuber unterwegs. Ich halte es für ziemlich gefährlich, nachts auf der Landstraße unterwegs zu sein. Wir sollten uns lieber unten am Meer in den Felsen eine Höhle suchen!»

«Gut.» Rahim schwang sich zurück in den Sattel. «Dann reite ich eben allein!»

«Und Ihr seid sicher, dass Ihr woanders eine Bleibe findet?», fragte Marit, die Kristinas Gesicht beobachtet hatte. «Was ist, wenn Ihr letztendlich doch draußen schlafen müsst, und Ihr seid ganz allein?»

Rahim runzelte die Stirn.

«Ich habe eine Idee», sagte Kristina. «Wenn wir alle zusammen draußen schlafen, könnten wir doch abwechselnd Wache halten!» Sie sah, wie Rahim zögerte. «Jeder bewacht Eure Schrift, so lange er kann. Dann wird der Nächste geweckt. Und bei verdächtigen Geräuschen sagen wir Euch sofort Bescheid!»

«Ich lasse aber niemand anderen die Schrift bewachen», erklärte Rahim. «Ich werde sie nicht einen Moment lang aus den Augen lassen, wenn ich im Freien bin!»

«Ihr könnt ja darauf schlafen», schlug Flink vor.

Wind kam auf, während sie über die Felsen zum Wasser hinunterkletterten. David ging voraus. Er hatte einen Stapel Zweige und Äste in ein Tuch geschlungen und sich das Bündel über den Rücken gelegt. Im Mondlicht wirkte seine Silhouette wie die eines Ungeheuers. Kristina blieb stehen, um ihre langen Haare zusammenzubinden. Sand wehte ihr in die Augen. Sie drehte sich zu Rahim um. Auf einmal konnte sie sein Gesicht nicht mehr erkennen. Es war dunkel geworden. Wolken trieben vor den Mond. Vorsichtig tastete Kristina sich über die Steine zu den anderen hin.

«Und du bist sicher, dass es hier unten Höhlen gibt?», fragte sie an David gewandt.

«Keine Ahnung. Ich hoffe es mal.» David rückte sein Bündel zurecht.

Noch immer konnte Kristina Rahims Züge nicht erkennen. Sie sah bloß, dass er seinen Tornister umklammert hielt. «Wir können immer noch irgendwo zwischen den Felsen schlafen», sagte sie. «Wo man uns von oben nicht sieht!»

«Mir ist vor allem sehr, sehr kalt!» Marit hüpfte auf und ab. Plötzlich rutschte sie mit den Füßen in einen Spalt und blieb einfach stecken. «Hilfe!», jammerte sie.

«Was ist?» Rahim fuhr zu ihr herum.

«Nichts, ich ... David, hilfst du mir? Ich komme hier nicht mehr raus!»

David legte seine Hände unter ihre Achseln und hob sie in die Höhe. «Kommt, wir klettern weiter. Ich sehe zwar die Hand vor Augen nicht mehr, aber hier können wir ja auch nicht bleiben!»

Es war ein seltsames Gefühl, an einem Ort zu sein, den sie nicht bei Tageslicht gesehen hatten. «Ob es hier wohl Tiere gibt?», fragte Kristina laut.

«Auf jeden Fall», lachte David. «Ich habe sie nämlich schon gehört!»

«Was für Tiere hast du gehört?» Auch Marit klang auf einmal beunruhigt.

«Kleine Angsthasen.» David lachte immer noch.

«Rahim?», fragte Kristina in die Dunkelheit hinein. «Seid Ihr überhaupt noch da?»

Rahim ließ ein Brummen hören. «Ja. Aber ich habe ein komisches Gefühl hier unten. Jetzt bedauere ich doch, nicht weitergeritten zu sein. Wenn uns hier jemand überfällt, können wir uns nicht einmal richtig wehren. Der Untergrund ist viel zu uneben für einen erfolgreichen Kampf.»

«Das wird der Angreifer bestimmt auch denken», meinte David. «Und dann überlegt er sich die Sache mit dem Angriff nochmal.»

Kristina hörte das Geräusch fallender Holzstücke auf Stein und schrak zusammen. «Was war das?»

«Das war nur ich», kam Davids Stimme aus der Dunkelheit. «Ich denke, wir sind jetzt weit genug vom Ort und von der Straße weg. Lasst uns hier ein Feuer anzünden, sodass wir uns im Schein unser Lager bauen können.»

Ein Licht flammte auf. Nur kurze Zeit später prasselten die Flammen auf dem Stein.

«Gut, dass wir vorhin das ganze Holz gesammelt haben», gähnte Marit.

Kristina bemerkte, wie Rahim vorsichtig umherspähte. Sie folgte seinem Blick über die Felsen. Unter ihnen klatschte das Meer auf die Steine. Reflexe ihres Feuers tanzten auf den Wellen. Flink, der schweigend hinter ihnen hergeklettert war, ließ sich auf dem Boden nieder und rollte sich zusammen. Sie überlegte, ob den Jungen etwas bedrückte, wusste aber nicht, ob sie ihn vor den anderen danach fragen sollte.

In diesem Moment riss der Wind die Wolken auseinander. Das Mondlicht ergoss sich auf den Platz und die kleine Gruppe darauf. Rahim blickte sich um. Schließlich nahm er den Tornister ab und stellte ihn auf den Boden. «Wir scheinen in Sicherheit zu sein», erklärte er.

Kristina setzte sich neben ihn. Wieder spürte sie seine Nähe, die ihr prickelnd über die Arme fuhr. Täuschte sie sich, oder rückte er nun dichter an sie heran? Sie wandte sich zu ihm, um in sein Gesicht zu blicken, doch seine Augen lagen im Schatten seines Huts verborgen.

«Ich glaube, es gibt noch andere Tiere außer Angsthasen hier.» Davids Stimme hallte durch die Nacht. «Nämlich Krebse. Und die machen mit ihren großen Scheren so.» Er beugte sich blitzschnell vor, um Marit ins Bein zu kneifen, die daraufhin kreischend über die Felsen floh.

Flink richtete sich ruckartig auf. «Sind die Piraten zurück?», fragte er beunruhigt.

«Nein.» Kristina ließ sich neben ihm nieder und strich ihm über das Haar. «Wie kommst du darauf, Lillebror?»

Bei der Bezeichnung «kleiner Bruder» breitete sich ein Lächeln auf Flinks Zügen aus. «Weil hier so ein Tumult ist», erklärte er.

«Das ist bloß David, der Marit neckt.»

Flink griff nach einem brennenden Ast und warf ihn in die Luft. «Verliebtenspiele, schon wieder», murrte er. «Immer seid ihr Großen *damit* beschäftigt. Du hast mir vorhin noch nicht mal richtig dabei zugesehen, wie ich mit den Stöcken jongliert hab!»

«Aber jetzt guck ich dir dabei zu.» Kristina setzte sich gemütlich hin.

«Immer noch Vorsicht, kleiner Mann», bemerkte Rahim und schob den Tornister von Flink fort.

In diesem Moment geschah es. Marit kam von hinten angelaufen, David auf den Fersen. Marit stolperte und fiel gegen Flink, der seinen brennenden Ast fallen ließ. Funken sprühten. Einer der Funken flog in Marits Zopf, der augenblicklich zu brennen begann.

David, der jetzt hinter ihr auftauchte, riss sich seinen neuen Umhang von der Schulter und schlug damit auf Marits Haare ein. Doch es war bereits zu spät. Das Feuer hatte sich den Zopf hinaufgefressen und war gefährlich nah an ihrem Ohr. Marit schrie und schlug um sich, eine lebende Fackel, die plötzlich hell aufloderte und die Felsenlandschaft in einen grellen Schein tauchte. Starr vor Entsetzen öffnete David seinen Mund. Doch es kam kein Ton heraus.

In einem Schritt war Rahim neben Marit. Er warf sie sich über eine Schulter und sprang den Felsen zum Wasser hinab. Und dann erlosch das flackernde Licht. Das Feuer war aus.

Jetzt sprang David ans Ufer hinab. «Marit!», rief er. «Marit, geht es dir gut?»

Was dann geschah, sollte Kristina nie mehr vergessen. Marit blickte zwischen David und Rahim hin und her. Die eine Hälfte ihres Haars war vollkommen weggebrannt. Und dann schoben sich die Wolken vor den Mond, und ein lautes Knallen ließ sie alle zusammenzucken.

«Der Felsen!», rief Flink von oben. «Der Felsen hat geknackt!»

Im Schein des Lagerfeuers, das auf einmal gespenstisch groß aussah, konnte Kristina einen Riss erkennen, der sich längs durch das Gestein zog. Die Hitze hatte den Stein in der Mitte aufgebrochen, und mehrere Äste mussten in den Riss hineingefallen sein, denn plötzlich loderte es menschenhoch aus dem Innern des Steins heraus, und dann kam Rahims Schrei, so durchdringend, dass Kristina zusammenfuhr. «Meine Tasche! Holt die Tasche da weg!»

Kristina sprang über den Felsen zur Tasche hin. In dem Moment, in dem sie die Hand danach ausstreckte, schoss eine Stichflamme aus dem Paket hervor. Der Wind blies die Flamme zu einem ganzen Feuer auf. Kristina spürte weder Hitze noch Schmerzen, als sie die brennende Tasche öffnete, um das Paket daraus zu retten, und dann war Rahim plötzlich neben ihr, und das Feuer wurde riesengroß.

«Loslassen!», brüllte David von unten. «Bei Jahwa, lasst die Tasche los, wenn ihr nicht auch verbrennen wollt!»

Aber Rahim ließ nicht los. Zusammen mit Kristina

kämpfte er darum, das lodernde Paket hervorzuzerren. Und dann sah Kristina, dass auch das Papier in Flammen stand.

Die Schrift, die die Zukunft Europas darstellen sollte, verbrannte in einem einzigen Atemzug. Sie fiel in sich zusammen wie ein Nichts. Die Seiten des Manuskripts verwandelten sich in schwarze hauchdünne Asche, die im Wind zerstob. Kristina stieß einen Schrei aus, dessen Echo von den Felsen hallte. Aus der verglimmenden Schrift blitzte ein letzter grüner Lichtstrahl auf.

16. Kapitel

Sie brauchten zwei Tage und zwei Nächte, bis sie Stockholm erreichten. Zwei Tage und zwei Nächte, in denen Rahim nicht ein einziges Wort an sie richtete. Am Ende des zweiten Tages tauchte die Brücke auf, die von Södermalm auf die Stadtinsel hinüberführte. Der Mälarsee zu ihrer Linken war mit Holzkähnen übersät. Zu ihrer Rechten breitete sich das grüngraue Wasser der Ostsee mit ihren bewaldeten Inseln aus. Im Hafen lagen die Segelschiffe nebeneinander wie Perlen an einer Schnur. Vor ihnen erhob sich die uralte Mauer mit ihrem Stadttor und den Wachen davor.

Kristina betrachtete im Vorbeireiten die aufgespießten Köpfe, die ihnen über dem Tor entgegengrinsten. Die Sonne hatte ihnen das Fleisch von den Knochen gebrannt, und die verbliebenen Haare wehten im Wind. Ein würgendes Geräusch hinter ihr ließ sie zusammenzucken. Marit, die immer noch hinter David saß, hielt die Hand vor den Mund gepresst.

«Das ist so ... schrecklich!», brachte sie hervor.

Augenblicklich brachte Rahim sein Pferd zum Stehen.

Er starrte Marit hasserfüllt an. «Soll ich Euch sagen, *was* schrecklich ist?», fragte er. Seine Stimme klang heiser nach dem langen Schweigen.

Marit senkte den Blick und schüttelte den Kopf. Die Haube, die ihr kurzgeschorenes Haar bedeckte, rutschte zur Seite und gab die kahle Stelle frei, an der die Haut noch rot war von dem Brand.

«Hört auf, das führt zu nichts!» David sprach leise, doch bestimmt.

«Zu nichts?» Rahim schoss ihm einen wütenden Blick zu. «Habe ich richtig gehört: zu nichts? Nichts, mein Freund, das ist, wenn man der Königin ein wertvolles Geschenk bringen will und dann mit leeren Händen vor ihr steht.» Seine Stimme schwoll an. «*Ich* bin derjenige, der mit leeren Händen vor die Königin treten muss. Und warum? Weil eine Handvoll dummer Kinder das Geschenk drei Tagesreisen vom Ziel entfernt zerstört hat!»

«Dumme Kinder?» Nun schaltete Flink sich wütend ein.

«Lass das», raunte Kristina ihm zu. Nervös befingerte sie das Medaillon an ihrem Hals.

Rahim wandte sich ihr zu. Er sprach kein Wort, aber es lagen ganze Bände in seinem Blick.

Kristina spürte, wie ihr Herz schneller schlug, als sie seinen Blick erwiderte. Rahims schwarze Augen funkelten sie fiebrig an. In den zweieinhalb Tagen, die hinter ihnen lagen, hatte er sich nicht mehr die Mühe gemacht, seine Haare zu kämmen. Sie hingen ihm in wirren dunklen Locken auf die Schultern herab. Sie konnte Rahim seinen Kummer ansehen, und doch war er ihr noch nie so schön erschienen. «Was kann ich tun?», flüsterte sie.

«Nichts», sagte er und wandte den Blick wieder ab.

Sie ritten in die Stadt hinein. Plötzlich begann eine Turmglocke zu läuten. Eine Gruppe Kinder stob kreischend die Straße entlang. Nach der monatelangen Stille im Wald und auf den Landstraßen kamen Kristina die Geräusche unerträglich vor. Wohin sie nur schaute, alles war Bewegung und Lärm. Überall wurde gebaut. Halberrichtete Häuser säumten die Straßen, Männer mit Karren schleppten Steine heran. Andere schnitzten Türen und Fenster, rollten Fässer über die Straße oder priesen ihre Waren an. Ein Mann, der einen bockenden Auerochsen an einem Seil hinter sich herzog, fluchte wütend vor sich hin. Eine Straße weiter klopfte ein Schmied über dem offenen Feuer sein Eisen zurecht. Vorsichtig lenkte Kristina Kugelblitz an all den Menschen vorbei. Die Straße mündete auf einen Platz, auf den die Sonne fiel. Zwischen den halbfertigen Steinhäusern boten Händler ihre Fische feil. Der Geruch weckte wieder einmal verschwommene Bilder in ihr.

Und dann sah sie es. Tre Kronor. Das sagenhafte Schloss der Königin. Riesige Türme ragten aus seiner Mitte empor. Die Dächer der Schlossgebäude funkelten graublau in der Sonne, und die Fensterscheiben blitzten hell.

Da ist ein Holzzaun um das Schloss, flüsterte eine Stimme in ihr. Der Zaun umgibt den Wallgraben, über den eine Zugbrücke führt. Und die Mauern des Walls sind rötlich weiß.

«Kristina», wisperte Flink, der sich zu ihr umgedreht hatte. «Was ist mit dir?»

Kristina schüttelte den Kopf. Sie kannte das Schloss, da war sie sicher. Aber sie brachte keinen Ton hervor. Wie im Traum ritt sie weiter die Straße entlang. Sehnsucht überkam sie, aber sie wusste nicht, nach wem. Und dann spürte sie andere Gefühle in sich aufsteigen. Zärtlichkeit. Wut auf sich selbst. Und Schuld.

Hätte sie Rahim nicht überredet, im Freien zu übernachten, wäre das Manuskript nicht verbrannt. Auch wenn sie selbst für den Brand nicht verantwortlich war – sie hätte Flink davon abhalten müssen, mit dem Feuer zu spielen. Hätte Marit und David ermahnen müssen, vorsichtiger zu sein. Sie waren alle füreinander verantwortlich. Sie für die anderen, und die anderen für sie.

Die Arbeiter verschwanden, je näher sie dem Schloss kamen. Fein sahen die Menschen hier aus. Männer in wadenlangen bestickten Jacken, mit Perücken und hohen Hüten auf dem Kopf. Vereinzelt auch Frauen, doch keine von ihnen allein. Eine Kutsche ratterte in rasendem Tempo an ihnen vorüber und ließ die Pferde scheuen. Kristina warf sich nach vorn auf Kugelblitzens Hals und sprach ihm beruhigend in sein Ohr. Als sie wieder aufblickte, sah sie, dass sie nicht weit entfernt vom Holzzaun standen, hinter dem sich der Wallgraben mit den rötlich weißen Schlossmauern erhob. Rahim richtete sich in seinem Sattel auf. Auch auf seinen Zügen tanzten widerstreitende Gefühle.

«Unsere Wege trennen sich jetzt», sagte er.

«Nein!» Kristina schüttelte den Kopf. Verzweiflung stieg in ihr auf. «Ich werde nicht zulassen, dass Ihr allein vor die Königin tretet! Wir sind schuld, dass die Schrift verbrannte. Und wir ...» Sie blickte sich um und sah Marit und David auf Räuberpferd an. «Wir werden diese Schuld auch auf uns nehmen! Nicht wahr?»

Rahim stieß ein verächtliches Lachen aus. «Das wird die Königin auch nicht weiterbringen.»

«Aber vielleicht Euch!» Kristina wendete Kugelblitz, sodass sie Rahim besser ansehen konnte.

Rahim hob nur eine Augenbraue. Und dann stürmte er mit seinem Pferd an ihr vorbei, auf die mit Hellebarden bewaffnete Schlosswache vor der Zugbrücke zu. Fassungslos beobachtete Kristina, wie Rahim mit den Wachen verhandelte, wie er sich nach hinten beugte, um aus seiner Satteltasche ein Dokument zu holen. Er rollte es auf und hielt es dem Wachposten vor die Nase, der es daraufhin zu lesen begann. Kristina erwartete, dass der Wachposten mit gesenkter Hellebarde beiseitetreten würde, um Rahim passieren zu lassen, doch nichts dergleichen geschah.

«Kristina.» Sie spürte, wie Flink sie am Ärmel zupfte. «Lass uns weiterreiten!»

Eine Gruppe von reichgekleideten Menschen wanderte in diesem Augenblick vorbei und versperrte ihr den Blick auf das, was am Eingang geschah. Es waren auch Damen darunter, die bei ihrem Anblick zu kichern begannen. «Eine Magd in Hosen mit einem Degen an der Seite!», tuschelte eine der Damen hinter vorgehaltenem Fächer der anderen zu. «Und sieh nur, die Magd und der Knecht auf dem anderen Pferd! Seit wann reitet hier eigentlich Gesinde herum?»

Jetzt wurden vom Schlosseingang Stimmen laut. Rahims übertönte alle anderen. Doch was er sagte, konnte Kristina nicht verstehen. Abermals wendete sie Kugelblitz, um zu gucken, was da vor sich ging. Aber entweder hatte sie ihre Stiefel zu eng in die Flanken gepresst, oder aber ihre Anspannung übertrug sich auf das Tier, denn plötzlich schoss es davon, auf Rahim zu, der auf seinem Pferd ebenfalls gewendet hatte und laut fluchend davonritt. Aus den Augenwinkeln bemerkte Kristina, dass die Wachen ihre Hellebarden drohend in die Höhe gereckt hatten und dass Rahim in eine Seitenstraße abbog, die links vom Schloss in Richtung Mälarsee führte. Sie achtete nicht auf Flinks Proteste, nicht auf die Worte, die Marit und David ihr hinterherriefen. Obwohl sie wusste, dass es in der Stadt verboten war, zu galoppieren, trieb sie Kugelblitz an, Rahim einzuholen, der nun um eine Ecke verschwunden war. Die widersprüchlichen Gefühle, die in ihrem Herzen klopften, wurden auf einmal riesengroß. Ihr Entsetzen darüber, dass sie die geheime Schrift zerstört hatten, kämpfte mit der Wut, dass Rahim sie jetzt einfach alleine ließ. Sie wollte ihn noch einmal sehen, ihm ein letztes Mal in die Augen blicken, seine Haut berühren, seinen Geruch einatmen. Ja, Flink hatte ganz recht. Sie war verliebt. Und es war ihr egal, dass sie sich hier in der Stadt vor allen Leuten lächerlich machte, dass sie nicht mehr über ihre Aufgabe nachdachte, die sie nach Stockholm geführt hatte. Dass sie ihr sogar gleichgültig war. Dass sie sich zum ersten Mal seit ihrem Erwachen nicht mehr darum scherte, wer sie war und wohin es sie zog.

Eine Menschenansammlung versperrte die Straße vor ihr. Sie sah, dass Rahim von seinem Pferd abgestiegen war und versuchte, die Menge zu Fuß zu durchqueren.

«Warte hier!», sagte sie zu Flink. Sie sprang auf die Erde und lief auf Rahim zu.

«Rahim!», rief sie. Er verschwand hinter einer Kutsche, die mit gebrochener Achse mitten auf dem Weg gehalten hatte. «Rahim, bitte, warte auf mich!»

Doch er hörte sie schon nicht mehr. Eine alte Frau vor ihr drehte sich um und grinste sie zahnlos an. Ihre Augen flackerten irr, und ihr Kleid war verschmutzt. Kristina bemerkte, dass sie sang. Sie sang das Lied, das Svensson auf seiner Flöte gespielt hatte. Die Musik weckte Sehnsucht in ihr, und jetzt wusste sie auch, nach wem.

Ein plötzliches Getöse über ihr ließ sie zusammenfahren. Und dann ging alles ganz schnell. Sie legte den Kopf in den Nacken. Und sah einen Stein, der sich von dem halbfertigen Haus im oberen Stockwerk löste. Einen Moment lang schien der Stein im Rhythmus der Musik zu schweben, dann segelte er auf sie herab, bis er so groß war, dass er ihr Gesichtsfeld ausfüllte, bis er den Himmel verdunkelte und die Menschen um sie zu schreien begannen. Die alte Frau sang immer weiter, und ihre Melodie war das Letzte, was Kristina hörte, bis der Schmerz sie mit einer Wucht traf, dass sie umfiel und die Welt in vollkommene Dunkelheit versank.

Auf einer Insel im Süden, weit entfernt von dort, stand eine alte Frau und betete. Die Sonne glitzerte auf dem weißen Kreidefelsen, der sich majestätisch über die Ostsee erhob. Margarethe stand aufrecht in all der Helligkeit, die Hände ineinandergeschoben, und sprach vor sich hin. Svensson war gegangen, und sie war jetzt wieder ganz allein. Abschied reihte sich an Abschied, so war es ihr Leben lang. Der Vater fiel ihr ein, der sich verabschiedet hatte, als der Krieg begann. Sie war herangewachsen, und der Krieg war immer noch da. Johan vom Nachbarhof stand ihr plötzlich wieder vor Augen und die drei Kinder, die sie mit ihm hatte haben können. Johan war in den Krieg gezogen und niemals zurückgekommen. Die zwei Söhne wurden groß. Aber auch sie hatte der Krieg verschlungen, noch ehe sie ihre volle Größe erreicht hatten. Die geliebte Tochter, einfach weggegangen. Und dann, als sie gedacht hatte, dass ihr nichts mehr weh tun könnte, dass sie ihr Leben so beschließen würde, alt, mit Arbeit und einem Svensson, der hin und wieder bei ihr aß, war dieses Mädchen aufgetaucht.

Margarethe schloss die Augen und sah wieder, wie es zwischen all den bunten Blättern lag, mit blutendem

Kopf, den Degen in der Hand. Ohne darüber nachzudenken, was sie tat, hatte sie das Mädchen nach Hause getragen und gepflegt. Eine Zärtlichkeit war in ihrem Herzen erwacht für dieses Wesen, das zwischen Tod und Leben schlief. Sie hatte es bewacht, ihm Wasser und Essen eingeflößt, mit ihm geredet und ihm vorgesungen. Dann war das Mädchen aufgewacht und mit ihm ein Gefühl, das Margarethe nicht mehr für möglich gehalten hatte, nicht nach diesem Leben voller Schmerz.

Margarethe betete. Sie wusste, dass sie das Mädchen niemals wiedersehen würde, aber sie wünschte, dass es glücklich war.

Kristina schlug die Augen auf. Soweit sie erkennen konnte, lag sie auf dem Boden eines Stalls und war mit einer stinkenden alten Decke zugedeckt. Als sie sich aufrichtete, blickte sie in drei Gesichter, die besorgt aussahen.

«Wie geht es dir?», fragte Marit.

Kristina betastete ihren schmerzenden Schädel. «Ganz gut», sagte sie. Dann blickte sie umher. «Warum wohne ich in Stockholm in einem Stall?»

«Du weißt, dass du in Stockholm bist?» David sah erleichtert aus. «Wir hatten nämlich gedacht ...»

«Was? Dass ich schon wieder alles vergessen hätte?» Kristina schüttelte den Kopf. Eine Schmerzwelle überflutete sie, sodass sie kurz die Augen schloss. Als der Schmerz verebbte, sah sie ihre Freunde der Reihe nach an. «Also, *du* bist Flink», lächelte sie. «Mein kleiner Lieblingsdieb. Und *du*», sie wandte sich an Marit, «bist meine vermutlich einzige Freundin. Eine mit einem lustigen Haarschnitt dazu.» Sie sah, wie Marit den Mund verzog. Rasch ergänzte sie: «Kein Mensch sieht was, wenn du die Haube so darüber trägst!»

David hielt ihr seine ausgestreckte Hand vor das Gesicht: «Wie viele Finger hab ich hier?»

Kristina lachte. «Ich hab mein Gedächtnis verloren, nicht meine Rechenkünste! Aber wenn du willst, zähle ich die fünf Finger gern zusammen. Fünf mal ein Finger – das macht wohl fünf!»

«Wie kann man nur so gut gelaunt von so einem Unfall aufwachen?», brummte David. «Bei Jahwe, als ich diesen Stein vom Haus fallen gesehen habe, da dachte ich wirklich, du seist tot!»

Flink drehte sich zu ihm um. «Du hast ja alles nur von weitem gesehen! Ich stand direkt daneben! Es war fürchterlich! Die Leute haben geschrien!»

«Du hast so ein Glück gehabt, dass dich der Stein nur gestreift hat!», ergänzte Marit. «Ich meine, es war schlimm genug. Du bist sofort umgekippt!»

Kristina erhob sich von ihrem Lager und rieb sich den Kopf. «Ja, es hat weh getan, das kann ich euch versichern! Wie lange war ich eigentlich weg?»

«Weg?», wiederholte Flink. «Du hast wirklich Nerven! Einen Tag und eine Nacht lang warst du nicht mehr ansprechbar!»

«Ach, deswegen habe ich solchen Hunger.» Kristina

zwinkerte vergnügt. «Also los, Freunde, wir haben hier doch noch was zu erledigen, oder?»

«Genau!» Flink klatschte in die Hände. Seine selbstgewählte große Schwester wieder fröhlich zu sehen, munterte ihn gewaltig auf. «Wir müssen endlich wieder an die Arbeit gehen!»

«Was für eine Arbeit soll das denn sein?», knarzte David. «Vom Beklauen der Stockholmer Herrschaften einmal abgesehen?»

Flink streckte bedauernd die Hände aus. «Eine andere gibt es nicht. Tut mir leid. Hab nicht ich mir ausgedacht.»

«Vielleicht haben wir keine andere *Arbeit*», bemerkte Kristina. «Aber dafür jede Menge Aufgaben. Zunächst einmal will ich zu meinem Vater gehen.» Sie wandte sich zu den anderen um. «Was ist? Was starrt ihr mich so an?»

«Habe ich richtig gehört?», fragte Marit. «Du willst zu deinem Vater gehen?»

«Natürlich. Ich habe ihn schließlich schon lange nicht mehr gesehen!»

«Aber du weißt doch gar nicht, wo er wohnt!» Auch David guckte auf einmal komisch.

«Sicher doch, auf Riddarholm», erklärte Kristina. Plötzlich stockte sie. «Was habe ich da eben gesagt?»

«Du hast gesagt», David wandte nicht den Blick von ihr, «dass dein Vater auf Riddarholm wohnt. Ist das eine Insel?»

«Ja», erklärte Kristina. «Eine Insel, die der Stadt gegenüber liegt. In der Kirche von Riddarholm liegen die schwedischen Könige begraben.» Sie hielt erneut inne. «Woher weiß ich das nur?»

David regte sich noch immer nicht. «Das möchte ich auch mal wissen!»

«Los, fragt mich noch mehr Dinge ab!» Kristinas Wangen leuchteten auf einmal feuerrot. «Was weiß ich wohl noch?»

«Wann ist dein Vater denn dahin gezogen, auf dieses Riddarholm?», fragte Marit langsam.

«Als der Krieg zu Ende war. Die Königin hat ihm in Anerkennung seiner Taten dieses Haus auf Riddarholm geschenkt. Es ist das erste Haus aus Stein, in dem Vater und ich gelebt haben.» Sie schlug die Hand vor den Mund. «Oh, mein Gott!»

Jetzt war David wieder dran. «Wann hast du deinen Vater zuletzt gesehen?»

«Das war auf Rügen, und ich ...» Kristina war auf einmal so aufgeregt, dass es ihr die Sprache verschlug.

«Sie erinnert sich.» Marit wandte sich aufgeregt zu David um. «David, sie erinnert sich!»

«Ich erinnere mich.» Kristina sprang in die Höhe und begann zu lachen. «Ich erinnere mich!» Das Lachen schlug plötzlich in Weinen um. «Ich erinnere mich! Oh, mein Gott, ich erinnere mich!» Sie umarmte Marit, sie umarmte Flink, und am Ende umarmte sie sogar David. «Ich erinnere mich! Ich erinnere mich!»

«Was ist auf Rügen passiert?», fragte Marit atemlos.

Kristina fiel auf ihr Lager zurück. «Auf Rügen ... wir sind dort hingereist, nachdem mein Vater entdeckt hatte, dass ich ihm heimlich gefolgt war. Er wollte mich auf seiner Reise aber nicht mitnehmen, also beschloss er, mich zu meiner Rügener Großmutter zu bringen. Ich habe meine Großmutter nie kennengelernt und wollte auch nicht zu ihr hin. Ich wollte bei meinem Vater bleiben.»

«Was ist dann passiert?» David hielt die Luft an.

«Wir haben eine Nacht im Schloss verbracht, beim Gouverneur. General Wrangel. Mein Vater kannte ihn aus dem Krieg, war aus derselben Kompanie wie er.»

«Wohin war dein Vater eigentlich unterwegs, als ihr nach Rügen kamt?», unterbrach Marit.

Kristina überlegte kurz. «Er wollte nach Paris. Genau. Paris. Er sollte etwas suchen, für die Königin. Er sollte ...» Sie erstarrte. Ihre Augen wurden riesengroß. «Er sollte das Manuskript über die drei Betrüger besorgen.»

«Dein Vater sollte das Manuskript über die drei Betrüger besorgen?» David dehnte die Worte ins Unendliche.

«In Paris?», echote Marit. «Aber ...»

Flink trappelte mit den Füßen. «Was ist dann passiert? Als ihr dann auf Rügen wart?»

«An dem Morgen, an dem mich mein Vater zu meiner Großmutter bringen wollte, kam ein Bote ins Schloss geritten, mit einer Nachricht aus Frankreich.»

«Mit was für einer Nachricht? Eine, die dich und deinen Vater betraf?» In der Aufregung war Marits Haube verrutscht. Nun hing sie ihr schief über dem linken Ohr.

Kristina kratzte sich am Kopf. Sie sah den Boten wieder, dessen Gesicht sie nicht hatte erkennen können, auf seinem schwarzen Pferd. «Der Bote meinte, ein geheimes Manuskript, das die Königin aus Paris geordert hätte, wäre in diesem Moment zu ihr unterwegs. Allerdings dürfte sie es unter keinen Umständen entgegennehmen, weil es vergiftet sei.»

«Vergiftet?», wiederholte David. «Wie kann man eine Schrift vergiften? Man isst Papier doch nicht!»

Kristina versuchte, sich das Gespräch wieder vor Augen zu führen. Der Bote war hineingebeten worden, um mit Vater und dem General zu reden. Sie sah wieder die langen, eiskalten Flure aus Stein vor sich, die sie entlanggehuscht war, um den Männern zu folgen, wie ihr die Tür vor der Nase zugeschlagen worden war und wie sie dann gelauscht hatte. «Der Bote hat gesagt, es wäre ein besonderes Gift an dem Papier», erklärte sie. «Ein ... ein grünes Gift!»

«Ein grünes Gift?» David fühlte sich zu andauernden Wiederholungen verdammt. «Was kann denn das für eines sein?»

Kristina dachte nach. «Ich habe es selbst nicht so genau verstanden. Es war irgendwas ... eine Mischung aus mehreren Stoffen ... Sie haben es Schwedischgrün genannt ... Die Blätter des Manuskripts waren damit behandelt, weil die Königin ...»

«Weil die Königin was?» Marit biss auf ihre Fingernägel.

«Die Königin leckt beim Blättern die Finger an», erklärte Kristina.

«Der Überbringer des Manuskripts», David runzelte die Stirn, «wollte die Königin also vergiften! Was hat dein Vater dazu gesagt?»

«Er meinte, dass wir auf der Stelle zurück nach Stockholm reisen müssten.»

«Ist das alles im Winter geschehen?», fragte David.

Kristina schloss die Augen. Sie sah windgeschüttelte Blätter an den Bäumen tanzen, gelb und rot und grün gefleckt. «Es war Herbst», erklärte sie.

«Aber was ist dann passiert?», hakte Marit wieder nach. «Wie ist es dann zu diesem Kampf gekommen?»

«Zu welchem Kampf?» Kristina sah noch immer das Laub vor ihren Augen.

«Na, dieser Kampf, bei dem dein Kopf so schlimm verletzt wurde!»

Das Laub verschwand aus ihrer Erinnerung. An seine Stelle trat ein Reiter, mit einem Pferd, das so schwarz wie das des Boten war. Aber bevor sie genauer darüber nachdenken konnte, hatte David schon die nächste Frage gestellt. «Warum konnte nicht dieser Bote zur Königin weiterreiten?»

«Mein Vater wollte mit dem Boten zusammen reiten. Er meinte, falls einem von ihnen auf dem Weg in den Norden etwas passieren würde, dann wäre immer noch der andere da. Mein Vater und ich ... wir sind in den Stall gegangen, um dem Burschen Bescheid zu geben, dass er die Pferde satteln solle …» Sie schloss die Lider und lächelte. Endlich sah sie das Gesicht des Vaters wieder vor sich. Seine großen hellen Augen, die so strahlten, wenn ihr Blick sich auf sie richtete. Die Narbe auf seinem Kinn. Die große Nase mit dem Höcker darauf. Er war böse auf sie gewesen, das sicherlich, als er bemerkt hatte, dass sie nicht in Stockholm geblieben war, so wie er es ihr befohlen hatte. Aber er hatte auch verstanden. Er hatte begriffen, dass Kristina daran gewöhnt gewesen war, durch die Welt zu ziehen. Und dass sie in Stockholm ja nur ihn hatte und dass, wenn er fortging, auch sie nicht hatte bleiben können.

«Kristina», hörte sie Marit fragen. «Wie ist es zu diesem Kampf gekommen?»

Das lächelnde Gesicht des Vaters schwand. An seine Stelle trat wieder der Reiter auf dem schwarzen Pferd. Er hatte eine Rüstung getragen, dieser Reiter, und sich ihnen in den Weg gestellt. «Mein Vater bestand darauf, dass wir vor unserer Abreise meiner Großmutter einen kurzen Besuch abstatten. Als die Pferde fertiggesattelt waren, nahmen wir Abschied vom Gouverneur. Auf dem Weg durch den Wald kam uns ein Mann entgegen. Ich weiß nicht, wer er war. Im Vorbeireiten griff er überraschend meinen Vater an.»

«Wie – einfach so?», fragte David.

«Ja. Einfach so. Er zückte seinen Degen und stieß meinen Vater vom Pferd.»

«Aber …»

«Das gehört zu dem Teil der Erinnerungen, die ich nicht

erklären kann. Es ging alles sehr schnell.» Kristina atmete stoßweise. «Mein Vater, der ein sehr guter Kämpfer ist, zog ebenfalls seinen Degen. Der Reiter stieg ab, und die beiden lieferten sich ein Duell. Mein Vater hätte sicherlich gewonnen, wenn in dem Moment nicht …» Sie schlug die Hände vors Gesicht. Eine kleine Hand streichelte ihr über den Rücken. «Ist ja schon gut», tröstete Marit sie unbeholfen. «Ist ja schon vorbei.»

«Es ist überhaupt nicht vorbei!» Kristinas Ausruf erschreckte sie selbst. Sie sprang von ihrem Lager. Auf einmal sprudelten die Worte nur so aus ihr heraus. «Ein Wolf hat meinen Vater angegriffen! Mein Vater ist gefallen. Ich hab gesehen, wie das Blut aus seinem Hals herausgelaufen ist!» Sie fing an zu weinen. Die Schluchzer schüttelten sie, sodass sie nicht mehr reden konnte. Marits Hand streichelte sie immer weiter. «Scht», machte Marit. Als Kristina aufblickte, sah sie, dass Marits Augen auch in Tränen schwammen. Sie versuchte, sich zusammenzureißen. «Ich dachte, dass mein Vater nicht mehr atmen würde. Und auf einmal hab ich eine Riesenwut bekommen.» Sie ballte die Fäuste bei der bloßen Erinnerung daran. «Ich habe meinen eigenen Degen gezückt und bin auf den Fremden zugestürmt.» Wieder hörte sie die Stimme des Reiters in ihrem Ohr. *Na, Kleine,* hatte die Stimme gesagt. *Du willst dich doch nicht etwa mit den Großen anlegen?* «Und dann habe ich gekämpft, so, wie ich in meinem ganzen Leben nicht gekämpft habe.» Sie blickte auf, direkt in Marits Augen, aus denen immer noch das Mitleid floss. «Auch nicht gegen Messenius», lächelte sie. Dann überlegte sie. «Ich habe versucht, dem Mann seinen Gesichtsschutz wegzuschlagen», flüsterte sie. «Er ist dann auf sein Pferd gesprungen. Ich dachte, er würde davonreiten, aber stattdessen hat er gewendet und ist auf mich zugaloppiert. Ich hab ihn näher kommen sehen ... Es ging alles so rasch, dass ich gar nichts begriffen habe ... Und auf einmal hatte ich einen großen Schmerz im Kopf. Alles ist schwarz geworden. Und irgendwann bin ich wieder aufgewacht. Bei dieser Frau, Margarethe, die gut zu mir gewesen ist. Da war Winter, und draußen war alles voller Schnee.» Sie schrak zusammen. «Margarethe hat mir gesagt, dass dort, wo sie mich gefunden hätte, ein Mann schwer verletzt worden wäre!» Sie blickte der Reihe nach die Freunde an. Flink hatte den Mund aufgerissen und ihre Worte atemlos verfolgt. David hielt seine Hände umklammert, dass die Knöchel weiß hervortraten. Auch Marit sah erschrocken aus. «Versteht ihr? Wenn es nun mein Vater war, der dort verletzt, ja, vielleicht getötet worden ist? Rahim hat doch erzählt, dass ein anderer nach Paris geschickt worden wäre, der dann verschollen ist!»

«Vielleicht ist es auch der Fremde», sagte David fest. «Vielleicht hast du dem Fremden eine Verletzung beigebracht! Vielleicht geht es deinem Vater gut, und Rahim meinte einen ganz anderen Mann!»

«Das müssen wir überprüfen! Wir reiten auf der Stelle nach Riddarholm hinüber!» Kristina griff nach ihrem Umhang. Als sie sich vornüberbeugte, wurde ihr schlecht.

Und plötzlich wusste sie es. «Das grüne Gift», keuchte sie.

«Was ist mit dem grünen Gift?», fragte Marit erschrocken.

Kristina biss die Zähne zusammen. «Ich weiß jetzt, wer das Manuskript mit Gift behandelt hat!»

David riss die Augen auf. «Du meinst ...»

«Ja», stieß sie hervor. «Aber zum Glück ist es verbrannt!»

Schweigen erfüllte den Raum. Wieder fühlte Kristina diese ganzen seltsamen Gefühle in ihrem Herzen toben. Verliebtheit – immer noch. Verzweiflung, Wut und Unverständnis. Und einen Hass, der alle Grenzen sprengte.

Mit einem Satz war sie an der Tür. «Wir müssen Rahim zuvorkommen», erklärte sie. «Er hat versucht, zur Königin vorzudringen, und hat es nicht geschafft. Aber er wird es weiter versuchen! Jetzt zählt jeder Augenblick.»

17. Kapitel

Der Regen setzte so plötzlich ein, dass Kristina auf Kugelblitz den Kopf einzog. Die Tropfen zerplatzten auf ihr wie reife Früchte. Noch bevor sie die Brücke erreichte, die nach Riddarholm hinüberführte, war sie bis auf die Haut durchnässt. Sie fühlte, wie Flinks kleine Hände sich in ihre Taille klammerten. «Sind wir gleich da?», schrie er ihr durch das platternde Wasser zu.

Doch Kristina antwortete nicht. Vor ihr, auf der anderen Seite des Ufers, tauchte die alte Kirche auf. Erinnerungen stürmten auf sie ein. Sie sah sich selbst, wie sie vor vier Jahren in einer Kutsche nach Riddarholm gereist war. Sie hatte aus dem Wagenfenster gesehen, als sie die Brücke passierten, und dem Vater genau dieselbe Frage gestellt wie jetzt Flink.

Und dann wirbelte ein ganzer Bilderreigen auf sie ein. Sie sah die Mutter vor sich mit ihren langen braunen Locken, wie sie im Heereszelt hockte und in einem abgegriffenen Buch blätterte. Kristina erinnerte sich an das Gefühl, wenn die Mutter ihr mit den Fingern durch das Haar kraulte. Der Geruch von Steckrübensuppe stieg ihr wieder in die Nase, der aus einem Kupferkessel drang. Sie sah die Mutter vor dem Zelt auf und ab schreiten, aufgeregt auf den Nägeln beißend, während sie auf die Kompanie warteten, die sich draußen auf dem Schlachtfeld schlug.

Der Regen strömte und rauschte, doch Kristina spürte ihn nicht. Wieder tanzte ihr das Bild der Mutter vor den Augen mit ihrem großen, runden Bauch. Es war Winter, irgendwo in Deutschland, ein abgebranntes Land. Der Vater, abgekämpft und still. Wochen der Stille herrschten in dem Zelt, in dem der Vater sie nach den Gefechten besuchte. Die Mutter wurde bleich und krank. Eines Nachts begann sie zu klagen, ein ungewohnter Laut. Gegen Morgen steigerten sich ihre Klagetöne zu Schreien. Frauen wachten an ihrem Bett, fremde und vertraute, hübsche Gesichter, zahnlose Fratzen, jung und alt. Bald war das Zelt bevölkert von ihnen. Kristina hielten sie vom Lager fern.

Die Brücke bebte unter dem Getrappel der Hufe von Kugelblitz und Räuberpferd. Im Regen weinte Kristina lautlos vor sich hin. Die Mutter hatte einen Kampf gefochten, so wie die Soldaten draußen auf dem Feld. Wieder sah sie den kleinen Bruder vor sich, winzig klein. Die Frauen im Zelt hatten gelacht und geklatscht und den Vater geholt. Dann war Kristina eingeschlafen. Wie lang, das wusste sie nicht mehr. Aber als sie wieder erwachte, war die Mutter tot.

Die Brücke führte in eine breite Straße an steinernen Fassaden vorbei. Hier hatte sich nichts geändert seit ihrer

Abreise im vergangenen Herbst. Kristina sah das wächserne Gesicht ihrer Mutter wieder. Ihr Körper lag aufgebahrt auf ihrem Bett, neben dem kleinen Bruder, der am nächsten Morgen starb. Die Tränen flossen Kristina über die Wangen und vermischten sich salzig mit dem süßen Regen. Nun ging es nach links in eine neue Straße hinein. Das Haus des Vaters stand auf einmal vor ihr. Sie waren da.

Kristina brachte ihr Pferd zum Stehen. «Brrr», machte David hinter ihr. Und dann hörte sie, wie Marit scharf die Luft einsog.

Kristina blickte die gelbsteinerne Fassade empor. Es war ein prachtvolles Gebäude. Löwen zierten die Säulen neben der Eingangstür, die aus dunklem Holz geschnitzt war. Die Fenster waren mit schwarzem Tuch verhangen. Sie rutschte vom Sattel, sprang auf die Erde und rannte die Stufen zum Eingang hinauf. Dort riss sie an dem Seil, das neben der Tür hing, und läutete die Glocke. Nichts bewegte sich. Kein Laut drang von innen. Wieder schellte sie, diesmal lauter, länger, ungestümer, und dann, nach einer Ewigkeit, öffnete sich die Tür.

Ein alter Hausdiener erschien. Tausend Gefühle huschten über sein Gesicht. «Die junge Gräfin von Stiernheim!», brachte er fassungslos hervor.

Kristina riss ihn am Ärmel. «Wo ist mein Vater?», schrie sie. «Ist er tot?»

Der alte Diener schüttelte den Kopf.

«Wo ist er?», fragte Kristina. «Ist er hier?»

«Er ist …» Der Diener machte eine Handbewegung zur Treppe hinter sich im Foyer, aber bevor er seinen Satz vollenden konnte, war Kristina schon an ihm vorbeigestürmt und polterte die Stufen hoch.

Auch Flink war vom Sattel auf die Erde gerutscht. Ein Stallbursche kam angelaufen, um die Pferde in Empfang zu nehmen. Zögernd stiegen Marit und David ab.

«Kristina ist reich!», stieß Flink hervor, während er an der prunkvollen Fassade emporsah.

«Sie ist ein Edelfräulein», flüsterte Marit. «Habt ihr gehört, wie der Diener sie eben angeredet hat?»

«Natürlich ist sie ein Edelfräulein.» David schüttelte den Kopf. «Ihr Vater hat als Offizier im schwedischen Heer gedient! Was glaubt ihr denn?»

«Du hast es also die ganze Zeit gewusst?» Marit wirbelte auf dem stoffbezogenen Absatz ihrer neuen Schuhe herum. «Du hast gewusst, dass Kristina eine Adelige ist?»

«Natürlich habe ich es gewusst. Ändert das etwas an unserer Freundschaft?»

«Davon können wir wohl ausgehen.» Flink kreuzte die Arme vor der Brust. «Hast du nicht gesehen, wie sie ins Haus gestürmt ist? Sie hat sich nicht mal nach uns umgedreht!»

«Sie hat gedacht, ihr Vater wäre tot!», verteidigte David sie.

Flink knotete das Tuch mit seinen Sachen neu zusammen und warf es sich über die Schulter. «Und wenn sie herauskommt, wird sie nichts mehr von uns wissen wollen. Macht euch keine Hoffnungen, Leute. Adelige bleiben unter sich!»

«Dürfte ich das Pferd jetzt in den Stall bringen?» Der Stallbursche neben ihnen scharrte ungeduldig mit den Füßen.

«Tut, was auch immer Euch Spaß bringt», gab Flink zur Antwort. «Ich persönlich sag adieu!»

«Das kannst du nicht machen, Flink!» David stellte sich dem Kleinen in den Weg. «Wenn Kristina gleich wieder herauskommt und nach dir fragt – was bei Jahwe sag ich dann?»

«Du kannst ihr schöne Grüße bestellen.» Flink drängte sich einfach an David vorbei. «Vielleicht sieht man sich mal auf der Stadtinsel im Gewühl.» Er machte eine tiefe Verbeugung vor Marit und gab David die Hand. «Auf Wiedersehen, ihr zwei. Es war wirklich nett mit euch!» Und damit stapfte er davon.

Kristina rannte die knarzenden Stufen der Treppe empor. Im Vergleich zu draußen war es dunkel im Haus, und so übersah sie die Ritterrüstung, die in einer Biegung stand. Das Ding fiel scheppernd zu Boden. «Vater!», schrie Kristina. «Vater, bist du da?»

«Fräulein von Stiernheim!» Nun lief ihr der alte Hausdiener hinterher. Seiner atemlosen Stimme nach zu urteilen, war er an diese Art Bewegung nicht gewöhnt. «Wartet bitte einen Augenblick!»

Aber Kristina fand, sie hatte genug gewartet. Winter, Frühling und Sommer waren an ihr vorbeigestrichen, jetzt war endlich Schluss. Sie riss die Tür zur Bibliothek auf, wo der Vater nachmittags über seinen Büchern saß, doch der Raum lag dunkel und verlassen da. Nebenan in der Stube bot sich ihr das gleiche Bild. Sie rannte den Gang hinunter, wo sich die Schlafgemächer befanden, riss auf gut Glück das erste auf und erkannte das Zimmer wieder, in dem sie bis zu ihrer Abreise im vergangenen Jahr geschlafen hatte. Einen Augenblick lang stutzte sie. Jemand hatte hier eine Kerze angezündet. Der schwache Schein ihres Lichts schimmerte auf ihrem Ölporträt, das an der Wand hing. Da war sie, Kristina, eine jüngere, kindlichere Ausgabe ihrer selbst in einem seidenen Kleid, aufrecht vor einem goldschimmernden Tisch, auf dem ihr Degen lag.

Und dann bemerkte sie die Gestalt, die bewegungslos in einem Sessel saß. Vor Schreck schlug sie die Hände vors Gesicht. Es war ihr Vater, und sein Gesicht war wächsern bleich.

«Ich finde, jetzt könnte sie wirklich mal langsam wieder runterkommen.» David fühlte sich unbehaglich in dem großen Salon, in den der Hausdiener ihn und Marit geführt hatte. Den Geräuschen nach zu urteilen, hatte es draußen zu regnen aufgehört, aber ob die Sonne wieder schien, konnte er nicht beurteilen. Die Fenster waren auch im Salon verhängt.

Marit stand vor einem großen Spiegel an der Wand und zupfte ihre Haube zurecht. Ohne Haare, fand sie, sah sie schrecklich aus. Sie fühlte sich überhaupt recht schäbig in dieser glanzvollen Umgebung. Ihr Kleid, das sie sich von Flinks Talern in Västervik hatte schneidern lassen und auf das sie so stolz gewesen war, hing in groben Falten an ihr herab. «Vielleicht hatte Flink ja recht», bemerkte sie leise. «Vielleicht will Kristina wirklich nichts mehr mit uns zu tun haben, nun, wo sie weiß, dass sie adelig ist.»

«Kristina ist die ganze Zeit über adelig gewesen, und sie wusste es auch», erklärte David und zog seine Schnur hervor. «Komm, setz dich zu mir, wir spielen Band abnehmen.»

«Sie wusste es? Was meinst du damit?» Marit ließ sich auf einem der zierlichen Stühle nieder, als wäre er ein rohes Ei.

«Nun, ich habe ihr doch erzählt, dass ihr Vater Offizier gewesen war. Nur Adelige werden Offiziere.»

«Ja, aber vielleicht war ihr das nicht so bewusst. Du weißt doch, was sie alles vergessen hatte! Was ist, David? Was siehst du mich so an?»

David sprang auf. «Wir hätten Flink nicht einfach so gehen lassen dürfen!», rief er aus. «Wenn ihm nun etwas geschieht oder er beim Stehlen erwischt wird!»

«Du hast recht.» Marit ließ die Hände mit dem Schnurgebilde sinken. «Lauf und such ihn, schnell!»

«Du wartest hier auf mich, Marit, versprichst du mir das?»

«Sicher, David, das versprech ich dir.»

«Ich ...» David zögerte, dann nahm er sie in den Arm. «Ich habe dir das nie gesagt, Marit. Aber ich will nie mehr ohne dich sein!»

Marit spürte, wie ihr die Tränen in die Augen traten. «Ich auch nicht, David. Lauf schnell los!»

Der Vater umklammerte Kristinas Arm mit beiden Händen. «Du bist es wirklich», wiederholte er ein ums andere Mal. Kristina wusste nicht, was sie sagen sollte. Fast hätte sie den Vater nicht wiedererkannt. Er war alt geworden in diesem letzten halben Jahr. Vielleicht lag es auch daran, dass sie ihn erstmals ohne Perücke sah. Seine Haare waren grau, tiefe Furchen durchzogen sein Gesicht. Eine große Zärtlichkeit durchflutete ihr Herz. Das war ihr Vater, ihr geliebter, alter Vater, der auf so vielen Schlachtfeldern gekämpft und sie beschützt hatte, ihr Leben lang. Der ihr Lesen und Fechten und Reiten beigebracht hatte. Der mit ihr geschwommen war. Mit einem leisen Aufschrei fiel sie ihm um den Hals.

«Ich dachte, du wärest tot», flüsterte der Vater an ihrem Hals. «Ich dachte, ich hätte alles verloren, was mir jemals lieb gewesen ist.»

«Die Mutter», flüsterte Kristina.

«Deine Mutter, ja. Und deinen Bruder und dich.»

«Aber ich bin wieder da!» Es war ein seltsames Gefühl, jemanden zu trösten, der immer groß und stark gewesen war.

«Nachdem mich der Wolf angefallen hatte», der Vater richtete sich auf, «bin ich ohnmächtig geworden. Und als ich erwachte, warst du weg! Dummes Kind!», stieß er plötzlich hervor. «Warum bist du mir auch gefolgt?»

«Weil ich bei Euch sein wollte, Vater», entgegnete Kristina schlicht.

Für einen langen Augenblick erfüllte Schweigen den Raum. Vater und Tochter blickten sich im blakenden Schein der Kerze an. «Erzähl mir, wohin du verschwunden bist.»

Und Kristina erzählte. Von dem Reiter in der Rüstung, der sie niedergeritten hatte, von dieser plötzlichen Dunkelheit im Kopf. Von Margarethe, deren Tochter mit einem Soldaten verschwunden war und die sie aufgenommen und gepflegt hatte, bis sie weiterziehen konnte, dieser dumpfen Ahnung nach.

«Und du konntest dich wirklich an nichts mehr erinnern?», fragte der Vater immer wieder.

«An gar nichts mehr, bis vorhin, als ich den Unfall hatte. Zumindest an nichts, was mein eigenes Leben betraf.» Kristina stand auf, um das schwarze Tuch vom Fenster zu reißen. Die Sonne goss ihr Licht in den Raum. «Ich konnte aber Dinge benennen, und ich wusste, wie man fechtet und reitet und spricht.»

«Wie hast du den Weg zurückgefunden?» Im Tageslicht sah der Vater noch älter aus, aber zumindest war die Farbe in seine Wangen zurückgekehrt.

«Ach, das war ganz leicht», flunkerte Kristina. «Ich habe

Gesellschaft gefunden, drei andere Kinder. Wir haben uns gegenseitig beschützt.»

Der Vater schloss die Augen. «Ich mag mir gar nicht ausmalen, was du unterwegs alles erlebt hast! Aber ich werde deine Beschützer reich entlohnen.»

Kristina ergriff die Hand des Vaters und streichelte sie. «Ich habe eine große Bitte», sagte sie. «Sie sind mir wie Bruder und Schwester geworden, vor allem der Kleinste, Flink. Ich möchte, dass er bei uns lebt. Und die anderen beiden auch.»

«Alles, was du willst, Kristina.» Der Vater beugte sich vor und nahm sie in den Arm.

Lange verharrten sie so. Kristina schloss die Augen. War sie also angekommen! Jetzt war alles gut! Sie atmete auf, und der Seufzer kam aus tiefstem Herzen. Doch dann schrak sie zusammen. «Vater!», rief sie, während sie in die Höhe sprang. «Wir sind noch längst nicht am Ende des Weges! Dieses Manuskript! Wir müssen sofort zur Königin!»

Der Vater schüttelte müde seinen Kopf. «Dieses vergiftete Manuskript, von dem der Bote uns erzählt hat – es hat Stockholm nie erreicht. Ich nehme an, den Überbringer der Schrift hat ein ähnliches Schicksal ereilt wie uns. Und selbst wenn die Schrift hier eines Tages doch ankommen sollte: Die Königin ist ja nun gewarnt.»

Kristina packte ihren Vater am Ärmel. «Der Mann, der die Königin vergiften wollte – er ist jetzt in Stockholm!»

«Woher kennst du ...»

Kristina hüpfte vor Aufregung auf und ab. «Das kann ich dir nicht alles erzählen, Vater! Es dauert viel zu lang! Bitte, vertrau mir! Wir müssen sofort ins Schloss!»

«Aber ...»

«Bitte, Vater!»

«Also gut.»

Marit blickte ihnen ängstlich entgegen, als sie in den Salon traten. In den Händen wendete sie verlegen ihre Schnur. «Guten Tag, Herr Graf», wisperte sie, als Kristinas Vater, nun fertig angekleidet in langer Jacke, bestickter Hose und hohen Stulpenstiefeln, ihr entgegentrat. Sie knickste tief, wobei ihr die Haube von den Haaren rutschte.

Der Vater starrte ihren kurzgeschorenen Schädel an. Dann wandte er sich seiner Tochter zu. «Sie ist doch kein Sträfling, deine Freundin?»

«Ihre Haare sind flöten gegangen, als dieses verdammte Manuskript verbrannt ist», erklärte Kristina rasch.

Ihr Vater hob eine Augenbraue. «Und deine gepflegte Ausdrucksweise hat sich gleich mit verabschiedet? Na gut, darüber können wir später reden.» Er wandte sich wieder Marit zu. «Willkommen in Stockholm, junges Fräulein – wie war noch gleich der Name?»

«M... Mmmm... Marit», sagte Marit, die rot angelaufen war.

«Ich würde mich freuen, wenn Ihr mein Gast hier wäret, Marit! Meine Tochter sagte mir, Ihr hättet sie beschützt.»

Marits Gesicht wechselte von Rot zu Lila. «Euer Gast, mein Herr … Herr Graf … das ist … ich meine … das ist viel zu freundlich von Euch!»

«Genug der Höflichkeiten!» Kristina klatschte in die Hände. «Wo sind die beiden Jungs?»

Marit räusperte sich. «Flink ist abgehauen, als er das Haus gesehen hat. Er dachte, dass du nie wieder mit ihm reden wirst, jetzt, wo du weißt, dass du so … dass du vermögend bist.»

Kristina stampfte mit dem Fuß auf. «Und ihr habt ihn nicht aufgehalten?»

«David sucht ihn gerade.»

«Gut, wir kümmern uns später darum. Jetzt müssen wir erst mal schnell ins Schloss!»

«W…, wir?», fragte Marit mit zitternder Stimme.

«Natürlich *wir*! Du musst der Königin schließlich bezeugen, was geschehen ist!»

Die Kutsche ratterte über die Brücke auf die Stadtinsel zurück. Kristina schob den Vorhang beiseite, um hinauszusehen. Auf dem regennassen Pflaster hatten sich links und rechts neugierige Fußgänger versammelt, um das Wappen auf dem Verschlag zu sehen.

«Meine Kristina ist wieder da!», sagte der Vater ein ums andere Mal. «Und wurde auf Rügen gut versorgt …» Ein Lächeln umspielte seinen Mund. Kristina hatte das Gefühl, dass ihm die Angelegenheit mit dem Manuskript überhaupt nicht mehr wichtig war.

Das Schloss Tre Kronor tauchte vor ihnen auf, mit all seinen Zinnen, Türmen und Gebäuden. Marit, die ihr in der Kutsche gegenübersaß, starrte neugierig zum Fenster hinaus. «Wohnt hier die Königin?», fragte sie atemlos.

«Ja», lächelte Kristina und drückte ihre Hand.

Der Kutscher reichte ein zusammengerolltes Schreiben heraus, woraufhin die Schlosswache ihre Hellebarde senkte und Zeichen gab, dass sie passieren durften. Sie fuhren über eine Zugbrücke, deren Boden ein wenig schwankte. «Mmmmm», machte Kristina und musste plötzlich lachen. Sowohl der Vater als auch Marit sahen sie erstaunt an. «Dieses Geräusch hab ich immer gemacht, als ich klein war», erklärte Kristina. «Wenn man über die Zugbrücke fährt und dabei *mmmmmm* macht, kitzeln die Lippen nämlich so schön!»

Marits Gelächter war so unerwartet, dass der Vater zusammenfuhr. «Verzeihung», sagte Marit.

Und dann waren sie angekommen. Die Kutsche kam zum Stehen. Livrierte Diener öffneten den Verschlag und halfen ihnen hinaus.

Der Vater nahm Kristina den Gürtel mit dem Degen ab. «Den brauchst du hier nicht mehr», erklärte er. Er schien auf einmal wieder größer und lebendiger zu sein. Ein Mann mit weißgepuderter Perücke trat ihnen entgegen und verbeugte sich.

«Graf von Stiernheim», sagte er. «Was kann ich für Euch tun?»

«Ich muss dringend mit der Königin sprechen», erklärte

der Vater. «Es geht um die Angelegenheit, in der sie mich vergangenen Herbst nach Paris gesandt hat.»

In den Augen des Weißperückten zuckte es nur kurz. Sein Blick fiel auf Kristina. «Sehr wohl, mein Herr. Wenn Ihr mir bitte folgen würdet.»

Sie durchquerten den Burghof, in dem bereits eine andere Kutsche wartete, und bewegten sich auf eine riesige Freitreppe zu, vorbei an einer Reihe von Soldaten, die im Stechschritt über die Steine marschierten. Von der Freitreppe ging es unter einer Portalverdachung ins Innere des Gebäudes hinein. Der Weißperückte führte sie einen halboffenen Säulengang entlang in einen Raum, von dem ein weiterer Gang ins Innere des Schlosses abzweigte.

«Majestät befindet sich in ihrer Bibliothek?», fragte der Vater.

«So ist es. Ich frage, ob sie Euch dort empfangen kann.»

Mit einem Mal stieg die Aufregung in Kristina hoch. Ihr wurde klar, dass sie der Königin noch nie begegnet war. Zwar hatte der Vater sie früher einmal mit ins Schloss genommen, aber seine Treffen mit der Königin waren stets geheim gewesen, und sie hatte währenddessen in einem Zimmer gewartet, das mit stickenden und tuschelnden Hoffräulein angefüllt gewesen war. Nervös fingerte sie an ihren Glücksbringern herum, der Pfote und dem Porträt der Königin. Die Hand, in die die Ratte sie gebissen hatte, tat ihr wieder weh. Und ihr Kopf dröhnte immer noch so, als würde eine Armee von Bienen darin herumsummen. Zu allem Überfluss fiel ihr in diesem Augenblick auch noch ein, dass Flink schon wieder verschwunden war. Sie wusste, dass sie diese merkwürdige Verbindung zu dem Jungen hatte, die es ihr ermöglichte, ihn aufzuspüren. Aber wusste David, wie er ihn suchen sollte? Würde es ihm gelingen, in dieser Stadt, in der viele tausend Menschen lebten, den Kleinen wiederzufinden, bevor er vielleicht wieder ganz woandershin entschwand?

Ein Seitenblick auf Marit zeigte ihr, dass auch die Freundin mit den Nerven kämpfte.

«Ich habe Angst», flüsterte Marit und biss sich auf einen Nagel.

«Das brauchst du nicht.» Kristina wollte ihre Stimme fest und zuversichtlich machen, doch es gelang ihr nicht. Obwohl sie sehr leise sprach, hallten die Worte von den Wänden des hohen Treppengangs, den sie nun emporstiegen.

Der Weißperückte wies ihnen den Weg in ein Zimmer, in dem sie auf weitere Order warten sollten. «Herr Graf, wen darf ich in Eurer Begleitung melden?», fragte er.

«Fräulein Gräfin von Stiernheim und ... Fräulein Marit.»

«Sehr wohl, Herr Graf.»

Sie ließen sich auf gepolsterten, seidenbespannten Sesseln nieder und sahen sich gegenseitig an, Kristina und Marit sichtlich aufgeregt.

Der Vater rieb sich die Hände. «Und jetzt eure Geschichte, schnell!»

Kristina war gerade an der Stelle angelangt, an der das verbrannte Manuskript noch einmal grün aufgeleuchtet war, als der Diener zurückkehrte. «Graf von Stiernheim, Fräulein Gräfin und Fräulein Marit, wenn Ihr mir bitte in die königliche Bibliothek folgen würdet», verkündete er.

Hätte Kristina später ihren Weg durch das Schloss aufzeichnen sollen, sie hätte es nicht gekonnt. Die Gänge waren das reinste Labyrinth. Sie hatte nicht geahnt, wie weitläufig Tre Kronor war. Es ging Treppen hinab, die in Hallen voller Rüstungen und dunkler Ölgemälde mündeten, Gänge hinaus und wieder Treppen empor. Einmal durchquerten sie einen Raum mit hohen Wänden und bleiverglasten Fenstern, hinter denen sie die Ostsee in vielen bunten Farben schimmern sah. Kaum ein Laut drang von draußen hier herein. Die dicken Mauern und teppichbelegten Böden schluckten die Geräusche: das Hämmern auf den Baustellen, das Rufen und Treiben der Menschen, ihr ganzes quirliges Sein.

Die Flügeltüren öffneten sich und gaben den Blick frei auf einen riesigen Raum. Kristina sog die Luft ein. Die Wände waren von oben bis unten mit Büchern bedeckt. Sie hatte nicht gewusst, dass es einen solchen Reichtum gab!

In einer Ecke des Raumes stand ein Schreibtisch, und daran saß – ein Kind. Ein Mädchen in ihrer Größe mit den gleichen hellbraunen Haaren wie sie. Sie sah, wie der Vater neben ihr sich tief verbeugte, und ohne eigentlich zu wissen, warum, tat sie es ihm gleich. Als sie sich wieder erhob, sah sie, wie das Mädchen lächelte. Erst da erkannte sie, dass es kein Mädchen war, sondern eine Frau in den Zwanzigern.

«Majestät», begann der Vater. «Ich komme in einer äußerst wichtigen Angelegenheit.»

«Sprecht», sagte die Königin.

Kristina erschrak. Marit hatte sich vor Aufregung an ihrem Arm festgekrallt, so tief, dass ihre Nägel in das Fleisch drückten. Aus den Augenwinkeln bemerkte sie, dass Marit puderweiß geworden war.

«Vergangenes Jahr im Herbst entsandtet Ihr mich nach Paris, um in Eurem Namen ein Manuskript zu finden.»

«*Le traité sur les trois imposteurs*, das Traktat über die drei Betrüger, ich erinnere mich sehr gut.» Die Stimme der Königin klang tief und wohltuend ruhig.

«Wie Ihr wisst, ist meine Tochter hier», er deutete auf Kristina, «mir heimlich gefolgt.»

«Meine Namensvetterin.» Königin Kristina schenkte ihr ein warmes Lächeln.

Kristina lächelte zurück.

«Auf Rügen begegnetet Ihr einem Boten», bemerkte die Königin. «Ich weiß, ich weiß. Er ist vor Euch bei Hofe eingetroffen und hat mich darüber informiert, dass ein vergiftetes Manuskript zu mir unterwegs sei. Ein Attentat mehr, das meine Feinde geplant haben, um meine Reformpläne zu zerstören. Aber wie Ihr seht, lebe ich immer noch!» Sie stand auf und durchquerte den Raum in eiligen Schritten. Kristina war erstaunt darüber, wie klein die Königin war. «Kurz nach der Begegnung mit dem Boten seid Ihr verletzt worden und habt das Bewusstsein verloren.» Die Königin drehte sich zu ihnen um. «Und währenddessen wurde Euch Eure Kristina geraubt. Eine Tragödie, die an meinem Hof monatelang für Gesprächsstoff sorgte. Ich bin glücklich, dass Ihr Eure Tochter nun wiedergefunden habt. Darf ich erfahren, welchen Umständen wir diese glückliche Wendung zu verdanken haben?»

«Nachdem mein Vater auf Rügen von einem Wolf angefallen wurde, hat mich ein Reiter niedergeschlagen», sprudelte Kristina hervor. «Als ich dann wieder aufgewacht bin, konnte ich mich an nichts mehr erinnern. Eine alte Frau hat mich aufgenommen und mich liebevoll gepflegt. Die Geschichte ist ziemlich lang, Majestät, aber meine Freundin hier», sie deutete auf Marit, «wir haben es geschafft, nach Stockholm zu kommen.»

«Verstehe ich das richtig?» Die Königin ging zu ihrem Tisch zurück und klappte den dicken Wälzer zu, in dem sie zuvor gelesen hatte. «Ihr zwei Mädchen seid die ganze Strecke von Rügen nach Stockholm allein gereist?»

«Nicht allein, Majestät. Es waren auch noch zwei Jungen dabei.»

«Und wo sind diese Jungen nun?»

Marit meldete sich zu Wort. «Der Kleine ist weggelaufen, als er gesehen hat, wie ... wie vermögend das Edelfräulein von Stiernheim ist. Weil er glaubt, dass sie ihn jetzt nicht mehr um sich haben will. Und der Große sucht ihn gerade.»

Die Königin richtete einen prüfenden Blick auf Marit. «Und du bist wer?»

Marit schluckte. «Ich komme aus einem Dorf an der norwegischen Grenze. Mein Vater war Soldat und ist im Krieg gestorben. Meine Mutter hat den Kranken geholfen, aber dann haben sie sie als Hexe verbrannt.»

Die Königin schlug mit der Faust auf den Tisch, sodass sie alle drei zusammenzuckten. «Verflucht noch eins, das kann nicht sein! Ich habe im gesamten Reich die Hexenverfolgungen untersagt!»

«Mit Verlaub, Majestät», sagte Marit leise. «Aber das ist nicht überall angekommen.»

«Die beiden Mädchen müssen Euch eine Geschichte erzählen», unterbrach der Vater. «Ich glaube, sie ist wichtig für Euch.»

Kristina erhob ihre Stimme. «Wir haben den Mann getroffen, der das vergiftete Manuskript mit sich trug.» Rahim, dachte sie. Rahim, in den ich mich verliebt habe und den ich so wunderschön finde, immer noch. «Wir sind ein Stück mit ihm zusammen gereist. Er hat uns alles über die Schrift gesagt, weil ... er fand wohl, dass wir das geeignete Publikum dafür wären.»

«Warum fand er das?», unterbrach die Königin.

«Weil wir ... wir gehören alle einer anderen Religion an. David ist Jude, Flink ist Katholik, Marit glaubt an so eine Göttin, und ich selbst ...» Sie spürte den prüfenden Blick des Vaters und schwieg.

«Was ist mit dir?», bohrte die Königin.

«Ich ... bin Protestantin», bekannte Kristina zögernd. Der Vater schien ihr Zögern zu bemerken, denn er blickte sie fragend von der Seite an.

«Was geschah mit dem Manuskript, das dieser Mann mit sich trug?», fragte die Königin weiter. «Habt Ihr gesehen, ob es sich dabei um *Die drei Betrüger* handelte?»

«Gesehen, ja.» Kristina erinnerte sich daran, wie Rahim ihnen verboten hatte, das Manuskript zu berühren. Natürlich, das Gift war ja nicht für sie bestimmt gewesen.

«Wo ist dieses Manuskript jetzt?», forschte die Königin.

«Es ist verbrannt.»

«Wir waren unvorsichtig», bekannte Marit mit gesenktem Kopf. «Das heißt, ich meine, ich war es. Ich bin sehr ungeschickt.»

«Rahim heißt der Mann, der es mit sich trug ...», unterbrach Kristina. «Ihr müsst aufpassen, Majestät. Er will ...»

Ein Klopfen an der Tür unterbrach sie. Ein Sekretär trat mit einer Verbeugung ein. «Da ist der Baron, der Euch schon seit heute Morgen zu sprechen verlangt, Majestät. Er sagt, es sei dringend und es ginge um das Manuskript, für das Ihr Euch so brennend interessiert.»

Die Königin seufzte. «Warum kommen sie denn alle heute? Ich habe doch noch nicht mal Audienz! Aber gut, dann bittet ihn herein.»

Kristina sah, wie der Vater sich zum Gehen wandte. Doch eine Geste der Königin ließ ihn innehalten. «Ich möchte, dass Ihr hierbleibt!», sagte sie.

Jetzt, dachte Kristina. Jetzt werde ich Rahim doch noch

einmal begegnen! Wieder stiegen diese ganzen widersprüchlichen Gefühle in ihr auf, aber sie verflogen so schnell wie die Samen einer Löwenzahnblume, die sie in den Himmel pustete, und zurück blieb nur die Freude, ihn noch einmal anzusehen.

18. Kapitel

Flink schlenderte durch den Hafen und teilte die Männer wie Erbsen in gute und in schlechte ein. Die guten waren jene, die im Besitz vieler klingender Reichstaler waren, und die schlechten waren Leute wie er selbst. Flink kam zu dem Schluss, dass in diesem Viertel etwa gleich viel von beiden Sorten unterwegs waren, und das war perfekt. Er musste unbedingt ein paar Münzen in seine Taschen fallen lassen, nun, da er wieder ohne Kristina zurechtkommen musste, aber allein unter lauter guten wäre er natürlich aufgefallen.

Er ließ sich auf einer Mauer nieder und beobachtete das Treiben um sich her. Aus dem Wasser vor ihm ragten ein paar bewaldete Inseln auf. Zwischen diesen Inseln und dem Hafen von Stockholm fuhren Schiffe aller Art umher, kleine, hölzerne Ruderboote, Fischerkähne, aber auch prächtige Brigantinen mit Decksaufbauten und vollbesegelten Masten. Hafenarbeiter in blauen Hemden rollten Fässer umher. Eine Gruppe von «Guten» in teuren Anzügen mit hohen, federgeschmückten Hüten marschierte über den Kai. Kaufleute bestimmt. Einer von ihnen brüllte einen dunkelhaarigen Matrosen an, der Säcke von einem Schiff lud.

Eine Gruppe von Kaufleuten ließ Kisten öffnen, die auf dem Kai standen, und Flink staunte nicht schlecht, als mehrere Anziehpuppen zum Vorschein kamen, groß wie erwachsene Menschen und komplett nach der neuesten Mode gekleidet.

«Oh, wie schön!», rief ein kleines Mädchen an der Hand ihrer Mutter. «Aber bestimmt schwer, damit zu spielen!»

Die Mutter lachte. «Damit spielt man auch nicht. Die Puppen hat der Sonnenkönig aus Paris geschickt, damit sich die ganze Welt so kleidet wie er und seine Freunde am Hof. Die französische Mode ist die wichtigste der Welt!»

Die Mutter und das Mädchen gingen weiter, aber jetzt verstand Flink die beiden schon nicht mehr. Die Sehnsucht nach Kristina kam so plötzlich, dass er selbst erschrak. Wie gern hätte er jetzt mit ihr hier gesessen und sich alles angesehen! Wie schön wäre es, jetzt mit ihr herumzualbern! Irgendwann würde er sich aufmachen, ein paar Taschen zu leeren, und dann würde Kristina wieder auf ihn böse sein. Es war ihr altes Spiel, und er liebte es.

Einen Moment lang krochen Zweifel in sein Hirn. War es richtig gewesen, von Kristinas Haus fortzulaufen? Ja, bestätigte sich Flink seine Entscheidung, natürlich war es das! Kristina würde dort schließlich entdeckt haben, dass sie in Wirklichkeit das Fräulein Prinzessin war, und dann hätte sie sich beeilt, den kleinen Tagedieb ganz schnell wieder loszuwerden. Kristina und er, sie hatten eine aufregende Reise hierher gehabt, ein paar nette Abenteuer erlebt, aber nun war sie ja wieder angekommen in ihrer Welt. Einer Welt, zu der er keinen Zutritt hatte und niemals haben würde.

Flink vergrub den Kopf in seine Hände. Und doch, und doch, und doch! Kristina war ihm eine große Schwester geworden, und sie fehlte ihm jetzt schon sehr!

Da fühlte er, wie ihm jemand auf die Schulter tippte. «Flink? Du ganz allein?», fragte eine vertraute Stimme. Er blickte auf, und mit einem leisen Erschrecken sah er, dass es Rahim war.

Ein großer, dunkel gewandeter Mann betrat die Bibliothek. Er nahm seinen Hut ab und verbeugte sich dabei so tief vor der Königin, dass Kristina sein Gesicht nicht erkennen konnte. Aber so viel sah sie dann doch, dass der Mann nicht der Mann war, nach dem sie sich sehnte und den sie zugleich zu treffen fürchtete.

«Baron von Gripsvold», lächelte die Königin. «Wir haben uns schon lang nicht mehr gesehen.»

«Nein, Majestät», antwortete der Baron. Kristina musterte ihn. Er musste eine Verletzung im Gesicht erlitten haben. Wenn er sprach, öffnete er den Mund nur nach einer Seite, und sein linkes Auge war geschlossen. Aber da war noch etwas anderes, das sie beunruhigte. Sie kam nur nicht darauf, was es war.

«Wenn ich mich recht erinnere, habt Ihr meine Mutter nach Brandenburg begleitet.»

«So ist es.»

«Und was führt Euch zu mir? Mein Sekretär sagte, es ginge um ein Manuskript.»

Der Baron hielt ein in Leder gewickeltes Paket in die Höhe. Auf einmal hatte Kristina das Gefühl, dass sie den Mann kannte. Doch woher? Etwas an seinen Bewegungen erschien ihr vertraut, ohne dass ihr die Vertrautheit angenehm war. Dieses entstellte Gesicht ... Wenn sie es schon einmal gesehen hatte, sie hätte es doch wohl erkannt! «Ich hoffe, es ist Euch recht, Majestät», antwortete der Baron mit einem Seitenblick auf den Vater, Marit und Kristina, «aber ich würde gern allein mit Euch sprechen. Es ist eine Angelegenheit, die absolute Geheimhaltung verlangt.»

Königin Kristina deutete mit einer lässigen Handbewegung auf die Gruppe vor ihr. «Ich habe keine Geheimnisse vor diesen Menschen. Sie haben ihr Leben für mich riskiert.»

Der Baron lächelte dünn, wobei sich nur sein rechter Mundwinkel nach oben bog. «Wenn es so ist. Ich muss aber darauf bestehen, dass niemand von ihnen diesen kostbaren Schatz hier», er deutete auf sein Paket, «mit den Händen berührt.»

«Sind es *Die drei Betrüger?*», lächelte die Königin. «Ich habe nicht gewusst, dass ich Euch mit deren Beschaffung beauftragt hätte.»

«Ihr habt jeden in Eurer Umgebung damit beauftragt, dieses Manuskript für Euch zu finden», erklärte der Baron. «Ich weiß, dass einige an der Aufgabe fast gescheitert wären, aber ich ...» Er machte eine bedeutungsvolle Pause. «Ich habe es geschafft!»

Kristina kannte auch die Stimme des Barons. Doch woher? Es war zum Verrücktwerden. Ihre Erinnerung war doch zurückgekehrt, warum dann diese Lücken?

«Es war nicht leicht, müsst Ihr wissen», fuhr der Baron mit dieser unerträglich bekannten Stimme fort. «Ich wurde auf meiner Reise von Paris hierher verletzt.»

In diesem Augenblick wusste Kristina, wer er war. Noch ehe sie sich besinnen konnte, sprang sie zum Tisch, an dem die Königin saß, wandte ihr Gesicht dem Baron zu und breitete die Arme aus. «Ihr werdet die Königin nicht anrühren!», rief sie. Und mit einem Blick auf den Vater, der wie versteinert stehen geblieben war: «Er ist es, Vater! Der Reiter, der uns auf Rügen angegriffen hat! Er hatte sein Gesicht unter einer Maske versteckt!»

Der Baron schnappte nach Luft. «Majestät, ich verlange, dass Ihr augenblicklich diese Göre entfernt!»

Die Königin schnippte mit den Fingern. «Wache!», rief sie. Kristina erschrak. Würde die Wache sie fortschaffen, weil sie es gewagt hatte, ein königliches Gespräch zu unterbrechen? Noch immer sah sie, wie der Baron sein Paket der Königin entgegenstreckte. Auch Kristina war mit ihren ausgebreiteten Armen zur Statue erstarrt.

Eine Gruppe von Gardisten brach in den Raum, die Hellebarden in die Höhe gereckt.

«Rührt das Paket nicht an!», schrie Kristina. «Niemand darf das Paket anfassen! Es ist in grünes Gift getaucht!»

Die Königin zeigte auf den Baron. «Wache, nehmt ihn fest!»

Und dann ging alles sehr schnell. Mit einem Ruck riss der Baron die Bänder auf, die das Paket zusammenhielten, und schleuderte es auf die Königin. Doch Kristina war schneller. Sie sprang dem Paket entgegen. Im Flug öffnete es sich, und die Blätter segelten durch die Luft. Sie musste sich recken, um das Manuskript mit all seinen Blättern einzufangen, damit es nicht die Königin berührte, aber sie schaffte es. Dann stürzte sie vornüber, die Blätter fest im Arm. Sie hörte den Baron brüllen, und aus den Augenwinkeln sah sie, wie er von den Gardisten festgenommen wurde. Unter lauten Protestschreien wurde er aus dem Raum entfernt.

Kristina wurde von einem heftigen Hustenanfall geschüttelt. Ihre Lungen brannten, als loderte ein riesiges Feuer darin. Ihr Kopf tat weh. Die Hand, in die die Ratte sie gebissen hatte, tat weh. Alles, was ihr im vergangenen halben Jahr zugestoßen war, tat weh. Gleichzeitig wurde ihr wahnsinnig schlecht. Sie sank zu Boden, aber diesmal wurde ihr nicht schwarz vor Augen. Sie sah die Königin, die vor ihr kniete, und den Vater, der ihren Kopf hielt, und Marit, die vor ihr stand und zu weinen begonnen hatte. Jemand rief nach dem Leibarzt der Königin.

Sie wurde hochgehoben und aus der Bibliothek herausgetragen. Menschen waren in den Fluren zusammengelaufen und starrten sie an. Es gab viele Stimmen und viele Gesichter, alte und junge, hübsche und hässliche. Sie spürte, dass es der Vater war, der sie trug, und sie entspannte sich ein bisschen trotz der grässlichen Schmerzen in ihrer Brust, weil sie wusste, dass sie in seinen Armen gut aufgehoben war. Eine Tür ging auf, und sie wurde auf ein Bett gelegt, und ein Mann erschien neben ihr, den sie noch nie zuvor gesehen hatte. Der Mann machte einen Schnitt in ihren Arm, und sie wusste, dass er sie jetzt zur Ader ließ. Jetzt wurde die Welt doch ein bisschen dunkler und wie in Nebel eingehüllt. Die Schmerzen schlugen in riesigen Wellen an ihr hoch. Sie fühlte sich wie ein Schiff, das auf einem Meer von Schmerzen fuhr. Nicht untergehen, dachte sie, bitte, ich will jetzt noch nicht untergehen. Und dann, in dem Moment, bevor sie das Bewusstsein verlor, blitzte eine Erkenntnis in ihr auf. Das vergiftete Manuskript – nicht Rahim war der Überbringer gewesen. Rahim hatte das echte Manuskript gehabt. Und sie hatten es durch ihr großes Ungeschick verbrannt.

In der Nacht spuckte sie Blut. Nur vage nahm sie die beiden Menschen wahr, die links und rechts von ihr am Bett saßen und ihren Kopf festhielten, die sie streichelten und ihr zu trinken gaben. Dann segelte das Schiff wieder in die Dunkelheit hinein. Sie träumte, dass der Vater, Marit, David und Flink am Ufer standen und ihr etwas zuriefen, aber sie konnte ihre Worte nicht verstehen. Sie wollten sie wohl zurückholen, und auch Kristina wollte gern zu ihnen zurück, aber das ging nicht, denn das Schiff segelte immer weiter von ihnen fort. Schon waren die geliebten Menschen aus ihrem Blickfeld verschwunden, und neue Menschen tauchten an den Ufern auf. Sie erkannte Rahim, der sie traurig anlächelte. Dann sah sie die Piraten, Kapitän Diederichsen mit seinem Holzbein, Messenius, der sich seine rote, schuppige Haut kratzte, und Pelle mit den Warzen auf der Glatze. Sie lachten ihr hämisch zu, aber sie segelte einfach an ihnen vorbei, und dann tauchte der Buchhändler aus Kalmar vor ihr auf und winkte mit einem Buch, auf dem goldene Lettern blitzten. Hinter ihm stand die alte Roma-Frau mit einer warmen Decke in der Hand, aber Kristina schüttelte den Kopf, weil sie an dem Ort, zu dem sie segelte, keine Decke brauchen würde. Die Fleischbergfamilie saß um einen Tisch versammelt und schaufelte schweigend Essen in sich hinein. Sie blickten nicht einmal auf, als Kristina an ihnen vorüberfuhr. Und dann war Margarethe da und streckte die Arme nach ihr aus.

«Margarethe!», rief Kristina mit einem Aufschluchzen, und schon waren wieder die vertrauten Hände da, und jemand gab ihr zu trinken, und sie sah sich um, doch sie war ganz allein an Deck.

Das Schiff segelte weiter in die Dunkelheit hinein. An den Stränden tummelten sich Krieger. Kanonen dröhnten. Heerscharen von Menschen zogen umher. Und dann verschwand die Küste allmählich, und vor ihr lag das weite, offene Meer.

Und dann sah sie sie. Die Mutter.

Sie trug ihre langen, braunen Locken offen und las in einem Buch. Auf ihrem Schoß lag der kleine neugeborene Bruder. Von Zeit zu Zeit lächelte die Mutter, während ihr Blick über die Zeilen huschte, und dann strich sie dem kleinen Bruder über den Kopf.

«Mutter!», sagte Kristina leise.

Die Mutter sah auf und erschrak. «Du darfst noch nicht kommen, Kristina!», entfuhr es ihr. «Es ist doch noch lange nicht Zeit für dich!»

Kristina bemerkte, dass die Mutter seit Ablegen des Schiffes der erste Mensch war, mit dem sie reden konnte. Dessen Worte sie verstand.

«Aber ich will», entgegnete Kristina. «Die Schmerzen da drüben sind viel zu groß!»

«Du musst sie ertragen!», redete die Mutter ihr ins Gewissen. «Bitte, Kristina, sei ein starkes Kind!»

«Aber ich kann nicht», weinte Kristina.

«Doch, du kannst.»

Kristina schlug die Hände vors Gesicht.

«Und du musst!», fuhr die Mutter fort. «Du hast noch so viel zu tun in deinem Leben! Du bist noch längst nicht damit fertig!»

«Was habe ich denn zu tun?», fragte Kristina. «Ist auch etwas Gutes dabei?»

Die Mutter lächelte. «Sehr viel Gutes sogar. Aber das wirst du selbst herausfinden. Kehre jetzt um. Ich bin ja hier. Ich geh nicht weg.»

Das Schiff setzte sich wieder in Bewegung. Erneut kam

sie an all den bekannten Stränden vorbei. Bis sie zuletzt die Küste mit dem Vater sah.

Sie schlug die Augen auf. Neben ihr saß der unbekannte Mann, der sie zur Ader gelassen hatte. Auch Marit und der Vater waren da.

«Der Himmel sei gepriesen», sagte der unbekannte Mann mit starkem französischem Akzent. «Ich glaube, jetzt ist sie über den Berg!»

Kristina stützte sich auf und schlürfte die Brühe, die sie ihr aus der Schlossküche hatten bringen lassen, nachdem der königliche Leibarzt gegangen war. Ihr war schwindelig im Kopf, aber die Schmerzen in der Brust waren nun nicht mehr so stark. Sie spürte, wie der Vater sie anstarrte. Er hatte Tränen in den Augen.

«Du hast nicht mehr geatmet», sagte er. «Wir dachten alle, du wärest tot.»

Kristina dachte an ihren Traum zurück. «Es war aber noch nicht Zeit für mich», lächelte sie und sah sich um. «Wo sind David und Flink?»

«Wir haben keine Nachricht von deinen beiden Kavalieren erhalten. Ich habe einen Boten nach Hause geschickt, mit der Mitteilung, dass wir bis zu deiner Genesung im Schloss bleiben. Falls die Kavaliere zum Haus zurückgehen sollten», erklärte der Vater. Er wandte sich zu Marit um. «Deine Freundin hier hat mir alles über die beiden erzählt. Auch dass Flink, oder wie der kleine Edelmann heißt, euch beiden das Leben gerettet hat.»

«Er ist nicht wirklich ein Edelmann», bemerkte Kristina. «Ich meine, stellt Euch bitte keinen Jungen in gewienerten Schnallenschuhen vor.»

«Das tue ich nicht», lächelte der Vater. «Nicht jetzt, wo ich weiß, dass er dich durch halb Schweden geleitet hat. Schweden kann mitunter ein bisschen matschig sein. Außerdem ist es mir gleich, welchem Stand der junge Mann angehört. Er hat dich gerettet – nichts anderes zählt!»

Kristina drückte ihrem Vater die Hand. «Wir müssen Flink unbedingt wiederfinden! Können wir nicht Aushänge machen in der Stadt?»

Der Vater nickte. «Das könnten wir vielleicht tun.»

Kristina schob ihre Schüssel beiseite und richtete sich auf. Durch die Vorhänge am anderen Ende des Himmelbetts sah sie die Sonne scheinen. «Wie viele Stunden habe ich eigentlich geschlafen?»

«Wie viele *Stunden?*», echote Marit belustigt.

«*Geschlafen?!*», brachte der Vater hervor.

«Ja – Stunden! Geschlafen! Versteht ihr plötzlich kein Schwedisch mehr?»

«Du hast nicht geschlafen, Kristina», erklärte Marit. «Du warst so gut wie tot!»

Kristina musterte die Freundin und bemerkte auf einmal, dass sie rotgeweinte Augen hatte.

«Und es sind fünf Tage vergangen, seitdem du das Gift eingeatmet hast, das von diesem Verbrecher aufs Manuskript geschmiert wurde!», fügte der Vater hinzu.

Kristina zog die Brauen zusammen. «Fünf Tage? So

lange?» Dann sah sie Marit an. «Ich muss an Rahim denken», sagte sie leise. «Er war unschuldig. Und wir haben sein Manuskript zerstört. Die unvergiftete Schrift. Nun wird die Königin sie niemals lesen können.»

«Die Geschichte geht ein bisschen anders.» Der Vater war aufgestanden und durchmaß mit großen Schritten den Raum. «Das andere Manuskript war nämlich auch vergiftet. Es zu verbrennen, war das einzig Richtige. Ich hoffe, ihr wart weit genug vom Feuer weg, um das Zeug nicht einzuatmen!»

«Wie meint Ihr das?» Kristina spürte, wie ihr erneut schwindelig wurde. Diese neuen Informationen verwirrten sie. «Ist Rahim jetzt also doch nicht unschuldig?»

Der Vater runzelte die Stirn. «Von einem Rahim hat der Baron bei seinem Verhör nichts gesagt. Er hat nur die Abschrift erwähnt, das andere Manuskript. Das hat er einem jungen Mann übergeben lassen, der in Paris lebt und der Verbindungen zu unserer Königin unterhalten soll.»

«Das ist Rahim!»

«Warum hat er die Abschrift denn einem anderen mitgegeben?», fragte Marit. «Ich dachte, er war mit seiner Schrift alleine unterwegs!»

«Der Baron hat dem anderen die Schrift ja nicht direkt gegeben», führte der Vater aus. «Seine Mittelsmänner in Stockholm sollten den Kontaktleuten in Paris Bescheid geben, damit die zweite Abschrift losgeschickt wird, falls dem Baron auf seiner Reise etwas zustößt. Und genau das ist ja passiert – auf Rügen, bei unserem Kampf. Als dann weder die Komplizen in Stockholm noch die in Paris mehr von ihm hörten, wurde die zweite vergiftete Schrift, wie geplant, im Frühjahr einem Freund der schwedischen Krone übergeben ...»

«Ja, das *kann* nur Rahim gewesen sein!»

«... der von dem Komplott gegen die Königin nichts wissen konnte. Die in Paris haben ihm wohl lediglich gesagt, er dürfe das Paket nicht öffnen und auch die Blätter nicht berühren, weil das Papier so alt und kostbar sei.»

«Dann hat Rahim mit dem Attentat auf die Königin also wirklich nichts zu tun», bemerkte Kristina nachdenklich.

«Sieht so aus.»

Eine Weile schwiegen sie. Kristina legte sich auf die Kissen zurück und schloss die Augen. Doch dann fuhr sie wieder hoch. «Wo ist Rahim denn jetzt eigentlich? Hat er mit der Königin sprechen können?»

«Zum letzten Mal.» Der Vater ließ sich erneut an ihrer Seite nieder. «Ich kenne diesen Rahim nicht, und darum weiß ich auch nicht, wann und mit wem er in den letzten Tagen geredet hat. Außerdem hatte ich hier ganz andere Sorgen!»

«Ja», nickte Kristina. «Das verstehe ich.»

«Und jetzt musst du für einen Augenblick mit der Gesellschaft deiner Freundin Marit auskommen», erklärte der Vater. «Denn ich habe jetzt etwas zu erledigen, was sich nicht weiter aufschieben lässt.»

Die Königin empfing sie am nächsten Tag in aller Herrgottsfrühe in ihrem Arbeitskabinett. Auch hier reichten die Bücherregale bis unter die Decke. Als sie eintraten, war die Königin über ein Buch mit Zeichnungen gebeugt. Laut las sie daraus vor: «*Schwedischgrün erhält man durch Fällen eines heißen Gemisches von Kupfervitriollösung und arsenigsaurem Kalium mit Ätzkalilauge als dunkelgrünen Niederschlag von basisch arsenigsaurem Kupferoxid.* Meine Feinde sind nicht nur erfinderisch, sie haben auch einen Sinn für Farben und Alchimie!» Sie blickte auf und lächelte. «Der letzte Satz steht natürlich nicht im Buch. Schön, dich zu sehen, kleine Namensvetterin! Wie geht es dir?»

Kristina musste ein Lächeln unterdrücken. Die Königin hatte Nerven, von «klein» zu sprechen. Sie hätten alle beide für Zwerginnen durchgehen können.

«Sehr viel besser», sagte Kristina und brach sogleich in Husten aus.

Sofort wurde die Königin ernst. «Du hast mir das Leben gerettet, Kristina», sagte sie. «Dafür werde ich dir ewig dankbar sein.»

Kristina strahlte.

«Hast du einen Wunsch, den ich dir erfüllen kann?»

Kristina schüttelte den Kopf. «Nein, danke, Majestät. Mein Vater erfüllt mir schon alle Wünsche, die ich habe.»

«Als da wären?» Die Königin lächelte den Grafen an.

«Meine Tochter wünscht sich, dass das Mädchen Marit und die beiden Kavaliere bei uns leben können», erwiderte der Vater. «Außerdem die Pferde. Mir soll es recht sein. Mein Haus stand viel zu lange leer.»

«Im Moment finden wir die beiden Jungen nicht mehr», fügte Kristina rasch hinzu. «Deshalb müssen wir sie jetzt suchen gehen. Flink macht manchmal ziemlich großen Quatsch.»

«Was geschieht nun mit dem Baron von Gripsvold?», fragte der Vater plötzlich wieder ernst.

«Nach dem Verhör hat er ein umfassendes Geständnis abgelegt. Er hat zugegeben, dass er mich mit den beiden Manuskripten vergiften wollte. Ich sehe fürs Erste davon ab, nach den *Drei Betrügern* weiterzufahnden. Soweit ich sehe, haben sie mir nur Unglück gebracht. Ach ja, der Baron. Nun, ich habe ihn in die Fronerei bringen lassen. Dann werde ich ein Gericht über seine Strafe entscheiden lassen.»

«Ihr wollt das Manuskript jetzt nicht mehr suchen lassen?», platzte Kristina heraus. «Aber was wird dann aus Euren Plänen? Wolltet Ihr es nicht drucken und überall in Europa verteilen lassen, damit nie wieder jemand auf den Gedanken kommt, einen anderen wegen seiner Religion umzubringen?»

Die Königin furchte die Stirn. Einen Moment lang sah sie aus, als wollte sie Kristina zurechtweisen, aber dann besann sie sich. «Meine Lebensretterin», sagte sie. «Ich sehe, du hast viel gelesen und viel gehört. Aber ich sage es noch einmal, ich werde diese Schrift jetzt nicht mehr suchen lassen. Im Übrigen glaube ich, dass es auch gar keine weitere Abschrift mehr gibt. Gripsvold hat schließlich ganz Paris durchforstet. Und glaube mir, hätte es mehr als zwei Abschriften gegeben, das Schlitzohr hätte sie gefunden.»

Der Vater verbeugte sich, und Kristina bemerkte, dass er sich zum Gehen wenden wollte. Schnell sagte sie: «Ich glaube, ich habe doch noch einen Wunsch, Majestät.»

Wieder zog die Königin die Brauen zusammen. «Für deine Mühe kennt meine Dankbarkeit keine Grenzen. Sag mir, was es ist!»

«Euer Leibarzt», platzte Kristina heraus. «Der heißt nicht zufällig Pierre Bourdelot?»

Die Königin nickte. «Doch, so heißt er. Warum fragst du das?»

«Es geht um seinen Freund. Rahim. Die beiden kennen sich aus Paris. Und sie sind sich in Stockholm begegnet. Rahim hat versucht, zu Euch zu gelangen, aber die Schlosswachen ließen ihn nicht durch.»

«Was wollte denn dieser Rahim von mir?»

«Er war der Überbringer des zweiten Manuskripts. Aber er hat von dem Gift darauf nichts gewusst!»

Die Königin sah sie lange an, bevor sie sprach. «Der Baron hat so etwas erwähnt, ja. Der Überbringer sollte ein Freund der schwedischen Krone sein, der mir wohlgesinnt ist. Nun, richtet diesem Rahim aus, dass ich mich gerne mit ihm unterhalten würde. Ich gebe euch ein Schreiben mit, sodass er ohne Probleme ins Schloss gelangen kann.» Sie lächelte kurz. «Du magst diesen Rahim, habe ich recht?»

Kristina fühlte, wie der Vater neben ihr zusammenzuckte. «Ja», antwortete sie so beiläufig wie möglich. «Er ist ganz nett.»

Als sie wenig später mit ihrer Kutsche über die Zugbrücke nach draußen zockelten, waren nur wenige Menschen unterwegs. Nebel stieg von der Ostsee und vom Mälarsee auf und hüllte die Stadtinsel in weiße Schwaden. Marit rieb sich die Augen. «Manchmal denke ich, das hier alles ist nur ein Traum.»

Kristina drückte ihre Hand. «Ist es aber nicht. Du wirst bei mir auf Riddarholm leben, und wir werden richtige Schwestern sein!»

Vor den Stufen ihres Hauses wartete David. Er war allein. Noch bevor die Kutsche zum Halten kam, hatte Kristina den Wagenverschlag aufgerissen, um auszusteigen.

David sprang auf. «Ich habe ihn überall gesucht», sagte er. «Am Hafen, in den Gassen der alten Stadt, überall. Nichts. Flink ist nicht mehr da. Was ist passiert? Ich dachte, ihr wolltet bloß mal bei der Königin vorbeischauen, und jetzt ist eine ganze Woche um! Oh, guten Morgen, Herr Graf!» Er verbeugte sich vor dem Vater, so tief er konnte.

Der Vater deutete eine Bewegung mit dem Kopf an und berührte seinen Hut.

«Kristina hatte einen Unfall», erklärte Marit, die jetzt ebenfalls aus der Kutsche ausgestiegen war.

«Ich erkläre es dir später», sprudelte Kristina hervor.

«Jetzt muss ich dich erst mal etwas fragen, David, und danach gehen wir gemeinsam auf die Suche nach Flink. Hast du Lust, mit Marit bei mir zu leben? Bitte, sag ja! Marit hat schon ja gesagt!»

David blickte an der gelbsteinernen Fassade mit den Verzierungen und den riesigen funkelnden Fenstern empor. «Hier?», wiederholte er ungläubig.

«Ja, hier! Wir könnten gemeinsam unterrichtet werden, und in ein, zwei Jahren kannst du einen Beruf ausüben. Du könntest Lehrer werden wie dein Vater!»

Der Vater nickte lächelnd. «Meine Tochter hat dein Leben schon generalstabsmäßig geplant, wie du siehst. Das macht sie mit uns allen so. Aber ich für meinen Teil ...», er streckte David die Hand entgegen, «... bin einverstanden damit.»

David schlug ein. Er konnte nicht antworten, aber das Strahlen auf seinem Gesicht sagte mehr als alle Worte.

Es geschah ungefähr drei Tage nach ihrer Rückkehr. Kristina, Marit und David hatten in Begleitung des Hausdieners – darauf bestand der Vater – die Straßen nach Flink durchkämmt, aber es nützte nichts. Kristinas anfängliche Begeisterung und das große Glücksgefühl verflogen allmählich. Nun gut, sie würde ihr Leben hier im Haus mit Marit und David verbringen, aber der kleine Flink fehlte ihr jetzt so sehr, dass es sie fast körperlich schmerzte. Er war ja nicht nur ihr Lebensretter gewesen. Er war vor allem ein kleiner neunjähriger Junge, dem alles Mögliche zustoßen konnte und den sie mit all der Kraft ihres Seins beschützen wollte. Schon in Stralsund war er ihr kleiner Bruder geworden. Sie dachte daran, wie er sie auf dem Piratenschiff ermutigt hatte zu springen. Wie sie zusammen gelaufen, geschwommen und geritten waren. Wie sie all die Monate nebeneinander geatmet, geschlafen und gegessen hatten. Das Herz wurde ihr weh vor Zärtlichkeit.

Sie aßen im Salon mit Silberbesteck und kristallenen Gläsern, aber es war ganz anders als bei der Fleischbergfamilie in Stralsund. Es war lebendig. Kristina beobachtete, wie Marit, David und der Vater miteinander redeten und lachten. Der Vater hatte sich sehr verändert in den vergangenen Tagen. Seine Wangen leuchteten, und seine Augen blitzten. Er erzählte Marit und David von den Schlachten vergangener Tage und von dem alten König, der so mutig durch die Lande geritten war.

Es schellte. Jemand zog an dem Glockenstrang draußen.

Kristina sprang als Erste auf.

«Bleib sitzen, Kristina», wies der Vater sie zurecht. «Johan geht öffnen. Ich möchte nur wissen, wer zu dieser Stunde seinen Besuch anmeldet. In den Häusern wird doch jetzt Kvällsmat serviert!»

Kristina wusste, dass die Strenge in seinem Ton nur vorgeschoben war. Der Vater quoll über vor Neugierde. Jeder neue Tag mit Kristina und ihren Freunden versprach Überraschungen, die sein altes Kämpferleben mit Abenteuern füllten.

Johan trat ein. «Da sind zwei Menschen, die begehren, das Fräulein Gräfin zu sprechen. Ein junger Mann und ein Junge. Soll ich sie hereinbitten?»

Doch ehe er nur eine Antwort erhalten konnte, war Flink hereingestürmt. Als er in den grellen Schein des Lüsters trat, kniff er die Augen zusammen und stoppte in vollem Lauf. Kristina nutzte diesen Augenblick. Sie sprang auf und schloss ihn in die Arme. «Flink!», schrie sie.

Einen Moment lang schien die Welt stillzustehen. Marit, die sich gerade eine Gabel in den Mund schieben wollte, verhakte sich mit dem Zinken in ihrem rechten Mundwinkel und verharrte so. David richtete sich halb auf und blieb in dieser Haltung stehen. Der Vater hielt seine Serviette in der Luft. Und Kristina drückte und drückte, bis Flink sich schließlich frei machte. Erst da sah er, dass Kristina die Tränen über die Wangen liefen.

«Dass wir uns richtig verstehen?», weinte Kristina, «du läufst mir nie, nie wieder weg!»

19. Kapitel

Die Vorbereitungen für das Mittsommernachtsfest waren in vollem Gang. In allen Küchen von Stockholm wurde gebacken, gekocht und eingelegt. Mädchen flochten Kränze und stellten Bänder her, die ihre Haare und Kleider schmücken sollten. Die Sonne strahlte von einem wolkenlosen Himmel herab, das Wasser glitzerte, und Kristina summte leise vor sich hin.

«Ihr seht glücklich aus», bemerkte Rahim, der mit kräftigen Schlägen über den Norrström ruderte. Sie umfuhren die Insel Skeppsholm und steuerten nun auf den dichtbewaldeten Djurgården zu. «Wenn auch immer noch recht ungewohnt, wenn ich das so sagen darf!»

Kristina grinste und lugte über den Bootsrand ins Wasser. «Ihr dürft. Ich bin mir ja selbst noch fremd.» Ihr Spiegelbild, durch das die Wellen schnitten, zeigte ihr eine junge Frau mit ordentlich frisiertem Haar und einem Kleid, dessen weiter Ausschnitt von einem Tuch verdeckt war.

«Ihr seid jetzt eine feine, junge Dame», lächelte Rahim. «Und wenn Euer Vater wüsste, dass Ihr mit dem wilden

Osmanen ganz allein in einem Boot sitzt, hätte er Euch diesen Ausflug bestimmt nicht erlaubt.»

Kristina nickte stumm. Das war die Kehrseite der Medaille. Es war sicherlich schön, wieder in Sicherheit zu sein und die Abenteuer fürs Erste beendet zu haben, aber es war auch außerordentlich nervenaufreibend, dem Vater über jede ihrer Handlungen Rechenschaft ablegen zu müssen. Zum Glück hatte er ihr geglaubt, als sie sagte, dass sie mit Marit, David und Flink auf den großen Hötorget, den Heumarkt, gehen wollte, um Sachen für das Fest einzukaufen. Nun besorgten die Freunde die Sachen ohne sie, damit sie endlich einmal allein mit Rahim sprechen konnte.

Es gab so viel zu sagen, aber sie wusste nicht, wo sie anfangen sollte. An dem Abend, an dem Rahim mit Flink aufgetaucht war, hatten sie zuallererst die Sache mit dem Manuskript erörtert. Rahim war schockiert gewesen, als er erfuhr, dass er Teil eines Komplotts gegen die Königin gewesen war. Er war noch erschrockener, als der Vater ihm erzählte, wie der Baron die vergiftete Schrift nach der Königin geworfen hatte und wie Kristina sich dazwischengestellt und so das Leben der Königin gerettet hatte. Marit berichtete von den fünf Tagen, die sie auf Tre Kronor verbracht hatten und davon, wie Kristina fast gestorben wäre, wenn nicht der Leibarzt der Königin, Pierre Bourdelot, alles darangesetzt hätte, sie ins Leben zurückzuholen. Und an dieser Stelle setzte dann Rahim an.

Er erzählte, wie er Flink im Hafen getroffen hätte. Wie

sich der Junge geweigert hatte, zu Kristina zurückzukehren, weil er nicht miterleben wollte, wie Kristina sich von ihm verabschiedete, um ihr neues altes Leben als Gräfin zu führen, ohne das diebische kleine Waisenkind. Wie er mit Rahim nach Djurgården hinübergerudert sei, um in einer Hütte zu wohnen, die Rahim von früheren Jagden kannte. Wie er, Rahim, schließlich zur Königin gefahren sei. Von der er schließlich erfahren hatte, dass Kristina verzweifelt nach Flink suchte und auch an ihn noch immer dachte. Da war er wieder nach Djurgården zurückgerudert, hatte Flink einfach eingepackt und war nach Riddarholm gegangen.

«Ihr wolltet mir etwas sagen», bemerkte Kristina. Sie beobachtete Rahim, der mit seinen langen, schönen Händen die Ruder quer über den Bootsrand legte und dann ans Ufer sprang, um festzumachen. Sie spürte, wie ihr Herz schneller schlug. «Etwas, wozu man allein sein muss.»

«Das ist richtig», sagte Rahim und streckte ihr die Hände entgegen. Kristina ergriff sie und kletterte an Land. Dort, wo seine Hände die ihren berührten, breitete sich große Wärme und Kribbeln aus. «Habt Ihr Lust, dass ich Euch die Hütte zeige, in der ich mit Flink gewohnt habe?»

«Ja», nickte sie.

Zweige brachen unter ihren Füßen, als sie in den Wald eintraten. Dunkel war es hier, von einigen Tupfern abgesehen, die die Sonne durch die Blätter malte. Die Baumkronen über ihnen wiegten sich sacht im Wind.

«Ihr habt doch keine Angst?», fragte Rahim.

Angst? Sie schüttelte den Kopf und musste wieder an ihr Gespräch mit Flink denken, damals, als sie von Kalmar aus in den Wald gegangen waren und sie sich vor Trollen und Wölfen gefürchtet hatte. Die Lösung gegen Angst war, einfach immer weiterzumachen – wenn man denn weiß, dass man der Gefahr ohnehin nicht aus dem Weg gehen kann. Aber jetzt gab es keine Gefahr. Jetzt gab es nur Rahim und sie.

Der Wald lichtete sich und gab den Blick auf eine Hütte frei. Vor der Hütte stand eine Bank, die in Sonnenlicht getaucht war. Rahim führte sie dorthin, und sie setzten sich nebeneinander, so dicht, dass keine Maus mehr zwischen sie gepasst hätte.

«Ich habe in den letzten Wochen viel über Euch nachgedacht», hob Rahim an.

«Und ich über Euch», entgegnete Kristina rasch.

«Als ich Euch zum ersten Mal begegnete, war ich verzaubert davon, wie schön Ihr seid – und das, obwohl Ihr in Jungenkleider gekleidet wart und Euch vermutlich seit Wochen schon nicht mehr die Haare gekämmt hattet», fügte er lachend hinzu.

Kristina lächelte zurück. Auf einmal fühlte sie sich sehr schüchtern werden.

«Ich war fasziniert von Eurer Geschichte und Eurem Mut», fuhr Rahim fort. Und schwieg. Kristina hörte, wie die Wipfel rauschten. Ein Vogel zwitscherte laut im Wald.

«Aber nachdem das Manuskript verbrannte, war ich nur noch wütend auf Euch.»

Kristina öffnete den Mund, doch Rahim hob die Hand. «Ich weiß, was Ihr jetzt sagen wollt. Dass es nicht Eure Schuld war. Und das stimmt sogar. Es war Marits und Davids Schuld.»

«O nein, das war es nicht», entgegnete Kristina und dachte an ihren gemeinsamen Schlachtruf. «Es war unser aller Schuld. Ich nehme das genauso auf mich, denn ich bin für Marit und David und Flink, und sie sind für mich.»

Rahim lächelte. «Nun, das ist sehr ehrenhaft, dass Ihr so denkt. Wie auch immer, meine Wut auf Euch war ungerecht, und wie wir jetzt wissen, können wir alle von Glück sagen, dass das Manuskript damals verbrannt ist.»

Wieder schwieg er eine Weile. «Später, nachdem ich bei der Königin gewesen war, erfuhr ich von Euren Anschuldigungen. Nein, ich weiß, Ihr habt diese Anschuldigungen der Königin gegenüber nicht offen ausgesprochen.»

Kristina drehte sich zu ihm um. Sie bemerkte, dass Rahims Oberlippe sich beim Sprechen nach vorn wölbte. Es sah hübsch aus und ein bisschen jungenhaft.

«Und dann habe ich weiter nachgedacht. Wie das alles miteinander zusammenhängt. Über Schuld und Gnade habe ich nachgedacht. Über die Schöpfung, und was dahintersteckt.»

«Darüber denke ich auch oft nach», erwiderte Kristina leise.

«Ich glaube nicht mehr an Allah.» Auch Rahims Stimme

war nun leise geworden. «Ebenso wenig glaube ich an den Gott der Christen, sei es nun der protestantische oder der katholische.»

«Woran glaubt Ihr dann?», fragte Kristina.

«Ich weiß es nicht. Ich suche noch.» Rahim sah angestrengt aus. «Wie Ihr wisst, gibt es viele Jesuiten hier in Stockholm. Die protestantischen Pfarrer hassen sie, aber Königin Kristina umgibt sich mit ihnen. Ich werde Euch ein Geheimnis verraten, wenn Ihr mir versprecht, es niemandem weiterzusagen.»

«Ich verspreche es.»

«Mein Freund Pierre Bourdelot ... der Leibarzt, der Euch wieder gesund gemacht hat ... er hat mir anvertraut, dass die Königin konvertieren will.»

«Das ist nicht wahr!», entfuhr es Kristina. «Sie will katholisch werden?»

«Pst.» Rahim legte einen Finger auf seinen Mund und spähte in den dunklen Wald hinein. «Niemand darf es wissen. Darum die ganzen Jesuiten bei Hof. Diese Jesuiten ...»

Kristina hörte nicht mehr zu. Die Gedanken galoppierten durch ihren Kopf wie ein zügelloses Pferd. Die Königin wollte katholisch werden! Dann würde sie die Religion ihres Vaters verraten. Das, wofür Gustav Vasa in die Schlacht gezogen war. Es würde einen Aufruhr geben im gesamten schwedischen Reich! Sie würde nicht mehr regieren können!

«... und darum werde ich nach China gehen», beendete

Rahim seine Ausführungen, deren wichtigster Teil Kristina ganz offensichtlich entgangen war.

Sie sprang auf. «Was habt Ihr eben gesagt?»

«Dass ich nach China gehen werde.»

«Aber warum?»

«Um die Lehren des Konfuzius näher kennenzulernen, die die Jesuitenmissionare auf ihren Forschungsreisen kennengelernt haben.»

«Konfuzius», wiederholte Kristina das seltsame Wort. «Ist das auch ein Prophet? So wie die drei ...», sie zwinkerte, «... Betrüger?»

Rahim schüttelte den Kopf. «Konfuzius war ein gelehrter Mann der Antike. Und in seinem Weltbild gibt es keinen Gott. Von daher natürlich auch keinen Propheten.»

«Was hat er denn verkündet?», fragte Kristina. «Wenn nicht die göttlichen Wahrheiten?» Sie fand es schwer, sich eine Religion ohne Gott vorzustellen. Sogar Marit, die Heidin war, glaubte an eine Gottheit, wenn es auch eine weibliche war.

«Für Konfuzius ging es darum, alle Kräfte im Gleichgewicht zu halten, die Beziehung zwischen Herrscher und Untertan, Mann und Frau, Vater und Sohn, älterem und jüngerem Bruder, Freund und Freund. Er behauptete, dass jeder der beiden Pole im jeweils anderen stecke.»

«Hm», machte Kristina und sah Rahim an. Wenn dieser Konfuzius recht hatte, dann war etwas von Rahim in ihr, und etwas von ihr in Rahim. Es war eine Vorstellung, die ihr gefiel.

«Konfuzius hat auch gesagt, dass es keine edle Abstammung von Natur aus gibt, sondern dass der Mensch an sich arbeiten muss, um edel *zu werden.*» Er dehnte die letzten beiden Wörter so stark, dass Kristina sie nicht gleich verstand. «Was bedeutet, dass kein Herrscher nur durch seine Geburt zum Herrschen bestimmt ist.»

Kristina fühlte, wie ihr schwindelig wurde.

«China ist auf diese Weise eine Reihe von Religionskriegen erspart geblieben», führte Rahim fort.

«Kriege, wie dem, der hinter uns liegt», flüsterte Kristina.

«So ist es, genau.» Rahim nahm Kristinas Hand. Sie ließ ihn gewähren. Es war so schön, seine Haut zu spüren.

«Wo liegt China überhaupt?», fragte sie nach einer Weile.

«Im Osten.» Rahim deutete mit der freien Hand hinter sich.

«In der Ostsee?!»

Rahim lachte. «Nein, noch weiter östlich. Hinter dem Zarenreich.»

Kristina schloss die Augen. Das Zarenreich war unermesslich groß. Sich vorzustellen, dass dahinter weitere Länder lagen, überstieg ihre Phantasie. «So weit fort wollt Ihr reisen ...», murmelte sie. Sie hatte geahnt, dass Rahim nicht für immer in Stockholm bleiben würde. Er hatte es schließlich angekündigt. Sie hatte sich halbwegs mit der Idee angefreundet, dass er irgendwann wieder in Paris sein würde. Aber Paris war nicht das andere Ende der

Welt. Und sie hatte geglaubt, er würde dann immer mal wiederkommen. Schließlich hatte er Freunde hier. Aber China, ein Land hinter dem Zarenreich … Das war entsetzlich weit weg.

«Ich kann nicht von dir verlangen, dass du auf mich wartest.» Zum ersten Mal benutzte Rahim das vertrauliche Du. «Denn ich weiß nicht, wie lange meine Reise dauern wird. Zwei Jahre vielleicht, oder drei? Vielleicht wird mir auch unterwegs etwas zustoßen, und ich kehre nie mehr zurück.»

«Aber ich werde auf dich warten», sagte Kristina und hörte selbst, wie trotzig ihre Stimme klang.

«Ich werde auch auf dich warten», entgegnete Rahim leise. Mit einer unendlich langsamen Bewegung beugte er sich nach vorn, bis sein Gesicht ganz dicht vor ihrem stand. Kristina schloss die Augen. Und küsste ihn auf seinen Mund.

Am Mittsommertag wurde Kristina ganz früh vom Vater geweckt. Er strahlte über das ganze Gesicht. «Komm dich schnell anziehen, meine Kleine», lächelte er. «Es ist etwas sehr Schönes passiert!»

Kristina blickte zu Flink hinüber, der seine Fäuste im Schlaf geballt hatte und wütend etwas in sich hineinmurmelte. «Was denn?», flüsterte sie.

«Es ist eine Überraschung. Komm schnell!»

Kristina schlüpfte in ihr Mieder, zog sich das Kleid über den Kopf und band sich die Schnüre über der Brust zusammen. Dann legte sie sich ihr Tuch um den Hals, bürstete sich rasch die Haare und wusch sich das Gesicht.

«Für ein Frühstück ist leider keine Zeit», sagte der Vater entschuldigend. «Wir müssen sofort die Pferde anschirren lassen, und dann fahren wir mit der Kutsche zur Stadtinsel hinüber.»

«Was machen wir denn dort?», versuchte Kristina es noch einmal, aber der Vater schüttelte bloß lächelnd den Kopf.

Als sie die Stadtinsel erreichten, lenkte der Vater die Kutsche am Schloss vorbei in Richtung Hafen. Kristina starrte zu den Mauern von Tre Kronor empor. Das Attentat und ihre Tage im Krankenbett der Königin erschienen ihr jetzt wie ein ferner, unwirklicher Traum, dabei war das alles noch nicht einmal drei Wochen her. Aber es war so viel passiert seither. Djurgården ... ihr erster Kuss.

Als sie den Hafen erreichten, kamen ihnen zwei Soldaten entgegen. Sie zogen eine Reihe von Gefangenen hinter sich her. Es waren barfüßige, zerlumpte Männer, die aneinander festgekettet waren.

«Wieder ein paar Seeräuber weniger, die uns das Leben auf der Ostsee schwermachen», murmelte der Vater zufrieden vor sich hin.

Einer der Männer, der ein Holzbein hatte, spuckte verächtlich vor ihr aus. Kristina blickte zu ihm hin und erschrak. Es war Kapitän Diederichsen. Jetzt erkannte sie Messenius, den man an den Kapitän gebunden hatte, und hinter ihm Pelle und den ersten Offizier mit der Eisenkralle.

«Mmh, da ist die Kleine ja wieder!», rief Pelle aus, dem seine fettigen, strähnigen Haare über die Warzen fielen. «Schmuck sieht sie jetzt aus! Wie ist es, Kleine? Kommst du mit uns mit?»

Kristina wandte sich mit einem Schaudern von den Männern ab.

«Kanntest du die?», fragte der Vater.

Kristina schüttelte den Kopf.

Sie waren am Hafen angelangt. Rahen und Masten ragten in die Höhe. «Wollt Ihr mir jetzt vielleicht verraten, wozu wir hierhergekommen sind?», fragte Kristina ein letztes Mal.

Der Vater drehte sich zu ihr um und lächelte breit. Dann stieg er vom Kutschbock hinab. Kristina sprang ihm hinterher. Während sie über den langen Kai schritten, vorbei an Männern, die ihre Fässer über die Steine rollten, erklärte er: «Ich weiß, dass du noch einen Wunsch hattest. Zusätzlich zu dem, der deine Freunde betraf.»

«Ach ja?» Jetzt breitete sich das Strahlen auch auf Kristinas Zügen aus.

«Ja. Du hast deinen Wunsch nur nicht ausgesprochen. Wie auch? Du wusstest ja nicht, dass sie deine Großmutter ist.»

Und da stand sie. Margarethe. Sie sah ein bisschen anders aus als im Winter, leichter irgendwie und fröhlicher. Sie breitete die Arme aus, und Kristina flog hinein. Da war er wieder, dieser Duft, der so viel Geborgenheit und Zärtlichkeit versprach. Margarethe schloss die Arme um sie und hielt sie fest. Sie quetschte sie sogar ein bisschen, so wie Kristina wenige Wochen zuvor Flink gequetscht hatte. Als sie sie nach einer kleinen Ewigkeit freiließ, sah sie, dass Margarethe Tränen in den Augen hatte.

«Woher wusstet Ihr ...» Kristina blickte verwirrt zwischen dem Vater und Margarethe hin und her.

«Ich habe einfach eins und eins zusammengezählt», schmunzelte der Vater. «Wir beide waren schließlich auf dem Weg zu deiner Großmutter, als uns der Baron angriff. Du sagtest, dass dich eine Margarethe aufgenommen und gepflegt hätte. Und ich wusste, dass deine Großmutter Margarethe heißt.»

«Das ist also der Soldat, der mir meine Tochter geraubt hat.» Margarethes Lächeln erlosch. Einen Moment lang befürchtete Kristina, dass Margarethe den Vater mit ihrem Reisebündel verprügeln würde. Da geschah das Unerwartete. Der Vater kniete vor ihr hin. «Verzeiht mir, wenn Ihr könnt», sagte er. «Wir haben uns geliebt, Eure Kristina und ich. Wir haben in einer Feldkirche geheiratet. Und diese Tochter dort bekommen.»

Margarethe lächelte. «Steht wieder auf. Meine Tochter ist Euch aus freien Stücken gefolgt, das weiß ich jetzt. Und Ihr habt mich zu meinem Enkelkind geführt.»

Kristina schaltete sich wieder ein. «Ich heiße wirklich Kristina, Margarethe.»

«Wir haben sie nach ihrer Mutter benannt», erklärte der Vater. «Und nach der schwedischen Königin, die bei Kristinas Geburt ja selbst erst zwölf Jahre alt war.»

«Bist du gut nach Stockholm zurückgekommen?» Margarethe drehte sich zu ihr um. «Ist dir unterwegs auch nichts passiert?»

Kristina lächelte und schüttelte den Kopf. «Es ist alles gutgegangen.»

Der Vater nahm Margarethes Arm und führte sie zur Kutsche hinüber. Dort öffnete er den Verschlag für sie. Dann holte er ihr Reisebündel, das er mit einer Kette an der Kutsche außen befestigte. Kristina kletterte ebenfalls ins Wageninnere, und der Vater nahm auf dem Bock Platz. Als sich die Pferde in Bewegung setzten, beugte sich Margarethe zu ihr vor. «Hast du deine Erinnerung wieder?», fragte sie.

Diesmal konnte Kristina die Wahrheit sagen. «Ja», nickte sie und nahm Margarethes Hand. Rissig fühlte sich die Hand an, rau und alt. «Wie lange wirst du bleiben – Großmutter?», fragte Kristina leise.

«Dein Vater hat gesagt, für immer.» Sie lächelte. «Wenn ich will.»

Kristina riss die Tür zu Marits Zimmer im Dienstbotenteil des Hauses auf. «Meine Großmutter ist da!», rief sie und rannte weiter zu dem Zimmer, das David gemeinsam mit dem alten Kutscher bewohnte. «Hej, David, meine Großmutter ist da!» Schließlich lief sie in den ersten Stock des Herrenhauses und öffnete die Tür zu dem Schlafzimmer, das sie mit Flink teilte. «Hallo, Flink, stell dir vor ...»

«... deine Großmutter ist da!» Flink grinste. «Keine

Sorge, Kristina, mein Gehör funktioniert prächtig. Von welcher Insel kommt sie denn?»

«Von Rügen!», lachte Kristina und warf sich neben Flink aufs Bett. «Und du kennst sie sogar! Du hast ihr einen Reichstaler gestohlen, damals in Stralsund!»

«Das ist deine Großmutter?», staunte Flink. «Aber das hast du mir nie erzählt!»

«Bis heute Morgen wusste ich es ja selber nicht!», lachte Kristina. «Mein Vater hat eine Schonerbrigg losgeschickt, als ich ihm von der Frau erzählt habe, die mich aufgenommen hat, und da ist sie nun und bleibt bei uns – für immer!» Mit diesen Worten stürmte sie wieder davon.

Es wurde ein Tag, den Kristina nie vergessen sollte. Das Haus hatte sich in einen Bienenstock verwandelt, in dem es summte und schwirrte vor Geschäftigkeit. Der Vater sah um Jahre jünger aus, wie er so strahlte und mit allen sprach. Kristina flog ihm immer wieder an den Hals. Aber dann lief sie wieder davon, um Kugelblitz' und Räuberpferds Mähnen zu bürsten, um beim Kränzeflechten zu helfen und um die Mittsommerstange mit Blättern und Blumen zu schmücken. Marits Kopf, auf dem sich schon wieder kurze blonde Locken ringelten, dekorierte sie mit Buschwindröschen und weißen Zinnien, bis er aussah wie eine Sommerwiese. Kaum hatte Marit mit ihrem Blumenhaupt den Garten hinter dem Haus betreten, flatterten ein paar Schmetterlinge auf sie zu und verließen sie den ganzen Abend nicht mehr. Marit wurde zum meistbestaunten Mädchen beim Mittsommerfest.

Margarethe hatte Kristina das Kleid mitgebracht, das sie damals im Winter für sie zu spinnen begonnen hatte. Es war ein schlichtes, weißes Kleid, das sich eng an ihre Taille schmiegte. Flink bastelte eine Kette aus leuchtend rotem Klatschmohn und hängte sie ihr über das Lederband mit der Pfote und dem Medaillon. Gemeinsam mit David und dem Stallburschen stellte er dann den Mittsommerbaum im Garten auf. Auf einem Holztisch unter den Birken stapelten die Küchenmädchen riesige Brotlaibe, gebratene Fische und Kaltschalen mit Beeren und Früchten. Kristina sah sich staunend um. Sie hatte den Garten noch nie so prächtig gesehen. Zwischen den Bäumen am Ufer schimmerte das Wasser des Mälarsees. Die Scheiben des Hauses glänzten in der Mittsommersonne. Die Blumen leuchteten bunt im Gras. Und um Marits Kopf mit den kurzen Haaren wirbelten die Schmetterlinge. Kristina sah, wie David Marit um die Taille nahm und ihr etwas ins Ohr flüsterte, woraufhin Marit errötete und zu lachen begann.

«Wie schön du bist.» Rahim war zu ihr getreten, ohne dass sie ihn bemerkt hätte. «Wenn ich daran denke, wie ich dir in Västervik begegnet bin ...»

«Hast du eigentlich erst gedacht, dass ich ein Junge wäre?», fragte Kristina.

Rahim schüttelte den Kopf. Er sah sogar etwas verlegen aus. «Für einen Jungen habe ich dich nie gehalten.»

Eine Gruppe von Musikern mit Fiedel und Flöte war in den Garten getreten. Der Vater klatschte in die Hände.

«Alle mal herhören!», rief er. «Heute Abend wird getanzt, getrunken und gegessen, bis wir umfallen. Kommen wir zum Hauptpunkt des heutigen Abends: Tanzen!»

Erneut ertönten Jubelschreie. Der Vater drehte sich lächelnd in die Runde. «Für den ersten Tanz um die Mittsommerstange darf sich meine über alles geliebte Tochter Kristina ein Lied aussuchen. Kristina, ich bitte dich um deine Wahl!»

«Ich weiß nicht, wie das Lied heißt», bekannte Kristina. «Aber ich kann die Melodie summen.»

Und sie begann. Margarethes Augen wurden groß. Es war Svenssons Flötenmelodie, jene Töne, zu denen sie erwacht war. Die aus dem Kalmarer Dom geweht hatte, nachdem Flink zu ihr zurückgekehrt war. Die sie bei ihrer Ankunft in Stockholm gehört hatte, kurz bevor der Quaderstein sie streifte. Die Musiker erkannten die Melodie sofort. Als der erste über die Saiten seiner Geige strich, fasste Flink Kristina bei der Hand. Mit der anderen Hand nahm Kristina Rahims Rechte, der wiederum Marits Hand ergriff. Marit nahm David, David Margarethe, und die wiederum fasste den Vater an der Hand, der den Kreis mit Flink schloss. So tanzten sie.

Es war weit nach Mitternacht, und es war immer noch ganz hell. Marit und die Jungen hatten ein Feuer angezündet, dessen Funken in den Himmel stoben. Margarethe und der Vater hatten sich in einiger Entfernung zusammengesetzt und unterhielten sich. Kristina sah, wie Margarethe auf einmal zu lachen begann. Ein warmes Gefühl breitete sich in ihr aus, als sie den glücklichen Ausdruck auf ihren Zügen sah. Neben dem Feuer, das nun heftig loderte, setzten sich David, Rahim und Marit zusammen. Die Schmetterlinge umtanzten immer noch Marits Haupt mit den Blumen darauf. Flink spielte selbstvergessen mit einem Holzrad, das er durch den Garten trieb. Aber auf einmal wusste Kristina nicht mehr, ob sie glücklich oder traurig sein sollte. Rahim wollte am nächsten Morgen aufbrechen, und vielleicht würde sie ihn nie mehr wiedersehen.

Sie drehte sich um und wanderte ans hintere Ende des Gartens, zum Wasser hin. Der Mälarsee leuchtete blau in der dämmerigen Mitternachtssonne, und am Horizont ragte die Insel Langholm auf. Und dahinter ist noch etwas und dahinter wieder etwas anderes, dachte sie. Sie fühlte sich unendlich wohl hier auf dem Bootssteg ihres Gartens in Riddarholm, aber gleichzeitig hatte sie Sehnsucht nach Sachen, die ganz weit in der Ferne lagen. Sie dachte an das, was Rahim ihr über China erzählt hatte und über diese alte Religion. Darüber, dass in jedem Ding und jedem Menschen auch das andere lag.

Vielleicht war sie ein bisschen wie die Königin und die Königin wie sie.

Vom Lagerfeuer wehte Musik zu ihr herüber. Die anderen hatten wieder zu singen begonnen. Kristina umschlang ihre Beine und lächelte in sich hinein. Es war schön, dass sie ihren Namen und ihre Erinnerung wiedergefunden hatte. Es war schön, dass noch dieses ganze unbekannte Leben vor ihr lag. Dass sie noch so viele Dinge in sich entdecken würde. Und dass es immer weiterging.

Als sie in den Himmel blickte, sah sie eine Sternschnuppe darüber fliegen. Sie wünschte, dass sie eines Tages wüsste, wer sie wirklich war.

Im Namen der Königin – zum geschichtlichen Hintergrund:

Als Martin Luther im Jahr 1517 seine 95 Thesen öffentlich machte, dürfte er wohl kaum mit den Folgen gerechnet haben. Ein immer größer werdender Teil der Christen sagte sich von der Heiligen Römischen Kirche los, um eine neue Konfession zu begründen: die evangelisch-lutherische. Hundert Jahre später war es dann so weit: Die evangelischen Anhänger Luthers stritten gemeinsam in der Protestantischen Union gegen die Katholische Liga. Ein Krieg folgte, in dessen Verlauf allein auf deutschem Boden etwa vier Millionen Menschen starben – ein Viertel der Gesamtbevölkerung. Der Krieg selbst dauerte 30 Jahre lang. Durch die Hungersnöte und das Elend, das in seinem Verlauf entstand, brach die Pest von neuem aus – ein Übel, das bereits im Mittelalter Millionen von Menschen das Leben gekostet hatte. Ganze Landstriche wurden entvölkert. Zehntausende von Kindern und Jugendlichen verloren ihre Eltern und schlossen sich in Banden zusammen, um ihr Überleben zu sichern. Dass der Krieg im Jahr 1648 überhaupt endete, ist vor allem dem diplomatischen Geschick der schwedischen Königin Kristina zu verdanken.

Die Regentin galt als die gebildetste Monarchin ihrer

Zeit. Sie wurde zur Protestantin erzogen, gab sich aber mit den Lehren der Kirche nicht zufrieden. Sie lernte Altgriechisch, um die antiken Philosophen im Original zu studieren, nahm Privatstunden bei René Descartes, den sie an den schwedischen Hof kommen ließ, und korrespondierte mit den wichtigsten Wissenschaftlern Europas. An ihrem Hof versammelte sie außer den Freigeistern auch Künstler. Sie liebte Musik, Theater, Tanz und die Bildende Kunst und legte sich eine beachtliche Sammlung von Gemälden zu. 1654, also zwei Jahre nach dem Ende unserer Geschichte, legte sie die Krone nieder, trat zum katholischen Glauben über und verließ Schweden, um nach Italien zu ziehen.

Rügen und Stralsund – die Orte, die das vierzehnjährige Mädchen Kristina bereist – gehörten damals zu Pommern, und Pommern wiederum stand ab 1630 unter schwedischer Militärverwaltung. Nach dem Westfälischen Frieden 1648 wurde Pommern aufgeteilt: Vorpommern mit Rügen und Stralsund und Teile Hinterpommerns gingen an Schweden. Der Rest Hinterpommerns wurde dem Land Brandenburg zugeteilt.

Der Dreißigjährige Krieg war in erster Linie ein Religionskrieg, doch es ging dabei auch um die Vormachtstellung der habsburgischen Mächte Österreich und Spanien auf der einen Seite gegen Frankreich, die Niederlande, Dänemark und Schweden auf der anderen. Als der Krieg zu Ende war, hatte sich die deutsche Landkarte gründlich geändert. Die neuentstandenen Grenzen der Fürstbistümer, Herzogtümer und Grafschaften mit ihrer jeweilig vorherrschenden Religionszugehörigkeit (evangelisch oder katholisch) bilden die Grundlage der heutigen Bundesländer.

Glossar

Aufzugsrad: im Spitzboden der Kaufmannshäuser war eine Radwinde eingebaut, mit deren Hilfe man den Transport von Waren von der Diele auf die einzelnen Lagerböden und wieder hinunter bewältigte. Sämtliche Böden des Hauses waren durch verschließbare Luken senkrecht unter der Winde miteinander verbunden.

Brigantine: ursprünglich ruderbares Segelkriegsschiff des 16. Jahrhunderts. Wegen seiner Wendigkeit wurde dieser Schiffstyp bevorzugt von Seeräubern benutzt. Kann 200–300 Tonnen Ladung transportieren. Seit Ende des 17. Jahrhunderts ist die Bezeichnung «Brigantine» im nordeuropäischen Raum allgemein für zweimastige Segelschiffe üblich.

Degen: eine Stichwaffe, die im 17. Jahrhundert entstand. Die Klinge ist lang, schmal und elastisch. Der Degen hat die Fechtkunst von Grund auf verändert, weil er wesentlich leichter ist als Säbel, Schwert oder Rapier und somit auch Riposten ermöglicht. Eine Riposte ist ein unmittelbarer Gegenangriff oder auch das Aufnehmen der ankommenden Attacke.

Fechten: gehört zu den ersten Wettbewerben der Menschheit. Sportliches Fechten wurde bereits in der Antike betrieben. Während des Dreißigjährigen Kriegs war das Fechten fast ausschließlich Vorrecht des Adels und der Studenten. Fechter des 21. Jahrhunderts haben die Waffenwahl zwischen Florett, Degen und Säbel.

Gewandherstellung: die ländliche Bevölkerung von Pommern und Schweden stellte ihre Gewänder und Kleider selbst her, und zwar aus Schafwolle und aus Flachs, einem Getreide, das getrocknet und angeröstet wird. Zur Verarbeitung wird es auf dem Schwingbock mit der Flachsschwinge glatt und weich geschlagen. Das Ergebnis daraus nannte man Hede. Die Hede wurde durch ein Gerät namens Hechel gezogen, um sie feiner zu machen, anschließend wurde sie gewaschen und gebürstet. Aus feinem Flachs wurden Tischtücher hergestellt, aus grobem Leinen Kleider. Bevor der Stoff auf einem Webstuhl verwebt werden konnte, musste er aber zunächst gesponnen werden.

Gustav Vasa oder Gustav II. Adolf lebte von 1594–1632 und war der Vater von Königin Kristina. Er gilt als der bedeutendste schwedische Monarch. Er regierte von 1611–1632. Durch ihn gelangte Schweden zu einer Vormachtstellung in Europa. Er reformierte das schwedische Militärwesen, und seine Armee galt als die schlagkräftigste Europas. Er schuf eine mächtige Kriegsflotte, baute das schwedische Schulwesen aus und brachte das Land zu großem Wohlstand. 1630 griff er für die Protestantische Union in den Dreißigjährigen Krieg ein. Zwei Jahre später starb er auf dem Schlachtfeld von Lützen.

Hede: siehe Gewandherstellung

Hechel: siehe Gewandherstellung

Hellebarde: eine Hieb- und Stoßwaffe, die im 13. Jahrhundert erfunden wurde. Sie ähnelt ein wenig einer Axt.

Kaufmannshaus (Pommern, 17. Jahrhundert): von der Diele im Erdgeschoss können Vorräte und Verkaufsgüter mittels eines Aufzugsrads im Spitzboden auf die einzelnen Lagerböden emporgezogen werden. Im ersten Stock befindet sich die sogenannte «hübsche Stube» (ein Begriff aus der Schwedenzeit). Hier sitzt die Familie beieinander, hier hat der Kaufmann sein Kontor. Dieser Raum wird als einziger beheizt. Unter dem Dachgiebel sind die Dachgeschosse und der Spitzboden untergebracht, wo die Waren gelagert werden.

Königin Kristina (andere Schreibweisen: *Christina, Christine*) aus der Dynastie der Vasa lebte von 1626–1689. Von ihrem Vater wurde sie früh zur Regentin ausgebildet. Im kurzen Verlauf ihrer Regierungszeit verübten ihre politischen Gegner mehrere Attentate auf sie. 1654 dankte sie offiziell ab. In Brüssel trat sie, die ewig Suchende in religiösen Belangen, zum katholischen Glauben über. Sie verbrachte ihr restliches Leben größtenteils in Rom. Kristina gilt noch heute als umstrittene Monarchin. Wegen ihrer Vorlieben für intellektuelle Vergnügen, für das Reiten und die Jagd wurde sie fälschlicherweise für homosexuell gehalten. Die ursprünglich aus Schweden stammende Hollywood-Schauspielerin Greta Garbo verkörperte die Königin 1933 in dem tragischen Klassiker «Königin Christine». Kristina trug wesentlich zur Beendigung des Dreißigjährigen Kriegs bei und verbot in Schweden Hexenprozesse und Frauenverbrennungen.

Mittsommer: schon im 6. Jahrhundert wurden in Europa zu Mittsommer, dem längsten Tag des Jahres, Feuer angezündet. In Schweden waren die Mittsommerfeste besonders in den südlichen Landesteilen üblich. Die Jugend zog zu den heiligen Quellen, wo sie das Wasser trank. Die Mittsommernacht galt als magische Nacht, die im Zeichen der Liebe steht. Ab dem 16. Jahrhundert tanzte man in Schweden nach deutschem Vorbild um einen Maibaum herum.

Muskete: ein schweres, langes Vorderladergewehr mit glattem Lauf. Trat gegen Ende des 16. Jahrhunderts als Infanteriewaffe in Erscheinung. Infanterie bedeutet Fußtruppe; es handelt sich hierbei also um zu Fuß kämpfende Soldaten.

Olaus Magnus: der studierte Theologe wurde 1490 im schwedischen Linköping geboren und bereiste ab 1518 ganz Skandinavien bis nach Island hinauf. Dabei legte er zu Fuß und per Schiff 2700 Kilometer zurück. Aus diesen Reisen ging seine «Beschreibung der Völker des Nordens» hervor und wichtiger noch: eine umfassende Landkarte von Skandinavien, die er in neun Holzplatten schnitzen ließ. Der Druck dieser Platten wurde 1886 in Christiania, dem heutigen Oslo in Norwegen, wiederentdeckt und gilt als Sensation ihrer Zeit.

Reichstaler: in Schweden gab es um 1652 zwei verschiedene Währungen, die Reichstaler und die Schwedisch Mark, wobei die Reichstaler mehr wert waren als die Mark. Ein Reichstaler galt so viel wie 3 Taler Silbermünzen oder 9 Taler Kupfermünzen. Zum Vergleich: Ein Taler Silbermünze war so viel wert wie 4 Schwedisch Mark. Auslandsgeschäfte wurden in Reichstalern abgewickelt.

Scharfrichter führten seit dem 13. Jahrhundert die Hinrichtungen von Verurteilten durch. Im 17. Jahrhundert wurden sie zunächst für ein paar Jahre von der Stadt eingestellt. Bei guter Führung wurden ihre Arbeitsverträge dann auf Lebenszeit verlängert. Sie genossen städtische Privilegien, freie Wohnung, Kleidergeld, brauchten keine Steuern zu zahlen und waren vom Wachdienst befreit. Dennoch wurden sie von ihren Mitbürgern geächtet. Eine weitere Einnahmequelle des Scharfrichters bestand in der medizinischen Praxis als Heilkundiger. Durch die Hinrichtungen besaß er oft gute anatomische Kenntnisse. Insbesonders kranke Tiere wurden den Scharfrichtern anvertraut. Außerdem war der Scharfrichter dazu verpflichtet, freigesprochene Verbrecher von den Folgen ihrer Folterungen zu heilen.

Schonerbrigg: dieser Schiffstyp wurde im 17. Jahrhundert zumeist als Frachtsegler eingesetzt. Der Fockmast (das heißt: der vordere Mast) ist voll rahgetakelt, der Großmast jedoch (das ist der hintere) führt keine Rah-, sondern Gaffelsegel. Mit dieser halben Rahtakelung gehört die Schonerbrigg zu den Mischtypen von Rahseglern und Schonern.

Schwedisch Mark: siehe auch Reichstaler

Traktat über die drei Betrüger: eines der am weitesten verbreiteten heimlichen Manuskripte der Welt. Der anonyme Autor geht von der radikalen Theorie aus, dass sowohl die Propheten Moses und Mohammed als auch der christliche Messias – Jesus Christus – aus Machtinteressen ihre Religion verbreiteten, und bezeichnet sie als religiöse Verführer und Betrüger. Bis heute ist das Entstehungsdatum der Schrift ungeklärt. Einige Forscher gehen davon aus, dass sie im 10. Jahrhundert in Syrien und im heutigen Irak entstanden ist, andere halten das 13. oder auch das 17. Jahrhundert für wahrscheinlicher.

Der schwedische Kristina-Biograph Sven Stolpe schreibt, dass die Königin im Jahr 1652 in Paris nach diesem Manuskript suchen ließ. Gedruckt wurde es erstmals 1719.

Tre Kronor: das Schloss der schwedischen Könige seit Mitte des 13. Jahrhunderts. Der Name bedeutet auf Schwedisch «drei Kronen». Gustav Vasa machte aus der ursprünglichen Burganlage ab 1521 seinen königlichen Hauptsitz und baute zusätzliche Verteidigungsanlagen an. Unter seinem Sohn Johann III. wurde Tre Kronor zu einem Renaissanceschloss mit Schlosskirche umgebaut. 1697 wurden die Gebäude bei einem Großbrand fast vollständig zerstört. An ihrer Stelle steht heute das Stockholmer Schloss.

Tross: der rückwärtige Teil einer Militäreinheit, der Unterstützungsaufgaben insbesondere im Versorgungs- und Transportbereich übernahm. Der Tross hatte keinen aktiven Kampfauftrag. Während des Dreißigjährigen Kriegs bestand der Tross größtenteils aus Wäscherinnen, Pfandleihern, Soldatenhuren und den mitreisenden Ehefrauen.

Verschanzung: Holzaufbauten an den Außenseiten eines Schiffs, Vorläufer der Reling.

Wurfzabel: eines der ältesten und meistgespielten Würfelbrettspiele für zwei Personen. Entstand im Mittelalter und eroberte sehr bald ganz Europa. Verwendet werden je fünfzehn Steine in zwei Farben, zwei Würfel und ein Doppelwürfel.

Maiken Nielsen studierte Sprachwissenschaften in Aix-en-Provence. Sie arbeitet als Journalistin in Hamburg und schreibt Jugendbücher und historische Romane für Erwachsene. Für den vorliegenden Roman nahm sie Fechtunterricht und fuhr an die Schauplätze der Geschichte, um in den dortigen Archiven und Museen zu forschen.

Mehr zur Autorin unter www.maiken-nielsen.eu